KB063244

크로스토크 2

CROSS TALK

크로스토크 2

코니 윌리스 지음 **최세진** 옮김

아작

일러두기

1. 이 책은 《Crosstalk》를 두 권으로 나누어 옮긴 것입니다.
2. 모든 각주는 옮긴이의 것입니다.
3. 등장인물의 마음속 생각이 주요 대화 수단 중 하나로 사용되는 작품의 특성상, 직접 대화나 인용에는 큰따옴표(" ")를, 마음속 생각에는 홑낫표(「 」)를 써서 구분하였습니다. 대화 안에 있는 인용한 말이나 강조, 도서명 등에는 작은따옴표(' ')를 사용하였습니다.

어떤 사람도 흉내 낼 수 없고
누구도 대신할 수 없는
메리 스튜어트에게

"아일랜드에는 불가피한 일은 절대로 일어나지 않지만,
생각지도 못했던 일은 끊임없이 일어난다."
— 존 펜틀랜드 머해피

✱

"군중 속에는 다른 사람들과 똑같아 보이더라도
놀라운 메시지를 품고 있는 사람들이 항상 있기 마련이다."
— 앙투안 드 생텍쥐페리

✱

"잘 들어봐."
— 영화 '고스트 타운'

감사의 말

이 책을 쓸 때 도움을 주었던 모든 분들에게 아주, 아주, 아주 감사하다는 인사를 드립니다. 그중에서도 특히 이분들에게 감사드립니다.

내 딸 코델리아, 플롯을 짤 때 헤아릴 수 없이 많은 도움을 주었습니다.

내 친구 멜린다 스노드 그라스, 저에게 끝도 없이 격려와 정신적 지원을 해주었습니다.

그리고 코사인에서 열린 낭독회에 참가했던 분들, 이분들이 이 책의 제목을 지었습니다.

크로스토크(crosstalk) [ˈkrostok] 명사

1. (라디오나 텔레비전 등) 통신장치의 교신이 다른 장치의 교신 때문에 방해를 받음. 이로 인해 교차하고 뒤섞이고 혼동됨. 우연한 연결로 인해 원치 않은 신호나 간섭이 존재하는 상황.
2. 모임 도중에 우연히 발생한, 화제에서 벗어난 대화.
3. 재치 있고 빠른 속도로 이야기하는 재담, 가벼운 농담과 희롱.

19

"그들은 종종 내가 부르지 않을 때 오기도 했지만,
오지 않을 때도 있었습니다.
그래서 하느님께 그들을 보내달라고 기도를 한 적도 있습니다."
— 잔 다르크

다시 극장이 되어버렸다. 이번에는 브리디가 아무것도 볼 수 없었기 때문에 훨씬 더 지독했다. 그리고 너무 어두워서 C.B.는 그녀를 구하러 올 수 없었다. C.B.가 이쪽으로 돌아오려고 애쓰다가 뭔가에 부딪히면 사서가 그 소리를 듣고 둘을 잡을 것이다. 그래서 브리디도 움직일 수 없었다. 소리를 내면 안 된다. 비록 목소리가 사방에서 그녀를 들이박으며 불만과 공포와 분노의 파도를 귀가 먹먹할 정도로 쏟아 붓더라도 말이다.

브리디는 울음소리가 새어나가지 않게 손으로 입을 틀어막았다. 「C.B.!」그 목소리들 너머로 C.B.가 그녀의 목소리를 들을 수는 없었다. 그들은 너무 요란하고 너무 폭력적이었다.

「내 방어벽.」브리디가 생각했다. C.B.는 그녀에게 목소리가 돌아오면 벽돌담을 상상하라고 했었다. 그래서 브리디는 빨간 벽돌과 두툼한 회색 모르타르를 머릿속에 그리려고 노력했지만, 이미 너무 늦어버렸다. 목소리들이 벌써 담장 안까지 들어와 있었다.

「C.B.! 이게 작동을 하지 않아! 이제 어떻게 해야 돼?」브리디가 외쳤다. 하지만 기적적으로 C.B.가 브리디의 목소리를 듣는다고 해도, 브리디는 자신에게 내리꽂히며 쏟아 붓는 목소리들의 아우성을 뚫고 그의 목소리를 들을 수 없을 것이다. 「목소리에 대해 생각하지 마.」브리디가 단호하게 혼잣말을 했다. 「마시멜로를 생각해. 녹색 토끼풀, 노란색 별. 그리고 노래들.」하지만 '길리건의 섬'의 주제곡 중에서 떠오르는 노래와 가사가 하나도 없었다. 그리고 C.B.의 빅토리아 시대 소설들은 지금 서고에 있었다.

브리디는 혼자서 목소리들에 포위된 상황이었다. 그리고 목소리는 그녀를 질식할 것 같은 어둠 속으로 끌어내렸다. 브리디는 점점 아래로 내려갔다. 「C.B.!」그녀는 헐떡거리고, 숨이 막히고, 물을 삼켰다.

그때 C.B.가 갑자기 나타났다. 그는 브리디를 붙잡고 말했다. 「이런, 정말 미안해!」C.B.는 그녀에게 손을 달라고 했다. 하지만 그녀는 C.B.에게 몸을 날려서 난파선의 희생자들이 흘러가는 나무토막을 붙잡듯 양팔로 그의 목을 감쌌다.

「어디 있었어?」브리디가 훌쩍거리며 말했다. 「네 목소리가 들리지 않는데 손전등이 꺼지더니 목소리가….」

「그래, 알아. 정말 미안해. 사서 메리언이 바로 바깥에 있었어. 거의 문 앞에 다가온 상황이었어. 그래서 난 그녀가 불빛을 볼까 봐 걱정돼서….」

「다시는 나를 놔두고 가지 마!」 브리디가 울부짖으며 그의 목을 감싼 팔에 더 세게 힘을 주었다.

「그러지 않을게. 약속해.」C. B.는 그녀를 감싸 안고 모든 목소리와 어둠을 막았다. 그리고 브리디의 머릿결에 댄 그의 입술과 그의 목소리만 남았다. 「나 여기 있어, 여기 있어. 쉬. 이제 괜찮아.」

브리디가 C. B.를 너무 꽉 끌어안아서 그는 거의 숨을 못 쉴 지경이었다. 그래서 그녀는 놔줘야 한다는 걸 알았지만 그럴 수가 없었다. 목소리들이 다시 돌아올 것이다. 그들은….

「네가 괜찮을 때까지 매달려있어도 돼.」C. B.가 말했다. 「어차피 우리는 당분간 여기서 못 나가. 메리언이 아직 도서관을 돌고 있어. 그녀는 지금 화장실을 확인하는 중이야. 나중에 사서가 남자화장실을 보며 무슨 생각을 했는지 말해줄게. 지금은 열람실을 확인 중이야. 그녀는 다시 자신이 문단속을 해야 한다는 사실 때문에 엄청 화난 상태야. 이번 주에만 벌써 세 번째거든. 왜 그녀가 항상 이 일을 맡게 된 건지 알아? 쉽게 잘 속는 사람이기 때문이야. 그게 이유야….」

브리디는 그녀의 관심을 돌리려 C. B.가 계속 중계방송을 하고 있다는 사실을 잘 알고 있다. 극장에서 럭키참스를 이야기하던 이유와 같았다. 하지만 C. B.의 팔이 자신을 감싸고, 그의 목소리가 자신의 머릿속을 채워주기만 한다면 그녀는 상관없었다.

「메리언이 외투와 지갑을 들고 사무실에서 나왔어.」C. B.가 말했다. 「이제 아래층으로 내려가고 있어…. 사서가 앞문을 잠갔어….」한동안 침묵이 흐르더니 그가 입으로 말했다. "사서가 차에 탄 것 같아. 방금 이런 소릴 들었거든. '남부 고속도로에서 차량 연쇄 충돌.' 이건 자동차 라디오를 듣고 있다는 뜻이야. 이제 그녀는 어느 쪽에서도 차가 없는데 왜 빨강 신호등에 잡혀 있어야 하는 건지 의아해하고 있어. 확실히 도서관을 나가서 집으로 가는 중이야. 우리도 여기서 나갈 수 있어." 그건 브리디가 C.B.를 놔줘야 한다는 의미였다.

"네가 아직 준비가 안 된 것 같으면 안 그래도 돼." C.B.가 부드럽게 말했다. 그러자 브리디는 갑자기 그를 누르고 있는 자신의 몸이 의식되었다.

"난 괜찮아." 브리디는 C.B.의 목에 두르고 있던 팔을 풀고 뒤로 물러섰다. "고마워."

"정말 괜찮겠어?"

"응." 브리디가 대답했다. 「아니. 저 목소리들이…」

C.B.가 그녀의 손을 잡았다. "이제는?"

브리디가 고개를 끄덕였다.

"좋았어. 그러면 가자." C.B.는 어둠과 앞에 놓인 미로 같은 가구들을 뚫고 앞으로 나가서, 몸을 굽혀 셔츠를 집어 들고, 손전등을 움켜쥐었다. 그리고 문을 열었다.

복도는 어두웠다. 불빛이라곤 복도 끝에 있는 빨간 비상구 표시등뿐이었다. 그 불빛이 퍼져나가며 텅 빈 복도를 더욱 휑하게 비췄다. 하지만 브리디는 복도로 나가길 주저했다. 「수위가 없다는 게 확실해?」 그녀가 물었다.

"확실해." C.B.가 입으로 말했다. "예산 삭감 덕분이야, 기억하지? 게다가 난 생각을 읽을 수 있어. 모두 퇴근했어." 하지만

C.B.가 문을 조용히 닫고 손전등을 켜지 않는 것으로 봐서는, 그도 걱정을 하고 있는 게 틀림없었다.

「잃어버린 휴대폰.」브리디는 C.B.의 재촉을 받으며 복도를 따라 서둘러 가다가 그 생각이 떠올랐다. 「C.B.는 누군가 휴대폰을 어디에 뒀는지 기억나서 다시 찾으러 돌아올까 봐 걱정하는 거야.」

「아냐. 괜찮아.」C.B.가 말했다. 「메리언만 가능해. 그녀가 오늘 밤 이 건물의 열쇠를 가진 유일한 사람이거든.」하지만 그는 발걸음을 늦추지 않았다.

「어디로 가는 거지?」C.B.가 아무 말 없이 그녀를 계단으로 이끌며 아래층으로 내려가서 브리디는 궁금했다. 하지만 그는 대답이 없었다. 「직원 휴게실로 가나 보네.」브리디가 생각했다. 아니나 다를까 C.B.는 '작업실'이라고 표시된 문 앞에 서더니, 그 문을 열고 전등을 켰다.

그 휴게실은 창고보다 그다지 크지 않았고, 비슷한 정도로 물건이 많았다. 대여섯 개의 플라스틱 의자와 칙칙한 녹색의 축 늘어진 소파, 개수대와 조리대, 찬장, 냉장고, 전자레인지가 공간을 꽉 채우고 있었다. 커다란 탁자에는 반쯤 먹은 분홍색과 흰색의 케이크가 있었는데, 생일 파티에서 남은 게 틀림없었다. 사서는 더 큰 케이크를 사지 않은 걸 걱정할 필요가 없었다. 케이크는 엄청 많이 남아 있었다.

C.B.는 조리대로 가서 손전등을 내려놓고 셔츠를 입었다. 그는 찬장을 열어서 커피통을 들더니 그 밑에 있는 열쇠를 꺼내고 찬장을 닫았다. 그리고 다시 손전등을 집어 들고 브리디에게 다

가왔다. "가자." 그가 전등을 껐다. 그리고 둘은 다시 밖으로 나갔다.

그렇다면 직원 휴게실은 아니네. 「열람실로 가는 건가?」브리디가 생각했다. 하지만 둘은 다른 방향으로 가고 있었다. 그리고 C.B.가 서고는 너무 춥다고 했었다. 그렇다면 어디로 가는 거지?

C.B.는 아직도 대답이 없었다. 그는 다른 복도로 그녀를 이끌더니, 마침내 '관계자 외 출입금지' 표시가 되어 있는 문 앞에 멈췄다. 그 문을 열자 위로 올라가는 계단이 나왔는데, 다른 계단들보다 훨씬 좁았다. C.B.는 조용히 문을 닫고, 손전등을 켜고, 그녀를 위쪽으로 데리고 올라갔다.

그 꼭대기에 '출입금지'라는 팻말이 붙은 철문이 있었다. C.B.는 브리디에게 손전등을 건네며 말했다. 「자물쇠를 비춰줘.」C.B.는 커피통 아래에 있던 열쇠로 자물쇠를 풀더니 문을 열었다.

안에는 다시 계단이 있었다. 그리고 그 끝에는 다시 문이 있었다. 「저 문에는 뭐라고 적혀있을까?」브리디는 궁금했다. 「출입금지. 당신한테 하는 말이야. 진심이야?」

하지만 그 문에는 아무런 표시도 없고 잠겨있지도 않았다. C.B.가 문을 열자 안이 칠흑처럼 깜깜했다. 그가 브리디를 안으로 끌어당기더니 문을 닫았다. "전등 스위치만 찾으면 되는데, 잠깐만 네 손을 놔도 괜찮을까?" 그가 말했다.

"응."

C.B.가 그녀의 손을 놓았다. 그리고 그가 벽의 스위치를 찾는지 손으로 더듬거리는 소리가 들렸다. 그러더니 뭔가에 걸려 비틀거렸다. 「젠장.」C.B.가 말했다. 그리고 곧 그가 다른 뭔가에

부딪히며 쿵 소리가 났다.

「여기가 또 창고는 아니길 바랄게.」브리디가 생각했다.

"아니야." C.B.가 쾌활하게 말했다. 그리고 그가 스위치를 발견한 모양인지 곧 방이 환하게 밝아졌다.

브리디의 입이 쩍 벌어졌다. 반짝거리는 목제 바닥에 한쪽 끝에는 도자기 타일로 덮인 벽난로가 있고, 책장이 줄지어 있는 우아한 방이었다. 거기에 소파와 붉은 가죽을 덧댄 안락의자 두 개가 아늑함을 더했다. 이쪽 끝에는 창고에 있던 것처럼 생긴 서랍이 많이 달린 색인카드용 나무 캐비닛이 있고, 그 위에는 셰익스피어의 흉상이 놓였다. 그리고 참나무로 만든 구식 도서관 탁자와 의자들이 있고, 반대편 벽에는 책이 잔뜩 쌓여있는 가슴 높이의 나무 책상이 있었다.

"이… 이게… 어떻게…?" 브리디가 말을 더듬으며, 놀란 눈으로 줄지은 책장과 티파니 스테인드글라스 스탠드를 바라봤다. "여기가 어디야?"

"도서관이야." C.B.가 안락의자 사이에 있는 탁자 위와 소파 옆에 있는 스탠드들을 켜며 말했다.

"하지만 예산이 깎였다고 하지 않았어?" 화려한 벽난로와 페르시아 양탄자, 소파 등받이에 드리워진 고급스러운 캐시미어 천을 보면서 브리디가 말했다.

"그랬지." C.B.가 말했다. 그리고 책상으로 가더니, 책상 뒤로 손을 뻗어서 구식 놋쇠 열쇠를 꺼냈다. 그는 문으로 돌아가서 구식 문손잡이에 그 열쇠를 꽂아 잠그고 천장의 등을 껐다. 그래서 티파티 스탠드에서 나오는 빛만으로 방을 비췄다. "하지만 1928

년엔 달랐어. 그 당시 도서관은 이렇게 생겼어. 그리고 그때 아서 텔맨 로스가 신입생으로 입학했지."

"아서 텔맨 로스가 누구야?"

"저 사람이야." C.B.가 나이 지긋하고 엄격한 얼굴의 남자 초상화를 가리켰다. "그리고 여긴 아서 텔맨 로스 기념실이야. 사서들은 다들 이곳을 '지성소(至聖所)'라고 부르긴 하지만 말이야. 난 여기를 '카네기룸'이라고 불러. 멋진 카네기 도서관들처럼 생겼으니까. '뮤직맨'에 나오는 도서관 같기도 하고."

"그런데 왜 이게 여기에 있는 거야?"

"그건 이야기가 길어. 나중에 말해줄게." C.B.가 도서관 탁자 위로 몸을 숙이더니 탁자 중간의 녹색 전등갓이 달린 독서용 놋쇠 스탠드를 켰다. 스탠드는 탁자 위에 빛의 웅덩이를 만들고, 그 뒤에 있는 책장에 빛을 드리웠다. 파란색, 녹색, 빨간색의 책표지들이 보석처럼 빛났다.

"아름다워." 브리디가 말했다.

"그리고 침입으로부터도 안전하지. 이 방은 창문이 없고, 문이 안에서 잠그게 되어 있는데, 문은 단단하고 두꺼운 참나무로 만들어졌어. 그래서 우리가 여기서 나누는 말을 아무도 들을 수 없어. 그리고 도서관 직원들은 내가 이 장소를 안다는 사실을 상상도 못 할 거야. 그리고 아무튼, 다들 집에 갔어."

「그리고 목소리로부터도 안전하고.」 브리디가 책이 둘러싸고 있는 벽을 보며 생각했다. 목소리를 막아주는 게 책이 아니라 책을 읽는 사람들의 생각이라는 사실을 잘 알고 있었지만, 그녀는 열람실에 있을 때보다 여기가 더 안전하게 느껴졌다.

20

이건 말도 안 되는 짓이었다. 둘은 여기에 와서는 안 된다. 그들은 언제라도 체포될 수 있었다. 설령 체포되지 않더라도, 브리디는 트렌트를 극장에 놔두고 떠나버린 일 때문에 내일 골치 아픈 일이 기다리고 있었다. 그녀는 트렌트에게 뭐라고 말해야 할지 전혀 떠오르지 않았다. 메이브에게도. 하지만 그건 상관없었다. 여기 밝은 빛을 비추는 이 사랑스러운 장소에 있는 한 그녀는 모든 것들로부터 안전했다. 심지어 목소리부터도.

"하지만 여기에 영원히 있을 수는 없어." 안타깝게도, C.B.가 말했다. "그래서 너의 패닉룸을 구축해야 해." 그가 도서관 탁자에서 의자를 하나 뺐다. "앉아."

브리디는 시키는 대로 했다. 그러자 C.B.가 탁자 맞은편으로 가더니 의자를 빼서 앉았다. "진행 과정은 담장을 세울 때와 아주 흡사해." 그가 말했다. "다만 이번에는 담장을 세우는 게 아니라 방을 만드는 거야. 패닉룸이 뭔지는 알지?"

"몇 년 전에 조디 포스터의 영화에 나왔던 것처럼, 침입자가 집에 난입했을 때 숨는, 납으로 둘러싸인 방이잖아."

"맞아. 그 영화보다는 더 안전하다는 차이가 있긴 하지만." C.B.가 말했다. "그리고 더 잘 작동해. 게다가 이건 공습 대피소처럼 내부를 만들 필요도 없어. 아니, 오히려 그렇게 하지 않는 게 더 좋아. 공습 대피소에 들어가 있는 사람이 특별히 안전한 느낌을 받으면 그게 더 이상할 것 같아. 거기에 들어가 있는 이유는 곧 핵전쟁이 터질 거라는 의미잖아. 그리고 패닉룸에 들어간 이유도 누군가 집에 침입했기 때문이지. 역시 안전하다고 느낄 만한 상태는 아냐. 그러니까 '패닉룸'은 정확한 용어라고 할 수 없을 거야. 대신 '안전실'이나 '안식처'라고 하자. 네가 편안하고 보호받는다는 느낌을 받을 수 있는 장소."

「여기에 C.B.와 함께 있는 것처럼.」브리디가 생각했다.

"그래, 뭐, 하지만 내가 항상 같이 있을 순 없을 거야." C.B.가 말했다. "아까 창고에서 그랬던 것처럼 말이야."

"그건 네 잘못이 아니야! 너도 목소리만으로는 사람들이 어디에 있는지 알아낼 수 없다고 했잖아. 그리고 내가 배웠던 대로 담장을 머릿속에 그렸더라면 그런 일은 일어나지 않았을 거야."

"하지만 내가…, 아니다. 그만두자. 중요한 건 그런 일이 다시는 일어나지 않게 하는 거야. 그리고 그걸 위해 안전실을 만드는 거지. 안전실은 목소리가 닿지 않는 안식처를 제공해줄 거야. 그리고 네 생각이 빠져나가거나 엿듣게 되는 일도 막아줄 거야."

「그래서 C.B.는 내 생각을 읽더라도 나는 C.B.의 생각을 읽지 못했던 거야.」브리디가 생각했다. 「그러면 C.B.는 자신의 안전실에 들어가 있는 건가?」

"그래. 하지만 네가 다시 거만하게 굴면서, 내가 트렌트의 목소리를 막았다며 비난하기 전에 미리 말해두자면," C.B.가 말했다. "안전실은 네 생각을 다른 사람이 엿듣게 되는 걸 막을 수 있게 해주는 거지, 다른 사람의 생각을 막는 게 아니야."

"내가 널 비난하는 일은 없을 거야. 네가 아일랜드 유전자에 대해 말해줬을 때, 트렌트와 내가 연결되지 않은 건 그이의 조상이 영국인이기 때문이라는 사실을 깨달았어. 트렌트의 조상들은 억제 유전자를 가지고 있었을 테니까."

"그것도 원인 중 하나였겠지." C.B.가 중얼거렸다.

"무슨 뜻이야?"

"아무것도 아냐. 네 말이 맞아. 영국인은 아일랜드인이 당하지 않았던 온갖 침략을 받았고, 자기들도 엄청나게 많이 침략했으니까. 영국에서는 텔레파시와 관련된 역사가 거의 없어, 심지어 성인들조차도. 반면에 너는 네가 통제할 수 있는 수준보다 더 높은 소통 능력을 갖고 있지. 자, 이제 안전실을 만들어보자." C.B.가 브리디 쪽으로 몸을 숙이며 말했다. "네가 바깥의 세계로부터 보호받으며 안전하게 느껴지는 장소를 떠올려봐."

「창고.」브리디가 생각했다. 그리고 C.B.의 팔이 그녀를 감싸고 있는 상황. 하지만 C.B.가 말하는 건 그런 게 아닐 것이다. 설령 그게 맞는다고 하더라도 그녀가 C.B.에게 그렇게 말할 수는 없었다. 브리디가 보호받는다는 느낌을 받았던 게 또 어디였더라? 그녀는 수위가 가족들을 막아주는 아파트에서 트렌트와 사는 모습을 상상했었지만, 그것도 C.B.가 말하는 게 아닐 거라는 생각이 들었다. 게다가 지금 그 아파트에 들어갈 생각을 하니 트렌트가 쏟아놓을 질문들이 무서웠다. 안전과 보호라. "요새 같은 걸 말하는 거야?" 그녀가 물었다.

"아니야. 전투와 포위 공격에 안전한 장소를 만들려는 게 아니야. 그건 네 담장이 맡을 거야. 네가 고요함과 평온함을 떠올릴 수 있는 장소가 필요해. 하지만 공원이나 숲은 안 돼. 어딘가 안에 있어야 해. 네 아파트처럼 말이야. 아니면 네가 어렸을 때의 침실이라든가. 네가 허락하지 않는 한 아무도 들어올 수 없는 장소."

그렇다면 그녀의 아파트도 아니고, 메리 언니와 캐슬린과 함께 지냈던 어릴 적 침실도 확실히 아니었다. 그리고 개인 사무실도 아니다. 컴스팬에서는 어떤 장소도 별안간 들어오는 사람들로부터 안전하지 않았다. 지하실은 안전할지도 모르지만, 거기조차도 캐슬린은 그녀를 찾으러 내려왔었고, 게다가 너무 추웠다.

브리디가 그 추위가 떠올라 진저리를 쳤다. 그러자 C.B.가 말했다. "혹시 춥니?"

"아냐, 난…."

"음, 이제 추워질 거야." C.B.가 책상으로 다시 갔다. "도서관은 마친 후에 난방을 꺼버린다는 사실을 기억해둬."

C.B.는 책상 뒤로 사라지더니 리모컨을 손에 들고 일어섰다. 리모컨으로 벽난로를 가리키자 불꽃이 일어나서 따스한 오렌지색과 빨간색의 열기를 페르시아 양탄자와 가죽 안락의자, 그리고 고급스러운 나무 바닥에 드리웠다.

"이 방은 어떨까?" 브리디가 물었다. "여기를 내 안전실로 사용해도 돼?"

"그래도 되긴 하는데, 너한테 익숙한 곳이 더 잘 작동할 거야. 네가 어렸을 때 잘 숨던 장소는 없었어? 네가 들어가서 놀기 좋아하던 벽장이라든가, 아니면 나무 위의 오두막집이라든가?"

"없었어. 넌 어디를 안전실로 이용하고 있어?"

"난 오랫동안 수없이 많은 장소를 이용했어. 서부의 기병대 요새, 잠수함, 타디스." 브리디가 멍한 표정으로 바라보자 C.B.가 덧붙였다. "드라마 '닥터 후'에 나오는 파란색 타임머신이야."

"네가 실제로 존재하는 장소여야 한다고 그랬잖아."

"타디스는 실제로 존재해. 내가 '닥터 후'를 백만 번은 봤거든. 그와 비슷하게 네가 이용할 수 있는 장소는 없을까? 어린 시절에

봤던 것 중에 말이야. 라푼젤의 탑이라든가?"

"아니, 그건 메이브의 영역이야."

"대학 때는 어때? 그때는 혼자 살았어?"

"아니." 브리디가 대답했다. 그녀는 문득 봄방학 때 룸메이트와 함께 산타페로 떠났던 여행이 떠올랐다. 앨리슨의 부모는 널찍한 어도비 벽돌집을 가지고 있었는데, 가운데에 담으로 둘러쳐진 안마당이 있었다. 브리디는 매일 아침 일찍 일어나서 그 안마당에 나가 앉아 있었다.

"혼자서?"

"응. 앨리슨은 자고 있었고, 그 애 부모님은 유럽에 계셨거든."

"자, 말해봐. 이 안마당을 둘러싼 담은 어떤 거였어?"

"어도비 벽돌이었어. 하지만 거긴 지붕이 없었어. 그러면 안전실로는 자격이 없는 거 아냐?"

"아냐. 우리가 다루고 있는 건 은유야, 기억하지? 네가 아무도 그 장소에 들어오지 못할 거라고 생각하기만 하면, 그걸로 괜찮아. 어도비 벽돌 담장은 얼마나 높았어?"

"내 키보다 높았어."

"안마당에 대문이 있었어?"

"대문이라기보다는 그냥 문이 하나 있었어. 파란 문." 브리디는 무겁고 밝게 칠해진 나무문이 기억났다.

"무겁다니 좋네. 문에 자물쇠가 달렸어?"

"아니." 브리디는 기억해내려고 애쓰며 말했다. "하지만 쇠로 만든 걸쇠가 있었어. 그리고 나무 빗장이 있어서 그걸 내리면 사람들이 들어오지 못하도록 막을 수 있었어."

"더 좋네. 문이 무겁다고 했잖아. 그래도 네가 열 수 없을 정도로 무겁지는 않겠지?"

"응. 왜?"

"네가 견딜 수 없을 정도로 목소리가 커지기 시작하면 걸쇠를 들어 올려 문 안으로 들어가야 하니까 그래. 그래서 네가 빨리 열 수 있어야 해."

"하지만 내가 열 수 있으면 목소리도 열 수 있지 않을까?"

"아냐. 네가 문 안으로 들어가자마자 문에 빗장을 걸어버리면 못 들어와."

"하지만 목소리들이 공성망치를 가지고 있으면 어떡해?"

"목소리는 공성망치를 가지고 있지 않아. 이건 성이 아니라 산타페에 있는 안마당이잖아. 뉴멕시코 주에 공성망치는 없어. 그리고 너한테 들리는 목소리는 물이잖아, 기억하지? 군대가 아니야. 그리고 그 물은 안으로 못 들어와. 네 어도비 담장이 너무 높고 두터우니까. 그래서 네가 그 홍수처럼 쏟아지는 물로부터 도망치는 방법은 안마당으로 뛰어들어가서 문을 쾅 닫는 거야. 그리고 우리는 지금 바로 그걸 연습할 거야." C.B.가 브리디를 바라봤다. "거기서는 안전하게 느꼈었어? 그리고 즐거웠어?"

"응. 나는 혼자 있는 게 좋았어. 그리고 거긴 아름다웠어. 전부 다 녹색이고 그늘이 많았어. 그리고 커다란 미루나무가 있었는데, 그 아래에 내가 즐겨 앉던 나무 벤치가 있었어."

"안마당의 나머지 부분도 어떻게 보이는지 말해줘." C.B.가 지시했다. 그리고 그 뒤로 30분 동안 그녀가 기억나는 세세한 부분을 모두 꼼꼼하게 점검했다. 판석을 깐 바닥부터 한쪽 벽에 세워져 있던 정원사의 낡은 벽장, 문 옆에서 자라고 있는 분홍색과 빨간색 접시꽃까지.

"좋았어." 브리디가 묘사를 마쳤을 때 C.B.가 말했다. "이제 눈을 감고 네가 그 안마당에 서 있는 모습을 머릿속에 그려봐."

"잠깐만." 브리디가 말했다. "내가 안전실에 들어가면 너한테 어떻게 이야기를 해? 그리고 네가 나한테 말하는 소리를 어떻게 들어?"

"말소리를 막지는 않아. 생각만 막을 뿐이지. 그리고 너는 네가 원하는 대로 누구든 그 안에 들여보내 주거나 못 들어가게 막을 수 있어. 그래서 넌 안전실 안에서도 내 목소리를 들을 수 있어. 물론 네가 원하지 않을 때는 안 되겠지만."

"왜 내가 원하지 않겠…?" 브리디는 말을 하다가, 수없이 그에게 꺼지라고 했던 일이 떠올랐다. "너를 쫓아내지 않을게. 약속해."

"그렇게 말해주니까 고맙네." C.B.가 말했다. "이제 안마당에 서 있는 네 모습을 그려봐."

브리디는 발밑에 깔린 판석, 나뭇잎 그림자가 어른거리는 높은 어도비 담장, 낡은 벽장과 그 위에 쌓인 테라코타 화분을 머릿속에 그렸다.

"좋아, 이제 문을 열고 밖으로 나가 봐."

"문을 열어? 그냥 여기에 내내 있으면 안 돼?"

"끊임없이 그 장소를 머릿속으로 그리는 건 너무 많은 집중력과 에너지를 소모하니까 그래. 네가 군중 속에 있을 때나 목소리들이 너무 거칠고 위협적일 때만 거기로 들어가."

27

「아니면 내 생각을 네게 들려주고 싶지 않을 때.」브리디가 조용히 덧붙였다. 그리고 C.B.가 "난 마조히스트가 아냐"라고 했을 때 자신이 보였던 반응이 떠올랐다.

"넌 그 공간을 실제 패닉룸처럼 사용하면 돼."C.B.가 계속 말했다. "비상시에만 사용하는 거지. 나머지 시간에는 네 벽돌담 방어벽을 의지하면 돼. 지금 하려는 게 그거야. 방어벽을 상상한 후에 문을 열고 밖으로 나가."

브리디는 주저하면서 나무 빗장을 올리고 걸쇠를 올리고 무거운 문을 열어서 밖으로 나갔다. "이제 어떡해?"

"네게 보이는 걸 말해줘."

"내 담장이 보여." 브리디는 멀리 떨어져 있는 방어벽을 보며 말했다. 그녀는 고개를 돌려 안마당의 어도비 담장과 파란 문을 바라봤다. "문에는 부조가 조각되어 있고, 고추를 말리려고 주렁주렁 매달아 놓았어." 등 뒤로 낮게 우르릉거리는 소리가 들렸다. 목소리들이 다가오고 있다.

"C.B.⋯." 브리디는 무거운 문을 휙 잡아당겨 열었다. 그리고 안으로 뛰어들어가 쾅 닫은 뒤 빗장을 걸고는 문에 기대어 가쁜 숨을 헐떡거렸다.

"아주 잘했어. 괜찮아?" C.B.가 묻더니 그녀가 그렇다고 하자, 다시 시켰다. 그리고 또다시 시켰다. 그리고 매번 시도할 때마다 시간을 줄이려 노력했다.

"브리디, 정말 잘했어." 여섯 번째 연습을 마친 뒤에 C.B.가 말했다. "잠시 쉬자." 그는 안락의자로 걸어가 털썩 앉았다. "멋진 장소야, 그렇지? 서고보다는 훨씬 나아."

「아냐, 그렇지 않아.」브리디가 생각했다. 그리고 그녀에게 엉겁결에 떠오른 생각을 그가 듣지 못하게 하려고, 고추가 매달린 파란 문을 통해 안마당으로 뛰어들었다. 서고에서 책장에 등을 기대고 서 있을 때 C.B.가 브리디에게 다가오고 서로의 얼굴이 몇 센티미터도 채 떨어져 있지 않던 때가 떠올랐기 때문이었다. 「C.B.가 들을 수 없는 안전실이 있어서 천만다행이야. 이게 제대로 작동해주면 좋겠는데.」

겉으로 보기엔 제대로 작동하는 것 같았다. C.B.는 그녀를 쳐다보지 않았다. 그는 벽난로의 불을 보고 있었다. 브리디는 먼지 냄새를 풍기는 책의 벽으로 둘러싸인 아늑한 방을 둘러봤다. 책장에는 도서관용 구식 사다리가 세워져 있고, 대출계 책상 위에는 델라웨어 강을 건너는 조지 워싱턴의 모습을 담은 그림이 한 점 있었다. 그리고 독서대 위에는 가죽으로 장정한 커다란 사전이 펼쳐져 있었다.

"여기가 뭐하는 데라고 했었지?" 브리디는 C.B.가 아까 가리켰던 초상화를 쳐다보러 다가가면서 물었다. "이 사람 이름이 아서 뭐라고?"

"아서 텔맨 로스." C.B.가 말했다. "이 도서관의 건물을 지을 때 8천6백만 달러를 기부한 사람이야. 도서관의 낡은 색인카드와 셰익스피어의 흉상과 사전 독서대와 대출계 책상을 유지하는 조건이었지." C.B.가 목조와 철재로 만들어진 구식 날짜 도장을 집어 들었다. "그리고 물론 저 책들도." 그가 천장까지 닿는 책장들을 가리키며 팔을 휘휘 저었다.

"'아이반호'도 포함해서." C.B.는 책의 제목을 읽으려고 고개를 옆으로 기울이며 말했다. "'로빈 후드와 로빈슨 크루소의 모험'" 그가 고개를 들었다. "그리고 로스가 대학 시절 당시 읽었던 다른 모든 책과 빅토리아 시대 소설의 멋진 선집들까지 포함해서 말이야."

"하지만 이 방이 뭐 하는 곳인지는 아직도 말 안 해줬어." 브리디가 말했다.

"도서관은 자동 대출기와 목록 단말기, 킨들이 있는 시대에 색인카드나 날짜 도장을 유지할 생각이 없었기 때문에 이 방을 만들었어." C.B.는 소파로 걸어갔다. "계약문서 내용을 어기지 않으려고. 그리고 대학 총장이 다른 잠정적인 백만장자 기증자를 접대하기에도 완벽한 장소지. 정교하기에도 좋고. 섹스를 하고 싶을 때면 서고의 불편한 바닥에서 고생할 필요가 없어. 그리고 우리가 작업을 하기에도 완벽한 장소야."

「우리가 불법 침입했다는 것만 빼면 말이지.」 브리디가 생각했다. 「우리가 잡히면….」

"우린 잡히지 않아." C.B.가 확신을 담아 말했다. "대학 경비원은 시그마파이엡실론 동아리에서 걸려온 전화를 받느라 바빠. 그 앞에 있는 잔디밭에 한 남자애가 졸도했거든. 메리언은 집에 가서 침대에 누워 예산 삭감을 걱정하고 있어. 그리고 설령 우리가 잡히더라도 우리에겐 여기에 있을 완벽한 권리가 있어. 아서 텔맨 로스는 대학이 자신의 요구사항을 올바르게 이행하리라고 믿지 않았어. 그래서 그는 유언장에 자신이 기증한 물건들은 모두 대중이 언제라도 이용할 수 있게 해야 한다고 적었어. 그래서 이 방의 문이 잠겨있지 않았던 거야. 여기로 오는 길이 잠겨있긴 했어도. 도서관에서는 이런 방이 존재한다는 사실을 학생들에겐 깊고 어두운 비밀로 남겨두고 있지."

"넌 여기를 어떻게 알게 됐어?"

"'텔레파시 체험의 역사'를 찾고 있었어. 그런데 그 책이 도서관의 온라인 목록에는 있는데 서고에도 없고 대출된 상태도 아니었어. 그러자 조교가 말했어. '어쩌면 지성소에 있을지도 모르겠네요.'"

"그래서 그 남자가 너를 여기로 데리고 왔어?"

"여자였어." C.B.가 말했다. "아니. 그녀는 그 말을 하자마자 더 이상 말을 않고 입을 다물어버렸어. 하지만, 너도 알다시피, 난 생각을 읽을 수 있잖아."

"그렇지." 브리디가 말했다. "그 말이 나와서 말인데, 넌 대학 경비원과 사서의 목소리를 들을 수 있는데, 왜 나는 못 할까?"

"너도 할 수 있어." C.B.가 말했다. "문제는 네가 다른 잡다한 목소리들에서 그 소리를 분리해내지 못한다는 거야."

"그럼 넌 할 수 있어?"

"그 전에 들어봤던 목소리거나 내용으로 미뤄서 내가 누구의 목소리인지 알 수 있을 경우에는 할 수 있지."

"대학 경비원처럼?"

"아니. 사실 동아리에서 911을 불렀어. 그 사람이 동아리 주소를 말하고 나서 생각하는 소리가 들렸어. '배차원이 곧바로 경찰을 보내주겠다고 했어.' 그건 그리 자주 일어나는 일은 아니지."

"경찰을 곧바로 보내준다는 게, 아니면 동아리 학생이 잔디밭에 졸도한 게?"

"주소를 생각한 거 말이야." C.B.가 말했다. "그리고 자기 이름을 생각하는 거. 사람들이 '나는 제이슨 P. 스미스인데, 여자친구가 있으면 좋겠어'처럼 자기 이름을 머릿속에 떠올리는 경우는 거의 없거든. 그래서 네가 그 사람들을 알고 있지 않으면, 특히 그 사람들의 목소리를 알고 있지 않으면, 다른 군중들로부터 그 목소리를 분리하는 건 몹시 어려워. 소리의 건초더미에서 바늘을 찾으려는 시도나 마찬가지야."

C.B.는 사서 메리언과 조교의 목소리를 그 전에 들어봤을 게 틀림없었다. 하지만 서고에 있던 연인들은?

"근접성이지. 연습을 하면 목소리의 음색 변화로 가까이 있는 사람을 구별할 수 있어."

C.B.는 그 방법으로 브리디가 병실에 있을 때 안에 누가 있는지 알 수 있었고, 메리어트 호텔에 그녀를 내려줄 때도 컴스팬 사람들이 가까운 곳에 없다는 사실을 알았던 것이다. "나한테도 그 방법을 가르쳐줄 거지?" 브리디가 물었다.

"응. 네가 준비되면 가르쳐줄게. 하지만 네가 그 정도까지 가려면 아직 멀었어. 그러려면 목소리들을 헤치며 찾는 작업이 필요한데, 그 말은…."

"목소리 한가운데로 똑바로 걸어 들어가야 한다는 의미지." 브리디는 그 생각만으로도 다시 겁에 질렸다. C.B.의 말이 맞았다. 그녀는 아직 준비되지 않았다. 과연 그렇게 될 수 있을지도 의문이었다. 브리디는 미친 듯이 쏟아지는 소리의 급류 가운데서 특정한 목소리를 찾을 방법이 없었다. 심지어 C.B.의 목소리조차도.

「C.B.는 도대체 어떻게 그걸 하지?」 브리디가 감탄하며 생각했다.

"처음에는 나도 못 했어." C.B.가 말했다. "난 오로지 목소리에서 도망칠 수 있기만 바랐어. 지금의 너하고 똑같았어. 그 말이 나와서 말인데, 다시 작업으로 돌아가야 해. 우리가 여길 떠나기 전까지 네가 무의식적으로 해낼 수 있을 정도로 안전실을 갖췄으면 좋겠어. 그러려면 연습이 필요해."

브리디는 고개를 끄덕이고 탁자로 돌아가기 시작했다. "아냐, 아냐. 거기에 앉아." C.B.가 말했다. "거기서도 할 수 있어. 그 자리가 벽난로에 더 가깝잖아. 더 따뜻하기도 하고."

브리디는 소파에 앉았다. 그러자 C.B.가 안락의자를 가까이 가져와서 앉더니 다리를 벌리고 양손으로 깍지를 꼈다. "좋았어." 그가 말했다. "담장을 세울 때와 똑같이 할 거야."

"읽을 책이 필요할까?" 브리디가 책장을 돌아보며 물었다.

"아니. 지금까지 한 것처럼 그냥 이야기를 나누면 돼. 그러다 내가 '목소리'라고 말하면 넌 최대한 빨리 안마당으로 들어가는 거야. 알았지?"

"알았어." 브리디가 대답했다. 그리고 소파의 팔걸이를 움켜 잡고, 눈으로는 고추가 매달린 파란 문을 응시하며 여차하면 달려갈 준비를 했다.

"아냐, 달려갈 준비를 하면 안 돼. 난 네가 편안하게 있으면서 다른 일에 집중했으면 좋겠어. 우리가 어디로 신혼여행을 가면 좋을지 결정했어?"

"아니." 브리디가 대답했다. 「우리에겐 덜 위험한 화제가 필요해.」

"네가 가까이 있는 사람이나, 앞서 들어봤던 목소리를 들을 수 있다면, 틀림없이 컴스팬에 있는 모든 사람의 목소리를 들을 수 있겠네." 브리디가 말했다. 「그러면 넌 헤르메스 프로젝트에서 뭘 하고 있는지 알겠구나.」

"'들을 수 있다'와 '듣는다'는 전혀 다른 의미야." C.B.가 말했다. "다들 어떻게 하면 승진할 수 있을지, 자신이 정리해고를 당하지 않을지, 점심을 뭐 먹으러 갈지 생각하고 있을 때는 더욱 그렇지. 나는 사람들이 어디에 있는지만 알아내서 그들을 피해. 목소리가 온다."

브리디가 문으로 내달렸다.

"아직 느려." C.B.가 말했다. "다시 해보자. 무슨 이야길 하던 중이었지?"

"컴스팬에 일하는 사람들의 생각이 얼마나 지루한지."

"아, 컴스팬 사람들만이 아니야. 모두 그래. 차라리 풀 뜯어 먹는 암소의 소리를 듣는 게 덜 멍청하게 느껴질 거야."

"넌 암소의 목소리도 들을 수 있어?"

"아니, 사람들의 목소리만 들어. 굉장히 애석한 일이지. 네 강아지가 너한테 무조건적인 숭배의 찬양을 하는 소리를 들을 수 있다면 얼마나 멋지겠니." C.B.가 말했다. 하지만 브리디는 살짝 안도감이 들었다. 사자나 호랑이의 소리를 걱정할 필요가 없어졌다….

"아니면 곰이나," C.B.가 말했다. "촌충. 가끔 사람들이 촌충과 그렇게 다른가 싶은 때도 있긴 하지만 말이야. 사람들이 주로 무슨 생각을 하면서 시간을 보내는지 알아?"

"내 짐작에는 네가 '정교'라고 말할 것 같은데?"

"아냐. 스물다섯 살 이하라면 모르지만, 그 외의 사람들이 주로 생각하는 건 날씨야. 비가 올까? 비가 멈출까? 눈이 오려나? 따뜻해질까? 사람들은 날씨를 끊임없이 생각해. 그리고 돈. 그리고 자신의 직업이 얼마나 싫은지. 그리고 감사 인사."

"감사 인사?"

"그렇다니까. 실은 감사 인사가 없다는 사실을 생각하는 거지. '왜 조카 녀석은 감사 인사를 안 하는 거지? 걔네 엄마는 가정교육을 어떻게 하는 거야? 그 녀석이 감사 인사를 제대로 하기 전에는 선물을 더 이상 안 보내줄 거야. 그리고 감사 인사는 이메일도 안 되고, 전화로도 안 돼. 손으로 제대로 쓴 편지를 보내라고!'" C.B.가 머리를 손으로 움켜쥐었다. "그 생각을 계속 또 하고, 또 하고, 또 하고. 한 시간은 계속해. 섹스나 다른 불평들보다 더 힘들어. 그리고 생리 작용. 사람들이 과도하게 많은 시간을 그 생각을 하느라고 보내. 트림이나 방⋯."

"무슨 말인지 알겠어. 그러니까 네 말은 목소리를 들어봤자 전혀 재미가 없다는 거지?"

"아냐. 아이들은 정말 대단해. 난 완전히 넋을 놓고⋯." C.B.가 말을 멈췄다.

"뭐에 넋을 놔?" 브리디가 물었다.

"서너 살 아이들. 아이들이 생각하는 방식은 놀라워. 아마 갓난아기들도 좋을 텐데, 아기들의 생각은 언어적이⋯. 목소리가 온다."

브리디가 이번에는 더 빨라졌다. 하지만 C.B.를 만족시킬 정도로 빠르지는 못했다. C.B.는 그녀에게 반복하고 또 반복하며 그 기술을 익히도록 했다.

"대체 몇 번이나 이걸 해야 되는 거야?" 브리디가 물었다. 몇 시간 동안 그것만 한 것 같았다.

"완전히 자동화될 때까지." C.B.가 말했다.

"알았어." 브리디가 하품을 참으며 말했다. "미안해, 난⋯."

"공포가 만들어낸 아드레날린 1회분을 진하게 먹어서 그래. 아니다, 2회분이구나. 창고 안에서의 일까지 세면 말이야. 그리고 이제 아드레날린의 약효가 다 떨어졌기 때문에 졸음이 오는 거야. 게다가," C.B.가 시계를 흘끗 봤다. "지금은 새벽 3시야. 네가 하품을 하는 것도 놀랍지 않아." 그가 소파를 가리키며 말했다. "좀 눕지그래?"

"그러면 더할 나위가 없지." 브리디가 간절한 표정으로 소파를 바라보며 말했다. "하지만 잠이 들까 봐 무서워. 그리고 네가 연습이 더 필요하다고 했잖아⋯."

"그렇긴 한데, 시간은 많아. 일요일에 도서관은 11시까지 열리지 않아. 그리고 잠깐 자두는 것도 사실 나쁘지 않을 거야. 네 두뇌에게 배운 것들을 처리해서 장기 기억으로 넘길 기회를 줄 테니까. 자, 누워." C.B.가 탁자로 가서 스탠드의 불을 껐다.

"고마워." 브리디가 말했다. 그리고 갑자기 너무 피곤해서 눈을 뜨고 있기가 힘들었다. 그녀는 누웠다⋯가 다시 벌떡 일어나 앉았다. 목소리를 잊고 있었다. 방어벽이 작동하는 건 그녀가 그것을 머릿속에 그리기 때문이다. 그런데 그녀가 잠들면⋯.

"잠을 잘 때는 목소리가 들리지 않아." C.B.가 브리디를 안심시켰다.

"왜?"

"나도 그건 모르겠어. 아마 자는 동안에는 뇌의 화학적 구조가 바뀌기 때문일 거야. 아니면 렘수면이 근본적으로 다른 종류의 생각에 몰두하기 때문일지도 모르지. 이유가 뭐든 간에, 자는 동안에는 메시지를 받거나 보낼 수 없어."

「정말 다행이다.」브리디가 생각했다. "하지만 내가 잠들었다가 깨어날 때는 어떻게 돼?"

"그때가 가장 취약한 시간이야." C. B.가 말했다. "하지만 네 방어벽이 완전히 자동화되고 나면 괜찮아. 그렇게 되면 네가 잠에서 깨자마자 바로 방어벽이 세워질 거야."

"완전히 자동화되려면 얼마나 시간이 걸릴까?"

"며칠 정도면 돼." C. B.가 말했다. 그리고 소파 옆에 있는 티파니 스탠드의 불을 끄고, 안락의자 사이에 있는 스탠드만 남겨두었다. "그래도 걱정하지 마. 그때까지는 내가 경비를 설 테니까."

"어떻게?"

"내 믿음직한 빅토리아 시대의 검을 들고." C. B.가 책장으로 가더니 두꺼운 책을 한 권 꺼냈다. "'로마제국 쇠망사'는 어때?"

"지루해."

"동의해. 하지만 망하는 부분은 그리 지루하지 않을 거야." C. B.가 안락의자 옆에 있는 탁자 위에 책을 놓고 소파로 다가왔다. "자, 누워." C. B.가 브리디에게 캐시미어 천을 덮어줬다. "눈을 감고, 어도비 벽돌담을 두른 절대로 뚫리지 않는 멋진 안전실 말고는 다 잊어버려."

"그럴게." 브리디가 말했다. "하지만 잠들기 전후에 방어막이 완전히 무의식적으로 작동할 때까지 며칠이 걸린다면, 넌 언제 잠을 자?"

"네가 깨어있을 때 잘 거야. 네가 빨리 잠이 들어야 빨리 일어날 테고, 그래야 나도 잠깐 눈을 붙일 수 있어. 알겠지?"

"알았어." 브리디가 불안한 목소리로 답했다.

"괜찮을 거야. 내가 바로 옆에 있을게. 뭐, '바로' 옆은 아니고, 적절하게 안전한 거리에 있을 거야." C.B.는 벽난로에서 먼 안락의자로 걸어가서 털썩 앉았다. "그러니까 내가 널 덮칠 거라는 걱정은 하지 않아도 돼."

"난 그런 걱정은⋯."

"그래. 혹시 모르니까 해본 소리야. 그리고 '로마제국 쇠망사'에 집중하려면 이렇게 떨어져 있는 게 더 좋아." C.B.가 그녀를 보며 방긋 웃었다. "내가 물방울 하나 못 들어오게 막을게. 약속해." 그가 책을 펼쳤다. "이제 자."

말처럼 그렇게 쉽지 않았다. 브리디는 계속 생각을 떨쳐버릴 수가 없었다. 혹시 C.B.가⋯.

"난 졸지 않을 거야." 그가 말했다. "이 의자가 너무 불편하거든. 그리고 이 바보 같은 아가씨가 계속 말을 해서 말이야."

"미안해." 브리디가 작은 소리로 말했다. 그녀는 부드러운 캐시미어 천을 덮고 몸을 웅크리고, 눈을 감고, 집중해서 안마당으로 들어가, 문을 당겨서 닫고, 나무 빗장을 걸고, 걸쇠를 잠갔다. 목소리들을 막았다.

하지만 브리디가 걱정하는 건 목소리만이 아니었다. 아침에 잠히지 않고 여기서 어떻게 빠져나갈지도 고민스러웠다. 그리고 트렌트에게 뭐라고 해야 할지, 또 메이브에게는….

"내가 옛날이야기 해줄까?" C. B.가 물었다.

"응. 제발 부탁해." 브리디는 손등에 뺨을 괴고 말했다.

"이때 파노니아 군대는 셉티미우스 세베루스의 지휘를 받았다." C. B.가 입으로 읽었다. "셉티미우스 세베루스는 대담한 야망을 숨기고 있었다. 그의 야망은 쾌락의 유혹이나 위험에 대한 우려, 인간애라는 감정에 영향을 받지 않고 꾸준히 나아갔다."

「내가 느끼는 감정은 이 캐시미어 천이 정말로 따뜻하다는 거야.」 브리디가 생각했다. 「병원에서 C. B.가 가져다줬던 담요만큼이나 따뜻하네.」 그리고 잠이 들었다.

브리디는 어둠 속에서 깨어났다. 그녀는 졸음에서 깨지 않은 상태에서 여기가 어딘지 궁금해하다가, 기억이 떠오르자마자 공포가 몰아쳤다. 「벽난로 불이 꺼졌다!」

「아냐, 그건 불가능해.」 그나마 두뇌에서 조금 이성적인 부분이 주장했다. 「저건 가스로 켜는 벽난로야.」 그리고 브리디는 그 열기를 느낄 수 있었다. 눈에 어둠에 적응되자 불그스름한 오렌지색 불꽃이 보였다.

「C. B.가 끄지 않은 이상.」 브리디가 생각했다. 「C. B.가 꺼버렸다면 나는 목소리와 함께 어둠 속에 있고, 그러면 목소리가… C. B.!」 그때 브리디는 옆에 누워있는 C. B.가 느껴져서 안심했다. C. B.는 양손으로 그녀의 손을 잡고 가슴께에 안전하게 꼭 붙이고 있었다.

브리디는 자신과의 거리를 지키지 않은 C. B.에게 화를 내야 한다는 사실을 알고 있었지만, 그녀가 느끼는 안도감이 너무 컸다. 그가 약속대로 거기에서 그녀의 방패가 되어 소리를 막아주고 있어서 감사하는 마음이 훨씬 컸다. 그래서 수작을 걸고 있다며 C.B.를 비난할 수 없었다. C.B.는 깊이 잠들어 있었다. 그의 고른 숨소리를 들을 수 있었다. 그리고 잡혀 있는 손 아래로 그의 가슴이 오르락내리락하는 게 느껴지고, 그의 심장박동 소리가 들렸다.

「C.B.」브리디가 부드럽게 불렀다. 그러자 방 건너에서 중얼거리는 소리가 들렸다. 그녀는 깜짝 놀라 어둠 속에 벌떡 일어나 앉았다. 벽난로에 대해서는 브리디가 비몽사몽간에 했던 생각이 틀리지 않았다. 벽난로의 불그스레한 불꽃에 비친 C.B.가 보였다. 그는 저쪽에 있는 안락의자에 큰 대자로 누워서 등받이에 머리를 누이고 양손을 팔걸이 너머로 늘어뜨리고 잠들어 있었다.

브리디는 놀라서 자기 손을 내려다봤다. 그녀의 손도 C.B.가 잡고 있지 않았다. 그녀가 뭔가 소리를 냈던 모양인지 C.B.가 고개를 들고 졸린 목소리로 중얼거렸다. "무슨 일이야?"

"아무것도 아냐. 괜찮아. 내가 꿈을 꿨어." 브리디가 속삭였다. 그리고 아무 일도 없다는 걸 그에게 보여주려고 다시 엎드려서 손등 위에 뺨을 괴었다. "다시 자." 그런 말을 할 필요도 없었다. C.B.는 아직 잠속을 헤매고 있었다. 그는 둘둘 말아놓은 셔츠 위로 다시 머리를 누였다. 계속 그러고 있었던 모양이다. 그리고 눕자마자 코를 골기 시작했다.

C.B.는 완전히 녹초가 된 것 같았다. 브리디는 놀라지 않았다. 그는 오늘 밤 브리디를 두 번이나 구해주었다. 그리고 그 한 번의, 아니 두 번의 구출 전에는 병원에서 또 구해주고, 그사이에

는 집에 데려다주고, 차를 가지러 갈 수 있도록 메리어트 호텔까지 데려다주고, 숨을 장소를 찾았다. 그리고 그동안 내내 C.B.는 귀를 기울이면서, 그녀가 목소리를 듣기 시작하는 기미가 보이는지 관찰하고, 그녀를 지키고 보호해주었을 거라고, 브리디는 짐작했다. 그리고 그는 지금도 그러고 있었다. 심지어 잠이 든 상태에서도.

안락의자에 대자로 누워있는 C.B.가 너무도 유약해보여서 브리디가 미소를 지었다. 불빛을 받아 홍조를 띤 그의 얼굴은 또 얼마나 어려 보이던지. C.B.는 열세 살에 목소리가 시작되었다고 했다. 메이브보다 겨우 네 살이 많은 나이였다. 당시 그에게는 목소리가 어떻게 느껴졌을까?

C.B.는 당시 목소리를 멈추게 하려던 자신의 노력과 무엇이 어떻게 되고 있는 건지 알아가는 과정, 방어벽을 궁리해내는 과정을 가볍게 말했다. 하지만 끔찍했을 게 틀림없다. 학교는 악몽이었을 것이고, 대학은 상상하기도 쉽지 않다. 그리고 대부분의 직업도 그렇다. 그가 컴스팬을 찾아낸 건 행운이었을 것이다. 휴대폰 수신 범위를 벗어난 지하실까지 확보했으니 말이다.

영화관도 불가능했을 것이다. 졸업식과 결혼식과 장례식과 축구 경기장과 쇼핑몰에 가는 것도. 그의 옷차림이 왜 그런지도 이해가 됐다. 그리고 그의 낡은 자동차도. 평범한 삶의 모든 면이 그에게는 투쟁이나 다름없었을 것이다.

그래도 그건 C.B.가 방어벽과 안전실을 만든 후였다. 그 전에는, 목소리들이 처음 모습을 드러냈을 때는, 끔찍하다는 표현만으로는 부족했을 것이다. 원인도 모르는 상태에서 파도처럼 몰아치는 생각과 감정들이 얼마나 끔찍했을까. 게다가 그를 구해주는 사람도 없고, 미친 게 아니라고 안심시켜 주는 사람도 없고, 방어 벽을 어떻게 세워야 할지 가르쳐주는 사람도 없었다! 그리고 잠 들 때 따스하게 손을 잡아줄 사람도.

「이 일이 일어났을 때 내게 C.B.가 없었더라면 어떻게 되었을 까?」 브리디가 생각했다. 그녀는 대답을 알고 있었다. 살아남지 못했을 것이다. 그녀는 미치거나 자살했을 것이다.

C.B.가 그러지 않았던 건 정말 놀랍다. 그는 준비도 되기 전에 음란하고 악의적이고 분노에 휩싸인 세계에 내던져져서, 아무런 여과 없이 세상의 비열함과 악덕에 노출되어 어찌할 수 없는 희생자가 되고 목격자가 되었다. C.B.는 감당할 수 없는 일들을 얼마나 많이 겪었을까?

게다가 도와주거나 무슨 일이 일어나고 있는지 설명해줄 사람도 없고, 심지어 하소연할 사람도 없었다. 그리고 둘러싼 모든 사람이 그를 이상한 인간이라고 생각했다. 「노트르담의 꼽추처럼.」 C.B.가 강간범이나 연쇄살인범이 되지 않은 게 오히려 놀라웠다.

그는 괴물이 되지 않았을 뿐만 아니라, 끊임없이 맹공격을 퍼붓는 목소리에 맞서 스스로를 지켜낼 방법을 찾아냈다. 그리고 그녀에게 같은 일이 일어나자 도움의 손길을 내밀었다. C.B.는 그저 조용히 있을 수도 있었다. 그에게 모른 척하고 침묵을 지킬 이유는 수없이 많았다. C.B.가 브리디에게 말하려고 했을 때 그녀는 막무가내로 발버둥을 치고, 트렌트와 연결되는 걸 막기 위해 그녀의 병실을 도청한다는 등 온갖 힐난을 퍼부었다.

하지만 그럼에도 불구하고 C.B.는 그런 브리디를 계속 도와주

42

었다. 그리고 그 과정에서 자신의 비밀이 폭로될 위험까지 감수했다. 그거야말로 C.B.의 행동 중에 가장 놀라운 부분일 것이다. 사람들이 C.B.가 텔레파시 능력자라는 걸 알게 되었을 때 일어날 일에 대한 그의 이야기는 모두 사실이기 때문이다. 수키는 그 즉시 그 소식을 트위터에 올릴 것이다. 그러면 언론이 이야기를 전할 것이고, 컴스팬은 회사를 우스갯거리로 만들었다며 그를 해고할지도 모른다. 아니면, 더 안 좋게 전개될 경우, 회사가 C.B.를 기업 스파이로 임명해서 애플의 새 휴대폰이 어떤 건지 알아내라고 요구할지도 모른다. 하지만 텔레파시는 그런 식으로 작동되는 게 아니라고. 목소리는 데이터베이스에서 정보를 찾듯이 들을 수 있는 게 아니라고 설명해봤자 소용없을 것이다. 그들은 텔레파시로 사업적 우위를 차지할 수 있으리라 확신하고, C.B.의 연구실로 쳐들어가서 그를 추궁할 것이다.

C.B. 자신에게 있어서 영리한 처신은 침묵을 지키면서, 브리디에게 닥친 목소리를 그녀 스스로 처리하도록 놔두는 것이었다. 브리디는 C.B.가 그러지 않아서 무한히 감사했다.

그녀는 한참 동안 C.B.를 지켜보다가 다시 눈을 감았다. 그리고 브리디는 자신의 손이 뺨을 받치고 있고, C.B.는 방의 반대편에 있다는 사실을 알고 있었지만, 눈을 감자마자 그가 자신의 옆에 다시 누워 양손을 가슴에 포갠 채 그녀의 손을 꼭 쥐고, 그의 심장에 안전하게 대고 있는 모습이 그려졌다.

「자고 있을 때는 소통할 수 없다고 누가 그래?」 브리디는 미소를 지으며 다시 잠에 빠져들었다.

20

"진정한 사랑의 길은 결코 순탄치 않다."
— 윌리엄 셰익스피어, '한여름 밤의 꿈'

브리디가 다시 깨어났을 때는 스탠드의 불이 켜져 있고, 그 안락의자와 방이 텅 비어 있었다. 「C.B.?」 그녀가 불렀다. 「어디 있어?」

「야식거리를 챙기러 나왔어.」 C.B.가 말했다. 그래서 브리디는 반사적으로 대출계 책상 뒤에 있는 시계를 쳐다봤다. 5시 30분이었다.

「그래, 좀 이른 아침식사지.」 C.B.가 말했다. 「걱정하지 마, 눈깜빡할 사이에 돌아갈 거야.」

「걱정 안 해.」 브리디가 묘한 표정을 지으며 생각했다. 그리고 안마당으로 들어가서 C.B.가 자신의 생각을 듣지 못하도록 했다. 왜냐하면 그가 떠나지 않았기 때문이었다. 심지어 방에 스탠드의 불빛이 가득하고 브리디가 눈을 뜨고 있었는데도, 그리고 심지어 그녀가 캐시미어 천을 한쪽으로 치우고 팔을 들어 아주 기분 좋은 기지개를 켰는데도, C.B.는 여전히 그녀의 손을 꼭 붙잡고 자신의 가슴에 대고 있었다.

「빨리 와.」 브리디가 C.B.를 불렀다. 「배고파!」

「금방 도착해.」 C.B.가 말했다. 그리고 잠시 후 문이 벌컥 열렸다. 그가 한 손에는 크고 불룩한 식료품점 비닐 주머니를 들고, 다른 손에는 케이크가 가득한 종이 접시를 들고, 옆구리에는 과자들이 들어있는 봉지가 매달려있었다. 「내가 근사한 것들을 찾아냈어.」

C.B.는 그것들을 탁자 위에 내려놓더니 봉지들을 뒤집으면서 그가 찾아낸 것들을 하나씩 말했다. "생일 케이크, 도리토스, 살사 소스, 포도, 페페로니 피자 반쪽, 땅콩버터 크래커, 누군가 조금 먹은 스니커즈 초코바, 올리브….."

"직원 휴게실에서 이걸 다 훔친 거야?" 브리디가 물었다.

"살사와 올리브, 케이크만 거기서 훔쳤어. 메리언이 그걸 어떻게 다 치울지 걱정하는 소리를 들었거든. 나머진 서고에서 발견한 것들이야. 사람들이 몰래 들고 들어간 음식들이지. 이것만 빼고." C.B.가 음료수 캔을 두 개 꺼냈다. "이건 자판기에서 산 거야. 라테는 없더라. 펩시나 시에라 미스트로 만족해야 할 거야."

"펩시로 할게." 브리디가 피자로 손을 뻗으며 말했다. C.B.가 체크무늬 셔츠 주머니에서 냅킨을 꺼내서 그녀에게 건넸다. 그건 확실히 파티 장소에서 가져온 것 같았다. 냅킨엔 파랑새들이 그려져 있고, 조그만 새에는 '생일 축하해'라고 말하는 대사가 적혀 있었다.

전부 맛이 좋았다. 심지어 도리토스조차도. 틀림없이 서고에 몇 주는 있었을 텐데 말이다. 아주 눅눅했다. "그래도 괜찮지, 응?" C. B.가 말했다. "아, 넌 내가 또 뭘 찾아냈는지 안 믿을 거야. 채집하다가 다른 마시멜로가 뭐였는지 잠깐 조사해봤어."

"조사? 우연히 럭키참스에 대해 생각하는 누군가의 목소리를 찾아냈다는 뜻이야?"

"아니, 메리언의 컴퓨터로 검색해봤어."

「사무실들은 잠기지 않았었나?」 그리고 컴퓨터에는 비번이 필요할 것 같은데?

"분홍색 하트와 파란색 달, 녹색 클로버는 우리 생각이 맞았어. 녹색은 토끼풀이 아니라 클로버였어." C. B.가 말했다. "그리고 그냥 별이 아니라 별똥별이었어. 그 외에 말굽과 무지개, 풍선이 있었고, 왠지 모르겠지만 모래시계도 있었어. 또 내가 제일 꼭대기 층의 서고에서 뭘 찾았는지 알아? 자그마치… 짜잔!"

C. B.는 식료품 봉투에 손을 집어넣더니 시리얼 상자를 자랑스럽게 꺼내 보였다. "럭키참스!" 그는 시리얼 한 움큼을 탁자 위에 쏟았다. "자, 이제 내가 조사한 내용을 맞혀볼 수 있어."

"아니면 틀린 거로 확인되든지." 브리디가 다양한 색깔의 작은 과자들을 내려다보며 말했다. 그녀는 그중 가운데에 밝은 녹색의 덩어리가 있는 연한 녹색 마시멜로를 집어 들었다. "이건 토끼풀처럼 안 생겼네."

"클로버야." C. B.가 정정해주었다.

"이건 클로버처럼 생기지도 않았어. 이건 모자 위에 나비넥타이가 달린 것 같아."

"어떤 종류의 아일랜드 남자가 모자 위에 나비넥타이를 달고
다녔지?" C.B.가 그걸 브리디에게 받아 뒤집어서 흘끗 보더니 말
했다. "금항아리일지도 몰라."

"그러면 왜 녹색일까? 이것도 봐." 브리디가 U자 모양의 자주
색 마시멜로를 집으며 말했다. "이건 뭐야? 무지개?"

"아니, 이게 무지개야." C.B.가 색색의 반원 마시멜로를 보여
줬다.

"아니면 수박을 잘라놓은 모양인가."

"마시멜로는 전부 아일랜드와 관련이 있어. 수박이 아일랜드
랑 무슨 관련이 있지?"

"아니면 개뼈다귀일까?" 그녀가 갈색을 띤 노란 마시멜로를 집
으며 말했다.

"그래도 이 분홍색 마시멜로는 하트가 맞았네." C.B.가 말했
다. "그리고 파란색이 달이라는 것도 맞았고."

"그런데 도대체 이건 뭐야?" 브리디가 무더기 안에서 하얀 마
시멜로를 집어 들며 말했다. 그건 타원형이었는데 가운데에 오렌
지색 줄이 그어져 있고 한쪽 끝에는 점이 불규칙적으로 찍혀 있
었다.

"모르겠어." C.B.가 그녀에게 그걸 받아서 이리저리 돌려보며
말했다. "알비노 증후군에 걸린 가지 열매인가?"

"알비노 가지?" 브리디가 웃음을 터트렸다. "아이들의 시리얼
에 알비노 증후군에 걸린 가지를 뭐 하러 넣겠어?"

"모르지!" C.B.는 그걸 입으로 던져 넣었다. 그리고 인상을 찌

푸리며 말했다. "진짜 의문은, 왜 이 회사는 아이들의 시리얼에 분필 조각 같은 걸 넣어놓고는 그걸 마시멜로라고 부르냐는 거야. 그 말이 나와서 말인데, 다음에 목소리가 치고 들어왔을 때네가 '알비노 가지, 개뼈다귀, 자주색 U자 모양 머시기'를 외울생각이 아니라면, 다시 작업으로 돌아가자. 네 안전실은 반드시….."

"완전 자동화되어야 하지. 알아."

"그리고 그걸 마치고 나면, 내가 보조적인 방어 수단들을 몇가지 가르쳐줄게. 예비용으로 성벽을 쌓거나 지성소를 만드는 것도 좋아."

「하지만 그 모든 방어벽을 다 만들어도, C.B.는 아직도 이어폰을 끼고 지하실에 내려가서 목소리로부터 숨어 지내야 해.」브리디가 생각했다. 그리고 다시 두려움에 휩싸였다.

"사실 난 지하실에 있을 필요는 없어." C.B.가 말했다. "내가거기에 머무르는 건, 사람들과 이야기를 나누다 보면 실수하기도쉽고, 또 사람들이 아무에게도 말하지 않은 내용을 내가 안다는사실을 무심코 흘릴 수도 있기 때문이야."

"그러면 사람들이 네가 텔레파시 능력자라는 사실을 알게 되겠지."

"그렇지. 차라리 사람들이 날 미쳤다고 생각하는 게 나아. 그리고 난 자진해서 거기에 있는 거야. 동료 인간들의 가장 은밀한비밀을 수년간 듣다 보면 그들을 얕보게 될 수밖에 없거든. 그러다 보면 그 사람들하고 어울리기 싫어지지. 그건 방어벽의 효과하고는 전혀 무관해. 걱정하지 마. 네 안마당이 너를 전적으로 안전하게 지켜줄 거야. 우리가 제대로 마치기만 하면."

그 뒤 한 시간 내내 C.B.는 브리디에게 안마당 안에 안전하게 들어간 상태에서 자신과 대화하는 훈련을 시켰다. 그리고 그녀는 마음속으로 하고 있는 일이 겉으로 드러나지 않도록 연습했다.

완전히 익히는 건 쉽지 않았지만, 브리디는 마침내 어도비 담장과 파란 문, 그리고 이 방의 책으로 둘러싼 벽을 동시에 볼 수 있게 되었다. 그리고 미루나무 아래와 벽난로 앞에 동시에 서서 '빌리 조의 송가'에 대해 이야기를 나눌 수 있었다.

"그 노래는 엄청나게 인기를 끌었어." C.B.가 브리디에게 말했다. "그래서 사람들은 왜 빌리 조가 다리에서 뛰어내렸는지에 대한 온갖 종류의 이론을 만들어냈지."

"넌 그 사람이 왜 그랬다고 생각해?" 브리디는 C.B.와 안마당을 동시에 보려고 노력하며 물었다. "그러니까 내 말은, 빌리 조와 그 소녀가 사랑하고 있었다면 왜 자살을 했냐는 말이야."

"자살한 게 아닐지도 몰라. 그저 목소리에서 벗어나려고 하다가 그렇게 된 걸 수도 있어."

"너도 그렇게 해본 적이 있어?" 브리디가 물었다.

"뭘 해봐? 다리 위에서 뛰어내리는 거, 아니면 자살 시도?"

"둘 다. 해봤어?"

"응. 딱 한 번. 상황이 너무 안 좋았을 때였어. 내 계부가 나를 완전히 무가치한 인간으로 취급했거든. 그분을 원망하지는 않아. 내가 왜 바르 미츠바*를 거부하는지, 대학엔 왜 안 가려고 하는지

---

* 유대교에서 13세가 된 소년의 성인식.

설명할 수 없었으니까. 그리고 목소리가…." C.B.가 넌더리가 난다는 표정을 지으며 고개를 저었다. "아무튼, 난 진정제를 잔뜩 먹으면 빠져나갈 수 있을 거라고 생각했어. 하지만 목소리는 더 심해질 뿐이었지. 그래서 너한테 술이나 신경안정제를 먹지 말라고 했던 거야. 신경안정제는 목소리에 대한 수용력을 더 높일 뿐이야. 그리고 막는 게 더 힘들어져."

브리디는 그 상황이 어땠을지 이해됐다. 통제를 벗어난 목소리들이 으르렁대며 C.B.를 덮치는데, 그는 거의 의식을 잃은 상태에서 목소리를 피할 힘조차 없었을 것이다.

"그래, 뭐, 그래도 이점이 있긴 해." C.B.가 가벼운 목소리로 말했다. "첫째, 목소리보다 더 지독한 게 있다는 걸 배우게 됐어. 위세척이 최고야. 그리고 둘째, 덕분에 약물 중독이나 알코올 중독이 되지 않았어. 그건 의도하지 않은 결과가 항상 나쁜 건 아니라는 사례가 될 수도 있겠지."

C.B.가 브리디를 쳐다보며 씩 웃었다. 하지만 그녀는 웃지 않았다. 브리디는 다른 생각을 따라가느라 바빴다. "안정제가 목소리를 더 심하게 만든다면, 각성제는 효과가 있지 않을까?"

"아니, 효과 없어. 그리고 다른 종류의 약들도 죄다 더 심하게 만들 뿐이야. 방어벽이 오랫동안 작동되는 유일한 보호수단이야."

"그런데 방어벽을 상상해서 목소리를 다가오지 못하도록 할 수 있다면, 그것들을 완전히 차단해버리는 뭔가를 상상하지는 못하는 거야?" 브리디는 질문을 던진 뒤 그게 그런 식으로 작동하지 않는다는 답변을 기다렸다.

"할 수 있어." C.B.가 말했다.

"할 수 있어? 그러면 왜…?"

"아주 짧은 시간에만 가능한데다가, 엄청난 육체적, 정신적 대가를 치러야 하기 때문이야. 그 상태를 계속 유지할 수가 없어. 집중력이 잠시만 흔들려도 목소리들이 다시 으르렁대며 돌아오거든."

"하지만 그래도 뭔가 방법이 틀림없이… 수술이라든가…."

C.B.가 고개를 저었다. "수술은 안 돼. 첫째, 이건 묶어버릴 수 있는 혈관 같은 게 아니라, 신경 통로의 네트워크야. 그리고 수술이 엉망으로 진행되어 영구적으로 한층 더 나쁜 상태로 만들지 않을 거라는 보장도 없어. 그리고 둘째, 수술할 의사를 구하려면 그 사람한테 텔레파시에 대해 말해줘야 해…."

"그러면 수술은 안 되겠네. 무슨 말인지 알겠어. 하지만 뭔가 장치 같은 걸 만들 수는 없었어…?"

"나도 시도해봤었어. 그게 내가 지하실에서 대부분의 시간을 보내는 또 다른 이유이기도 해. 일종의 방해전파 발신기 같은 걸 만들려는 중이거든.

"그래서 진척이 있었어?"

"전혀. 난 간섭과 혼선이 목소리를 상쇄시킬지도 모른다고 생각했는데, 그렇게 되지 않았어. 스팸메일 필터 같은 기술을 적용해보려고 했지만 역시 안 됐어. 전자적인 안전실을 만들어보려고도 했지만 역시 안 됐어."

"그러면 아직 효과가 있는 장치를 전혀 찾아내지 못한 거야?"

"찾긴 했지. 빅토리아 시대 소설. 그리고 주파수 도약."

"헤디 라마르가 발명한 거 말이지." 브리디가 말하며 생각했다. 「그래서 C.B.가 그 여배우의 사진을 연구실에 걸어뒀던 거구나.」

C.B.가 고개를 끄덕였다. "그 개념을 이용하면 목소리를 직접 막는 대신 목소리가 나를 찾아내지 못하도록 할 수 있을 거야. 그 장치는 단기적으로는 아주 잘 작동될 거야. 하지만 장기적으로 그 방법은 어마어마한 에너지를 써야 해. 그렇게 많은 에너지를 생산할 수 있는 장치는 없어." C.B.가 브리디에게 겸연쩍은 미소를 지으며 말했다. "미안해, 브리디. 내가 너를 위해 영원히 목소리를 차단해줄 수 있었다면 그렇게 했을 거야." 그제야 브리디는 자신이 전혀 고마워할 줄 모르는 사람의 말투로 말하고 있었다는 사실을 깨달았다. 마치 C.B.가 그녀를 구출하고, 가르쳐주고, 보호해주는 정도로는 충분하지 않다는 듯이 말이다. "C.B.… 있잖아." 브리디가 말을 시작했을 때, C.B.는 뭔가 다른 소리를 듣고 있었다. 그가 고개를 들고 멍한 얼굴로 먼 곳을 바라보고 있다가 갑자기 확 인상을 찌푸렸다.

"무슨 일이야?" 브리디가 물었다.

"여기서 나가야 될 시간이야." C.B.가 의자를 밀어 넣으며 말했다. 그는 일어서서 탁자를 치우기 시작했다.

"하지만 도서관은 11시까지 안 열린다고 했잖아."

"그렇지." C.B.가 럭키참스를 손으로 모으더니 탁자 끝으로 밀어서 파랑새가 그려져 있던 냅킨에 담아 한꺼번에 봉지에 넣었다. "그래도 늦게 나가면 늦게 나갈수록 주변에 사람들이 많아질 거야. 우리가 나가는 모습을 사람들에게 들키고 싶지 않아." C.B.는 거짓말을 하고 있었다. 그는 무슨 소리를 들었지만, 그녀에게 말하고 싶지 않은 것이다. "도서관 안에 누군가 있는 거야, 그렇지?"

"아냐." C.B.가 말했다. 그리고 곧 거짓말이 먹히지 않는다는 사실을 깨달은 듯했다. "아직은 아냐. 하지만 휴대폰을 잃어버렸던 사람이 자기가 집으로 갈 때 휴대폰을 가지고 있지 않았다는 사실을 기억해냈어. 그리고 운수 나쁘게도, 그 사람이 바로 사서 메리언이야."

메리언은 도서관 열쇠를 가지고 있다. 브리디는 초조한 눈으로 문을 쳐다봤다. "메리언이 지금 도서관으로 오고 있어?"

"그러면 정말 큰일이게." C.B.가 살사 소스병의 뚜껑을 돌려 닫으며 말했다. "사실, 메리언은 아직 침대에 누워있어. 그녀는 휴대폰을 어디에 뒀는지까지는 아직 기억해내지 못했지만, 자신의 이동 경로를 머릿속으로 되돌려보고 있어. 그래서 휴대폰이 어디 있는지 알아내는 건 시간문제야. 게다가," 그가 시리얼 상자의 뚜껑을 닫으며 말했다. "일요일 아침에 그렇게 차려입고 집으로 돌아가는 모습을 다른 사람이 보면 좋겠니?" 그가 브리디의 녹색 드레스를 손짓으로 가리켰다. "특히, 네 옆집에 사는 사람이 페이스북에 그 사실을 올리면 어떻게 될까?"

「C.B.의 말이 맞아.」 브리디가 초코바와 땅콩버터 비스킷 포장지를 그러모으며 생각했다. 게다가 옆집 사람만 걱정할 게 아니었다. 그녀의 가족들은 이른 아침 미사에 참석하러 가는 길에 미리 연락도 없고 집에 불쑥 찾아오는 버릇이 있었고, 메이브도 C.B.에게서 의문스러운 문자를 받은 뒤로 이게 대체 무슨 일인지 알고 싶어서 죽을 지경일 것이다.

"네가 메이브한테 문자를 보내서 상황을 설명했다고 했잖아." 브리디가 말했다. "정확히 뭐라고 한 거야?"

C.B.는 종이 접시에 남은 케이크 크림을 혀로 핥더니, 접시를 반으로 접어서 피자 상자에 넣었다. "너랑 나랑 위급한 상황이라고만 했어."

"다른 말은 않고?"

"그냥 생사가 달린 일이라고 했어." C.B.는 피자 상자를 비닐 봉지에 쑤셔 넣었다. "그리고 내가 우리의 비밀을 안전하게 지켜줄 거라고 믿을 수 있는 유일한 사람이라고 했더니, 메이브가 자기를 믿으래."

「메이브야 당연히 그렇게 말했겠지.」브리디가 포장지들을 구겨서 봉지에 넣으면서 생각했다. 「메이브는 확실히 너한테 완전히 빠졌어.」

"응. 아무튼, 나도 메이브가 정말 대단한 아이라고 생각해." C.B.가 말했다. "브리디, 메이브에 대해서 내가 이야기해줄 게 있는데…." 그가 말을 멈췄다.

브리디가 고개를 들어 C.B.를 쳐다봤다. 그는 다시 소리를 듣고 있었다. "무슨 일이야?" 그녀가 물었다. "메리언이 지금 도서관으로 오고 있어?"

"아니." 한참 후에 C.B.가 입을 열었다. "그렇지만 메리언이 자기 전화기를 복사실에 놔뒀다는 사실을 기억해냈어. 가야겠다. 그 올리브는 나한테 줘."

"잠깐만, 네가 메이브에 대해 뭔가 이야기를 하려던 참이었어."

54

"그건 나중에." C.B.는 그녀에게서 올리브 병을 받아 뚜껑을 닫았다. "벽난로를 꺼줘." 그가 브리디에게 리모컨을 건네고 탁자를 닦기 시작했다.

브리디가 벽난로와 스탠드를 끄고, 리모컨을 책상 뒤에 다시 가져다 놨다. 그리고 캐시미어 천을 개어 처음 이 방에 들어왔을 때처럼 소파 등받이에 늘어트렸다. C.B.가 읽던 책이 안락의자 옆의 바닥에 놓여 있었다. "서고에 둔 네 책은 어떻게 할 거야?" 브리디가 바닥의 책을 집어 책장에 꽂으면서 물었다. "서고에 가서 그 책을 가지고 돌아와야 하지 않아?"

"벌써 가져왔어." C.B.가 문 쪽을 가리켰다. 색인카드 캐비닛 위에 책들이 있었다. "음식 채집을 나서기 전에 서고에 먼저 들렀어. 아, 그리고 내가 잊어먹기 전에 줘야지, 네 휴대폰." C.B.가 그녀에게 휴대폰을 내밀었다.

브리디는 휴대폰을 주머니에 넣고 럭키참스 상자를 집었다. C.B.는 브리디에게 도리토스 봉지와 살사 소스병을 건네고, 나머지 쓰레기와 빈 음료수 캔을 식료품 봉투에 집어넣었다. "뭐 잊은 건 없지? 그가 물었다.

"그런 것 같아." 브리디가 어둑한 방과 이제는 아늑하지 않은 벽난로와 어두운 책장들, 그리고 C.B.가 대자로 뻗어 자던 안락의자를 마지막으로 둘러보며 말했다. 떠날 생각을 하니 문득 상실감이 느껴졌다. 「여기에 영원히 머물 수 있으면 좋을 텐데.」

"그러게." C.B.가 말했다. 브리디가 그를 바라봤다. 하지만 그는 이미 몸을 돌려 비닐봉지와 올리브 병을 집고 있었다. "여긴 이 도서관에서 유일하게 따뜻한 방이야. 밖으로 나가면 냉장고 속으로 들어가는 것 같을 거야." C.B.가 손전등을 들고 문을 열었다. "그리고 이제 난 '로마제국 쇠망사'가 어떻게 끝나는지 결코 알 수 없을 거야. 아, 그냥 쇠퇴해서 망하는 건가?"

"메리언은 알고 있을 거야." 브리디가 C.B.의 가벼운 말투에 어울리는 말투로 대답하려 애쓰며 말했다. "우리가 서두르지 않으면, 네가 메리언에게 직접 물어볼 수 있겠지." 하지만 C.B.를 따라 문밖으로 나가 계단을 내려가면서, 그녀는 C.B.에게서 목소리를 개별적으로 걸러서 들을 방법을 배우고 싶다는 생각이 간절해졌다. 그랬다면 C.B.의 생각을 알 수 있었을 것이다.

그들이 계단 아래에 도착했다. C.B.는 문을 열기 전에 멈춰서 귀를 기울였다. 그의 말이 맞았다. 밖은 추웠다. 브리디가 와들와들 떨자, C.B.는 그녀가 두려움 때문에 그러는 것으로 이해한 모양이었다. "목소리 때문에 걱정이라면, 괜찮을 거야. 우리가 여기서 나갈 때는 밖이 환할 테고, 이제 너한테는 방어벽도 있잖아."

"메리언은 아직 집에서 출발 안 했어?" 브리디가 물었다.

"응. 아직도 자리에서 일어나서 도서관까지 돌아올 만한 가치가 있을지 계속 고민 중이야." C.B.가 복도로 향하는 문을 열며 말했다. 그가 책과 손전등을 브리디에게 내밀었다. 그래서 브리디는 럭키참스와 살사 소스병을 다른 손으로 넘기고 물건들을 받았다.

"손전등으로 문을 비춰줘. 문을 다시 잠가야 하거든." C.B.가 자물쇠에 열쇠를 집어넣으며 말했다. "다람쥐 쳇바퀴처럼 들어야 하는 일도 텔레파시의 또 다른 매력이야."

"다람쥐 쳇바퀴?" 브리디는 그가 문을 잠그는 모습을 지켜보면서 물었다.

"응." C.B.가 손전등을 다시 돌려받으며 말했다. 그들은 복도를 따라 직원 휴게실로 향했다. "있잖아. 계속 반복 또 반복하면서 휴대폰을 가지러 차를 몰고 도서관으로 돌아가는 게 좋을까 아침까지 기다릴까, 혹은… 잠깐만." C.B.가 걸음을 멈추더니 식료품 봉지를 쓰레기통에 버렸다. "혹은 공과금을 어떻게 낼지, 옆구리의 이상한 통증이 암일지 걱정한다거나."

"컴스팬이 정리해고를 할지 걱정한다거나." 브리디는 샘슨 씨가 떠올랐다. 그러자 브리디는 왜 트렌트와 연결되지 않는지, 그녀가 다른 사람과 이야기 나누는 걸 트렌트가 알게 되면 그가 어떻게 나올지 계속 걱정하던 일이 떠올랐다. 가련한 C.B.는 지금껏 그 걱정을 들어야만 했을 것이다.

"내 생각에 다람쥐 쳇바퀴는 게르빌루스쥐 쳇바퀴라고 부르는 게 맞을 것 같아." C.B.가 직원 휴게실 문을 열면서 말했다. "아니면 햄스터 쳇바퀴라고 부르거나. 다람쥐가 쳇바퀴 도는 모습은 거의 보기 힘들잖아, 그렇지?"

C.B.가 전등을 켰다. 브리디는 그 방의 모습을 보자 마음이 놓였다. 둘이 몇 조각 먹었는데도 케이크는 어젯밤과 똑같아 보였다. C.B.는 열쇠를 커피통 아래에 되돌려놓고 살사 소스와 올리브를 냉장고에 넣었다.

"그 병이 거의 비었다는 사실을 알아채지 않을까?" 브리디가 속삭였다.

"그러지 않을 거야." C.B.가 럭키참스 상자와 도리토스를 그녀에게 받아서 찬장에 넣었다. "조교 중에 한 명이 먹었을 거라고 짐작할 거야."

"적어도 모금함에 잔돈이라도 넣어야 하지 않을까?" 브리디가
'커피비용 모금'이라고 적힌 깡통을 가리키며 말했다.

"그러면 안 돼. 그러면 도서관 직원들은 다른 사람이 여기에 왔
었다는 사실을 알아챌 거야. 컴스팬에서 커피비용 모금함에 누군
가 마지막으로 돈을 넣은 게 언제일까? 그리고 우리가 잡히지 않
을 가장 좋은 방법은 우리가 여기에 있었다는 의심조차 받지 않
는 거야. 게다가 도리토스는 이 사람들 게 아냐. 내가 S-V 서고
에서 발견했어."

"하지만 그러면 사람들이 이상하게 생각하지 않을까…?"

"아냐. 케이크 더 먹을래? 도서관 직원들은 케이크를 더 먹을
생각이 없을 거야."

"아니." 브리디가 인상을 찌푸리며 말했다.

"나도 별로야. 우린 뭔가 더 든든한 걸 먹어야 해. 사람은 럭키
참스만 먹고는 살 수 없어." C.B.가 주저하는 눈빛으로 브리디를
바라봤다. "내가 멋진 훈제 연어와 베이글 빵이 있다고 했던 델
리 샌드위치 가게 기억나? 여기에서 몇 블록 안 떨어져 있어. 거
기서 아침을 먹으면서 너한테 보조적인 방어 수단을 가르쳐줄 수
도 있을 거야."

"그거 정말 좋겠다."

"그래. 그렇지." C.B.가 말했다.

C.B.가 브리디에게 휴게실 밖으로 나가도록 손짓을 하더니 전
등을 껐다. 브리디는 갑자기 자신의 마음이 들뜬 이유를 생각하
지 않으려 애쓰며 그를 따라 복도를 걸어갔다. 「내가 생각했던 것

보다 훨씬 더 배가 고팠던 거야, 그것뿐이야.」 그녀는 혼잣말을 하며, 둘이 숨었던 창고를 지나 복도 끝으로 가서 계단통으로 들어갔다.

"여긴 우리가 왔던 길이 아니잖아." 브리디가 속삭였다.

"정문에는 경보장치가 달려서 그래. 직원용 출입구도 마찬가지고, 비상문에도 다 달렸어."

"그러면 어떻게 밖으로 나갈 거야?"

「이쪽으로.」C.B.가 계단을 가리키며 말했다.

C.B.의 말이 입말에서 텔레파시로 바뀌었다. 「혹시 메리언이 도서관으로 들어왔어?」 브리디가 물었다.

「아니, 메리언은 아직도 도서관으로 와서 휴대폰을 가져갈지 결정을 못 했어. 그래도 필요 이상으로 소리를 내서 좋을 게 없잖아. 그리고 이렇게 하면 도서관 안에서 누군가 우리 소리를 듣기 전에 우리가 그 사람의 소리를 먼저 들을 수 있어. 텔레파시 능력자의 이점이지. 우리는 범죄를 저지를 때 공범과 대화를 하면서도 경찰이 오는 소리를 들을 수 있어.」

「네가 텔레파시의 이점은 전혀 없다고 했었잖아.」 브리디가 그를 따라 살금살금 계단을 내려가며 말했다.

「아, 아냐. 이점도 많아. 나는 고등학교 때 운동부 애들한테 잡혀서 괴롭힘을 당한 적이 한 번도 없었고, 갑자기 선생님이 '깜짝쪽지시험'을 치더라도 놀라지 않았어.」

「하지만 넌 아이들이 너에 대해 생각하는 온갖 조롱과 잔인한 생각도 듣고 있어야 했잖아.」

「나에 대한 좋은 생각도 있었어. 어떤 것도 모든 면에서 나쁠

59

수는 없어.」C.B.가 말했다.

「그 끔찍한 목소리의 홍수만 빼고.」

「그건 맞는 말이야.」C.B.가 인정했다.「하지만 누가 알겠어? 그것도 어딘가에 쓸모가 있을지도 모르지. 마지막 계단이야.」

C.B.는 브리디가 계단을 다 내려올 때까지 기다렸다가 손전등을 껐다. 그가 문을 열고 밖을 내다보는 소리가 들렸다. 그러고 다시 손전등을 켜더니 복도로 그녀를 이끌었다. 여긴 콘크리트가 그대로 노출된 걸 보니 도서관 지하인 모양이었다. C.B.의 연구실만큼이나 추웠다.

C.B.는 표시가 없는 문 앞에 서더니 손전등을 껐다.「여기에 창문이 있어.」C.B.는 문을 열고 그녀에게 들어가라고 손짓을 했다. 그리고 둘 다 들어간 뒤 문을 닫았다.

그 방에 창문이 있는지는 모르겠지만 커튼이 덮인 모양인지 어젯밤에 들어갔던 창고와 별다르지 않게 깜깜했다. C.B.가 브리디의 팔을 잡으며 말했다.「괜찮아?」

「응. 아무것도 안 보인다는 문제가 있긴 하지만.」브리디는 조심스럽게 앞으로 한 걸음 디뎠다.

「잠깐만.」C.B.가 브리디를 뒤로 당겼다.「여긴 장애물 코스야. 먼저 눈을 적응시켜야 해.」그리고 눈이 적응되길 기다리는 동안 C.B.가 문 옆에서 그녀를 붙잡고 있었다.

형태가 보이기 시작했지만 그나마 어슴푸레한 수준이었다. 벽에 직사각형 모양이 높게 보였다. 그게 아마도 창문인 모양인데, 칠흑 같은 어둠 속에서 거의 구분하기 불가능할 정도로 아주 조금 밝았다.「네가 지금쯤이면 밖이 환할 거라고 했잖아.」브리디가 속삭였다.

「그래야 되는데. 지금 몇 시야?」

브리디가 휴대폰을 켰다. 그리고 바로 후회했다. 휴대폰 화면에서 나오는 빛 때문에 그동안 둘의 눈을 어둠에 적응시켰던 게 도루묵이 되었다. 「미안. 지금 6시 45분이야.」 그녀가 말했다.

「흠….」 C.B.가 말했다. 그가 곤혹스러워하는 걸 브리디도 느낄 수 있었다. C.B.는 잠시 침묵을 지키다가 입을 열었다. 「아, 어떻게 된 건지 알겠다.」

「그래? 우리가 틀린 장소로 들어온 거야?」

「아니. 가자, 이쪽으로.」 C.B.는 그녀를 안쪽으로 이끌었다.

브리디의 눈이 마침내 적응되었다. 그리고 그녀는 회색의 어둠 속에서 길게 늘어선 책장들을 볼 수 있었다. C.B.의 말이 맞았다. 여긴 장애물 코스였다. 사방에 플라스틱 상자가 있고, 책과 종이들이 실린 카트가 여기저기에 있었다. C.B.가 그 물건들 사이를 지나 방의 뒤쪽으로 그녀를 데리고 가며 가끔 고개를 들어 높은 곳에 있는 창문들을 흘끗거렸다.

「설마 나보고 저 창문으로 올라가라는 건 아니겠지?」 브리디가 말했다.

「우리가 문까지 못 가는 상황만 아니라면 그럴 일은 없을 거야.」 C.B.가 그 방의 끝까지 그녀를 데리고 갔는데, 거기에 있는 책장들에는 온갖 상자와 장부, 고무줄로 묶인 서류철이 뒤범벅되어 빼곡했다.

여기에 문이 있다고 하더라도, 대체 그 문이 어디에 있을 수 있다는 건지 브리디로서는 짐작조차 되지 않았다. 책장은 벽까지

61

거의 닿았고, 그 끝에는 더 많은 상자와 종이가 가득 찬 쇼핑백이 천장의 절반까지 쌓여있었다. 「좋았어. 그렇게 나쁜 상태는 아냐.」 C.B.는 그렇게 말하며 상자와 쇼핑백들을 치우기 시작했다.

「아서 텔맨 로스의 자료보관소야.」 C.B.가 종이로 가득 찬 쇼핑백을 내밀면서 설명했다. 「도서관으로서는 이 자료들도 보존하겠다고 약속할 수밖에 없었어. 그 사람의 식료품 목록을 포함해서 전부 다. 그리고 아주 그악한 사랑의 시들도. 이걸 저쪽에 놔줄 수 있겠어?」 C.B.가 방향을 가리켰다.

「응.」 브리디가 C.B.의 책을 내려놓으며 말했다. 그리고 그 쇼핑백을 철제 서류함 더미 옆에 놓고, C.B.에게서 다른 쇼핑백을 받았다.

C.B.가 상자를 더 꺼냈다. 「아까 우리가 무슨 이야기를 하던 중이었지?」

「네가 텔레파시에 이점이 많다는 이야기를 하고 있었어.」

「아, 그랬지.」 C.B.가 그 상자를 먼저 내려놓은 상자 위에 내려놨다. 「텔레파시는 끝내줘. 교통체증과 지루함을 피할 수 있고, 또 식료품 가게에서 쿠폰 6백 장을 가진 사람이나 자기 직불카드의 비번을 기억하지 못하는 사람의 줄에 서서 기다리는 일도 피할 수 있지.」 C.B.가 상자를 더 들어 올렸다. 「그리고 상대방이 바보인지 거짓말쟁이인지도 어렵지 않게 알아낼 수 있어.」

C.B.는 그 상자를 다른 상자들 옆에 내려놓고 마지막 상자를 끄집어냈다. 「혹은 다른 사람이 나를 사랑하는지 알기 위해 뇌수술을 하게 되는 일도 피할 수 있지. 이미 알고 있으니까.」

「그러면 가망 없는 짝사랑에 빠지는 일도 없겠네.」 브리디가 태연하게 말을 받았다.

「난 그렇게 말하지 않았어. 손전등 좀 줘.」

브리디가 건네주자 C.B.가 손전등을 켰다. 그러자 문이 보였다. 문은 벽과 같은 색이었고 책장의 끝부분에서 쑥 들어간 모양새였다. 그래서 그녀가 문을 보지 못했던 것이다.

「잠겼어?」 브리디가 물었다.

「아니. 내가 이 길로 나간 뒤에 누군가 여기 왔었다면 모르지만,」 C.B.가 문을 밖으로 살짝 열었다. 「확실히 아무도 안 왔었네.」 그가 밖을 자세히 살폈다. 「좋았어. 아무도 없어. 가자.」

브리디가 C.B.의 책을 챙겼다. 브리디가 상자들을 넘어갈 수 있도록 C.B.가 도와줬다. 그리고 그는 브리디를 지나쳐 안으로 들어가 쇼핑백들을 가져오더니 상자들 위로 쌓고 문을 열었다. 브리디는 그제야 그 방이 왜 그렇게 어두웠는지 알 수 있었다. 비가 오고 있었다. 납덩이같이 묵직한 하늘은 잔뜩 흐린 회색이었다. 주차장으로 이어지는 문 바깥의 계단에 물이 흥건했다. 주차장에는 물이 더 많이 고였다.

「네가 사람들이 날씨에 대해 생각한다고 했었잖아.」 브리디가 말했다.

「그렇지. 그런데 아직 아무도 일어나지 않았나 봐. 우산을 가져오지는 않았지? 아니면 보트라든가?」

「없어.」 브리디가 웃음을 터트렸다. 「보기보다는 괜찮을지도 몰라.」 마치 대답이라도 하듯 빗줄기가 더 거세졌다. 이미 물에 잠긴 주차장에서 물방울이 튀어 들어왔다.

「비가 누그러질 때까지 기다리는 게 낫겠다.」 C.B.가 찌푸린 얼굴로 말했다.

「내 생각엔 비가 누그러질 것 같지 않아.」그리고 그들이 더 오래 머무를수록 메리언이 주차장으로 차를 몰고 들어올 위험이 더 커진다.「지금 가는 게 나을 것 같아.」

「그러자.」C.B.가 마지못해 말했다.「너 정말 괜찮겠어?」브리디는 C.B.가 비를 걱정하는 게 아니라, 빗물의 모습을 보고 그녀가 다시 목소리의 홍수를 떠올릴까 봐 걱정한다는 사실을 그제야 깨달았다. 그리고 그녀는 자신이 여기 내려오는 동안 한 번도 목소리를 떠올리지 않았다는 사실도 깨달았다. 도서관을 내려오는 내내 어두웠고, 담장 밖에서 희미하게 중얼거리는 소리가 들렸지만, C.B.만 함께 있어 준다면 브리디는 나이아가라 폭포라도 맞설 수 있을 것 같았다.

「정말?」C.B.가 말했다.

「응. 정말이야. 난 괜찮아, 가자.」브리디가 말했다. 그리고 혼잣말로 덧붙였다.「네가 내 생각을 더 읽기 전에.」

「여기가 나이아가라 폭포네.」C.B.가 말했다.「책을 나한테 줘.」C.B.는 책을 셔츠 속에 쑤셔 넣고 문을 당겨서 닫은 뒤 그녀의 손을 잡았다. 둘은 주차장을 가로질러 뛰어갔다.

둘은 즉시 물에 흠뻑 젖었다. "버스 정류장." C.B.가 반대편의 도로 중간에 희미하게 보이는 형체를 가리키며 말했다. 브리디가 고개를 끄덕였다. 둘은 빗물이 흐르는 인도를 따라 그쪽으로 뛰어갔다.

도로에는 빗물이 강물처럼 흘렀다. "황당하네." C.B.가 말했다.

"그러게." 브리디가 그의 말을 받았다. 그리고 둘은 도로를 건

너서 정류장으로 뛰어들었는데, 그사이 신발이 완전히 젖어버렸다. 웃음이 터져 나왔다.

피난처로는 부족한 정류장이었다. 천장 모서리에서 빗물이 떨어져서 녹색으로 칠해진 철제 벤치에도 물방울이 맺혀 있었다. 둘은 정류장 가운데 부분에 딱 붙어 앉아서 세 방향에서 들이치는 빗줄기를 피하려 애썼다. C.B.는 앞이마의 젖은 머리를 뒤로 넘기고, 소매를 적신 물을 짜냈다. 브리디는 드레스를 흔들어 물을 털어냈다. "드레스 다 망가지겠다." C.B.가 말했다.

브리디는 얼룩 범벅이 된 몸통 부분과 치맛자락을 내려다봤다. "유감이지만, 이미 망가진 거 같아."

"그래, 아무튼, 그래도 더 망가트릴 이유는 없어. 우리 둘 다 비를 더 맞을 필요도 없고. 넌 여기에 있어. 내가 차를 가져올게."

"하지만…."

"넌 괜찮을 거야." C.B.가 브리디를 안심시켰다. "몇 분밖에 안 걸려. 그리고 목소리가 뚫고 들어오기 시작하더라도 너에겐 벽돌 담과 안전실이 있잖아."

그리고 C.B.는 그녀의 손을 잡아서 자신의 가슴에 가져다 댔다.

"난 진짜로 떠나는 게 아니야. 우리는 계속 이야기를 할 수 있어." C.B.가 말했다.

"알아. 이거 받아." 브리디는 C.B.의 젖은 데님 재킷을 벗어서 그에게 내밀었다. "나보다 너한테 더 필요할 거야."

"고마워." C.B.가 그녀에게 책을 건넸다. "목소리가 다시 시작되거나, 목소리를 쫓아내는 게 어려우면…."

"그러지 않을 거야." 브리디가 말했다. "가봐."

C.B.가 고개를 끄덕였다. "할 수 있는 데까지 해보는 거지, 뭐." C.B.가 말했다. 그리고 재킷을 올려 머리를 덮고 달려나갔다. 브리디는 그 자리에 서서 책을 끌어안고 그가 도로를 달려가 모퉁이를 도는 모습을 지켜보며 젖은 풀과 흙의 달콤한 향기를 맡았다.

「아직 괜찮지?」C.B.가 소리쳤다.

「응.」

「에휴, 내 상태는 좀 그래. 여긴 구약에 나오는 대홍수가 따로 없어. 차에 도착하기 전에 익사할지도… 젠장.」

「무슨 일이야?」브리디가 깜짝 놀라서 물었다.

「아무 일도 아냐. 미안해. 익사나 홍수에 관한 이야기를 꺼내려던 건 아니었어.」

「괜찮아. 정말이야. 난 아무렇지도 않아. 그래도 서둘러! 얼어 죽겠어!」

「춥다고? 난 지금 저체온증으로 사망하기 직전이야!」

「말도 안 돼. 다른 걸 생각해봐. 럭키참스 같은 거 말이야. 파란 입술, 빨간 코, 알비노 눈송이….」

「퍽이나 재밌네.」

「아니면 노래는 어때? 가사가 많은 노래들 말이야. '머리 위에 떨어지는 빗방울'이라든가 레미제라블에 나오는 '겨우 이 정도의 빗방울로'는 어때?」브리디가 말했다.

「이게 너를 구해준 것에 대한 감사 인사야? 다음번에는 여자화장실에 그대로 둘 거야!」

「'사랑은 비를 타고'가 좋겠다.」브리디가 생각에 잠겨서 말했다. 「그 곡은 가사도 많고, 진 켈리처럼 탭 댄스를 출 수도 있을 거야.」

「내 나이키 운동화가 완전히 물에 젖었어.」C.B.가 브리디처럼 들떠서 말했다. 「'미소를 우산으로 삼으세요'나 '비오는 날과 월요일'에 대해 생각해보라는 말은… 젠장!」

「무슨 일이야? 하수구에 발이 빠졌어?」

「아냐. 나무에서 5리터는 되는 빗물이 내 뒷목으로 우수수 떨어졌어. 그만 웃어!」

「미안해.」브리디가 미안한 투로 말했다. 「차에는 아직 도착 안 했어?」

「응. 아직 두 블록 더 가야 해. 그래도 1, 2분 정도면 차가 눈에 들어올 거야. 차가 빗물에 떠내려가지만 않았다면 말이야. 제발 시동이 걸려야 할 텐데. 이 녀석은 추위와 비에 나보다 더 까다로워.」

시간이 흘러갈수록 추위가 점점 심해지고 빗줄기도 굵어졌다. 바람에 날려 브리디의 머리 위로 떨어지는 빗방울이 진눈깨비처럼 차가웠다. 브리디는 뒷걸음질로 정류장 안쪽으로 더 들어가면서 혼자 비를 피해 미안한 생각이 들었다. C.B.는 비를 피할 수 없었다. 브리디는 C.B.가 차의 시동을 거는 데에 문제가 없기를 바랐다.

「브리디?」C.B.의 목소리가 치고 들어왔다. 「괜찮아? 목소리가….」

「응. 난 괜찮아. 아직 차에 못 갔어?」

「응. 아직 한 블록 더 가야 해. 그러니까 계속 말하자. 따뜻한 것만 말해줘. 비에 대한 노래는 금지야.」

「아침식사를 떠올려봐.」 브리디가 말했다. 「식당에 가면 기분이 좋아지고 따뜻할 거야. 넌 재킷을 벗어서 라디에이터에 널어서 말릴 수 있어. 그리고 웨이트리스가 너에게 뜨거운 커피 한 잔을….」

「차를 마셔야지.」 C.B.가 말했다. 「난 참한 아일랜드 총각이란 말이야, 기억하지?」

「그래, 그렇지.」 브리디가 흥겹게 말했다. 「웨이트리스가 너에게 뜨거운 차 한 잔을 가져다줄 거야. 그러면 너는 잔을 양손으로 감쌀 거야. 그리고 창문엔 온통 김이 서려서….」

「차에 도착했어.」 C.B.가 말을 끊었다. 「이제 열쇠를 꽂을 수 없을 정도로 내 손가락이 얼지만 않았다면….」

잠시 침묵이 이어졌다. 브리디는 C.B.의 마비된 손가락이 차 문을 더듬거리고, 떨리는 손으로 열쇠를 꽂아 시동을 켜는 모습이 보이는 듯 앞으로 몸을 숙였다. 「시동 걸었어?」 브리디가 물었다. 「C.B.?」

「걱정하지 마. 아직 여기 있어.」 C.B.가 말했다.

「그래.」 브리디가 미소를 지었다.

「좋았어!」 C.B.가 소리쳤다.

「시동 걸렸어?」

「아직은 몰라. 이제 겨우 차문을 열었어. 그래도 비는 피할 수 있게 됐어.」 그리고 다시 잠깐 침묵이 이어졌다. 「자, 내 사랑, 넌 할 수 있어!」 꼭 극장 화장실에서 C.B.가 그녀에게 하던 소리 같았다. 「힘내.」 다시 침묵. 「걸렸어!」 C.B.가 환호성을 질렀다.

「꼼짝 말고 거기에 있어. 2분 내로 갈게. 그러면 우리는 델리 샌드위치 가게를 찾아가서, 네 말대로 창문에 김이 서리게 만들 거야. 좋지?」

「좋아.」브리디가 대답했다. 그리고 C.B.가 몇 블록 떨어져 있어서 갑자기 발갛게 달아오른 자신의 뺨을 보지 못한다는 사실이 무엇보다 감사했다.

하지만 C.B.는 곧 이리 올 것이다. 「그리고 우리는 아침을 먹으러 갈 거야.」브리디는 열람실에 있을 때처럼 둘이 마주 보고 앉아 탁자 아래로 손을 잡고 있는 모습을 머릿속으로 그렸다.

몇 분이 지나도 C.B.는 나타날 기미가 없었다. 어디에 있는 거지? 브리디는 버스 정류장 구석으로 가서 C.B.가 모퉁이를 돌고 있는지 살펴봤다. 하지만 도로는 텅 비어 있었다. 「어디야?」브리디가 C.B.를 불렀다. 「난 얼어 죽겠어.」

C.B.는 대답이 없었다. 어쩌면 C.B.가 차에 타자마자 앞유리가 뿌옇게 김이 서려서, 그걸 닦고 서리 제거 장치를 켜고 동시에 운전을 하느라 바쁜지도 모른다. 「그런 상황이라면 C.B.의 귀에 대고 툴툴거려봤자 전혀 도움이 안 돼.」브리디는 온기를 더 빼앗기지 않으려고 C.B.의 책을 끌어안았다. 그리고 C.B.를 방해하지 않으려고 몇 분 더 기다렸다가 말했다. 「빨리 와, C.B. 저체온증이 염려되는 사람은 너 혼자만이 아냐.」

여전히 대답이 없었고, 차가 오는 기미도 없었다. 빗줄기는 시시각각 점점 더 거세졌다. 대체 어디에 있는 거지? 「어쩌면 교차로에서 차의 엔진이 서버렸는지도 몰라.」브리디는 물이 얼마나 깊을지 떠올렸다. 「아니면 물길에 미끄러져서 가로수를 들이받 있을지도 몰라.」

「괜찮아?」브리디가 걱정스럽게 물었다. 「말해, 내 소리 들려?」

「응!」트렌트가 말했다. 「오, 맙소사, 브리디! 당신이야?」

21

"비는 왔다 하면 언제나 폭우로 쏟아진다."
— 조너선 스위프트

「아, 안 돼!」브리디가 생각했다. 「이럴 수는 없어!」

하지만 이럴 수 있었다. 「믿기지가 않아, 브리디!」그 목소리가 말했다. 이번에는 착각이 아니었다. 확실히 트렌트였다.

「지금은 안 돼.」브리디가 생각했다.

「오, 맙소사! 당신 목소리가 진짜로 들려!」트렌트가 환성을 질렀다. 「당신의 감정이 아니라, 당신의 목소리라니! 우리는 서로의 마음을 읽고 있는 거야! 이게 무슨 뜻인지 알겠어?」

"그래." 브리디가 말하며 C.B.의 책을 가슴에 꼭 끌어안았다. 「이게 모든 걸 바꿀 거야.」

「C.B.한테 경고해야 돼.」그녀가 생각했다. 그런데 그녀가 C.B.에게 하는 말을 트렌트가 들으면 어떡하지? 트렌트는 「당신 목소리가 진짜로 들려」라고 했었다. 그는 정확히 무슨 소리를 들었을까? 그녀가 C.B.를 부르는 소리? 그녀의 생각?

하지만 트렌트가 어떻게 들을 수 있을까? 그는 영국계라서 억제 유전자가 있다. 그렇다면 이건 순간적인 요행이었을지도 모른다. 사랑하는 이의 외침을 들었던 사람들처럼 순간적으로만 연결된….

「믿을 수가 없어!」 트렌트가 끼어들었다. 「내가 당신의 생각을 읽을 수 있다니!」

C.B.의 이론은 틀렸다.

「뭐라고 했어?」 트렌트가 물었다. 「당신 목소리가 잘 들리지 않아.」

「그렇다면 천만다행이네.」 브리디가 생각했다. 「내가 대답하지 않으면, 트렌트는 이게 그저 환청이라고 생각할 거야. 내가 병원에서 첫날 밤에 그랬던 것처럼, 그리고…」

「병원이라니?」 트렌트가 깜짝 놀라서 말했다. 「무슨 일이야?」

너무 늦었다. 브리디는 안마당으로 뛰어가야 한다는 생각이 떠올랐다. 그녀는 파란 문을 열고 들어가 쾅 닫고 문에 기대어 헐떡거렸다.

「당신 EED에 문제가 생겼어?」 트렌트가 걱정스럽게 물었다. 「그래서 병원에 간 거야?」

「트렌트한테 병원에 있는 게 아니라고 말해줘야 해.」 브리디가 멍한 눈으로 안마당과 비를 응시하며 생각했다. 「안 그러면 트렌트가 베릭 박사에게 전화할 거야.」

하지만 브리디가 그에게 대답하면, 이 접촉이 실제로 일어난

일이며 그저 그의 환각이 아니라는 증거가 될 것이다. 「C.B.」그
녀가 불렀다. 「어떡하면 좋을까?」

대답이 없었다.

「C.B.는 이 비를 뚫고 운전하느라 바쁠 거야.」브리디가 혼잣
말을 했다.

트렌트가 다시 끼어들었다. 「브리디, 대답해줘!」그가 소리쳤
다. 「EED에 문제가 생긴 거야? 나한테 말해줘! 지금 어디에 있
는지 말해줘.」

「싫어. 절대로 말해주지 않을 거야. C.B.! 들어와! 네가 필요
해!」

여전히 대답이 없었다. 혹시 C.B.가 차와 폭우에 몰두하느라
이런 게 아니라, 더 이상 그녀의 목소리를 듣지 못하게 된 거면
어떡하지? 지금껏 시냅스가 꼬여 있다가 이제 풀리면서, 대신 그
녀가 트렌트에게 연결된 거면 어떡하지? 「하지만 난 그걸 원하
지 않….」

「당신이 뭘 원한다고?」트렌트가 물었다. 「당신 목소리가 잘
안 들려. 베릭 박사에게 전화해주길 원한다는 거야? 지금 당장 박
사한테 전화할게….」

더 이상 다른 방법이 없었다. 브리디는 트렌트에게 대답을 해
서 자신에겐 아무 일도 없으니 베릭 박사에게 전화할 필요가 없
다고 설득해야만 했다. 「트렌트?」그녀가 말했다. 「당신이야?」

「브리디? 오, 하느님 감사합니다! 걱정했어… 어디야?」

「난 안전실에 있어.」브리디가 혼잣말을 했다. 「여기에 있으면
내가 트렌트에게 들려주고 싶지 않은 생각은 그가 절대로 들을 수

없어.」하지만 그렇다고 하더라도, 그녀는 버스 정류장이나 비 내리는 거리나 C.B.에 대해서는 생각하지 않는 게 나을 것 같았다. 「그리고 C.B.를 이름으로 불러도 안 돼. 콘랜으로 불러야겠다. 트렌트는 그게 C.B.의 실명인지 모를 거야.」

「나한테 말해줘, 브리디.」트렌트가 말했다. 「무슨 일이야?」

「일이라니?」브리디가 막 잠자리에서 일어난 것처럼 몽롱한 소리로 말했다. 「아무 일도 아냐. 무슨 말이야?」

「지금 병원이야? 아까 당신이 병원이라는 소리를….」

「병원? 아니, 난… 무슨 소리야? 난 집에 있어. 자고 있었는데, 당신이 내 이름을 부르는 소리를 들은 것 같았어. 난 꿈이라고 생각했었어. 당신은 어디야?」

트렌트는 대답하지 않았다.

「순간적으로 잠깐 연결됐던 거야.」브리디는 안심이 됐다. 「그러면 트렌트를 설득해서 그저 상상이었을 뿐이라고….」

「…내가 원했던 것보다 훨씬….」트렌트가 말했다. 몇 초간 말소리가 멈추더니 다시 들렸다. 「…말해줘야겠다….」트렌트의 목소리는 조금 흐릿했다. 마치 그의 휴대폰이 통화권 밖으로 벗어나고 있는 듯 소리가 웅얼대다가 음절들이 툭툭 끊겨서 사라졌다. 「…이건 앞으로….」트렌트의 목소리가 끊어졌다.

「트렌트?」브리디가 주저하며 그의 이름을 불렀다.

대답이 없었다.

잘 됐다. 「콘랜?」브리디가 C.B.를 불렀다. 「야간 전투기가 새벽 정찰대에게, 나와라, 새벽 정찰대.」

침묵.

74

「가버렸구나.」 브리디가 생각했다.

「아냐, 난 안 갔어.」 트렌트가 말했다. 「이제 우리가 마침내 연결됐으니 난 아무 데도 안 갈 거야! 연결이 안 되려나 보다 생각하기 시작하던 참이었는데, 이렇게 된 거야!」

「C… 아니 콘랜의 충고를 들었어야 했어.」 브리디가 암울한 얼굴로 생각했다. 「콘랜이 내게 끔찍한 부작용이 있을 거라고 경고했었는데.」

「뭐라고 했어?」 트렌트가 물었다. 「당신 소리가 잘 안 들려. 목소리가 계속 끊겨. 내가 들은 이야긴 당신이 '들었어'라는….」

트렌트의 목소리가 다시 끊겼다. 그리고 이번에는 브리디가 몇 분간 더 기다려봐도 돌아오지 않았다. 그녀는 트렌트가 가버렸다는 사실을 확실하게 하기 위해 30초를 더 기다린 후 호출했다. 「새벽 정찰대… 콘랜? … C.B.?」

정류장의 지붕을 때리는 빗줄기 외에는 아무 소리도 들리지 않았다.

「콘랜을 영원히 잃어버린 거면 어떡하지?」 브리디는 불안했다. 정말로 신경 통로의 연결이 바뀌어서 그녀가 트렌트와 연결이 된 상황이라면, C.B.도 그녀를 부르면서 대답을 못 듣고 있는 게 아닐까? 아니면 C.B.는 자동차와 비에 너무 집중한 나머지 그녀가 사라진 상황을 알아채지 못하고 있는 걸까?

아니다. C.B.의 차가 모퉁이를 돌아 우렁찬 소리를 내며 그녀에게 다가왔다. 브리디는 책이 젖지 않도록 애쓰며 버스 정류장을 떠나 빗속으로 걸어나갔다. 그녀는 인도에 서서 자동차 앞유리창을 통해 C.B.의 얼굴을 보면서 그가 일어난 일을 알고 있는지 살펴보려 했지만, 빗줄기가 너무 거세고 와이퍼가 앞뒤로 너무 빨리 움직여서 차 안이 보이지 않았다.

C.B.가 인도에 차를 대자 빗물이 튀었다. 브리디는 물줄기에 맞지 않으려고 뒷걸음을 쳤다. "미안해. 너무 오래 걸렸지?" C.B.는 조수석 쪽으로 몸을 숙여 문을 열어주며 말했다. "차에 시동을 걸고 나니까 빌어먹을 앞유리 와이퍼 하나가 움직이지 않더라고. 그래서 밖으로 나가서 와이퍼랑 씨름하느라 다시 온통 젖어버렸어."

C.B.는 젖은 정도가 아니라, 완전히 물에 흠뻑 빠졌다가 나온 모습이었다. 그의 티셔츠와 청바지는 피부에 달라붙고, 머리카락은 앞이마에 떡이 진 상태였다. "그리고 마침내 와이퍼를 고쳤더니 이번엔 차가 죽어버렸어. 다시 시동을 거느라 엄청 오래 걸렸어."

「C.B.는 아직 모르고 있구나.」브리디의 가슴이 철렁 가라앉았다. 「내가 말해줘야겠다.」

「말해주다니, 뭘?」C.B.가 물었다. 그러자 눈부실 정도로 찬란한 안도의 느낌이 브리디를 휩쓸고 지나갔다. "아직 내 목소리를 들을 수 있구나." 브리디가 행복한 얼굴로 말했다. "콘랜, 들어봐. 너한테 할 말이 있어…."

"일단 차에 타." C.B.가 퉁명스럽게 말했다. "차 안의 따뜻한 공기를 다 날리고 있잖아."

브리디는 고개를 끄덕이고 차에 올랐다. 히터에서 따뜻한 바람이 나오고 있었지만, 자동차 안은 바깥보다 그리 따뜻하지 않았다. C.B.도 꽁꽁 언 모양이었다. 운전대를 잡은 그의 손은 추위 때문에 얼어서 연한 분홍색이었다.

"C.B.…." 브리디가 입을 열었지만, C.B.는 이미 도로 쪽으로 차를 돌리느라 길에 온 신경을 집중하고 있었다. 비는 허리케인의 강도로 쏟아져 내렸다. 빗줄기가 차의 지붕을 때리는 소리는 귀가 먹을 지경이었고, 와이퍼가 빗줄기를 따라잡기엔 턱없이 속도가 부족했다.

하지만 소음이 있든 말든, 운전하는 게 쉽든 말든, 브리디는 지금 C.B.에게 말을 해야 했다. 브리디는 이마의 젖은 앞머리를 옆으로 넘기고, 숨을 깊게 들이쉬고 나서 말했다. "있잖아, 네가 차를 끌고 오는 동안 일이 터졌어."

"'내 남친이 돌아왔어'라는 이야기지? 그래, 나도 알아. 와이퍼랑 씨름하는 동안 트렌트의 목소리를 들었어." C.B.가 그저 흔한 일인 양 말했다.

"하지만 네가 트렌트에게는 억제 유전자가 있다고 했잖아."

"확실히 그건 내가 틀렸어. 트렌트에게 아일랜드계 조상이 있었나 봐. 옛날에 아일랜드 더블린 같은 곳에서 온 매력적인 아일랜드계 식모가 있었다던가, 뭐, 그랬겠지."

"아니면 텔레파시의 원인에 대한 네 생각이 틀렸을지도 모르지. 아일랜드계와는 전혀 무관한 걸 수도 있어."

"난 안 틀렸어." C.B.가 말했다.

"네가 어떻게 알아?"

"왜냐하면… 그냥 알아. 그리고 어떻게 그런 일이 일어나는지는 중요하지 않아. 중요한 건 텔레파시가 연결됐다는 사실이야."

C.B.의 말이 맞았다. "그러면 이제 난 어떻게 해야 할까?"

"글쎄, 낙관적으로 보자면, 내가 네 남자친구를 막고 있다는 비난을 네가 더 이상 하지 않을 테고…."

"재미없어."

"그러게." C.B.의 얼굴이 심각하게 바뀌었다. "농담할 때가 아니지." 그리고 앞으로 몸을 숙여서 앞유리창에 서린 김을 손으로 닦았다.

"그러면 이제 난 뭘 해야…."

"서리 제거기를 켜. 앞이 하나도 안 보여."

브리디는 계기판을 자세히 들여다보며 어느 손잡이가 서리 제거기인지 알아내려 노력했다. 그러다 가장 그럴듯한 걸 돌렸더니 라디오가 나왔다. "여러분, 오늘 아침은 바깥이 아주 험악합니다." 아나운서가 말했다.

"미안." 브리디가 말했다. 그녀는 라디오를 끄고, 서리 제거기를 찾아서 최대한 높이 올리고, C.B.를 바라보며 자신의 질문에 대한 대답을 기다렸지만, 그는 아무 말도 하지 않았다.

"C.B.? 난 어떻게 해야 할까?"

"나도 모르겠어." C.B.가 말했다. 그가 고개를 돌려 브리디를 바라봤다. "트렌트가 네 목소리를 들은 것만 문제라면, 베릭 박사가 언급했던 예외적으로 강한 정서적 반응이 너무 강하다 보니 언어적으로 느껴지는 거라고 트렌트를 설득해볼 수도 있었겠지만, 네가 대답을 해버린 상황에서는…."

"나도 어쩔 수 없었어. 트렌트가 베릭 박사에게 막 전화를 하려던 참이었거든. 하지만 난 그런 식으로 반응할 줄은 생각도 못했어. 난 트렌트가 그 상황을 안 믿을 줄 알았거든. 그래서…."

"네가 그랬듯이 일종의 속임수라고 생각할 줄 알았다는 거지?"

"응. 그래서 나중에라도 이게 실제로 일어난 일이 아니라 상상한 거라고 트렌트를 설득할 수 있을 줄 알았어. 그런데 트렌트는 그 즉시 이게 텔레파시라고 확신하더니 막 흥분했어."

"그랬겠지. 어땠을지 상상이 돼." C.B.가 중얼거렸다.

이게 무슨 말이지? C.B.는 브리디도 흥분했을 거라고 생각하는 건가? 뭐, 그렇게 생각하지 않을 이유가 없잖아? 텔레파시가 시작된 이후로 내내 그녀가 트렌트와 연결되어야 한다고 주절거렸으니 말이다. "C.B.⋯." 브리디가 입을 열었을 때 그녀의 휴대폰이 울렸다.

「이게 울릴 리가 없는데?」 브리디가 생각했다. 「껐었잖아.」 그제야 도서관 지하실에서 C.B.가 그녀에게 시간을 물어봤을 때가 떠올랐다. 그때 시간을 보려고 켠 후에 끄는 걸 잊어버린 모양이었다.

「제발 캐슬린이어야 할 텐데.」 브리디가 화면에 찍힌 트렌트의 이름을 노려보며 생각했다. 「아니면 부디 메리 언니라도 괜찮아.」 하지만 확인하는 방법은 전화를 받는 길밖에 없었다. 그리고 이 전화가 진짜 트렌트라면⋯.

"받는 게 나을 거야." C.B.가 말했다. "트렌트가 너를 보러 오겠다고 할지도 모르니까."

브리디도 그 생각은 못 했다. 어쩌면 벌써 트렌트가 그녀의 아파트로 출발했을지도 모를 일이었다. 하지만 트렌트에게 뭐라고 말하지? 「그런 일이 있었다는 사실 자체를 모른 척하면서, 무슨 말을 하는지 모르겠다는 식으로 할 수 있을 거야.」 브리디가 통화 버튼을 눌렀다.

"여보…셰여?" 브리디는 잠에 취한 듯 흐리멍덩한 말투로 말했다. "누구세…요?"

"나야, 트렌트!" 그가 말했다.

"아." 브리디가 큰 소리로 하품을 했다. "안녕? 트렌트, 이렇게 일찍 무슨 일이야?" 하지만 씨알도 먹히지 않았다.

트레트가 소리쳤다. "맙소사, 브리디! 방금 일어난 일을 믿을 수가 없어!"

"웅? 무슨 소리야, 방금 일어난 일이라니…?"

"우리가 실제로 서로에게 말을 했잖아!" 트렌트가 너무 크게 소리를 질러대서, C.B.는 그의 목소리를 듣기 위해 생각을 읽을 필요도 없었다. 트렌트의 목소리가 차를 꽉 채웠다. "나는 꿈에도 생각 못 했어…. EED가 우리의 감정을 소통시켜 줄 거라는 기대는 했지만, 이렇게 될 줄이야!"

"트렌트, 잠깐만. 도대체 무슨 말을 하는 거야?"

"정말 환상적이야! 검열도 없고, 장애도 없는 완전히 새로운 종류의 소통! 내가 당신을 의심했었다니! 우리가 연결되지 않을 때, 난 온갖 상상을 했었어. 당신이 내게 정서적으로 유대감을 느끼고 있지 않다거나, 심지어 당신이 다른 사람을 사랑하는 게 아닌가 하는 상상까지 했었어. 하지만 이제는 그런 게 얼마나 터무니없는 생각이었는지 알아! 당연히 당신은 날 사랑했던 거야!"

「이보다 더 나빠질 수 있을까.」 브리디가 생각했다.

"내가 상상했던 어떤 것보다 좋은 결과가 나왔어. 텔레파시라니! 당신이 보고 싶어서 견딜 수 없어! 지금 바로 갈게!"

"아냐. 그건 별로 좋은 생각이 아닌 것 같아." 브리디가 말했다. "먼저 이게 무슨 일인지 말해줘. 난 당신이 무슨 소리를 하는 건지 모르겠어, 트렌트. 일단 자리에 앉아서 나한테 말…."

"내가 거기로 가서 말해줄게. 몇 분 내로 도착할 거야."

트렌트의 콘도에서 그녀의 아파트까지는 15분밖에 걸리지 않았다. 하지만 브리디와 C.B.는 그녀의 아파트까지 적어도 30분은 떨어져 있었다. 브리디는 어떻게든 트렌트를 붙잡고 시간을 끌어야 했다. "안 돼!" 그녀가 말했다. "난 아직 잠자리에서 일어나지도 않았단 말이야. 그리고 샤워도 해야 하고…." 브리디는 도움을 받으려고 C.B.를 돌아봤지만, 그는 길만 뚫어져라 응시하고 있었다. "있잖아, 10시에 베네치아 피자에서 만나면 어떨까? 그 가게의 고급 브런치가…."

"농담이지? 난 지금 당장 당신을 보고 싶어! 우리 단둘이 있는 곳에서!"

오, 맙소사. 그녀는 둘이 연결되자마자 약혼하자던 트렌트의 말을 잊고 있었다. 혹시 트렌트가…?

"이건 베네치아 피자 가게 같은 곳에서 이야기할 수 있는 게 아니야." 트렌트가 말했다. "이 상황이 어떤 의미인지 당신은 알아채지 못하고 있는 것 같아!"

「아냐. 나도 잘 알아.」 브리디가 우울하게 생각했다. "하지만 먼저 브런치를 먹고 나서 내 아파트로 돌아오면 안 될…."

"안 돼. 우리는 이 상황에 대해 이야길 나눠야 해. 사람들 많은 곳에서는 할 수 없는 이야기야."

"그러면 내가 당신 아파트로 가면 안 될까? 자기도 알잖아, 우리 가족이 항상 연락도 없이 불쑥불쑥 쳐들어오는 거…."

"이렇게 일찍 올 리는 없어. 게다가 이렇게 비가 내리는데. 당신은 옷 입고 있어. 아니 안 입는 게 더 낫겠다. 그냥 침대에 그대로 있어…."

「내가 틀렸어.」브리디가 생각했다. 「상황은 더 나빠질 수도 있어.」

"… 따스하게 그리고 섹시하게. 내가 당신 집에 도착하면, 난…."

"트렌트, 그만!" 브리디가 필사적으로 말을 잘랐다. "당신 미친 것 같아! 텔레파시? 도대체 무슨 소리야? EED는 사람들에게 텔레파시 능력을 주지 않아…."

트렌트는 듣고 있지 않았다. "가능한 한 빨리 갈게." 그가 말했다.

"안 돼, 잠깐만. 집에 아무것도 없어. 우리 집에 오는 길에 잠깐 들러서 아침거리 좀 사 오면 어때?"

"당신은 대체 이런 시간에 어떻게 음식 생각을 할 수가 있어? 알았어. 몇 분 내로 보자." 트렌트가 전화를 끊었다.

"트렌트가 내 아파트로 가고 있어." 브리디가 별로 필요 없는 말을 했다.

"그렇다면 난 트렌트가 거기에 도착하기 전에 네가 그 드레스를 벗을 수 있게끔 데려다줘야겠네." C.B.가 액셀을 밟았다.

"미안해, 너랑 델리 샌드위치는 못 갈 것 같아."

"그건 상관없어. 너한테 기본적인 방어 방법을 가르쳐줬잖아."

「내 말은 그게 아냐.」브리디가 생각했다.

하지만 C.B.는 그 소리도 듣고 있지 않았다. "목소리를 막기 위해서 네게 가장 필요한 건 방어벽과 안전실이야." 그가 말했다. "그리고 넌 이제 그것들을 갖고 있어."

"거기에 '십대의 천사' 노래 가사도."

"그래, 그런데 이런 상황에서는 '제시간에 나를 교회에 데려다 줘'라는 노래가 더 적절할 것 같아." C.B.가 그렇게 말하며 자동차 속도를 올렸다.

"트렌트가 도착하기 전에 우리 집에 도착할 수 있을 것 같아?"

"응. 운이 약간만 따라준다면." C.B.가 대답했다. 그건 그가 트렌트의 생각을 듣고 있으며, 그가 어디에 있는지 정확하게 안다는 의미였다. 그런데 C.B.가 차의 속도를 점점 높이고, 빨강 신호등을 만날 때마다 초조한 듯 손가락으로 운전대를 두들겨대는 걸 보면, 트렌트가 이미 출발한 모양이었다. 그건 우리가 제시간에 갈 수 없다고 C.B.가 생각한다는 뜻이고, 그녀는 C.B.와 무엇을 했는지, 왜 둘이 밤새 외출을 했는지 설명할 방법을 찾아내야 한다는 의미였다.

「내 차가 우나 고모네에서 집에 오는 길에 고장이 나서 C.B.가 나를 태워주러 왔다고 할까?」 아니다. 그러면 왜 트렌트에게, 아니면 메리 언니나 캐슬린에게 연락하지 않았는지 설명할 수 없다. 그리고 둘이 왜 그렇게 홀딱 젖었는지도 설명되지 않는다. 그리고 왜 그녀의 차가 아파트 앞에 주차되어 있는지도.

브리디는 C.B.를 보며 변명거리를 제안해주거나 적어도 거짓말 원칙이라도 말해주길 바랐지만, 그는 입을 꽉 다문 채 앞만 응시하고 있었다. 우리가 아주 아슬아슬한 상황이라는 의미일까?

아니면 이게 모든 걸 바꿔버릴 거라는 사실을 C.B.도 알고 있기 때문일까?

브리디는 지금 이런 일이 일어나지 않고, C.B.가 그녀를 델리 샌드위치로 데리고 가서, 그녀에게 개별적인 목소리를 걸러서 듣는 방법을 가르쳐줘서, 지금 그녀가 그의 생각을 읽을 수 있다면 얼마나 좋았을까 하고 간절히 바랐다.

「어쩌면 내가 그럴 수 없어서 오히려 다행일지도 몰라.」그녀를 그저 골칫덩이로 여기며, 그녀를 아파트에 내다 버리고 해방되기만을 바라는 C.B.의 생각을 듣게 된다면 어쩔 건가?

「C.B.의 말이 맞아. 텔레파시는 정말 끔찍해.」브리디가 생각했다. 히터를 더 올렸는데도 몸이 떨렸다. 그녀는 김이 서린 앞유리창과 비에 젖은 거리를 멍하게 응시했다. 아침에 충만했던 모든 약속과 달콤함이 사라지고, 젖은 흙냄새는 진흙이 되고 회색 하늘은 침울하게 가라앉았다. 라디오 아나운서의 말이 맞았다. 오늘 아침은 바깥이 아주 험악했다.

「설령 C.B.가 내게서 해방되고 싶어 하더라도, 난 C.B.를 비난할 수 없어.」C.B.는 지난 며칠 동안 브리디를 구하러 달려와서는, 그녀의 히스테리 발작을 처리하고, 자신이 하지도 않은 일, 즉 트렌트를 막고 있다는 비난을 감당해야 했다.

「차라리 C.B.가 막았더라면 좋았을걸.」브리디는 아쉬운 생각이 들었다. 하지만 C.B.는 그러지 않았다. 그렇기 때문에 그녀는 트렌트를 설득해서 그들에게는 텔레파시 능력이 없다고 믿게 할 거짓말을 만들어내야 했다. 하지만 브리디는 뭘 어떻게 해야 할지 짐작조차 되지 않았다. 거짓말 원칙을 아무리 많이 떠올려도 소용이 없었다.

브리디는 트렌트에게 진실을 말해줄 수밖에 없을 것이다. 무슨 일이 일어나든, 끊임없이 거짓말을 하는 것보다는 그게 나을….

"아냐, 그렇지 않아." C.B.가 말했다. "상황이 더 나빠질 거야. 아주 많이. 그러니 우리는 그런 일이 일어나도록 놔둬선 안돼." C.B.가 액셀을 있는 힘껏 밟았다. 물살이 갈라지며 날개처럼 좌우로 물보라가 일었다. 차를 멈춰야 할 때마다 C.B.가 욕을 뱉었다.

「빨강 신호등마다 걸리네.」브리디가 C.B.를 쳐다보며 생각했다. C.B.는 양손으로 운전대를 꽉 움켜쥐고 있었는데, 얼굴은 아까보다 더 암울했다. 이건 제시간에 그녀의 아파트까지 갈 수 없을까 봐 걱정한다는 의미일까? 아니면 트렌트가 벌써 도착했나?

"아냐." C.B.가 깜빡이를 켰다. 그제야 브리디는 다음 모퉁이만 돌면 아파트 앞의 도로로 접어든다는 사실을 깨달았다. "트렌트는 브로워드 가에도 아직 못 왔어."

그건 트렌트가 아침거리를 사기 위해 멈췄다는 의미였다. 천만다행이다. 하지만 여전히 여유 시간이 많은 상태는 아니었다.

"그래." C.B.가 말하며 아파트 쪽의 도로로 들어갔다. "네 아파트 앞에 떨어트려 주는 게 나을 것 같아."

「데이트 상대를 차버리고 싶어서 안달이 난 남자 같잖아.」C.B.가 차를 세우자마자 차문을 열면서 브리디가 생각했다. 브리디에게 다행히 안전실이 있어서, C.B.는 그녀의 온갖 굴욕적인 생각을 듣지 못했다.

"잠깐만." C.B.가 차에서 내리는 그녀의 팔을 잡았다. "네가 가기 전에 할 말이 있어." 브리디는 차문을 잡고 멈춘 채로, 희망을 담아 그가 할 말을 기다렸다. "텔레파시에 대해서는 트렌트에게 어쩔 수 없이 해야 할 말 외에는 절대로 하지 마. 특히 네가 다른 목소리를 들을 수 있다는 소리는 절대로 하지 마. 지금 당장 트렌트가 들을 수 있는 소리는 네 목소리뿐이야. 그리고 트렌트는 너와 정서적 유대감이 있어서 그런 거라고 믿고 있어. 그러니까 네가 다른 사람하고도 연결되어 있다는 생각은 전혀 못 할 거야. 네가 말해주지 않으면 트렌트는 절대로 알 수 없어. 그러니까 하지 마. 중요한 일이야. 그리고 텔레파시의 원인이 뭔지도 말하지 마. 아일랜드계가 관련되어 있다던가, R1b 유전자 이야기도…."

「트렌트가 다른 목소리에 대해 알게 되면 너에 대해서도 알게 될지도 모르니까 그러는 거지.」 브리디가 생각했다. 「그게 중요했던 거야? 트렌트가 너에 대해 알게 될까 봐?」 하지만 그녀는 C.B.에게 빚이 있었다. 그는 브리디의 생명을 구해주고, 목소리를 어떻게 막을지 가르쳐줬다. 그리고 신혼여행을 나이아가라 폭포로 가자고 했다. "걱정하지 마. 너에 대해서는 절대로 흘리지 않을게." 브리디가 말했다.

브리디는 차에서 내렸다. "여러 가지로 고마웠어." 그녀가 차문을 닫으며 말했다. 그리고 아파트로 서둘러 걸어갔다. 그녀는 C.B.가 무슨 말을 하기 전에 안으로 들어가고 싶었다. 언제쯤이 되어야 그녀는 그게 그런 식으로 작동하는 게 아니며, C.B.의 목소리로부터 도망칠 방법이 없다는 사실을 깨닫게 될까?

「그게 아니야.」 C.B.가 말했다. 「브리디, 내 말 들어봐. 네 생각보다 훨씬 중요한 문제들이 여기에 달렸어. 내가 걱정하는 건 내 비밀이 아냐. 젠장, 트렌트가 지나는 길은 전부 녹색 신호등만 들어왔나 봐. 들어가!」 깜짝 놀란 브리디가 고개를 돌리자 C.B.의 차가 요란한 소리를 내며 거리로 나가는 모습이 보였다. 그리고 트렌트의 포르쉐가 두 블록 정도 떨어진 곳에서 모퉁이를 돌고 있었다.

22

"코끼리를 데리고 어딜 가는 거야?"
"무슨 코끼리?"
— 영화 '빌리 로즈스 점보'

브리디는 아파트 입구로 달려가 집으로 곧장 뛰어 올라가면서
열쇠를 찾아 더듬거렸다. 그녀는 열쇠뭉치를 떨어트렸다가 집어
올린 뒤 엉뚱한 열쇠를 자물쇠에 꽂았다. 「허둥대는 건 도움이 되
지 않아.」그녀가 맞는 열쇠를 찾으며 혼잣말을 했다.

브리디는 자물쇠를 열고, 안으로 뛰어들며 문을 쾅 닫고, 침실
로 달려가면서 귀걸이를 잡아 뽑았다. 그녀는 서랍 속에 귀걸이
를 집어넣고, 신발을 벗으려고 침대로 뛰어갔다.

아니다. 침대에 앉지 않는 게 나을 것 같았다. 그녀는 온통 젖
어 있었다. 그래서 대신 침대 옆에 기대어 서서 하이힐의 끈을 풀
고 젖은 쥠쇠를 움켜쥐고 낑낑대다가 벗어서 침대 밑으로 던지고,
이브닝 핸드백도 밑으로 던지려는 참에 휴대폰 벨이 울렸다. 「어

쩌면 C.B.가 나한테 뭔가 경고해주려고 전화한 건지도 몰라.」브리디가 전화를 받았다.

캐슬린이었다. "지금은 통화 못 해." 브리디는 그렇게 말하며 전화를 끊고, 욕실로 달려가다가 다시 거실로 돌아와서 현관문의 안전고리를 채웠다. 이제 트렌트가 들어오려면 노크를 해야 할 것이다. 그러면 샤워하기엔 부족할지 몰라도 최소한 몇 분의 시간을 더 벌 수 있다.

하지만 브리디는 그럴 필요가 없었다. 그녀의 머릿결이 이미 젖어 있어서 트렌트를 속일 수 있을 것 같았다. 브리디는 샤워기를 켜서 그럴듯한 수증기를 만들기 위해 욕실로 가며 시간이 넉넉하기만 바랐다. 브리디는 너무 추웠다.

그녀의 휴대폰이 다시 울렸다. "캐슬린, 지금은 통화할 상황이 아니…."

"알아." 캐슬린이 말했다. "트렌트랑 함께 있지, 그렇지?"

「아냐, 하지만 곧 들이닥칠 거야.」

"빨리 말할게. 진짜 큰 문제가 있는데, 이야기할 사람이 언니 말고는 아무도 없어서 그래. 난 메리 언니네에 있는데, 가족들은 미사에 갈 준비를 하고 있고, 메리 언니는 온통 메이브가 대체 왜 아직도 자기를 방에 들어가지 못하게 하는지에 대한 생각만…."

"캐슬…."

"그리고 우나 고모에게 말해봤자 남자들을 만나고 다니는 짓을 그만두고 션 오라일리와 사귀라고 말할 거야, 그래서 난 이야기 나눌 다른 사람이 필요했단 말이야. '라테와 사랑'에 가입해서 랜디스라는 남자를 만나 커피를 마셨는데, 그 사람은 헤지펀드 매니저인데, 정말로 잘 생겼어…."

캐슬린이 숨쉬기 위해 잠시 말이 끊어지는 때를 기다렸지만 소용이 없었다. 캐슬린은 숨을 쉬지 않는 것 같았다. "캐…."

"내가 원하던 딱 그런 남자인데, 스타벅스에 그 남자를 만나러 갔더니…."

"난 지금 진짜로 통화하기 힘들어. 나중에 바로 전화할게, 알겠지?" 브리디는 그렇게 말하며 전화를 끊고, 휴대폰을 꺼버렸다. 그리고 욕실로 돌아가면서 드레스의 지퍼를 내렸다.

너무 늦었다. 트렌트가 벌써 문을 두드리고 있었다. "갈게!" 브리디는 소리치면서 샤워기를 잠그고, 가운을 집어 들며 부디 그게 목까지 단추가 달린 가운이기를 빌었다. 브리디는 가운을 단단히 두르고, 드레스의 목선이 보이지 않도록 확인하면서, 수건을 젖은 머리에 감고, 욕실에서 서둘러 나갔다.

"브리디!" 트렌트가 복도에서 소리쳐 불렀다. 그리고 브리디는 그가 자물쇠를 만지작거리는 소리를 들을 수 있었다. 그녀는 맨발로 터덜터덜 현관문으로 걸어가다가, 다시 뛰어들어가 침실문을 닫고, 깊은숨을 들이쉬며 마음을 추스르고 현관문을 열었다.

트렌트는 다시 문을 두드리려고 손을 치켜들고 있었다.

「비가 그친 모양이네.」브리디가 생각했다. 트렌트의 와이셔츠와 황갈색 바지는 물기조차 없었다. 그리고 그의 깔끔하게 빗질한 머릿결에 튄 빗방울이 겨우 몇 방울 정도 눈에 띄었다.

"왜 안전고리를 채웠어?" 트렌트가 물었다.

"쉿!" 브리디는 깔끔하고 뽀송뽀송하게 잘 마른 트렌트의 모습을 보자 슬그머니 화가 났다. "옆집 사람들 다 깨우겠어." 그녀는 한 손으로 가운의 목 부위를 움켜잡고, 다른 손으로 문을 활짝 열었다.

트렌트가 안으로 들어왔다. "내가 부르는 소리는 전혀 못 들은 모양이네."

"샤워 중이었어."

"정신적으로 부른 거 말이야. 내 소리가 전혀 안 들렸어?"

"응."

"좀 더 집중해봐. 밖에 서 있는 내내 당신을 불렀어. 그래도 아직 이 상황을 믿지 못하겠어! 텔레파시라니!"

트렌트가 브리디에게 손을 뻗었지만, 그녀는 솜씨 있게 그의 손아귀를 피했다. "머리를 말리고 옷을 입어야 해." 브리디는 그렇게 말하고 침실로 향했다. "자기는 여기에 있어. 그리고 아침거리를…." 브리디는 멈춰 서서 그의 빈손을 보고 얼굴을 찌푸렸다. "난 자기가 잠깐 들러서 아침거리를 사 올 줄 알았어."

"그러려고 했었는데, 그냥 여기로 빨리 와서 당신을 보기로 마음먹었어!"

「하지만 아침거리를 사러 간 게 아니라면, 우리가 어떻게 당신보다 일찍 도착했지?」

"이게 얼마나 중요한 일인지 당신은 아마 모를 거야, 내 사랑." 트렌트가 말했다. "내가 기대했던 최선은 감정을 소통하는 수준이었어. 내가 당신의 마음을 읽을 수 있을 거라곤 꿈에도 생각 못 했어!"

「하지만 다행스럽게도, 당신은 아직 못 읽어. 내 생각을 읽을 수 있었다면, 내가 침실로 돌아가서 드레스를 벗을 방법을 필사적으로 궁리 중이라는 사실을 당신이 알아챘을 거야.」

"텔레파시 말이야!" 트렌트가 기쁨에 넘쳐서 말했다. "우리가 연결되기까지 그렇게 오래 걸린 것도 무리가 아니었어! 난 우리가 연결되지 못하는 상황이 너무 걱정스러웠는데, 당신은 어제 공연 도중에 도망치기까지 했잖아. 그것도 해밀턴 부부 앞에서 말이야. 그런데 오늘 아침, 당신이 나타나서 나한테 말을 했어! 이건 정말 엄청난 일이야! 난 아직도 이게 사실인지 믿기지 않는다니까!"

「잘됐어.」 브리디가 생각했다. "아니었을 거야." 그녀가 말했다. "베릭 박사가 가끔 감정이 너무 강하게 전달되면, 그 감정을 받은 사람이 말을 들린다는 생각을 하기도…."

"이건 감정이 아니었어. 당신이 나한테 말했잖아. 나는 당신 목소리를 들었어. 당신도 내 목소리를 들었잖아. 우리는 텔레파시로 연결됐던 거야."

"하지만 어떻게 그게 가능하겠어? 텔레파시 같은 건 없어. 그런데 어떻게 우리가 서로의 생각을 들을 수 있겠어?"

"서로의 생각을 들어?" 트렌트가 날카롭게 말했다. "그냥 서로 소통하는 정도가 아니라? 당신은 어떤 소리를 들었어?"

"나는… 으음…."

"당신이 들었던 걸 자세히 말해줘. 한 단어, 한 단어 그대로."

그거야말로 브리디가 가장 원하지 않는 일이었다. "내 생각에는 당신이 내 이름을 불렀던 것 같아…." 그녀가 불확실하게 말했다. "그리고 그때 당신이 내 목소리를 들을 수 있다고 말하는 게 느껴졌어."

"그게 다야?"

"응." 브리디가 대답했다. 그러자 트렌트가 눈에 띄게 안도하는 모습을 보였다. 그런데 왜지? 서로의 목소리를 들을 수 있다며 그렇게 흥분하더니. 브리디가 예상했던 반응은 이런 것이 아니었다. "당신은 무슨 소리를 들었어?"

"당신이 부르는 소리를 들었어. '어디야?' 그리고 당신은 내가 당신의 소리를 듣지 못한다고 생각하더니, 나를 잃어버릴까 봐 걱정했어."

「난 C.B.에 대해 말하고 있었던 거야.」 브리디가 생각했다. 그리고 제발 브리디가 C.B.의 이름을 부르는 걸 트렌트가 못 들었길 바랐다. "다른 소리는 못 들었어?"

"조금씩 끊긴 말밖에 못 들었어."

다행이다. 브리디가 걱정하던 상황만큼 나쁘지는 않았다. 적어도 그녀는 C.B.에 대한 이야기를 흘리지 않았고, 그녀가 어디에 있었는지도….

"당신이 춥다고 하는 소리를 들었어." 트렌트가 말했다. "그리고 앞유리창 와이퍼에 대한 이야기도 있었는데, 오늘 아침에 밖에 나가지 않았지?"

브리디는 가운의 목 부위를 더 꽁꽁 감싸고 싶은 충동을 억눌렀다. "응. 난 방금 일어났어. 바닥이 차다는 생각을 했던 기억이나. 하지만 와이퍼에 대한 생각은 전혀 하지 않았어. 그냥 당신이 상상했던 거 아닐까?"

"아니야. 당신이 말하는 걸 확실히 들었어. 어쩌면 당신이 빗소리를 듣고는 내가 그 비를 맞으면서 차를 타고 오고 있다는 생각을 했을지도 모르겠다. 다른 소리는 못 들었어. 당신 소리가 점점 약해지더니, 운전하는 동안에는 아무 소리도 못 들었어. 하지만 그건 내가 당신을 부르고 있었기 때문인 것 같아. 난 보내고 받는 걸 동시에는 못 하나 봐."

「그게 사실이면 얼마나 좋을까.」브리디가 속으로 말했다. 그래도 그녀는 트렌트가 그렇게 생각하도록 부추길 필요가 있었다. 그렇게 하면 적어도 어느 정도 그가 듣지 못하도록 할 수 있을지도 모른다. "논리적인 설명 같아." 브리디가 말했다. "아니면 그냥 잠깐 동안의 짧은 요행이었을 수도 있어. 우리가 반쯤 깨어있던 상태라서 일어난 일인지도 모르고."

"아냐, 내가 당신 아파트에 가까워지니까 다시 당신의 목소리가 들리기 시작했어. '서둘러'와 '들어'라는 소리하고 내가 알아들을 수 없는 단어가 들렸어."

「제발 'C.B.'가 아니어야 할 텐데.」

"'백' 아니면 '빠'? 당신이 두어 번 그 단어를 말했어."

「백이다. 내 이브닝 핸드백.」브리디는 안심이 되었다. 그리고 그때 캐슬린이 전화했을 때 핸드백을 침대 밑에 숨기던 참이었다는 사실이 떠올랐다.

"당신이 내게 하려던 말이 뭐였어?" 트렌트가 물었다.

"저 비를 맞으며 이렇게 빨리 당신을 오게 해서 마음이 안 좋다는 이야기였어." 브리디는 핸드백을 침대 밑에 넣었는지 기억하려 애쓰며 즉석에서 말을 만들어냈다. 그녀가 휴대폰을 집어 들었을 때….

"아." 트렌트가 말했다. "그건 전혀 못 들었어. 그런 말이나 감정도. 사실, 당신의 감정은 전혀 느껴지지 않았어."

다행이다. 트렌트와 연결된 걸 그녀가 얼마나 불운하게 받아들였는지, 혹은 그녀가 C.B.의 목소리를 듣는 능력을 잃었다고 생각했을 때 얼마나 상실감을 가졌었는지 그가 느꼈다면….

"목소리나 느낌 중 하나만 들을 수 있나 봐." 트렌트가 말했다. "베릭 박사에게 물어봐야겠어." 그가 휴대폰을 꺼냈다.

「안 돼!」 "설마 지금 박사에게 전화하려는 건 아니지? 우리는 아직 무슨 일이 일어나고 있는지도 모르고 있잖아. 게다가 박사는 미국에 있지도 않아. 그리고 지금 모로코의 시간이 몇 시인지 어떻게 알아?"

"상관없어. 박사는 우리가 연결되거나 이상한 일이 일어나면 언제든 전화하라고 했는데, 지금 그 두 가지가 다 일어났어. 내가 오는 길에 벌써 박사한테 전화했었어."

「오, 맙소사.」 "박사한테 무슨 일이 있었는지 말했어?"

"아니, 박사에게 우리가 할 말이 있다고만 했어." 트렌트가 휴대폰의 메시지를 주르륵 넘기며 말했다. "아직 박사에게서 연락이 온 건 없어. 박사의 사무실과 자동응답기에 메시지를 남겼는데, 왜 아직도 답신을 보내지 않는지 모르겠어."

「일요일 아침이니까.」 박사와 연락이 닿으면 트렌트가 박사에게 말하는 걸 어떻게 하면 막을 수 있을까?

"이게 무슨 일인지, 원인이 뭔지 더 알아낸 후에 박사에게 다시 연락하는 게 낫지 않을까?" 브리디가 물었다. "이게 얼마나 지속될지도 모르잖아. 특히 우리가 지금 텔레파시에 대해 말하고 있다면 말이야. 자칫하면 박사가 우릴 미쳤다고 생각할 수도 있어."

그러자 놀랍게도 트렌트가 이렇게 말했다. "당신 말이 맞아. 박사한테 보여줄 수 있는 결정적인 뭔가가 필요해."

"결정적인 거?"

"응. ESP 검사 같은 거 말이야. 한 사람이 어떤 대상을 생각하면 다른 사람이 그게 뭔지 맞추는 거 있잖아. 그럼, 내가 침실로 갈게. 당신은….."

「안 돼!」브리디는 트렌트를 막기 위해 문 앞으로 몸을 날리지 않으려 자제했다. "아침을 먹고 나서 해도 되잖아. 내가 오믈렛을 만들게….."

"식사는 나중에 해도 돼." 트렌트가 침실로 향하며 말했다. "베릭 박사가 연락할지도 모르니까 지금 해보고 싶어. 아무 대상이나 생각해봐." 트렌트가 문손잡이를 잡으려고 손을 뻗었다. "그리고 그 이미지에 30초 동안 집중해."

"하지만 우리가 확실한 증거를 찾는 거라면, 기록을 해야 되지 않을까?" 브리디가 물었다. 트렌트는 그녀의 감정을 느끼지 못한다는 게 확실했다. 안 그랬으면 공황상태에 빠져있는 브리디의 감정을 느꼈을 것이다. "내 책상 왼쪽 서랍에 볼펜이랑 메모장이 있어." 브리디가 트렌트를 침실문에서 떼어내려고 말했다. 그리고 그가 책상을 뒤지는 동안 브리디는 문 앞에 확실하게 자리를 잡았다.

"내가 침실로 갈게." 트렌트가 돌아오자 그녀가 말했다. "당신은 부엌으로 가서 아침을 준비해줘. 당신이 아무것도 안 가져왔잖아."

"우리는 집중을 해야 해." 트렌트가 반대했다.

"알아, 하지만 난 배고프단 말이야."

"알았어. 어떻게 이런 시간에 음식 생각을 할 수 있는 건지 이해가 안 되긴 하지만…." 트렌트가 브리디에게 볼펜과 종이를 건넸다. "내가 물건 열 가지를 생각할게. 각각 1분씩."

"그 후에 내가 당신에게 열 개를 보낼게." 브리디가 말했다. 「그러면 이 꺼림칙한 드레스를 벗는 시간으로는 충분하겠네.」

"그러면 되겠지?" 브리디는 그렇게 말하고 트렌트가 반대하기 전에 문을 살짝 열고 그 틈으로 들어가서 다시 문을 닫았다.

다행이었다. 침대 위에 떡하니 그녀의 이브닝 핸드백이 놓여 있었다. 브리디는 문의 잠금장치를 내려다봤다. 그걸 잠그고 싶었지만, 트렌트가 찰카닥 소리를 들을까 봐 두려웠다.

브리디는 트렌트가 부엌으로 갔는지 소리를 들으려고 문에 귀를 가져다 댔다. "들리는 소리나 떠오르는 이미지가 있으면 메모장에 써." 트렌트가 소리쳤다. 아직 거실에 있는 게 틀림없었다. "떠오르는 감정도 괜찮아."

"알았어." 브리디가 말했다. 그리고 문에 귀를 대고 트렌트가 멀어질 때까지 기다렸다. 트렌트가 움직이자마자 그녀는 침대로 뛰어가서 빗물에 젖은 이브닝 핸드백을 낚아채 침대 밑으로 던져넣었다. 침대보에 젖은 자국이 남았다. 브리디는 머리에 두른 수건을 풀어서 젖은 부위에 올려놓고 다시 문으로 뛰어갔다.

"시작할 준비 됐어?" 트렌트 문을 향해 소리쳤다.

"기다려. 휴대폰을 찾는 중이야. 그래야 시간을 정확하게 재지." 브리디가 소리치고 화장대로 달려가서 휴대폰을 움켜쥐었다. 다시 뛰어서 돌아와 휴대폰을 켜고, 문에 기대어 트렌트가 갑자기 열지 못하게 막았다.

캐슬린이 남긴 문자 네 통이 있었다. 브리디는 벨소리를 진동으로 바꾸고, 타이머를 설정한 후 가운 주머니에 집어넣었다. "오케이, 준비됐어!"

「난 커피메이커를 생각하고 있어.」트렌트가 말했다. 「커피메이커.」

「트렌트의 말이 맞았어.」브리디가 생각했다. 「연결이 점점 강해지고 있어.」하지만 트렌트가 메시지를 보내는 데에 집중하는 동안에는 그녀의 소리를 듣지 못할 것이다. 그리고 그가 '커피메이커'를 보낸다는 사실은, 그가 부엌에 있다는 뜻이었으며, 그녀가 젖은 드레스를 안전하게 벗을 수 있다는 뜻이기도 했다.

브리디는 침실문을 잠그고 가운을 풀어서 벗고, 드레스의 지퍼를 내린 후 드레스에서 벗어났다.

「모나리자.」트렌트가 말했다.

브리디는 벽장문을 열고 옷걸이를 꺼내면서 부딪쳐서 소리가 나지 않도록 조심했다.

「베이컨.」

브리디는 옷걸이에 드레스를 걸고, 레인코트로 드레스를 덮어서 가리며 생각했다. 「어젯밤에 이걸 입었어야 하는 건데.」그리고 옷걸이를 벽장 뒤쪽에 건 뒤 벽장문을 조용히 닫았다.

「재스민.」트렌트가 말했다.

「재스민? 트렌트가 찬장에 있는 차를 보고 있나 보네.」그녀가 생각했다. 「그렇다면 아직 부엌에 있다는 뜻이니까, 옷을 입어도 되겠다.」하지만 브리디는 그가 보내는 단어에 집중하기로 되어 있었으므로, 그냥 다시 가운을 입는 게 나을 것 같았다. 그녀는 마른 속옷으로 갈아입고, 젖은 머릿결을 빗질하고, 침대에 앉아서 목록에 뭘 적어 넣으면 좋을지 고민했다.

트렌트는 벌써 일곱 번째 물건을 보내고 있었다. 그리고 브리디에게는 그 하나하나가 다 들렸다. 그녀는 트렌트에게 그 사실을 알게 해서는 안 되지만, 엉뚱한 대답을 마구 적는다고 해도, 그걸로 텔레파시가 안 된다고 트렌트를 납득시키기는 힘들 것 같았다. 그는 뭔가 잘못되었다고 확신하고 베릭 박사에게 당장 연락해야겠다고 생각할지도 모른다. 그러나 브리디가 올바른 답을 쓴다면….

브리디는 C.B.에게 어떻게 해야 할지 물어보고 싶었다. 「하지만 C.B.는 여기 없어.」 C.B.는 그녀를 남겨두고 떠났다. 그리고 브리디가 이 모든 비밀을 지키고 싶다면 C.B.에 대해서는 생각도 해선 안 된다.

"그리고 이게 열 번째야." 트렌트가 말했다. "열 개 다 받았어?"

"전부 다는 아냐." 브리디는 허겁지겁 번호를 달고 써내려갔다. 커피메이커 대신 시계, 재스민 대신 자칼, 베이컨 대신 곰, 그리고 무작위로 생각나는 단어들을 적었다. 고양이, 베개, 건물. 나머지에는 물음표를 달았다.

"보여줘." 트렌트가 소리쳤다.

"내가 생각을 보내고 나서 보여줄게! 부엌으로 돌아가."

브리디는 메모장을 화장대 위에 두고, 안전실로 들어갔다. 안전실에 들어가 있으면 트렌트에게 생각을 보내지 않고도 단어 목록을 만들 수 있다. 「그리고 아무 단어도 보내지 않을 거야.」 브리디가 생각했다. 「그리고 트렌트에게….」

"보내고 있는 거야?" 트렌트의 고함 소리가 문을 통해 들렸다. "난 아무 소리도 안 들려."

「다행이네. 그렇다는 건 적어도 내 안전실이 제대로 작동하고 있다는 뜻이니까.」 브리디가 생각했다. "보내고 있어!" 브리디가 소리쳤다.

"글쎄, 전혀 안 들어와. 이런 건 그만두고, 병원에 연락해서 베릭 박사와 연락이 닿는지 알아보는 게 나을지도 몰라…."

「안 돼.」 "아냐, 내가 충분하게 집중하지 않아서 그런 걸 거야." 브리디가 말했다. "다시 시도해볼게. 부엌으로 돌아가. 그러면 다시 시작할게." 브리디는 그에게 뭔가를 보내야만 했다. 하지만 뭘 보내지? 그녀가 목록에 넣은 단어는 확실히 아니다.

브리디는 허둥지둥 두 번째 목록을 만들었다. 첫 번째 목록에 있는 단어들과는 가능한 다른 단어로 했다. 그리고 최루탄, 피튜니아, 앙코르와트처럼 트렌트가 혼자서는 짐작하기 힘든 단어들이었다.

그렇지만 과연 브리디가 다른 생각은 흘리지 않으면서 그 단어들만 보낼 수 있을까? C.B.는 브리디에게 안전실 안에 들어가 있으면 다른 사람이 그녀의 생각을 들을 수 없다고 했지만, 그녀는 이제 겨우 안전실을 만들어서 몇 시간 작동시켜봤을 뿐이다. 브리디는 만일의 경우에 대비해서 그냥 생각을 차단하고 있는 게 나을 것 같았다.

"브리디!" 트렌트가 소리쳤다. "난 아직 아무 소리도 안 들려."

"방금 시작했어." 브리디가 소리쳤다. 그리고 말했다. 「피튜니아, 반복한다. 피튜니아.」 그리고 '길리건의 섬'에 나오는 노래를 부르기 시작했다. 하지만 그녀는 이 실험을 마치고 난 뒤 트렌트가 베릭 박사에게 말하는 걸 어떻게 막아야 할지, 그리고 트렌트를 어떻게 접근하지 못하도록 막아야 할지에 대한 생각을 하느라 계속 정신이 산만했다. 트렌트는 그들이 연결되면 청혼을 하겠다고 했었다. 그런데 이제….

「그런 생각은 하지 마.」 브리디가 혼잣말을 했다. 그리고 시 '노상강도'를 외우기 시작했지만, 시구가 기억나지 않았다. 그때 브리디는 C.B.가 했던 말이 떠올랐다. "내가 걱정하는 건 내 비밀이 아니야." 그게 무슨 뜻이었을까? 혹시 C.B.가…?.

브리디의 휴대폰이 진동했다. 「캐슬린이네.」 그녀가 중얼거렸다. 「지금 내게 필요한 거야.」 그리고 그런 생각이 들었다. 「캐슬린을 이용해서 내 생각을 차단할 수 있을 거야. 캐슬린의 이야기는 이런 거랑 전혀 무관할 테니까, 트렌트가 그 소리를 듣더라도 상관없을 거야.」 브리디가 전화를 받았다.

"캐슬린? 잠깐만." 브리디가 속삭였다. 그녀는 트렌트가 그녀의 대화를 듣지 못하도록 발소리를 죽이고 욕실로 걸어 들어가 문을 닫았다. 그리고 욕조에 걸터앉아서 10분 뒤에 알람이 울리도록 설정한 뒤 말했다. "자, 말해봐. '라테와 사랑'을 통해서 만난 남자랑 데이트를 했어, 그런데 그 남자가 완벽했다며….."

"응." 캐슬린이 울적한 목소리로 말했다. "그런데 그 사람이 늦었어. 그래서 난 기다리는 동안에 바리스타랑 이야길 나눴는데, 그 사람 이름은 리치야. 그리고 정말로 괜찮은 남자였어."

"음." 브리디가 말했다. 그리고 캐슬린의 수다를 들으면서 주기적으로 트렌트에게 두 번째 목록에 있는 단어들을 보냈다. 최루탄, 꽃상추, 나스카(NASCAR).

"아무튼." 캐슬린이 이야기를 마무리하며 말했다. "난 지금은 그 남자가 좋아. 다른 남자 말고."

「이러면 안 되는 거였어.」 브리디가 생각했다. 「캐슬린과의 통화는 실수야.」

"어떻게 해야 할지 모르겠어." 캐슬린이 말했다. "전부 엉망진창이야. 리치가 날 좋아하는지조차 모르겠어. 그 사람은 그냥 친절하게 구는 걸 수도 있거든."

「아니면 히스테리에 빠진 불쌍한 여자를 가엽게 여겨서 진정시키려는 걸 수도 있지. 그리고 가망 없는 짝사랑에 대한 이야기도 나를 쉽게 떨쳐내려고….」

"그 사람한테 아무런 의미도 없으면 어떡하지?" 캐슬린이 말했다. "내 번호를 묻지도 않았던 것 같아."

「그리고 나를 도와주기 위해 여기에 머무르지도 않았지.」

그런데 트렌트가 이런 그녀의 생각을 조금이라도 듣게 된다면…. "끊어야겠어." 브리디가 말했다.

"그래도 어떻게 해야 하는지 언니가 말해줘야지!" 캐슬린이 울부짖었다.

「나도 어떻게 해야 할지 모르겠어.」 브리디가 생각했다. 그때 휴대폰의 알람이 울었다. "있잖아. 다른 전화가 와서 받아야 해. 나중에 내가 전화할게." 브리디는 그렇게 말하고 전화를 끊었다. 그리고 첫 번째 단어 목록을 잘게 찢어서 개수대로 내려보냈다.

그녀는 침실로 나와서 다른 목록을 집어 들고, 문의 잠금장치를 풀고, 침대 위에 앉아서 트렌트를 기다리며 그가 청혼할 경우 어떻게 할지 생각했다.

「트렌트가 청혼하게 할 수는 없어.」브리디가 생각했다. 「어떻게든 트렌트의 청혼을 늦출 핑계를 생각해내야 해.」

「대단하네.」트렌트가 짜증난 투로 말하는 소리가 들렸다.

브리디는 얼어붙었다. 「이런, 안 돼. 내 생각을 트렌트가 들어버렸구나.」

「내가 이 녀석의 이야기까지 들어야 한다니 믿기지가 않아.」

「트렌트가 다른 사람의 목소리도 들을 수 있게 됐구나.」브리디가 생각했다. 하지만 어떻게 그게 가능하지? 트렌트는 겨우 오늘 아침에 그녀의 목소리를 듣기 시작했을 뿐이잖아. 브리디가 다른 사람의 목소리를 듣기 시작한 건 C.B.의 목소리를 듣고 족히 48시간은 지난 후였다. 그리고 트렌트가 말하는 걸로 볼 때, 목소리를 들은 건 이번이 처음이 아닌 게 확실했다. 이게 처음이 아니기 때문에, 트렌트가 그녀의 목소리를 처음 들었을 때도 충격을 받지 않았던 걸까?

하지만 그렇다면, 왜 트렌트는 둘의 연결이 서로에게 정서적으로 유대감을 갖고 있는 증거라고 하는 걸까? 트렌트가 다른 사람의 목소리를 들을 수 있다면, 이게 그런 식으로 작동하지 않는다는 사실을 알 텐데….

「안 돼. 당신을 만날 수 없어.」트렌트가 말했다. 「적어도 내일까지는 기다려야 할 거야.」

「트렌트는 다른 사람의 목소리를 듣기만 하는 게 아니야.」브리디가 충격을 받았다. 「트렌트는 그 사람들과 대화를 나누고 있어. 하지만 어떻게 그러지?」

「브리디와 소통해야 할 시간에 이런 일로 시간을 낭비해야 한다니 믿기지가 않네. 이 녀석은 내 번호를 어떻게 안 거지?」

「트렌트는 다른 사람과 연결된 게 아니었어. 전화로 통화했던 거야. 그리고 난 트렌트가 통화하는 동안 그의 생각을 들었던 거야.」브리디가 생각했다. 그리고 확인하기 위해 침실문에 귀를 가져다 댔다.

그래. 브리디는 트렌트가 무슨 말을 하는지는 알아듣기 힘들었지만, 그의 말소리는 들을 수 있었다. 그런데 이렇게 이른 시간에 누구랑 통화를 하고 있는 걸까?

「아, 제발, 베릭 박사는 아니어야 할 텐데.」브리디가 생각했다. 하지만 트렌트는 박사와 통화하고 싶어 했다. 혹시 트렌트가 통화하는 사람이 베릭 박사의 번호를 주지 않으려는 병원 사람일까?

「그게 뭐든 간에,」트렌트가 말했다. 「나한테는 더 이상은 필요 없어. 난 이제⋯.」그의 생각이 점점 희미해지더니 다시 돌아왔다. 「내가 이놈을 만나야 한다면⋯ 비서랑 약속을 잡으라고 해야겠다⋯.」

누군가 회사 일로 전화를 건 모양이었다. 브리디는 한시름 놓는 기분이 들어 침대 위에 털썩 주저앉았다. 그녀의 발에 뭔가 닿았다. 안쪽 깊숙이 들어가지 않은 그녀의 신발 한 짝이었다. 브리디가 손과 무릎을 짚고 엎드려서 그 신발을 꺼내고, 다른 신발을 잡으려고 손을 뻗었을 때 트렌트의 목소리가 들렸다. 「브리디에게 말해야겠다. 마지막 두 단어는 못 들었어.」

브리디는 그 경고를 겨우 몇 초 전에 들었을 뿐이었지만, 그것
으로 충분했다. 트렌트가 문을 열었을 때는, 신발을 침대 밑으로
다시 집어넣고, 벽장문을 닫고, 휴대폰은 주머니에 넣고, 브리디
는 침대 위에 걸터앉은 상태로 보낸 척하려던 단어 목록에 '홍역'
을 덧붙이고 있었다.

브리디는 일어나서 트렌트에게 단어 목록을 건넸다. "아침식
사는 준비됐어? 배고파." 그녀는 그렇게 말하고 트렌트를 지나 침
실에서 나와서 부엌으로 향했다.

식탁은 비어 있었고, 가스레인지 위에도 냄비나 프라이팬은 없
었다. "당신이 아침을 만들기로 했잖아." 그녀가 말했다.

"그럴 시간이 없었어." 트렌트가 그녀의 목록과 자신의 목록
을 비교하며 중얼거렸다. "당신이 보낸 것 중에 내가 여섯 개를
맞췄어."

「여섯 개?」 브리디가 생각했다. 「어떻게 여섯 개를 맞췄지? '홍
역'이나 '앙코르와트' 같은 것들은 생각해냈을 리가 없는데. 게다
가 마지막 두 개는 못 들었다고 했잖아.」

"봤지?" 트렌트가 자신의 목록을 그녀에게 보여주며 말했다.
"2번은 '기저귀'인데 난 '사람'이라고 썼어. 그러니까 내가 아기의
이미지를 받은 게 틀림없어. 그리고 당신이 '홍역'을 보냈을 때 난
'토마토'라고 썼어. 둘 다 빨갛잖아."

트렌트의 정답 해석은 라인 박사의 보고서만큼이나 제멋대로
였다. "다른 이미지는 어떤 걸 받았어?" 브리디가 그의 목록을 받
으며 물었다. 트렌트는 '피튜니아'와 '나스카'를 썼는데, 그건 그

녀가 보낸 단어들 중 적어도 두 개는 제대로 들었다는 의미였다. 그리고 그는 '헤지'와 '스타? 스타벅스?' 그리고 '막아내다'를 썼다. 그건 브리디와 캐슬린의 대화도 살짝 엿들었다는 뜻이었다.

"이 단어들은 보내지 않은 게 확실해?" 트렌트가 목록에 있는 '담배'와 '헤지(hedge)'를 가리키며 물었다.

"응." 브리디가 단호하게 말했다.

"혹시 이 단어들과 관련된 생각을 하지는 않았어? 예를 들어 울타리(hedge) 옆에 앉은 아기는?"

"안 했어."

"아." 트렌트는 실망한 얼굴이었다. "당신이 나한테서 받은 목록을 보자."

브리디가 그를 쳐다보며 생각했다. 「목록에 물음표들을 적어 넣은 건 정말 다행이야. 안 그랬으면, 트렌트의 기준에 따라 내가 열 개 다 맞춘 셈이 될 거야. 내가 아무리 무작위로 마구 적었더라도.」

조금 전과 마찬가지로, 트렌트는 그녀가 '건물'이라고 쓴 걸 맞다고 평가했다. "내가 '모나리자'를 보냈거든. 그런데 당신은 루브르 박물관의 이미지를 받은 게 틀림없어." 그가 얼굴을 찌푸렸다. "'스파게티'는 전혀 받지 못한 모양이네."

"응."

"느낌은 어땠어? 난 그 이미지들과 함께 감정을 보내려고 노력했는데."

"전혀. 난 아무런 느낌도 못 받았어. 내가 생각을 보내고 있을 때 전화벨 소리를 들었어. 혹시 당신이 전화벨 생각을 했던 거야,

아니면 누가 당신한테 전화를 했어?"

"나한테 전화가 왔어." 트렌트가 짜증난다는 투로 말했다. "그 멍청한 C.B. 슈워츠 녀석 말이야. 나한테 자기가 새로 만든 무슨 바보 같은 앱을 보러 오라잖아."

「아냐, C.B.가 원한 건 그게 아냐.」 브리디가 생각했다. 「그는 나를 구하려던 거야.」 그녀의 사기가 치솟아 올랐다. 「날 버리고 떠나버린 줄 알았는데, 아니었어. C.B.는 내내 우리의 대화를 들으면서 여기에 함께 있었던 거야.」

트렌트가 입을 쩍 벌리고 그녀를 쳐다봤다. 「아, 설마, 트렌트가 내 생각을 들은 거야?」

"당신에게서 아무런 감정도 받지 못했었다는 말을 취소할게." 트렌트가 말했다. "방금 받았어…. 이걸 뭐라고 불러야 할지조차 모르겠어…. 믿을 수 없을 정도의 강력한 사랑의 감정이 당신에게서 왔어." 그가 양팔로 브리디를 끌어안았다. "이게 무슨 뜻인지 알겠어, 내 사랑?"

「그래.」 브리디가 생각했다. 「내가 생각하던 것보다 더 심각한 상황에 빠졌다는 뜻이지.」 브리디는 안전실로 몸을 날렸다. 하지만 너무 늦었다. 트렌트가 그 감정을 느꼈다면, C.B.도 느꼈을 것이다….

"이건 EED가 내 예상보다도 훨씬 낫다는 뜻이야!" 트렌트가 말했다. "생각과 감정을 둘 다 전달해주다니!"

"트렌트…."

"이게 모든 걸 바꿀 거야! 우리는 이걸로…." 트렌트가 말을 갑자기 멈췄다. "음, 그러니까 내 말은, 당신이 나를 사랑한다는 사실이 우리의 관계를 바꿀 거라는 거야! 우리가…."

트렌트가 다시 말을 멈췄다. "이건 뭐지, 내 사랑?" 트렌트가 물었다. 그리고 브리디가 입을 열기 전에 말했다. "당신은 대답할 필요 없어. 난 당신의 감정을 느낄 수 있으니까. 당신은, 아직 내 감정을 받지 못했다는 사실과 내가 당신보다 더 잘 들을 수 있다는 걸 걱정하고 있는 모양인데, 그럴 필요 없어. 베릭 박사의 이야기 들었잖아. 어떤 사람들은 다른 사람들보다 더 민감하다고 말이야. 난 당신이 곧 나를 따라잡을 거라고 믿어."

트렌트가 브리디를 더 세게 끌어안았다. "그리고 그사이에 이용할 수 있는 다른 소통 방법도 있어." 그리고 브리디의 목에 키스를 했다. "난 당신이 내가 지금 무슨 생각을 하는지 알고 있을 거라고 믿어. 난 당신이 무슨 생각을 하는지 확실히 알 수 있거든."

「아냐, 당신은 몰라.」 브리디가 생각했다. 「난 지금이 C.B.가 다시 전화를 하기에 정말로 딱 좋은 때라고 생각하고 있거든.」

"당신이 지금 생각하는 건," 트렌트가 말했다. "침대로 가서…."

그때 현관문을 두드리는 소리가 들렸다.

「고맙습니다.」 브리디가 생각했다. 그리고 대답하려고 문으로 향했다.

"모른 척해. 누가 됐든 상관없어." 트렌트가 투덜거리며 뒤에서 그녀를 끌어안았다.

"그럴 수 없어." 브리디가 말했다. "우리 가족일 거야."

"가족들은 성당에 가지 않았을까?"

"가끔 미사에서 집으로 돌아가는 길에 들러." 브리디가 손목에서 그의 손을 떼어내며 말했다. "게다가 가족들은 열쇠를 가지고 있어, 기억하지?"

"아, 제기랄." 트렌트가 그녀를 놓으며 툴툴거렸다.

"잠깐만 기다려!" 브리디가 흥겹게 소리쳤다. 그리고 C.B.가 여기에 온 걸 어떻게 설명할지 궁리하면서 가운을 꼭 여미고 현관문으로 달려갔다.

「C.B.가 생각해둔 게 있을 거야.」 브리디는 그렇게 확신하고 문을 열었다.

"이모, 안녕!" 메이브가 말했다. "왜 아직도 옷을 안 입고 있어요?"

23

"아예 라디오로 방송을 해."
— 영화 '리타 길드이기'

딱 알맞은 때에 구조를 받은 브리디는, 분홍색 우산을 들고 하트가 점점이 박힌 장화를 신고 문 앞에 서 있는 메이브를 감사하는 마음으로 바라봤다.

"브리디 이모, 오늘 아침에 저를 데리고 브런치를 먹으러 가기로 했었잖아요. 혹시 잊은 건 아니죠?" 메이브가 트렌트를 슬쩍 보더니 말했다. "엄마한테는 이모가 약속을 잊었을 것 같다고 했어요."

"당연히 안 잊었어." 브리디는 언제 그런 약속을 했었는지 의아하게 생각하며 거짓말을 했다. 그건 상관없었다. 이건 트렌트로부터 도망갈 수 있는 유일한 길이었다.

"메이브를 데리러 가겠다고 메리 언니에게 약속했던 걸 깜빡

했어." 브리디가 트렌트를 부엌으로 끌고 들어가며 말했다. "지난밤에 메이브가 왜 도망쳤는지 알아낼 기회야. 그리고 내가 생각을 해봤는데, 우리가 떨어져 있어야 내가 당신의 목소리를 더 잘 들을 수 있을 것 같아. 서로 떨어져 있어야 다시 더 쉬운 소통 방법으로 되돌아가는 걸 막을 수 있다던 간호사의 말 기억하지?"

"당신 말이 맞아." 트렌트가 말했다. "그리고 떨어져 있어야, 나도 베릭 박사의 다른 전화번호를 찾아볼 수 있을 거야. 메이브를 어느 레스토랑으로 데려갈 거야?"

아, 이런, 그녀는 거기까지는 생각 못 했다. 브리디는 자신의 방어벽이 사람들이 많은 장소에서도 보호해줄 수 있을 정도로 튼튼한지 확신하기 힘들었다. 그리고 카니발 피자는 쇼핑몰 안에 있으니 사람이 많을 터였다. 그녀는 메이브에게 좀 더 사람들이 적은 곳으로 가자고 말을 해봐야 했다. 일요일 아침에 여는 레스토랑이 있는지 모르겠지만 말이다.

"어디로 갈지 아직 결정 못 했어. 나중에 문자로 보내줄게." 브리디가 말했다.

트렌트가 웃음을 터트렸다. "아직도 이해가 안 되는 거야, 내 사랑? 당신은 문자를 보낼 필요가 없어. 이제 우리는 직접 소통할 수 있잖아. 지금까지 그랬듯이 말과 감정을 나한테 보내줘. 그러면 나도 똑같이 할게. 그리고 내 말이 들리거든 다 기록해둬." 트렌트가 그녀의 뺨에 가볍게 뽀뽀했다.

"안녕, 아가야." 트렌트가 메이브에게 말했다. "이모랑 재밌는 시간 보내렴."

트렌트가 떠났다. 브리디는 트렌트가 사라지자 몰아치는 안도감을 그가 느끼지 못하게 하려고 부리나케 안전실로 뛰어들어가야 했다.

메이브가 심통이 난 얼굴로 문을 쳐다보며 말했다. "대체 저 사람은 내가 몇 살이라고 생각하는 거야? 세 살? 소통 기술이 별로 좋지 않은 것 같아. 맞지, 이모?"

「아직은 그렇지.」브리디가 생각했다. 「트렌트의 소통 기술이 금세 좋아지지 않기만 바라자.」 "응." 브리디가 대답하면서, 메이브에게 어떻게 말해야 쇼핑몰에 가지 않을 수 있을지 생각했다.

"엄마 말로는 이모가 카니발 피자에 데리고 간다고 했다면서요. 그런데 거기에 안 가면 안 될까요?" 메이브가 물었다. "거긴 너무 유치해요."

「넌 축복받을 거야.」

"공원에 레스토랑이 있어요. 호숫가에. 대신 거기로 가면 안 되나요?"

"공원에? 하지만 비가 오잖니." 「그리고 추울 거야.」 브리디는 버스 정류장이 떠올라서 조용히 덧붙였다.

"비는 거의 그쳤어요. 그리고 안에 들어가서 먹을 수도 있어요."

그리고 날씨가 이러니 식당은 텅 비어 있을 것이다. "그 식당이 지금 열었을까?" 브리디가 물었다.

"네. 대니커가 그러는데 폭우가 내릴 때 그 식당에 갔었는데 열려 있었대요. 그리고요, 거긴 음식들이 정말 훌륭해요. 또 오리한테 모이를 줄 수도 있어요."

그건 참으로 유치하지 않게 들리는구나. 하지만 브리디는 괜히 트집을 잡아 말다툼할 생각이 없었다. 쇼핑몰보다는 공원이 훨썬 낮고, 트렌트가 어쩌다 베릭 박사와 연락이 닿게 되더라도 거기로 그녀를 찾으러 오지는 않을 것이다. 그리고 메이브가 오리에게 모이를 주러 가면, 뭘 어떻게 해야 할지 생각할 시간을 가질 수도 있었다.

C.B.는 둘이 연결된 사실을 트렌트에게 들키지 않는 게 가장 중요하다고 했지만, 브리디는 그 사실을 트렌트에게 숨기는 게 가능할지 자신이 없었다. 트렌트는 이미 그녀의 생각을 조금씩 들을 수 있었다. 그리고 이제는 그녀의 감정까지 느끼기 시작했다. 틀림없이 트렌트는 곧 브리디가 뭔가 숨기고 있다는 느낌을 받고는 질문을 퍼붓기 시작할 것이다. 그리고 브리디는 안전실이 감정에도 작용하는지 알 수 없었다.

「C.B.에게 물어봐야 해.」 브리디가 생각했다. 그리고 그 사실을 알아내기 위해 공원에 가는 길에 C.B.를 보러 연구실에 들르는 걸 메이브가 동의해줄지 궁금했다.

"공원에 가자는 말이지." 브리디가 말했다. "오리한테 먹일 걸 찾아봐. 난 그사이에 옷을 입을게." 메이브가 부엌으로 막 향했을 때 브리디가 물었다. "내가 샤워를 마칠 때까지 기다려줄 수 있겠니?"

"그럼요." 메이브가 말했다. "오리가 아이스크림을 좋아할까요?"

"아니." 브리디가 대답했다. "오리는 빵가루를 좋아해." 그리고 침실로 들어갔다. 그녀는 침대 밑에서 젖은 신발과 이브닝 핸드백을 찾아 꺼내어 젖은 수건으로 닦고 감싼 뒤 화장대의 아래 서랍에 집어넣고 몸을 돌렸다.

메이브가 양파 망주머니를 한 손에 들고, 다른 손엔 케이퍼 병을 들고 문간에 서 있었다. "이 중에 오리가 좋아할 만한 게 있을까요?" 메이브가 물었다.

"아니. 오리는 빵가루를 좋아해."

"부엌에 빵가루는 없던데요."

"그러면 빵을 줘. 오리는 빵도 좋아해. 아니면 크래커나."

"알았어요." 메이브는 그렇게 답했지만, 그 자리에 서서 꼼짝도 안 했다.

브리디는 메이브가 "왜 신발을 숨겨놨어요?"라고 질문을 할 것에 대비해 마음을 다졌다. 하지만 메이브는 그러지 않았다. "크래커도 없어요."

"그러면 시리얼 줘." 브리디가 말했다. 그러자 메이브는 부엌으로 갔다가 곧바로 다시 돌아왔다.

"괜찮은 시리얼이 없어요."

메이브는 트릭스나 캡틴크런치나 럭키참스를 찾고 있는 것이다. 「메이브는 틀림없이 어떤 마시멜로가 들어있는지도 알 거야.」브리디가 생각했다. 그래서 물었다. "럭키참스에 있는 마시멜로의 이름들 아니?"

"그건 왜요?" 메이브가 너무 방어적으로 말해서, 브리디는 혹시 메리 언니가 디즈니 영화를 금지시켰듯이 럭키참스도 금지시킨 게 아닐까 궁금해졌다.

"그냥 궁금해서 물어본 거야." 브리디가 말했다. "내 친구랑 며칠 전에 럭키참스에 대해 이야길 했는데, 거기에 담긴 마시멜로가 다섯 개인지 여섯 개인지 기억을 못 해냈거든."

"여덟 개예요." 메이브가 재빨리 말했다. "분홍색 하트, 자주색 말굽, 녹색 클로버, 파란색 달, 노란색 모래시계…."

「노란 개뼈다귀처럼 생긴 게 그거였구나.」브리디가 생각했다.「모래시계.」

"…빨간색 풍선, 오렌지색 유성, 무지개색의 무지개. 이건 알아볼 방법이 되게 많아요. 인터넷에도 있어요. 베이글도 빵으로 치나요?"

"그래." 브리디는 메이브가 갑자기 이야기 주제를 바꿔서 눈살을 찌푸리며 말했다.

"초코칩 베이글도요?"

"초코칩 베이글은 어디에서 찾았어?"

"못 찾았어요. 그냥 궁금해서요. 오리는 초콜릿을 먹어도 되나요? 개는 못 먹잖아요. 개한테는 초콜릿이 독이래요. 한 번은 대니커가 초코바를 침대 위에 놔뒀는데, 투씨가 그걸 먹어버렸어요. 투씨는 대니커네 개 이름이에요. 아무튼 그래서 가족들이 투씨를 데리고 동물병원에 데리고 갔대요."

"그렇다면 초콜릿은 오리한테도 안 좋을 수 있겠네." 브리디가 말했다. "설탕도. 위트첵스 시리얼을 가져가서 모이로 주자." 브리디는 메이브를 밖으로 밀어내고, 마침내, 샤워를 하러 갔다. 그리고 신발과 핸드백으로 뭘 하고 있었는지 변명거리를 궁리했다. 그녀가 아는 메이브라면 물어볼 게 확실했다.

하지만 메이브는 어젯밤에 C.B.가 전화해서 둘을 위해 눈가림을 해달라고 부탁했던 일에 대해서 한 마디도 묻지 않았다. 왜 안 물어보지? 메이브는 평소에 수키만큼이나 다른 사람의 일에 참견하길 좋아했다.

「공원에 갈 때까지 기다렸다가 날 취조하려나 보네.」 혹시 그렇다면, 브리디는 그럴듯한 이야기를 생각해두는 게 나을 것이다. 아니면, 메이브가 조금 전에 그랬듯이 이야기 주제를 바꾸거나. 그리고 공원에 가려는 그녀의 생각을 트렌트가 듣지 못했기를 바랐다.

트렌트는 못 들은 게 확실했다. 브리디가 머리에 샴푸를 하고 있을 때 그가 물었다. 「아직 차를 타고 브런치를 먹으러 가는 중이야?」 그리고 잠시 후 「메이브를 데리고 어디로 가기로 했어?」

「카니발 피자.」 브리디가 말했다. 트렌트는 그런 장소에 아침을 먹으러 갈 생각은 전혀 해보지 않았을 것이다.

「아직도 베릭 박사에게서 연락을 못 받았어.」 트렌트가 말했다. 「난 컴스팬에 가는 길이야. 혹시 박사의 간호사 번호라도 찾을 수 있을지 보려고.」

그렇다면 가는 길에 회사에 들러서 C. B.와 이야기를 나누려던 계획은 취소할 수밖에 없다. 그녀는 다른 방법을 생각해내야 했다. 브리디는 샤워를 끝내고 머리를 말린 뒤 스웨터와 청바지를 입고, 털실 양말과 장화를 신었다. "오리 모이로 줄 거 찾았니?" 그녀가 메이브에게 소리쳤다.

"네." 메이브가 위트첵스 시리얼과 베이글 한 봉지, 스페셜K 시리얼, 레이진브랜 시리얼, 쌀 크래커, 프랑스빵 한 덩어리를 들고 부엌문 앞에 모습을 드러냈다. "팝콘도 전자레인지에 돌리고 있어요. 이 정도면 충분할까요?"

"그럴 거야." 브리디는 무뚝뚝하게 말했다. 팝콘이 다 되자 둘은 공원으로 출발했다.

비가 완전히 그친 건 아니었다. 극소수의 강한 영혼의 소유자들이 강아지를 데리고 산책을 하고 있었다. 레스토랑이 열었을 거라던 메이브의 이야긴 맞았지만, '안에서' 먹을 수 있을 거라던 주장은 과장이었다. 그 자리는 떨어지는 빗방울에 축 늘어진 차양으로 덮인 바깥 테라스에 있는 철제 탁자였다.

다른 손님은 아무도 없었다. 브리디와 메이브가 난로 옆에 있는 탁자에 앉자 웨이터가 아주 눅눅한 메뉴판을 건네더니 둘만 남겨놓고 주방으로 사라졌다. 그들 외에는 음식 부스러기를 찾아 테라스 주변을 언 몸으로 폴짝폴짝 뛰어다니는 참새들의 지저귐밖에 없었다.

브리디는 식사를 마칠 때까지 메이브가 오리의 식량 공급을 미뤄둘 거라 예상했지만, 메이브가 사정했다. "팝콘 가져와도 되죠? 오리들이 굶주리고 있다고요!"

"나도 그래. 음식 주문한 다음에 가." 브리디가 메뉴를 살펴보며 말했다. 정말 훌륭하다던 이 식당의 음식은 핫도그와 콘도그, 칠리도그, 그리고 다양한 종류의 아이스크림으로 이루어져 있었다. 브리디는 핫도그와 차를 큰 잔으로 주문했다. "머그잔에 담아주세요." 「머그잔을 감싸 쥐고 언 손을 녹여야지.」

메이브는 크림과 스프링클을 얹은 망고 라즈베리 셰이크를 주문했다. 브리디는 메리 언니가 대체 왜 메이브를 걱정하는지 다시 의아해졌다. 그녀가 보기에 메이브는 지극히 정상적이었다.

"그리고 핫도그 하나요." 메이브가 웨이터에게 말했다. "브리디 이모, 이제 팝콘 가지러 가도 되죠?"

브리디는 고개를 끄덕이고 차 열쇠를 줬다. 그러자 메이브가 총알처럼 튀어나갔다. 「다행이다.」브리디가 생각했다. 「메이브가 자리를 비운 동안 C.B.와 접촉할 방법을 찾아볼 수 있겠네.」

찾지 못할 수도 있었다. C.B.의 연구실에는 휴대폰이 수신되지 않기 때문에 전화를 할 수 없었다. 그리고 집 전화번호는 모른다. 그의 집에 전화가 있는지 없는지도 모른다. C.B.에게 집이라는 게 있는지조차 모르고 있었다. 브리디가 아는 거라곤 C.B.가 연구실과 도서관, 그리고 그가 말했던 델리 샌드위치 가게 중 어딘가에 있을 거라는 사실뿐이었다. 그녀는 그 델리 샌드위치 가게도 어디에 있는지 몰랐다.

브리디의 휴대폰이 삥 소리를 내며 트렌트가 보낸 문자의 도착을 알렸다. "간호사에게 연락하는 건 잘 안 됐어. 전화번호는 알아냈는데, 간호사가 집에 없네. 나한테 전화 달라고 메시지를 남겼어. 병원에 전화할 거야."

브리디의 목소리가 들렸다는 언급은 전혀 없었다. 트렌트는 베릭 박사를 찾느라 너무 바빠서 둘이 연결되었다는 사실을 잊어버린 건지도 모른다. 그리고 그는 브리디의 목소리를 듣더라도 겨우 파편적으로만 들을 뿐이었다. 그러므로 트렌트가 베릭 박사를 찾기 전에, 브리디는 C.B.와 정신적으로 대화를 나눌 수 있을지도 모른다. 브리디가 그의 이름을 언급하지만 않는다면, 그리고 지금 당장 보내기만 한다면 말이다.

그녀의 휴대폰에서 다시 삥 소리가 났다. "방금 당신에게서 정신적 메시지를 받았어." 트렌트의 문자였다. "'그의 이름을 언급… 당장… 보내기만.' 이렇게 당신의 말을 들었는데, 더 이상은 못 들었어."

「그 정도면 다행이다.」브리디가 생각했다. 그때 문자가 한 통 더 왔다. "그리고 공원(park)에 대한 이야기도 뭔가 들었어. 카니 발 피자로 간다고 하지 않았나?"

「이런, 안 돼.」브리디가 허겁지겁 답장을 보냈다. "그랬지. 사 람들이 많아서 주차(park)할 장소를 찾느라 고생했어. 그때 들었 을 거야." 그리고 휴대폰을 꺼버렸다.

「하지만 트렌트를 꺼버릴 방법은 없어.」브리디가 생각했다. 그래서 C. B.를 부를 방법도 사라졌다. 브리디는 부디 C. B.가 상 황을 알아채고 그녀에게 연락을 해주기만 바랐다. 그리고 트렌트 가 그녀의 목소리를 듣는 능력이 더 나아지거나, 베릭 박사를 찾 아내거나, 그녀를 찾아내는 일이 없기를 빌었다.

웨이터가 주문한 음식을 가져왔다. 망고 라즈베리 셰이크는 꽃 병만 한 크기의 잔에 나왔다.

「메이브가 저걸 다 먹지는 못할 거야.」브리디는 의자에 앉은 채로 고개를 돌려 메이브가 뭘 하고 있는지 봤다.

메이브는 음식을 한 아름 들고 잔디밭을 가로질러 터덜터덜 걸 어오고 있었다. "위트첵스랑 베이글도 가져왔어요." 메이브가 말 했다. "참새가 팝콘을 싫어할지도 몰라서요."

"내가 장담하는데, 참새들은 뭘 주든 좋아할 거야. 너 먼저 먹 고 나서 참새한테 줘." 브리디가 말했다. 하지만 메이브는 벌써 쭈그리고 앉아서 참새에게 팝콘 조각을 내밀고 있었다.

브리디는 메이브를 그대로 내버려두고 C. B.와 연락이 닿을 방 법을 생각해내려 애썼다. 혹시 C. B.에게 집 전화가 있다면, 전화번호부에 있을지도 모른다. 브리디가 번호를 찾아보려고 휴대폰을 켜자마자 벨이 울렸다.

캐슬린이었다. "언니는 전화 준다고 하고선 절대로 하는 법이 없어."

"미안해." 브리디가 사과했다. "상황이 좀 복잡했어."

참새를 구슬리고 있던 메이브가 고개를 들고 쳐다봤다. "누구예요?"

"너희 캐슬린 이모."

"아." 메이브는 무관심하게 말하고 다시 참새에게 모이를 주는 일로 돌아갔다.

"어떻게 할지 결정했니?" 브리디가 캐슬린에게 물었다.

"아니. 리치가 그냥 친절하게 대해주는 것뿐이라면, 내가 엉뚱한 이야기를 했다가 웃음거리가 되고 싶지는 않아. 그 사람은 나를 미친 스토커라고 생각할 거야. 그런데 어쩌면, 리치는 내가 랜디스와 있는 모습을 보고는, 내가 그 사람을 좋아하는 줄 알고 아무 말 않고 있는 건지도 몰라. 그러면 그건 또 다른 문제야. 내 생각에 랜디스는 정말로 나를 좋아하는 것 같거든. 그래서 그 사람과 데이트를 할 때는, 내가 다른 사람을 좋아한다는 게 바보짓처럼 느껴져. 무슨 말인지 알지?"

「그래.」 브리디가 생각했다. 「나도 무슨 말인지 알아.」

"난 그 사람이 무슨 생각을 하는지 알고 싶어. 그러면 모든 게 훨씬 쉬워질 거야. 어쩌면 언니 말이 맞는지도 몰라. EED를 하는 게 영리한 일인지도 모른다는 거야."

「아냐, 절대로 그렇지 않아.」 하지만 한 가지 점에서는 캐슬

120

린이 맞았다. 트렌트가 무슨 생각을 하는지 알아내는 데는 도움이 됐다. 특히 그녀의 생각을 그가 얼마나 들을 수 있는지 정확히 알 수 있었다. 트렌트가 그녀의 목소리를 간헐적으로 들을 뿐이라면, 뚝뚝 끊어진 단어와 문장밖에 못 들을 것이므로, 그녀는 C.B.를 불러도 안전할 것이다. 하지만 혹시 그게 아니라면….

"리치에 대해 찾아봐야겠어. 그리고 뭐가 나오는지 봐야지." 캐슬린이 말했다. "뭔가 알 수 있을지도 몰라. 내겐 정보가 더 많이 필요해."

「나도 그래.」 브리디가 생각했다. 캐슬린이 전화를 끊자마자 브리디는 휴대폰을 꺼버렸다. 그리고 자리에 앉아서 메이브가 참새에게 모이를 주는 모습을 보며 생각했다. 「C.B.에게 개별적인 목소리를 걸러서 들을 수 있도록 배울 시간이 있었더라면 좋았을 텐데.」 하지만 그럴 시간이 없었고, 이제는 트렌트가 듣고 있어서 C.B.가 가르쳐줄 수 없었다. 브리디는 혼자 힘으로 그 방법을 알아내야만 했다.

메이브가 팝콘 한 줌을 뿌리자, 참새들은 작은 독수리떼가 먹이에 달려들듯 사방에서 한 점으로 모여들었다. 「내가 안마당의 문을 열면 이런 일이 벌어질 거야.」 브리디가 생각했다. 그녀는 목소리들이 포효하며 쓰나미처럼 몰려들 거라는 생각만으로도 심장이 쪼그라들었다.

하지만 그녀는 트렌트가 얼마나 들을 수 있는지 알아내야만 했다. 브리디는 메이브에게 음식을 먹으라고 재촉했다. 그리고 메이브가 디저트를 시켜도 되냐고 물었을 때 이렇게 말했다. "이제 비가 그친 것 같은데, 함께 오리에게 모이를 주고 나서 디저트를 먹으러 다시 오면 어떨까?"

"좋죠!" 메이브가 말했다. 그리고 브리디가 계산을 하는 동안 자동차로 뛰어갔다. 레스토랑이 언제 닫느냐고 물었더니 웨이터가 쓸쓸하게 대답했다. "저희는 언제나 열려 있습니다." 브리디는 남은 팝콘과 베이글, 그리고 메이브가 잊고 간 우산을 챙겼다.

"이모가 써요." 메이브가 음식들을 잔뜩 가지고 와서 말했다. "오리한테 모이를 주면서 우산을 들고 있긴 힘들어요."

"고마워." 브리디가 말했다. "너 혼자 오리한테 모이를 주고 있을래? 난 트렌트에게 전화를 해야 하거든." 곧 그 말을 후회했다. 메이브는 트렌트를 좋아하지 않았다.

하지만 메이브는 유쾌하게 말했다. "그럼요, 물에 빠지지는 않을게요. 약속해요." 그리고 호숫가로 달려 내려갔다.

"거위는 조심해." 브리디가 메이브의 등 뒤로 소리쳤다. "가끔 못된 녀석들이 있거든."

"알아요." 메이브가 뒤를 돌아보며 짜증난다는 투로 말했다. "이모도 꼭 엄마처럼 말하네요."

"미안해." 브리디는 벤치에 앉았다. 벤치가 비에 흠뻑 젖어 있었다. 메이브가 우산을 준 게 고마웠다. 나무에서 굵은 빗방울이 우수수 떨어졌다.

「상관없어.」브리디가 혼잣말을 했다. 「난 산타페의 햇볕 따스한 안마당에 있어.」브리디는 꺼진 휴대폰을 꺼내서 귀에 댔다. 메이브에게는 그녀가 누군가와 통화를 하는 것으로 보일 것이다. 그리고 안마당의 판석을 가로질러 미루나무 아래의 벤치로 걸어갔다. 그녀는 두꺼운 파란 문을 자세히 살폈다. 과연 저 문을 열 수 있을지 궁금했다. 다른 수천의 목소리 가운데에서 트렌트의 목소리를 구별해낼 수 있을 정도로만 열어두면 되는데, 그런 생각만으로도 바깥의 목소리들이 우르르 쏟아져 들어오려고 거대한 파도처럼 솟아오르는 것 같았다. 그래서 브리디는 문으로 몸을 날려 빗장을 쾅 내려쳐서 빗장걸이에 더욱 단단하게 고정시켰다.

「문을 못 열겠어.」 브리디가 공원 벤치의 철제 팔걸이를 움켜잡으며 생각했다. 「못 하겠어.」

브리디는 부러운 눈으로 호숫가를 내려다봤다. 메이브는 오리들과 두어 마리의 커다란 거위, 거세게 날개를 푸덕대는 백조에 둘러싸여 있었지만, 두려워하지도 않고 걱정하는 기미조차 보이지 않았다. 메이브는 즐겁게 휘트첵스를 뿌리고 있었다.

「메이브가 할 수 있다면 나도 할 수 있어야 해.」 브리디가 생각했다. 하지만 아홉 살짜리 애보다도 담력이 모자란다는 부끄러움조차도 걸쇠를 올리고 문을 열도록 그녀를 설득해내지는 못했다.

목소리를 걸러 들을 수 있는 다른 방법이, 좀 더 통제하기 쉬운 방법이 있을 것이다. C.B.는 상상하기 나름이라고 했다. 그리고 무엇을 상상하는지는 별로 중요하지 않다고 했다. 좋아. 그렇다면, 엄청나게 많은 물건 사이에서 한 항목을 찾아내는 방법에는 어떤 게 있을까?

창고에 있었던 알파벳 순서로 서랍이 달린 색인카드 캐비닛. C.B.가 어젯밤에 했듯이 색인카드를 주르륵 넘겨서 트렌트의 목소리를 찾을 수도…, 하지만 목소리는 글로 쓰인 단어가 아니다. 이건 소리다. 개별적인 목소리를 들을 수 있게 해주고, 원하지 않는 소리를 걸러줄 뭔가 필요했다.

「라디오.」브리디는 C.B.가 목소리를 막아줄 노래를 찾으며 차의 라디오 주파수를 돌리던 모습이 떠올랐다. 「각각의 목소리를 방송국으로, 으르렁대는 목소리들을 방송국 사이의 잡음으로 머릿속에 그리면 되겠다.」

하지만 자동차 라디오를 만들 수는 없었다. C.B.의 연구실에 있는 휴대용 라디오처럼 안마당에 어울리는 물건이어야 했다.

「정원사의 벽장 안에 하나 둬야겠다.」브리디는 혼잣말을 하면서 낡은 벽장의 문을 열었다. 그리고 C.B.에게 배우지 않고도 해낼 수 있기를 바랐다. 우나 고모는 원예용 헛간에 뭘 넣어뒀더라? 원예 도구와 씨앗 꾸러미, 화분이었다.

벽장의 위쪽 선반 위에 거미줄이 쳐진 화분들이 쌓여있었다. 브리디는 화분 뒤로 손을 뻗어서 라디오를 꺼냈다. 분홍색 플라스틱 위에 쌓인 먼지를 입으로 불어서 날리고, 벤치로 라디오를 가져갔다. 그리고 벤치에 앉으며 무릎 위에 라디오를 놓았다. 브리디는 가로로 생긴 주파수 눈금판에 묻은 먼지를 닦았다. 그리고 빨간 바늘과 검은 선들과 550, 710, 850 등이 쓰인 번호를 쳐다본 후 라디오를 켰다.

다이얼에 불이 들어오더니 목소리가 몰아쳤다. 고함소리와 아우성, 새된 소리가 쏟아져 나왔다. 브리디는 소스라치게 놀라 움찔하면서 라디오를 판석 위에 떨어트릴 뻔했다. 귀청이 찢어질 듯한 소리가 났다. 그녀는 라디오를 끄기 위해 허둥지둥 손을 더듬거리며 스위치를 찾았다.

목소리가 즉시 멈췄다. 「잡음일 뿐이야.」브리디가 혼잣말을 했다. 심장이 마구 뛰었다. 「볼륨을 너무 높여서 그래. 별일 아니야.」하지만 라디오를 다시 켤 자신이 없었다.

브리디는 호수를 내려다봤다. 메이브는 여전히 즐겁게 오리와 거위들에게 모이를 주고 있었다. 하지만 얼마나 오래 저러고 있을까?

브리디는 숨을 깊게 들이쉬고, 다시 라디오를 켰다. 먼저 볼륨을 최대한 낮췄다. 스피커에서 나오는 목소리는 방어벽 너머에서 들릴 때처럼 희미한 속삭임 같이 들렸다.

「저건 목소리가 아니라 잡음이야.」브리디가 혼잣말로 단호하게 말했다. 그리고 눈금판의 바늘을 움직여서 트렌트의 목소리를 찾았다. 「…교통 상황이 개판이네. 차라리… 너무 괴팍해… 새 이빨이 나오나 보다… 지하실에 물이 새… 숙취가 끔찍했어! 맥주를 마셔야… 젠장, 버드와이저 누가 다 마셨어? …」

이런 식으로 찾다간 영원히 해도 안 되겠다. 과학적으로 할 필요가 있었다. 그래서 브리디는 주파수를 고려하지 않고 폭을 좁혔다. 그녀는 다이얼을 돌려서 눈금판의 가장 낮은 쪽으로 바늘을 내린 후 조금씩 다이얼을 돌려 주파수를 올리기 시작했다. 그리고 주파수 바늘을 올리면서 방송국 번호를 표시하고, 트렌트가 아니라는 게 확인되면 즉시 바늘을 이동했다. 550 「…대리석 조각….」 570 「…징징대는 아첨꾼! 저 사람이 제발….」 610 「…그 사람이 부모에게도 연락처를 남기지 않고 떠났을 리가 없어….」 650 「….」

「잠깐만, 저건 트렌트다.」브리디는 뒤늦게야 그의 목소리를 알아봤다. 「트렌트가 베릭 박사에 대해 말하고 있는 거야.」하지만 너무 늦었다. 그녀는 벌써 다음 방송국으로 다이얼을 돌린 상태였다. 「…독감에 걸린 것 같아….」그 목소리가 말했다.

브리디는 다이얼을 610으로 되돌렸다. 「난 안 할 거야. 나한테
시킬 생각하지 마.」 화가 난 어린아이의 목소리였다.

브리디가 너무 많이 돌린 게 틀림없었다. 그녀는 다이얼을 아
주 조금씩 되돌렸다. 「…목이 따끔거려….」 독감에 걸린 사람이
었다. 아냐, 너무 많이 돌렸어.

「트렌트는 분명히 이 근처 어디였어.」 브리디가 다이얼을 다시
조금 되돌렸다. 「아, 젠장, 왜 내가 일어나야 하지? 오늘은 일요
일이잖아.」 그리고 그때 희미하게 「…브리디에게 말해….」

확실히 트렌트였다. 브리디는 자신의 이름을 듣긴 했지만, 라
디오 방송의 수신이 오락가락할 때처럼 잡음 속으로 잠기며 목소
리가 뭉개졌다. 그녀는 주파수를 제대로 맞추려고 아주 조심스럽
게 다이얼을 앞뒤로 움직였다. 하지만 그녀는 트렌트를 찾을 수
없었다. 독감에 걸린 여자도 잡히지 않았다. 브리디가 거의 포기
하려는 참에 목소리가 들렸다. 「…골치 아파….」 그리고 다시 눈
금을 돌리기 전에 알아챘다, 트렌트의 목소리였다.

희미하고 계속 다른 목소리와 엉키고 잡음이 끼었지만, 브리
디는 그의 목소리를 잃어버릴까 두려워서 다이얼을 감히 맞추지
못했다. 심지어 건드릴 엄두조차 나지 않았다.

브리디가 알아들은 말로 볼 때 트렌트는 헤르메스 프로젝트를
생각하고 있는 게 틀림없었다. 「…무선 신호… 적용하면…. 애플
은 상상도 못 할 거야… 난 뭐라고 말을…?」 그때 완벽하게 뚜렷하
게 들렸다. 「대체 베릭 박사는 어디에 있는 거야?」 그 뒤로 잡음이
더 늘어나더니 뒤죽박죽이 됐다. 「…그렇게 할 수는… 브리디가 알
게 되면, 하지 않으려….」 그리고는 그 방송을 완전히 놓쳐버렸다.

24

"어른들은 자기 힘으로는 어떤 것도 이해할 수 없다.
그래서 어른들에게 항상 그리고 영원히 설명해주느라
아이들은 피곤하다."
— 앙투안 드 생텍쥐페리, '어린 왕자'

「내가 알게 되면 뭘 안 할 거라는 말이지?」 브리디는 트렌트의
목소리가 나오는 방송국을 다시 찾으려고 낑낑대며 생각했다. 하
지만 잡음뿐이었다.

「트렌트는 내가 뭘 알아낼까 봐 두려워하는 걸까?」 브리디는
궁금했다. 트렌트의 목소리를 다시 찾거나, 그가 아니더라도 아
는 목소리를 찾아보려고 다이얼을 천천히 돌렸지만, 특성이 없는
익명의 목소리들뿐이었다. 「…다시는 교회에 가지 말아야지…
왜 난 항상 저 빌어먹을 개를 산책시켜줘야 하지? … 비가 아직
도 오네….」

「그래서 내가 목소리가 아니라 생각을 들을 수도 있다는 말을
하자 트렌트가 그렇게 놀랐던 건가? 그래서 나한테 정확히 어떤

생각을 들었는지 따져 물었던 걸까?」브리디가 다이얼 손잡이를
조금씩 돌리며 생각했다. 「트렌트는 뭔가를 숨기고 있는 거야.」

「…일기 예보에서는… 휘발유를 채워야겠… 여기에 온종일 서
있지 않을 거야!」그리고 그때 어린 여자아이의 목소리가 약하게
말했다. 「…그가 그렇게 말할 줄 알았… 하지만 난….」

그 목소리는 메이브 같았다. 브리디는 좀 더 뚜렷하게 들어보
려고 다이얼을 살짝 돌렸지만, 완전히 사라져버렸다.

「어쩔 수 없네.」브리디가 생각했다. 그때 메이브의 목소리가
아주 깨끗하게 치고 들어왔다. "추워요."

「이건 라디오에서 나오는 소리가 아냐.」브리디가 생각했다.
그리고 고개를 들자 메이브가 바로 앞에 서 있었다.

"뭐라고?" 브리디가 물었다. 「이제 메이브가 나한테 뭘 하고
있었냐고 물을 거야.」하지만 메이브는 그러지 않았다.

"이제 가도 되냐고 했어요." 메이브가 애원했다.

"오리들한테 모이를 주고 싶다며."

"모이가 다 떨어졌어요. 이모는 정말 오랫동안 통화를 하네
요." 그래서 브리디가 시간을 봤다가 깜짝 놀랐다. 거의 1시가
다 되었다. 그녀는 여기에 몇 시간 동안이나 앉아 있었던 것이다.

"그리고, 다시 비가 와요." 메이브가 말했다.

그랬다. 메이브의 젖어서 축 처진 머리카락과 얼어붙은 얼굴
이 그걸 증명하고 있었다. 「아, 이런, 메이브가 폐렴이라도 걸리
면 어쩌지. 메리 언니가 날 절대로 용서하지 않을 거야.」브리디
는 허둥지둥 메이브에게 우산을 돌려줬다. "따뜻하고 맛있는 핫
초코를 사줄게." 그리고 레스토랑으로 발걸음을 재촉했다. "그러

면 따뜻해질 거야."

"아까 나중에 디저트 먹으라고 했잖아요. 지금이 그 나중인가요?"

"그래." 브리디는 메이브를 추운 곳에 그렇게 오래 놔둔 사실 때문에 당황스러웠다. 그런데 메이브는 아이스크림을 큰 통으로 주문했다.

"그걸 먹으면 다시 춥지 않을까?"

"아뇨. 이걸 먼저 먹고 나서 핫초코를 마실 거예요. 이모는 원하는 거 없어요?"

「있어.」 브리디가 생각했다. 「난 트렌트가 왜 '브리디가 알게 되면, 하지 않으려…'라고 했는지 알고 싶어. 하지만 내가 여기서 너랑 함께 이러고 있으면, 그 이유를 알아낼 방법이 없어. 그러니까 네가 서둘러서 아이스크림을 먹어줬으면 좋겠어. 그래야 내가 널 집에 데려다주지.」 그러자 놀랍게도, 메이브가 아이스크림을 게걸스럽게 먹어치우더니 기록적인 시간 안에 핫초코를 꿀꺽꿀꺽 들이켰다.

「메리 언니한테는 네가 절대로 거식증일 리 없다고 말해줘도 되겠다.」 브리디가 생각했다. 그리고 메이브를 꼬드겨서 정보를 알아내는 게 오늘 외출의 목적이었다는 사실이 떠올랐다. 「집에 가는 길에 하지, 뭐.」 브리디는 메이브를 떠밀다시피 해서 차에 태운 뒤 히터를 최대한으로 올렸다.

하지만 브리디는 그럴 필요가 없었다. 브리디의 휴대폰으로 삥 소리와 함께 아직 베릭 박사를 찾아내지 못했다는 트렌트의 문자가 날아왔을 때, 메이브가 짜증나는 투로 말했다. "누가 보낸 문자인지 알아요. 엄마죠? 틀림없이 이모가 뭘 알아냈는지 알고 싶어서 문자를 보냈을 거예요."

"알아내다니, 뭐에 대해서?" 브리디는 과도하게 관심을 가진 듯 보이지 않게 하려고 눈을 도로에 고정한 채 조심스럽게 물었다.

"몰라요. 엄마는 항상 날 걱정하잖아요. 너무 바보 같아요."

"엄마는 널 보호하려는 것뿐이야."

"알아요. 하지만 난 괜찮아요. 아니, 다들 나한테 꼬치꼬치 캐묻는 짓만 그만두면 괜찮아질 거예요."

「네가 어떤 기분일지 나도 잘 알아.」 브리디가 생각했다. 「하지만 나는 지켜야 할 비밀이 있어서 그런 거잖아. 메이브에게도 비밀이 있나?」

브리디는 조카를 슬쩍 훑어보며, 어떻게 하면 메이브가 즉각적인 방어태세로 돌입하게 하지 않으면서 그 주제를 꺼낼 수 있을지 궁리했다. 그런데 브리디가 전략을 구상하는 동안에, 메이브가 그 비밀을 그녀의 품에 안겨줬다. "이모, 내가 뭔가 말해주면 엄마한테 말하지 않는다고 약속해줄 수 있어요? 저기요…. 좋아하는 남자애가 있어요…."

"같은 반에 있는 남자애야?" 브리디가 별일 아니라는 듯 물었다.

"아뇨!" 메이브가 '어떻게 그런 생각을 할 수가 있어요?'라는 말투로 말했다. "영화 '좀비 왕자의 일기'에 나오는 남자애예요. 정말 멋지게 생겼어요. 난 그 애의 사진을 노트북의 스크린세이버로 쓰고 싶은데, 그러면 엄마가 알게 될까 봐 걱정돼요…."

"네가 좀비 영화를 보는 걸 들킬까 봐 그러는 거지. 그 애도 좀비니?"

"아뇨. 그 애 사진 볼래요?" 메이브가 휴대폰을 꺼내더니 바쁘게 손가락을 놀렸다. 그리고 다음 신호등에 차가 걸렸을 때 브리디에게 휴대폰을 들어서 보여줬다. "그 애의 이름은 잰더예요."

그 남자애는 회색 눈동자에 C.B.보다도 머릿결이 더 엉망진창이었다. 메이브는 황홀한 표정으로 그 사진을 바라봤다. "내가 어떻게 하면 좋을까요?"

"그 애가 다른 영화에도 나오니? 엄마한테 다른 영화에서 봤다고 말해주면 되잖아."

"이모는 이해를 못 해요." 메이브가 말했다. "이 애가 어느 영화에 나왔느냐는 중요하지 않아요. 내가 이 애를 멋지다고 생각한다는 사실을 엄마가 알게 되면, 내가 남자애를 좋아하기 시작했다고 걱정하기 시작해서, 나한테 잔소리를 늘어놓고 성교육 비디오 같은 것들을 보게 할 거예요."

메이브의 말이 맞았다. 메리 언니라면 초라하고 부주의한 잰더에 대해 접근금지 명령을 내리려 할지도 모른다. 하지만 메이브에게 거짓말을 권하기는 힘들었다. 비록 그녀 자신이 최근 며칠간 거의 끊임없이 거짓말을 해대는 상황이라고 할지라도 말이다. "너희 엄마한테 비밀로 감추는 건 좋지 않아." 브리디가 말했다.

"그래도 이건 나쁜 비밀 같은 게 아니잖아요. 그리고 모든 사람은 비밀이 있어요. 그렇지 않나요? 이모도 다른 사람에게 알려주고 싶지 않은 비밀이 있잖아요."

「올 게 왔구나.」 브리디가 생각했다. 「메이브는 내가 젖은 신발을 침대 밑에 넣은 이유를 물어볼 거야.」 더 안 좋은 사태는, 어젯밤에 C.B.가 메이브에게 전화해서 둘을 위해 일을 처리해달라고 부탁했던 상황을 물어보는 것이다. "무슨 말이야?"

"EED요. 이모가 머리를 말릴 때 붕대를 봤어요. 엄마나 캐슬린 이모, 우나 고모한테는 수술했다는 말 안 했죠? 그래도 걱정하지 마세요. 난 아무한테도 말 안 할 거예요. 이모가 잰더에 대해 엄마한테 말하지 않겠다고 약속해주면요."

「염탐질과 공갈 협박을 하다니.」 브리디가 생각했다. 「메리 언니, 걱정해야 할 사람은 메이브가 아냐. 오히려 걱정해줘야 할 사람은 얘랑 살아가야 할 다른 시민들이야.」 브리디는 메이브를 이대로 보내선 안 된다는 생각이 들긴 했지만, 지금 당장은 이 문제를 다룰 시간이 없었다. 그래서 그녀는 메이브를 집 앞에 내려주면서 엄중하게 말하는 정도로 만족했다. "내가 지금 어디를 가봐야 하니까 일단 네 비밀은 지켜줄게. 하지만 나중에 다시 이야기하자."

"알았어요." 메이브가 즐겁게 눈을 반짝거리며 말했다.

"뭐가 그렇게 재밌어?"

메이브의 얼굴이 즉시 굳었다. "아무것도 아니에요. 예전에 대니커가 말해줬던 재미있는 이야기가 생각나서요."

그 말은 거짓말이 틀림없었지만, 브리디에게는 그걸 다룰 시간도 없었다. 그래서 작별 인사를 하고, 메이브가 집까지 안전하게 들어가는 모습을 지켜본 후, 다시 라디오로 트렌트의 목소리를 들을 장소를 찾으러 떠났다.

도서관이 가장 이상적인 장소일 것이다. 책을 읽는 사람들이 목소리를 차단해주니 잡음이 상당히 줄어서 트렌트의 목소리를 찾기가 쉽겠지만, 오늘은 일요일이다. 공공 도서관은 닫혔고, 어젯밤에 C.B.와 함께 갔던 대학 도서관은 도시 반대편에 있었다. C.B.는 스타벅스도 괜찮은 장소라고 했지만, 캐슬린이 구혼자들과 함께 거기 있을지도 모른다. 그래서 브리디는 가까운 피베리 커피숍으로 차를 몰고 가서 라테를 시켰다. 그리고 '진정한 사랑인지 어떻게 알 수 있을까?'라는 책을 읽는 중년 여성 옆에 앉았다. 찰스 디킨스의 '데이비드 코퍼필드'를 읽는 사람은 없었지만, 다른 손님들도 모두 휴대폰을 보거나 노트북으로 고양이 동영상을 보고 있었다.

브리디는 안마당으로 들어가서 라디오를 켜고 눈금판의 바늘을 650에 두었다. 그리고 아주 조금씩 뒤로 살살 움직이기 시작했다. 수십 개의 목소리를 통과해야 하는 한이 있더라도, 너무 빨리 지나가서 트렌트의 목소리를 놓칠까 봐 걱정되었기 때문이었다.

시간이 한없이 흘렀다. 브리디가 주의를 했는데도, 독감 걸린 여성까지 두 번이나 넘어가서 처음부터 다시 시작해야 했다. 그리고 3시쯤 되자, 라테 두 잔과 방송국 수백 개를 거친 뒤, 브리디는 트렌트를 결코 찾을 수 없을 거라는 생각이 들기 시작했다. 「…왜 주말마다 비가 오는 거지? … 내가 해봤던 일 중에 최악이야….」 그리고 희미하게 「…이런 게 존재할 줄은 생각도 못 했….」

「트렌트다.」 브리디는 그의 말을 잘 들으려고 라디오 쪽으로 고개를 숙였다. 「…항상 생각… 가짜… 믿을 수가… 정말로 존재….」

브리디가 다이얼을 마이크로미터만큼 돌렸다.

「…미친 소리 같… 오늘 아침에 해밀튼 씨에게 전화했을 때….」

「그래서 오늘 아침에 나랑 C.B.가 트렌트보다 아파트에 먼저

도착했구나.」브리디가 생각했다. 하지만 그때는 트렌트가 텔레
파시가 된다는 사실을 알게 된 직후였다. 왜 그가 보인 첫 번째 반
응이 자기 상사에게 전화하는 일이었을까?

「…베릭 박….」트렌트가 말했다.「…박사를 당장 여기로 돌
아… 해야… 그 사람들은 연락할 방법이 있을… 비상상황일 때는
어떡하지? … 시도….」그리고는 잡음만 가득해졌다. 브리디는
트렌트의 방송국을 놓쳐버렸다.

브리디가 다이얼을 뒤로 살짝 돌리자 갑자기 트렌트의 목소리
가 수정처럼 깨끗하게 들려왔다. 그는 애플과 컴스팬의 새 휴대
폰에 관해 말하고 있었다.「…회로를 분석해야 해….」브리디는
트렌트의 이야기를 들었다.「…코드를 작성….」

「그거 말고, 당신이 나한테 알려주려 하지 않은 게 뭔지 말
해.」브리디가 생각했다. 그러다 사람들은 텔레파시 능력자가 되
면 듣고 싶은 다른 사람의 생각을 들을 수 있을 거라고 오해한다
는 C.B.의 말이 떠올랐다. C.B.의 말이 맞았다. 브리디는 오후
내내 여기에 앉아서 트렌트의 생각을 들었지만, 아직도 그게 뭔
지 듣지 못했다.

「진정한 사랑인지 어떻게 알 수 있을까?」브리디가 생각했다.
그리고 트렌트의 목소리를 들었다.「브리디한테는 뭐라고 하지?
… 반드시 설득할 방법을 찾아야….」브리디는 귀를 쫑긋 세우고
들었지만, 뒷말을 듣지 못했다.「…혁명적인… 기다릴 수 없어…
애플이 생산해낼 수도 있….」

「아냐, 애플은 잊어. 내가 알게 될까 봐 당신이 두려워하는 게
뭔지 말하라고. 그리고 왜 해밀튼 씨에게 전화를 했었는지도.」

「…난 그저 몇 가지 실험을 하고 자료를 얻을 생각만 했었어. 브리디가 그 계획에 대해 알 필요는 전혀 없었어….」

「뭐라고?」

「…우리의 소통을 더 낫게 만들기 위해 그 수술을 하는 거라고 생각… 하지만 그건 그저 감정을… 이젠 텔레파시잖아… 브리디에게 말해야… 하지만 내가 EED를 하자고 했던 이유를 브리디가 알게 되면… 휴대폰… 브리디는 화가 나서….」

「그건 당신 말이 맞아.」 브리디가 생각했다. 트렌트는 새로운 휴대폰에 쓸 자료를 모으려고 그녀에게 EED를 하자고 제안했던 건가?

당연히 트렌트는 그랬을 것이다. 예전에 해밀튼 씨가 이렇게 말했었다. "즉각적으로 이루어지는 소통 정도로는 충분하지 않습니다. 우리는 뭔가 더 제공할 수 있어야 합니다." 즉, '뭔가 더'가 정서적으로 강화된 소통이었던 것이다. 그들은 무슨 계획을 세웠던 걸까? 사람의 감정을 식별하는 앱을 만들어서 그걸 이모티콘처럼 문자 서비스에 넣을 생각이었나?

그 계획이 뭐였든, 트렌트는 기꺼이 실험용 기니피그로 자원했다. 「그리고 나도 강제로 참여시켰지. EED를 하려면 두 사람이 필요했으니까. 비열한 뱀 같은 자식!」 트렌트는 지금껏 숱하게 많은 꽃다발과 루미네스의 만찬과 이메일과 애정 공세를 브리디에게 퍼부었지만, 그는 브리디를 사랑한 적이 없었다. 트렌트의 관심은 그녀를 꼬드겨 EED를 하게 만드는 것뿐이었다. 그래야 정서적으로 강화된 휴대폰을 만들기 위해 자료를 얻을 수 있으니까.

「그래서 우리가 즉시 연결되지 않자 트렌트가 그렇게 미쳐서 날뛰었던 거야.」 브리디가 생각했다. 「그래서 베릭 박사가 나를 병원에 붙잡아두고 검사를 더 하려고 했을 때도 그렇게 당황했던 거고.」 트렌트가 걱정하는 건 브리디가 아니었다. 트렌트는 그저 자기 계획이 잘못될까 봐 걱정했던 것이다. 그리고 바로 그 이유로, 베릭 박사가 외국에 머물고 있는데도 그 한밤중에 그녀에게 박사를 만나라고 우겼던 것이다. 트렌트는 상사에게 결과를 장담했는데, 그녀가 기대에 맞는 결과를 내놓지 않기 때문이었다. 브리디는 해밀튼 부인의 말이 떠올랐다. "다들 쉬쉬하는 이야기죠. 그래서 EED에 대해 이야기하면 안 된다는 건 저도 알아요." 그리고 "감사해야 할 쪽은 우리예요. 당신이 그걸 해준 덕분에…."

트렌트가 아직도 말하고 있었다. 「…뭔가를 생각해내야… 필요하다면 약혼이라도 해야….」

「더 이상 듣고 싶지 않아.」 브리디가 생각했다. 그리고 라디오 다이얼로 손을 뻗었다.

「…얼마나 중대한 일인지 브리디를 설득할 수 있어… 일단 브리디가 동참하기만 하면… 텔레파시의 작동 원리를 알아내는 일에 집중할 수… 그 회로를 소프트웨어로 옮겨서….」

「아, 이런 맙소사! 트렌트는 이모티콘을 말하는 게 아니었어. 텔레파시를 프로그램으로 만들어서 새로운 휴대폰에 집어넣으려는 거야! C. B.한테 말해줘야 해.」 브리디가 벌떡 일어나는 바람에 라테 잔이 쓰러졌다. '진정한 사랑인지 어떻게 알 수 있을까?'를 읽고 있던 중년 여성이 짜증스런 눈으로 올려다봤다.

"죄송합니다." 브리디가 말했다. 그녀는 휴대폰을 움켜쥐고 냅킨으로 탁자를 훔친 뒤 젖은 냅킨과 라테 잔을 쓰레기통에 집어넣었다. 그리고 차로 달려가면서 C.B.에게 어떻게 연락을 할지 생각했다. 트렌트가 듣고 있기 때문에 C.B.와 텔레파시로 말을 할 수는 없었다. 그리고 어젯밤을 샜기 때문에 자고 있을 수도 있다. 그렇다면 텔레파시로 불러봤자 아무 소용이 없었다. 그리고 트렌트가 컴스팬에 있으니 회사로 C.B.를 만나러 가는 위험을 감수할 수도 없었다. 그렇다면 C.B.에게 전화를 하는 수밖에 없었지만, 브리디는 자신의 휴대폰도 이용할 수 없었다. C.B.와 연락한 흔적을 남길까 봐 두려웠다. 그녀는 이용할 수 있는 다른 전화를 찾아야 했다.

누구 전화를 쓰지? 차를라는 안 된다. 그 어느 때보다, 지금은 컴스팬이 관계를 알 수 없는 사람을 찾아야 했다. 그리고 캐슬린은 너무 많은 질문을 해댈 것이다.

「메이브.」 브리디는 메리 언니네로 차를 다시 돌렸다. 그녀는 메이브를 한쪽으로 데리고 가서 휴대폰을 잃어버렸다고 말한 뒤 둘이 공원을 떠난 후 차에서 자신의 휴대폰을 봤는지 물어볼 것이다. 그리고 메이브가 아니라고 하면, 두어 통 전화를 해야 하니 휴대폰을 빌려줄 수 있는지 물어서, 연구실로 연락을 해보거나 메이브의 휴대폰으로 C.B.의 집 전화번호를 찾으면 된다.

그러려면 먼저 메리 언니를 통과해야 했다. 메리 언니는 브리디를 보자마자 말했다. "오, 맙소사! 메이브를 데리고 브런치 먹으러 갔을 때 뭔가를 알아냈구나! 너무 심한 이야기라 전화로는 말해줄 수 없었던 거지!"

「사실이야.」 브리디가 생각했다. 「직접 얼굴을 보고 이야기해 주기도 힘들어.」

"메이브한테 문제가 있었던 거지, 그럴 줄 알았어!"

"메이브는 아무 문제없어. 휴대폰을 찾을 수 없어서 온 것뿐이야. 내가 휴대폰을 어떻게 했는지 메이브가 기억할지 몰라서 물어보려는 거야."

"아." 메리 언니가 말했다. "메이브는 숙제하러 대니커 집에 갔어. 내가 메이브에게 전화해서 물어볼게. 그러고 나서 자리에 앉아 맛있는 차나 한잔하자."

「그리고 메이브에 대해 꼬치꼬치 물으려는 거겠지.」브리디가 생각했다. 하지만 메리가 휴대폰을 막 꺼냈을 때 메이브가 뛰어들어오며 소리쳤다. "수학책을 깜빡 잊었어요." 볼이 빨갛게 상기된 메이브가 숨을 헐떡거렸다. "내내 뛰어 왔어요." 그리고 가스레인지에 있는 주전자와 자기 엄마 손에 있던 찻잔을 낚아챘다.

「메이브는 내가 자기 비밀을 몰래 알려주러 돌아왔다고 생각할 거야. 아무래도 메이브한테 도움받기는 글렀네.」브리디가 생각했다. 하지만 메이브는 쾌활하게 말했다. "안녕, 브리디 이모. 여긴 웬일이에요?"

"이모가 휴대폰을 잃어버렸대." 메리 언니가 말했다. "혹시 레스토랑에서 휴대폰 봤던 거 기억나니?"

「당연히 기억하겠지.」브리디가 생각했다. 「그리고 이제 메이브는 이렇게 말할 거야. '내가 오리한테 모이를 주는 내내 이모가 휴대폰으로 통화를 했어요.' 그러면 메리 언니는 조류 독감의 위험성에 대한 이야기를 시작할 거야.」

"기억 안 나요." 메이브가 집중하느라 이마를 찡그리며 말했다. "내 생각에는 이모가 휴대폰을 탁자 위에 놓자마자 웨이터가 피자를 가져왔던 거 같아요." 메이브가 자기 엄마에게 고개를 돌렸다. "우리는 쇼핑몰에 있는 카니발 피자에 갔었거든요. 너무 재밌었어요!" 메이브가 고개를 돌려 브리디를 쳐다봤다. "웨이터가 휴대폰 위에 피자를 놓은 게 틀림없어요. 그래서 우리가 휴대폰을 못 봤을 거예요."

"네 말이 맞는 거 같아." 브리디가 말했다. 하지만 메이브의 휴대폰을 쓸 수 있을 거라는 희망이 없어졌기 때문에, 그녀는 일어나서 외투를 입었다. "피자 가게에서 내 휴대폰을 가지고 있는지 확인하러 가는 게 낫겠다."

"그냥 피자 가게에 전화해서 이모 휴대폰을 가지고 있는지 물으면 되지 않나요?" 메이브가 말했다. "내 휴대폰 사용하세요. 내 방에 있어요. 이리 와요." 메이브가 브리디의 손을 잡고 끌어당겼다.

「애야, 넌 축복받을 거야.」 브리디가 메이브를 따라 방으로 들어가며 생각했다. 방엔 '출입금지. 엄마한테 하는 말이야' 표지판뿐만 아니라 '수사 중 출입금지' 테이프도 문을 가로질러 붙어 있었다.

메이브가 그 테이프를 아래로 내리고 브리디를 안으로 들여보내더니 테이프를 다시 붙였다. 그리고 문을 닫고 잠갔다. "이래야 엄마가 못 들어와요." 메이브가 불필요한 설명을 했다.

브리디가 메이브의 방을 둘러봤다. 영화 '라푼젤'의 커다란 포스터가 침대 위에 핀으로 꽂혀 있고, 그 옆에는 십대 연예잡지 '타이거 비트'에서 오려낸 게 분명한 십대 남자 연예인들의 사진이 몇 장 붙어 있었다. 하지만 머리가 헝클어진 잰더의 사진은 보이지 않았다. 베개에는 '겨울왕국'에 나오는 눈사람 올라프 그림이 있고, 컴퓨터의 스크린세이버로는 '춤추는 열두 공주'가 떠있었다. 메리 언니의 걱정과는 달리 메이브의 방에는 마약 제조 시설도 없었고, 국제적인 돈세탁 작전도 진행되고 있지 않았다.

"너희 엄마를 이 방에 들어오게 해주는 게 좋을 것 같아." 브리디가 말했다. "그러면 너희 엄마가 한결 마음을 놓을 거야."

"아뇨. 그러지 않을 거예요." 메이브가 침대에 앉아 올라프 베개를 집어 들었다. "억눌린 여성 어쩌고 하던 거 기억하죠? 그리고 난 엄마가 감시카메라를 고치게 놔두고 싶지 않아요." 메이브가 카메라를 가리켰다. 브리디는 메이브가 카메라를 망가트렸다던 메리 언니의 말이 기억났다. "내 컴퓨터도요."

"너희 엄마가 컴퓨터에는 뭔 짓을 했는데?"

"아무것도 안 했어요. 하지만 엄마가 없애버리겠다고 했었잖아요." 그건 사실이었다.

메이브가 주머니에서 스마트폰을 꺼내더니 브리디에게 내밀었다. "진짜로 휴대폰을 잃어버린 건 아니죠?"

"응. 누군가에게 전화해야 하는데, 내 휴대폰으로는 할 수 없는 상황이거든."

메이브가 이해한다는 듯 고개를 끄덕였다. "'좀비엔나도'에 나오는 상황하고 똑같네요. 좀비들이 주인공의 전화를 도청하거든요…."

「그런 상황은 생각하고 싶지도 않아.」브리디가 생각했다.

"그래서 주인공은 죽은 남자의 휴대폰을 이용할 수밖에 없었는데, 그 휴대폰이 아직도 죽은 남자의 손에 끼어있었어요. 좀비가 그 팔만 빼고 다 먹어버렸거든요."

"거기서 둘이 마치는 대로," 메리 언니가 문 너머에서 소리쳤다. "부엌으로 와. 내가 아일랜드 소다빵을 맛있게 만들어줄게."

"알았어요." 메이브가 소리쳤다. 그리고 브리디를 돌아보며 말했다. "엄마한테 내가 '좀비엔나도' 봤다는 이야기 안 할 거죠, 할 건가요?"

「내가 지금 고자질할 처지가 아닐 것 같은데?」 브리디가 생각했다. "안 할 거야." 그녀가 메이브의 휴대폰을 잡으려고 손을 내밀며 말했다.

메이브가 휴대폰을 뒤로 휙 뺐다. "먼저 누구한테 전화할 건지 말해줘요. 이모가 범죄 같은 걸 저지르면 나도 공범이 되잖아요. '좀비 캅'처럼 말이에요. 거기서 좀비가…."

"난 범죄를 저지를 생각이 없어."

"하지만 이모가 누구한테 전화하는 건지 말해주지 않으면 내가 어떻게 알아요?"

"알았어. 컴스팬에서 함께 일하는 사람이야. C.B. 슈워츠. 그 사람한테 메시지를 보내야 하거든…."

"C.B. 아저씨요?" 메이브가 인상을 찌푸렸다. "하지만 이모가 메시지를 보내려던 사람이 그 아저씨라면, 이모는 그럴 필…." 메이브가 갑자기 말을 멈췄다.

"그럴 뭐?"

"아저씨의 번호를 찾을 필요가 없다고요. 내 휴대폰에 있어요. 집과 연구실 중에 어딜 원해요? 나한테 둘 다 있어요. 내 과학 숙제를 도와줄 때 내가 다른 걸 물어봐야 할 경우에 대비해서 아저씨가 번호를 둘 다 줬어요. 잠깐만요, 찾아줄게요."

메이브는 브리디에게 등을 돌리고 고개를 숙여 휴대폰을 내려 다봤다. 자기가 뭘 하는지 브리디에게 보여주고 싶지 않아서 저 러는 게 분명했지만, 그 애가 딱히 뭔가를 하고 있는 것 같지는 않 았다. 메이브는 그냥 거기에 서서 휴대폰을 수정 구슬이라도 되는 양 멍하니 바라보고만 있었다. 브리디는 메이브가 휴대폰 비번을 잃어버렸을지도 모르겠다는 생각이 들었다.

한참이 지난 후, 메이브가 휴대폰 화면을 이리저리 넘기더니 바쁘게 뭔가를 입력했다. 그건 그 전화번호가 주소록에 없다는 뜻 이었다. 「엄마한테 그 번호를 감추느라 그랬겠지.」 브리디는 메 이브를 나무랄 생각은 들지 않았다.

아니면, 메이브는 실제로 그 번호를 가지고 있지 않아서 검색 해보려는 건지도 모른다. 브리디가 뭔가 말하려고 하는 찰나 메이 브가 휴대폰을 귀에 대고 말했다. "신호가 가고 있어요."

브리디가 휴대폰을 잡으려 하자 메이브가 고개를 저었다. "안 녕하세요, C.B. 아저씨. 메이브예요. 기억하죠? 제 과학 숙제를 도와줬었잖아요."

"메이브." 브리디가 속삭이며 휴대폰을 넘기라는 몸짓을 했다.

"전 잘 지내요." 메이브가 말했다. "아뇨, 전혀요."

"전화를 줘." 브리디가 손을 내밀었다.

'알았어요.' 메이브가 입모양으로 말했다. 그리고 휴대폰에 대 고 말했다. "저희 브리디 이모가 아저씨랑 통화하고 싶대요." 메 이브가 휴대폰을 건네줬다.

"C.B.? 브리디 플래니건입니다. 일하다가 논의할 게 있어서 전

화했어요." 브리디는 메이브가 듣고 있었기 때문에, 그리고 어쩌
면 트렌트도 들을지 몰라서 개인적인 일이 아니라 업무적인 통화
인 것처럼 말했다. 그리고 그 방법이 먹힌 모양인지 메이브는 자
기 컴퓨터 앞에 앉더니 이어폰을 끼고 '신데렐라의 모험'이라는
게임을 시작했다.

"메이브가 아직 그 방에 있는 모양이네?" C.B.가 말했다.

"네, 그 문제에 대한 해결책이 전혀 없어요."

"그건 맞는 말이야." C.B.가 재미있다는 투로 말했다.

"이건 별로 재미…."

"미안. 무슨 일로 전화했어?"

브리디가 목소리를 낮추고 속삭였다. "트렌트가…."

"그래, 알아." C.B.가 말했다. 브리디는 C.B.의 말투만으로도
그가 알고 있다는 걸 느낄 수 있었다. 트렌트가 오늘 오후에 했던
말뿐만 아니라 모든 사실을 알고 있다는 것도. 트렌트가 왜 EED
를 제안했으며, 그 결과로 뭘 하려고 계획했는지까지.

「C.B.는 내내 알고 있었어.」 브리디가 생각했다. 「그래서 나
한테 EED를 하지 말라고, 우리가 연결된 후에는 트렌트에게 말
하지 말라고 설득했던 거야. C.B.는 트렌트가 텔레파시에 대해
알게 될 경우에 그가 그 텔레파시로 뭘 할지 알고 있었으니까.」

「왜 나한테 말 안 했어?」 브리디가 말했다. 하지만 그녀는 이
미 답을 알고 있었다. C.B.가 말해줬더라도 그녀는 그의 말을 믿
지 않았을 것이다. 「틀림없이 날 구제불능의 멍청이로 생각했겠
구나.」

"아냐, 내 생각엔 트렌트가 구제불능의 멍청이야. 자기가 가진

것에 감사할 줄을 몰라. 그리고 네겐 정말 미안해⋯."

"그건 괜찮아요. 중요한 건 트렌트가⋯." 브리디가 걱정스러운 눈으로 메이브를 슬쩍 쳐다봤지만, 메이브는 게임에 완전히 푹 빠져있었다. "베릭 박사한테 연락을 시도하고 있다는 사실이에요." 브리디가 속삭였다. "박사한테 그 프로젝트를 말하려는 거예요. 그래서 박사가 검사나 촬영을 하게 되면⋯."

"박사가 트렌트의 말을 믿지 않으면 검사를 하지 않을 거야. 그리고 트렌트가 박사에게 보여줄 만한 명백한 증거를 갖고 있는 것 같지는 않아."

"아뇨, 있어요. 오늘 아침에⋯."

"알아. 트렌트가 했던 그 실험은 걱정할 필요 없어. 아무튼, 넌 아주 잘했어. 난 특히 앙코르와트와 페튜니아가 좋았어. 하지만, 설령 네가 트렌트에게 보냈던 생각을 그대로 적었다고 해도, 그건 아무런 증거가 안 돼. 있잖아, 지금 당장은 이에 관해 이야기 하지 않는 게 좋겠어."

"왜냐면⋯." 브리디가 메이브를 슬쩍 쳐다봤다. 메이브는 신데렐라의 생쥐를 쫓느라 바빴다.

"호기심쟁이 꼬마 아가씨? 아냐, 네 남자친구 때문이야."

"그 사람은 이제 내 남자친구가 아니⋯."

"어쨌든, 지금으로선 트렌트가 그 사실을 알지 못하도록 해야 해. 네가 트렌트의 속셈을 알아챘다는 사실을 절대로 알지 못하게 하는 게 중요해. 지금 당장은 트렌트가 너의 목소리를 드문드문 듣는 정도에 불과하지만, 너도 그의 목소리를 그 정도로밖에 못 듣잖아. 그런데도 네가 알아낸 사실들을 봐. 그러니까 이에 대해서는 일절 생각하지 마. 나에 대해서도, 텔레파시에 대해서도, 트렌트가 비열하고 썩어빠진 시궁창의 쓰레기라는 생각도 하지 마. 트렌트에게 들려줄 수 있는 것들을 생각해야 해. 넌 트렌트를 열렬히 사랑하고, 연결이 되어서 너무 감격스럽고, 베릭 박사를 만나서 무슨 일이 있었는지 말해주고 싶어서 견딜 수가 없는 거야."

"하지만⋯."

"알아. 우리도 행동 계획을 만들어야지. 곧 만들 거야. 하지만 트렌트가 우리의 목소리를 못 듣는다는 게 확실할 때까지는 안 돼."

그렇다면 브리디는 C.B.에게 전화를 해서는 안 되는 걸까? 지금 이 통화도 안전하지 않은 걸까?

"아냐, 지금은 괜찮아. 지금 트렌트는 베릭 박사의 간호사와 통화하는 중이야. 간호사를 구슬려서 박사가 어디에 있는지 알아내려 하고 있어. 그리고 이렇게 입말로 이야기하는 게 네 생각을 차단하는 데에 도움이 돼. 그리고 아무튼, 난 방어벽을 올렸어. 모험은 하고 싶지 않으니까. 너도 집으로 가서 훌륭하고 지루한 책을 읽어. '로마제국 쇠망사'. 그래서 어떻게 끝나는지 나한테 말해줘."

하지만 트렌트가 다시 집에 오려고 하면 어떡하지? "전 지금 언니네에 있어요. 저한테 저녁을 먹고 가라고 할 것 같아요." 브리디가 말했다. 우나 고모를 따라 아일랜드의 딸 모임에 갈 수도 있을 것이다. 모임에서 한 명 더 받아주는 건 일도 아닐 것이고, 트렌트는 거기로 가서 그녀를 찾을 생각은 절대 하지 못할 것이다.

"안 돼." C.B.가 말했다. "트렌트에게 아일랜드 혈통이 관련되어 있다는 암시를 줘선 안 돼. '참한 아일랜드 총각'에 관해 말하는 너의 가족들의 이야기를 엿듣게 해서도 안 되고."

「나쁜 남자친구에 대한 이야기도.」 브리디가 캐슬린을 떠올리며 말했다.

"트렌트가 네 집으로 갈지 모른다는 걱정은 할 필요가 없어. 트렌트는 베릭 박사를 찾느라 너무 바쁘거든. 그리고 트렌트가 네 집으로 갈 기미가 보이면 내가 먼저 알려줄게. 그러면 그때 빠져나오면 돼. 가서 책 읽어. 아니면, 그보다 더 나은 건 낮잠을 자는 거야. 잠을 자면 트렌트는 네 목소리를 전혀 들을 수 없을 거야."

"하지만 제가…." 브리디가 메이브를 힐끗 쳐다봤다. 메이브는 여전히 게임에 푹 빠져있는 것처럼 보였다. "당신 말대로 할 경우에 어떻게 저한테 연락할 수 있죠?"

"그건 걱정하지 마. 트렌트나 베릭 박사에 대해서도 걱정하지 마. 괜찮을 거야. 가서 눈을 좀 붙여." C.B.가 전화를 끊었다.

"그러면 저한테 메일로 보고서를 보내주실래요?" 브리디가 끊긴 전화에 대고 말했다. "좋아요. 제가 검토한 후에 연락할게요. 그럼." 브리디는 메이브에게 전화를 돌려주면서 질문 공세를 예상했다. 하지만 메이브는 게임에서 거의 눈을 떼지 않았다. 심지어 브리디가 한동안 거기에 서서, C.B.에게 다시 전화해야 할 필요가 있을 경우를 대비해서 번호를 외우고 있을 때조차도 아무 말이 없었다. "고마워." 브리디가 메이브에게 말했다.

"둘이 거기서 뭘 하는 거야?" 메리 언니가 걱정스러운 목소리로 문 너머에서 소리쳤다.

"아무것도 안 해요!" 메이브가 소리치며 브리디에게 눈짓을 했다. "에이, 엄마가 이렇다니까요."

"그러면 내려와서 차 좀 마셔." 메리 언니가 말했다. "우나 고모가 오셨어."

「당연히 그러시겠지.」 브리디가 생각했다. 「그러면 이제 여기서 어떻게 빠져나가지? 우나 고모는 EED를 하지 말아야 하는 온갖 이유를 다 가져다 대기 시작할 테고, 그러고 나면 나한테 캐슬린을 설득해서 션 오라일리와 사귀게 하라고 할 거야.」

"난 가봐야겠어." 떠날 수 있으리라는 희망은 별로 없었지만, 브리디는 그렇게 말했다. "레스토랑에 내 휴대폰이 있대. 그러니까 문을 닫기 전에 가져와야 해."

"아, 그래도 몇 분 정도는 있을 수 있잖니." 메리 언니가 시작했다.

"아뇨, 이모는 그럴 수 없어요." 메이브가 말했다. "카니발 피자는 5시에 문을 닫거든요."

"우나 고모, 브리디한테 이렇게 빨리 떠날 이유가 없다고 말해주세요." 메리 언니가 말했다. 브리디는 공습에 대비했다. 그런데 고모가 이렇게 말했다. "가게가 닫힌 다음에 가면 안 되잖니. 서둘러서 가보는 게 좋을 게야. 메이브, 너희 이모 외투 좀 가져다주겠니?"

메이브가 후다닥 외투를 가져왔다. 브리디는 우나 고모가 억지로 붙잡지 않았다는 사실이 너무도 놀라웠지만, 아무튼 외투를 입었다.

"자, 그럼 가거라." 우나 고모가 말했다. "성 패트릭과 아일랜드의 모든 성인이 네 여정을 돌봐주실 게야."

"고마워요." 브리디는 우나 고모의 볼에 감사의 입맞춤을 했다. 그리고 메이브를 껴안으며 속삭였다. "고마워." 그리고 소다빵을 가져가게 싸줄 테니 기다리라는 메리 언니에게는 그럴 시간이 없다고 거절하고, 메리 언니가 알루미늄 포일을 찾기 전에 문밖으로 나섰다.

그렇게 깔끔한 도주가 될 뻔했는데, 캐슬린이 차를 끌고 나타나서 브리디의 차 앞을 막았다. 덕분에 메리 언니가 브리디를 붙잡고는 메이브의 방에서 그 시간 내내 뭘 하고 있었는지 물어볼 시간을 벌어줬다.

"내 전화 통화가 끝나고 나서 메이브가 컴퓨터에 있는 걸 보여줬어." 브리디가 말했다. "아냐, 언니, 포르노 아냐. 유튜브에 올라온 고양이 동영상이었어."

"내가 오늘 아침에 그 애의 인터넷 서핑 기록을 확인했을 때는 유튜브에 들어간 흔적이 전혀 없었어. 완전히 비어 있었어."

「방금 당신에게서 고양이의 이미지가 왔어.」 트렌트가 갑자기 끼어들었다. 「아직도 쇼핑몰에 있는 거야?」

"언니한테 계속 전화를 하려고 했어." 캐슬린이 다가오며 말했다. "내가 리치에 대해 알아낸 걸 언니한테 말해줘야…."

「브리디, 내 말 들려?」 트렌트가 말했다. 「내 말이 들리면 휴대폰을 켜줘.」

「내가 하고 싶어도 그렇게 못해. 내 휴대폰은 카니발 피자에 있는 걸로 되어 있거든.」 브리디가 생각했다. 그리고 산타페의 안마당으로 들어가려는데 캐슬린이 말했다. "내가 언니한테 말했던 대로 리치에 대해 찾아봤는데, 내가 뭘 찾았는지 언니는 상상도 못 할 거야….”

“네 차부터 먼저 치워줘.” 브리디가 말했다. 그러자 캐슬린이 차를 치워주려고 종종걸음으로 뛰어갔다.

「트렌트와 메리 언니도 저렇게 쉽게 치워버릴 수 있으면 얼마나 좋을까.」

「당신 말이 안 들려.」 트렌트가 말했다.

“왜 메이브의 인터넷 기록이 전혀 남아 있지 않은 걸까?” 메리 언니가 물었다. “메이브가 인터넷에서 뭘 하는지 전혀 나오지 않았어.”

“며칠 전에 언니는 메이브가 인터넷을 너무 오래 쓴다며 불평했잖아.” 브리디가 말했다.

“알아. 그렇긴 해도 메이브가 인터넷을 쓰는 건 분명하단 말이야. 그런데 왜 고양이 동영상을 봤던 기록을 지워버린 걸까?”

“난 지금 그런 이야기를 하고 있을 시간이 없어.” 브리디가 말했다.

“언니, 아직 가면 안 돼!” 캐슬린이 소리치며 돌아왔다. “먼저 내가 리치에 대해 언니한테 이야기해야 돼. 그리고 랜디스에 대해서도. 랜디스가 헤지(hedge) 펀드 매니저라고 이야기했던 거 기억나? 그런데, 아니었어. 나무 울타리(hedge) 손질하는 회사에서 일하더라고. 완전 거짓말쟁이야….”

「이거야말로 C. B.가 하지 말라고 했던 종류의 대화야.」 브리디가 생각했다. 「혹시라도 트렌트가 내 생각을 듣는….」

「뭐라고?」 트렌트가 말했다. 「당신이 ‘생각’이라고 하는 소리만 들리고 다른 말은 놓쳤어.」

"그런데 내가 리치에 대해 찾아낸 내용이 비하면 그건 아무것
도 아냐." 캐슬린이 말했다. "리치는 랜디스보다도 더 엄청난 거
짓말쟁이야."

"나중에 전화로 하면 안 될까? 정말로 가봐야 해서 그래." 브
리디가 필사적으로 말하며 차에 올라타려고 애썼다. 하지만 메리
언니가 차문을 막아섰다.

「오늘 오후 내내 당신한테 전화했었어.」 트렌트가 말했다.

"지난 두 주일 동안 메이브의 인터넷 사용 기록이 하나도 없었
어." 메리 언니가 말했다.

"리치는 약혼했어!" 캐슬린이 말했다. "그런데 너무 멋져 보
였어!"

"메이브가 뭘 숨기고 있는 걸까?" 메리 언니가 따지듯 물었다.

「이건 '좀비엔나도'만큼이나 최악이네.」 브리디가 생각했다.

「좀 더 집중해봐.」 트렌트가 말했다.

「싫어, 내게 필요한 건 여길 벗어나는 거야.」

"엄마! 전화!" 메이브가 집 안에서 소리쳤다.

"누군데?" 메리 언니가 차문에서 떨어지며 물었다. 그래서 브
리디가 쏜살같이 차에 올라탔다. 그리고 안전실로 들어갔다.

"전화로 해." 브리디가 차문을 닫고 시동을 걸며 말했다. "둘
다."

"휴대폰 잃어버렸다며…."

「그렇지.」 브리디가 생각했다. 「그리고 아직도 못 찾은 척해
야 돼.」 "그래서 지금 가봐야 한다는 거야." 그녀가 말했다. "휴

대폰 찾으러, 안녕!"

브리디는 다시 자신을 구해준 메이브를 축복하며 차를 출발시켰다. 그리고 가족들의 시야에서 멀어지자, 잊어버리기 전에 C.B.의 번호를 휴대폰에 입력하려고 차를 한쪽으로 댔다. 하지만 그 즉시 그러지 않는 게 낫겠다고 판단했다. 그래서 위트첵스의 빈 상자 뚜껑을 찢어서 거기에 휘갈겨 적고는 주머니 안에 넣었다.

「메이브에게 휴대폰에 있는 C.B.의 번호를 지우라고 해야겠다.」브리디가 운전을 하며 생각했다. 그럴 필요까지 있는지는 잘 모르겠지만 말이다. 메이브는 이미 자신이 본 영화와 읽은 책을 엄마에게 잘 숨기고 있다. 그리고 방문했던 인터넷 사이트까지도. 그래서 메이브가 번호를 찾을 때 그녀에게 등을 돌렸던 것이다. 자기가 어떻게 암호화하는지 브리디에게 보여주고 싶지 않았기 때문이다.

하지만 메이브는 그 상태에서 휴대폰에 아무것도 입력하지 않았다. 메이브는 움직이지 않고 그냥 서서, 마치….

「그건 불가능해.」브리디가 생각했다. 하지만 메이브 컴퓨터의 이용 기록이 비어 있는 게, 그 애가 파일을 지우는 게 아니라 아예 컴퓨터를 안 써서 그랬던 건 아닐까? 책도 읽지 않고? 혹시 메이브는 책과 영화를 자신이 진짜로 하고 있는 일을 가리기 위한 위장수단으로 사용하고 있는 건 아닐까?

「메이브는 학교에서 집중하지 않아서 문제가 됐어.」브리디는 갑자기 그 생각이 떠올랐다. 「그리고 메리 언니가 이유를 물었을 때 메이브는 '전 딴 생각을 하고 있었어요'라고 했어.」

「말도 안 되는 생각이야.」브리디가 혼잣말을 했다. 「메이브는 아마 잰더 생각을 하고 있었을 거야.」하지만 메이브의 침실 벽에는 어디에도 잰더의 사진이 없었다. 그리고 메이브가 자발적으로 자기가 잰더를 좋아한다는 사실을 브리디에 밝힌 건, 브리디가 메이브에게도 비밀이 있을지 궁금하게 생각한 직후였다.「게다가 난 속으로 의심했었어. 입 밖으로 말하지 않았고.」

메이브는 사람들이 북적대는 쇼핑몰 대신 공원으로 가고 싶다고 했다. 그리고 브리디가 메리 언니네에 도착하자마자 모습을 드러냈다. 대니커 집에서 내내 달려온 듯 숨을 헐떡거리면서 말이다. 그리고 딱 적절한 시점에 문 앞에 나타나서 트렌트로부터 그녀를 구해줬다.

「하지만 메이브가 그럴 순 없어. 이제 겨우 아홉 살이잖아.」메이브를 조숙한 꼬마라고 했던 C.B.의 말이 기억났다. 그리고 메이브가 뭔가를 감추고 있다던 메리 언니의 확신.

「정말로 메이브가 그렇다면 어떻게 해야 하지?」메이브에게 럭키참스에 있는 마시멜로에 대해 물었을 때 그 자리에 서서 방어적으로 쳐다보던 모습이 떠올랐다. 왜지? C.B.가 마시멜로의 모양에 대한 목록을 메이브한테서 얻었던 걸까? C.B.는 도서관 컴퓨터에서 찾아봤다고 말했지만, 도서관의 사무실들은 잠겨 있었다.「C.B.는 메이브에게 일을 처리해달라는 부탁을 하기 위해 문자를 보낸 게 아니었어.」브리디가 생각했다.「C.B.는 그럴 필요가 없었어.」

브리디는 뒤의 차가 화난 듯 빵빵거리는 소리에 깜짝 놀라 현실로 돌아왔다. 브리디는 한참 전에 녹색으로 바뀐 신호등 아래에 멈춰 서 있었다. 그녀는 교차로를 지나서 한 블록을 내려간 다음 차를 세우고 자신의 안마당으로 들어갔다. 트렌트가 그녀의 목소리를 듣지 못하도록, 그리고 C.B.도 듣지 못하도록.

C.B.는 "메이브에 대해서 내가 이야기해줄 게 있는데….."라고 말했었다. 그는 브리디가 EED를 하게 되면 뭔가 나쁜 일이 일어날 거라고 확신했다. 그리고 텔레파시가 유전된다고 완전히 확신했다. 하지만 우나 고모의 '예감'은 가짜라고 가차 없이 무시했다. 왜냐하면 브리디가 자신의 가족 중 다른 사람이 텔레파시를 할 수 있다는 가능성을 생각해보는 걸 C.B.가 원하지 않았기 때문이었다.

C.B.는 주기적으로 침묵했었다. 마치 다른 사람의 목소리를 듣고 있는 것처럼 말이다. 그리고 극장과 창고에서 그녀가 목소리들의 공격을 받았을 때 다른 곳에 있었는데, 그는 "정말 미안해, 난….."이라고 말하다가 중간에 멈춰버렸다.

브리디가 메이브에게 C.B.와 연락을 해야겠다고 했을 때, 그 애의 행동도 그와 똑같았다. "하지만 이모가 메시지를 보내려던 사람이 그 아저씨라면, 이모는 그럴 필….." 메이브는 말하다가 단어를 채 끝내기 전에 말을 멈춰버렸다.

"이모는 그럴 필요 없어요. 제가 아저씨한테 물어볼 수 있어요." 브리디가 메이브의 끊어진 말을 채웠다. 브리디는 메이브와 이야길 해봐야겠다는 생각이 들었다. 브리디는 차에 시동을 걸고 메리 언니네 집으로 돌렸다.

「그럴 필요 없어요.」 메이브가 말했다. 「우린 아무 데에서나 이야기할 수 있어요.」

25

"그때 달빛으로 날 찾아."
— 알프레드 노예스, '노상강도'

「그게 텔레파시의 놀라운 점이죠.」메이브가 말했다. 「사람들
과 아무 데서나, 아무 때나 이야길 나눌 수 있어요.」

「도로에서 운전하고 있을 때는 아니지.」브리디가 말했다.

「할 수 있어요.」메이브가 말했다. 「전 지금 이모랑 이야기하
면서 수학숙제를 하고 있는 걸요.」

「운전은 그거하고는 달라.」브리디가 말했다. 「차를 한쪽으로
댈 때까지는 나한테 말하지 마.」그리고 어떻게 해야 할지 생각할
때까지. C.B.는 브리디에게 텔레파시로 자신에게 말하지 말라고
했다. 트렌트가 들을 수도 있기 때문이다. 그래서 브리디는 메이
브와도 대화를 나눠선 안 된다.

「괜찮아요.」메이브가 말했다. 「트렌트 씨는 우리 소리 못 들

어요. 내가 지금 그 사람의 목소리를 듣고 있기 때문에 알아요. 트렌트 씨는 왜 이모의 목소리를 듣지 못하는지 의아해하고 있어요. 그 사람은 이모가 충분히 열심히 노력하지 않기 때문이라고 생각해요. 완전 짜증이야!」

「나도 동의해.」브리디는 옆길로 빠지며 린덴 가에서 벗어났다. 「하지만 지금 당장 트렌트가 듣지 못한다고 해서 잠시 후에도 못 들으리라는 보장은 없어.」

「안 그래요.」메이브가 확신에 차서 말했다. 「왜냐하면….」

「쉿.」브리디가 단호하게 말했다. 그리고 인도 쪽으로 차를 붙이고 정차했다. 그녀는 시동을 끄고 안마당으로 들어가서 말했다. 「C.B.가 나한테 '그거'에 대해서는 말하지 말라고 했어….」

「C.B. 아저씨도 우리 말을 못 들어요. 지금 트렌트 씨를 듣느라 너무 바쁘고, 트렌트 씨는 누군가에게 왜 베릭 박사를 못 찾는지 소리를 질러대느라 바빠요. 그러니까 괜찮아요. 그리고 이모한테 할 이야기가 있어요. 중요한 일이에요!」

「난 관심 없어. 나랑 이야기하고 싶으면 전화로 해.」

「난 통화 못 해요. 지금 대니커 집에 와 있는데, 얘네 엄마도 우리 엄마랑 비슷한 수준으로 상태가 안 좋아요. 지금 당장 이모랑 이야기를 해야 되는 이유가 바로 그거 때문이에요. 이거에 대해 엄마한테 이야기하지 않겠다고 약속해줘요!」

「메이브….」브리디는 전화 끊듯이 메이브를 떨쳐낼 방법이 있으면 좋겠다는 바람이 열렬하게 타오르기 시작했다. 혹시라도 메이브가 '텔레파시'라는 단어를 말하면 트렌트가….

「아니요, 내가 말했잖아요. 트렌트 씨는 우리가 말하는 걸 못 들어요. 이건 안전한 통로예요. 내 좀비 관문은 닫혔어요. 그 사람은 안으로 못 들어와요. 전 해자(垓子)*도 두르고, 모든 걸 다 설치했어요.」

해자와 좀비 관문? 대체 메이브의 안전실은 어떻게 생긴 거야?

「해자와 좀비 관문은 안전실이 아니에요.」메이브가 당연한 소리 아니냐는 듯이 말했다. 「그것들은 내 성 안에 있어요. 그리고 성은 비밀의 화원 안에 있고, 비밀의 화원에는 열쇠가 없는 사람은 아무도 들어올 수 없어요. 그리고 난 그 열쇠를 목걸이에 달아 놨어요. 그리고 성 안에는 라푼젤의 탑이 있어요. 그 탑 안에 내 안전실이 있어요. 하지만 우리는 그 안에는 들어갈 필요가 없어요. 여기에 있어도 우린 안전해요. 그리고 아무튼, 트렌트 씨는 거의 못 들어요. 그 사람이 아무리 발악해도 안 돼요.」

그건 좋은 소식이긴 한데….

「그러니까 엄마한테 말하지 않을 거라고 약속할 거죠? 이모는 약속해야 돼요. 내가 이걸 할 수 있다는 사실을 엄마가 알게 되면, 엄마도 어떻게 하는지 알게 될 거예요. 엄마는 온종일 내 생각을 들을 수만 있다면 EED 수술이라도 할 걸요.」

「언니는 그럴 필요가 없어.」브리디가 생각했다. 「트렌트가 자기 계획대로 해내기만 하면, 메리 언니는 휴대폰으로 그걸 할 수 있게 될 거야.」그리고 메이브가 무슨 생각을 하는지 정확히 알 수 있게 해줄 그 기회를 덥석 부여잡을 것이다. 그러면 이 세상의 어떤 해자와 좀비 관문과 탑으로도 메리 언니를 막아낼 수 없을

---

* 적의 침입을 막기 위해 성 밖을 둘러 파서 만든 연못.

것이다. 메이브의 말이 맞았다. 메이브에게는 사생활이라는 게 완전히 사라질 것이다.

「알아요.」메이브가 말했다. 「부모들은 좀비보다 더 위험해요. 그렇기 때문에 우리는 이걸 모든 사람에게 비밀로 해야 돼요.」

좀비? C.B.의 이야기 때문에 브리디는 목소리가 언제나 홍수의 형태를 취한다고 짐작했었다.

「홍수요?」메이브가 말했다. 「그건 별로 무섭게 들리지 않네요. 내 목소리는 좀비예요. 진짜로 빠르고 진짜로 무서워요. 영화 '월드워Z'에 나오는 좀비들처럼요.」

「넌 어디서 '월드워Z'를 봤어?」브리디가 묻기는 했지만, 대답은 뻔했다. 어쩌면 메리 언니가 메이브의 생각을 읽을 수 있게 되는 게 차라리 나을지도 모른다.

「아니에요, 그렇지 않아요!」메이브가 말했다. 「난 괜찮아요. C.B. 아저씨가 좀비들로부터 날 구조해서 성과 안전실 같은 것들을 어떻게 만드는지 가르쳐줬어요. 다시는 좀비들이 안으로 들어오지 못할 거예요.」

메이브의 말투는 지극히 확신에 차 있었다. 목소리는 메이브에게 전혀 정신적 외상을 입히지 않은 것처럼 보였다. 혹은 그랬더라도 완전히 회복된 것 같았다. 「얼마나 오래전부터… 그게… 됐어?」브리디가 물었다.

「한 달쯤 됐어요. 난 이게 예감 같은 건 줄 알았어요. 우나 할머니처럼요. 하지만 할머니는 아직 일어나지 않은 일들을 알 수 있는데, 난 그럴 수 없었어요. 그냥 목소리일 뿐이었죠. 그래서 인터넷에서 자료들을 엄청나게 찾아봤는데….」

「그래서 메이브가 컴퓨터 비번을 바꾸고 인터넷 기록을 지웠던 거야.」 브리디가 생각했다. 「메이브는 자기가 뭘 찾고 있는지 메리 언니에게 보여주고 싶지 않았던 거야.」

「네. 엄마는 완전히 기겁을 했을 거예요.」 메이브가 말했다. 「그리고 할머니에게도 물어볼 수 없었어요. 엄마한테 말할 테니까요. 인터넷에서도 미친 사람들 말고는 아무것도 못 찾았어요. 그래서 어떻게 해야 할지 몰랐는데, 그때 C.B. 아저씨가 저한테 말하기 시작했어요. 그리고 어떤 일이 일어날지, 목소리가 얼마나 무서워질지, 그걸 어떻게 막아야 할지 가르쳐주고, 목소리가 아주 심해졌을 때 구해줬어요.」

「나를 구해줄 때랑 똑같네.」 브리디가 생각했다. C.B.가 메이브를 도와줘서 몹시 고마웠다.

「아저씨는 엄마한테 말하지 않겠다고 했어요. 그러니까 이모도 약속해줘요. 제발요! 잠깐만요…. 이런, 트렌트 씨가 이모에게 연락하려는 중이에요. 안녕.」 메이브가 사라졌다.

「날 부를 거라는 거야, 전화를 할 거라는 거야?」 브리디는 궁금했다. 그리고 바로 그 직후 그에 대한 해답을 얻었다.

「브리디?」 그녀는 트렌트의 목소리를 들었다. 「내 목소리 들려?」

「그래.」 브리디가 생각했다. 「유감스럽게도.」

「당신 목소리가 전혀 안 들려. 내가 말하는 게 들리면 나한테 전화해줘.」

「턱도 없는 소리.」 브리디가 생각했다. 그리고 차를 출발시켜 인도에서 멀어졌다. 그녀는 린덴 가로 다시 돌아가서 집으로 향했다.

「오늘 아침처럼 몇 가지 이미지를 당신에게 보낼게.」 트렌트가 그녀에게 말했다. 「그중에 들리는 게 있거든 적어줘.」 그리고 열다섯 블록을 지나는 동안 브리디는 트렌트가 앵앵대는 소리를 들어야만 했다. 「난 포르쉐 카이맨 GT4를 생각 중이야. 다시 할게, 포르쉐 카이맨 GT4.」 그 뒤로 스마트 시계, 스마트 팔찌, 발리섬, 큐컴버 세라노 마티니, 주식공개상장이 이어졌다.

브리디가 아파트까지 여섯 블록 남았을 때 트렌트가 말했다. 「포브스 잡지, 다시 할게, 포브스….」 그리고 끊어졌다. 브리디는 트렌트가 포기했다는 의미이길 바랐다. 그리고 베릭 박사에게 연락이 닿았다거나, 트렌트가 자신의 아파트로 오는 길이라는 의미는 아니길 바랐다.

「아니에요.」 메이브가 말했다. 「트렌트 씨는 컴스팬에 있어요. 베릭 박사가 자기 스마트폰이 아니라 사무실로 전화할까 봐 나가지 못하고 있어요.」

「다행이네.」 브리디가 생각했다. 「나한테는 전화로만 말하라고 했잖니, 메이브.」

「안 돼요. 아직 대니커 집이에요. 난 이모를 도와주려던 거라고요.」 메이브가 상처를 받은 말투로 말하더니 사라졌다.

브리디가 아파트에 도착해서 앞쪽에 주차를 하려다가 문득 모퉁이를 돌아서 세워놓는 게 낫겠다는 생각이 들었다. 트렌트가 베릭 박사를 찾아낸 뒤 그녀를 보러 올 경우에 차를 보지 못하도록 하기 위해서였다. 하지만 C.B.가 집에 왔을 때 그녀가 없다고 생각할 수도….

「아뇨, C.B. 아저씨는 안 그래요.」메이브가 말했다.「아저씨는 이모 생각을 읽을 수 있어요, 기억하죠?」

「메이브! 내가 말했잖니….」

「그리고 아무튼, C.B. 아저씨가 트렌트 씨보다 훨씬 똑똑해요. 그리고 진짜 좋은 사람이에요, 그렇지 않나요?」

「그래.」브리디가 차에서 내렸다.「이제, 가. 진지하게 말하는 거야, 메이브!」브리디는 강조하기 위해 차문을 쾅 닫았다.

「이모, C.B. 아저씨를 좋아해요?」

「메이브….」

「아직도 트렌트 씨를 좋아하는 건 아니잖아요, 그죠?」메이브가 물었다.「그 사람은 비열해요. 그 사람은 그 멍청한 일에만 관심이 있어요, 이모가 아니라. C.B. 아저씨하곤 다르죠. 아저씨는 정말로 이모를 좋아해요. 하지만 내가 말해줬다고 아저씨한테 말하지 마세요. 아저씨가 이모한테 말하지 말라고 했거든요.」

「메이브, 이제 가. 안 그러면 너희 엄마한테 전화해서 네가 나한테 말한 내용을 모조리 다 말해줄 거야.」

메이브가 떠난 것 같았다. 하지만 얼마나 갈려나? 브리디는 아파트를 올라가며 궁금했다. 다음엔 또 C.B.나 텔레파시에 대해 뭐라고 하려나?

브리디의 휴대폰이 울렸다. 트렌트였다. "혹시 C.B.의 집 전화번호 알아?" 그가 물었다.

「아, 맙소사, 내가 C.B.에 대해 생각하는 걸 들었나 보네.」"C.B.?" 브리디는 그 이름이 잘 기억나지 않는다는 듯 되물었다.

"응. C.B." 트렌트가 짜증나는 투로 말했다. "오늘 아침에 나한테 전화했던 녀석 말이야. 지하의 얼음통 안에서 일하면서 톡플러스 앱 만든 그 미친 자식 말이야."

"아, C.B. 슈워츠. 몰라. 왜?"

"아직도 베릭 박사하고 연락이 닿지 않아. 박사가 어디에 있는지는 모르겠지만, 휴대폰을 꺼버린 것 같아. C.B.는 비상 제어기술 같은 걸 이용해서 연락할 방법이 있지 않을까 싶어서. 그런데 C.B.한테도 연락이 되질 않아. 지하실에 있는 연구실에도 없더라고. 당신도 그 녀석한테 연락할 방법을 모른다는 거지?"

"응." 브리디가 말했다. "베릭 박사는 내일 아침에 틀림없이 돌아올 거야. 돌아오지 않더라도 내일은 박사한테 어떻게 연락할지 아는 직원이 있을 거야."

"우리는 그렇게 오래 기다릴 수 없어. 내 생각에 당신은 이 모든 일이 우리에게 무슨 의미인지 아직 인식하지 못하는 것 같아, 내 사랑."

「내 사랑이라니.」브리디는 구역질이 날 것 같아서 얼굴을 찌푸렸다. 트렌트가 그녀에 대해 조금도 관심이 없었다면(그리고 가슴 아픈 현실이지만, 그는 그녀에게 확실히 관심이 없었다), 왜 EED가 작동하리라 기대했던 걸까? 트렌트가 아는 한, EED는 정서적으로 유대감을 느끼는 연인들만이 연결됐다. 그렇다면 왜 그는 브리디와 EED를 했던 걸까? 혹시 트렌트는 브리디를 속였듯이 EED도 속일 수 있을 거라 믿었던 걸까?

"내가 보냈던 단어들은 전혀 못 들었어?" 그가 물었다.

"단어라니?"

"응. 내가 당신한테 단어들의 목록을 또 보냈거든. 그럼, 당신은 전혀 못 받았단 말이야? 난 당신한테서 단어들을 많이 받았는데."

"그랬어?" 브리디의 심장이 쿵쾅거리며 뛰기 시작했다. "어떤 단어들이었는데?"

"당신이 '아이스크림'이랑 '오리'라고 말하는 걸 들었고, 난 둘 다 레스토랑의 메뉴라고 짐작했었어. 그런데 곧 '뱀'에 대한 이야기가 있었고, '좀비'라는 단어도 들었어."

"좀비? 대체 내가 왜 좀비에 대한 이야기를 하겠어? 뱀도 마찬가지고. 당신이 잘못 들은 거야."

"글쎄, 아무튼 난 당신의 목소리를 듣고 있어. 당신도 조카의 일에 그만 얽혀들고 내 목소리를 듣는 일에 집중할 필요가 있어." 트렌트가 말했다. "당신은 슈워츠가 회사에 없을 때 어디를 돌아다니는지 전혀 모른단 말이지?"

「나야 알지.」 브리디가 생각했다. 「여자화장실, 도서관, 창고.」 "응, 몰라."

"젠장." 트렌트가 말했다. "있잖아, 난 가봐야겠어. 비서가 부르네. 부디 C.B.의 집 전화번호를 찾았다는 소식이면 좋을 텐데. 당신은 연결에 집중해." 트렌트가 전화를 끊었다.

「트렌트가 찾고 있다고 C.B.한테 경고해줘야 해.」 브리디가 생각했다. 하지만 그녀가 그렇게 할 경우에 트렌트가 들을 수 있을지도 모른다. 그리고 트렌트는 C.B.라는 이름만 들어도 눈치를 챌 것이다. 브리디는 트렌트가 잠들고 C.B.가 연락할 때까지 기다려야만 했다. 그사이에 트렌트가 그를 찾아내지 못하기를 바랐다.

그러면 그때까지 뭘 하지? C.B.는 브리디에게 눈을 좀 붙이라고 했다. 그건 괜찮은 생각이었다. 그녀가 잠이 들면 트렌트는 어떤 소리도 듣지 못할 것이다. 하지만 그녀가 잠이 들려는 찰나에 생각이 옆길로 새어 나갈까 봐, 그리고 C.B.나 메이브에 대해 생각하기 시작할까 봐 걱정됐다. 지금처럼 말이다.

「다른 걸 머릿속에 떠올려야 해.」 브리디는 혼잣말을 했다. 그래서 '빌리 조의 송가'를 다운받았다.

별로 좋지 않은 생각이었다. C.B.는 그 노래에 나오는 소녀와 처지가 비슷했다. 비밀을 지킬 수밖에 없었고, 자신에게 일어난 일을 다른 사람과 나눌 수 없었다. 심지어 가족들과도. 그리고 브리디는 가사를 자세히 살펴보다가, 빌리 조가 목소리에서 벗어나려고 다리에서 뛰어내렸다던 C.B.의 말이 떠올랐다. 혹시 C.B.가 메이브를 보호해왔듯이, 빌리 조도 다른 누군가를 보호하려고 뛰어내린 건 아닐까? C.B.가 자신이 걱정하는 건 자기의 비밀이 아니라고 했던 이유가 이제는 확실히….

「그만해.」 브리디가 혼잣말을 했다. 「트렌트가 내 생각을 들을 거야.」 브리디는 '십대의 천사'로 넘어갔다. 그리고 왜 항상 노래나 시에서는 연인들이 그렇게 나쁜 결말을 맞는지 의아했다. '노상강도'에서는 왕실 군인들이 지주의 딸인 베스를 묶고 숨겨진 머스킷 총을 그녀의 가슴에 대고 있을 때, 그녀는 노상강도에게 그 사실을 알려주기 위해 스스로 총을 맞을 수밖에 없었다. 그들이 텔레파시만 할 수 있었다면, 베스는 그에게 알려주기 위해 자신을 희생할 필요가 없었을 것이다. 그리고 '빌리 조의 송가'에 나오는 소녀도 빌리 조가 다리에서 뛰어내리려 한다는 사실을 알아채고 가서 말렸을 것이다.

「그러면 노래와 시가 아주 짧아졌을 거야.」 브리디가 생각했다. 하지만 그녀에게 짧은 건 필요 없었다. 그녀에겐 C.B.나 텔레파시를 생각하지 않게 만들어 줄 수 있는 긴 게 필요했다. 그러자면 '노트르담의 꼽추'와 '성난 군중으로부터 멀리'는 제외다. 브리디는 '비밀의 화원'을 다운받아서 소파의 한쪽 구석에 자리를 잡고 읽기 시작했다.

실수였다. '비밀의 화원'에서 메리 레녹스의 삼촌은 "멀리서 맑은 목소리"가 자신을 부르는 걸 듣는다. 그리고 생각이란 게 "전기 배터리처럼 강력한" 것이라는 이야기가 나오고, 또 자신이 "이성을 잃고 사람의 귀에 들리지 않는 소리를 듣는다고 생각"하는 게 아닌지 걱정한다. 「메이브가 '비밀의 화원' 속에서 그렇게 겹겹이 담을 쌓고 있는 것도 놀랍지 않아.」 브리디가 생각했다. 그래서 노래 가사를 외우는 일로 돌아갔다.

한밤중에 트렌트가 다시 전화했다. "혹시 C.B. 슈워츠 찾았어?" 브리디가 그에게 물었다.

"아니, 하지만 베릭 박사는 찾았어. 아니, 적어도 박사가 어느 도시에 있는지는 알아냈어. 박사는 모로코에 있는 게 아니었어. 홍콩에 있대."

그건 박사가 돌아오려면 이삼일은 걸린다는 의미였다. 브리디는 너무나 안심되어 전화를 끊자마자 거의 즉시 잠에 곯아떨어져서 전화벨 소리가 울린 뒤에야 깨어났다. 그녀는 손으로 휴대폰을 더듬거리며 찾다가 태블릿을 소파에서 떨어트렸다. 그때 C.B.의 말소리가 들렸다. 「새벽 정찰대가 야간 전투기에게, 나오라, 야간 전투기.」

「쉿.」브리디가 C.B.에게 말했다.「트렌트가 네 소리를 들을지도 몰라. 지금 트렌트가 나한테 전화하고 있는 거 같단 말이야.」

「트렌트 아니야.」C.B.가 말했다.「나야. 아니, 나였다고 할 수 있겠지.」그러자 즉시 벨소리가 멈췄다.「걱정하지 마. 트렌트는 우리 목소리 못 들어. 지금 자고 있어.」

「트렌트가 너를 찾고 있었어.」그녀가 말했다.

「알아. 트렌트는 나를 못 찾았어.」

「다행이네.」브리디가 졸린 목소리로 말했다.「지금 몇 시야?」

「곧 3시야.」

「새벽?」

「유감스럽지만, 그래. 난 트렌트가 포기하고 자러 가길 계속 바랐는데, 30분 전까지도 정보기술팀하고 통화하면서 베릭 박사가 어디에 있는지 찾으려고 난리였어.」

「박사는 홍콩에 있대.」

「알아. 정보기술팀에서 호텔들에 전화를 돌리고 있어. 박사를 찾아내는 건 시간문제야. 그리고 정보기술팀에서 박사를 찾아내면 트렌트에게 전화해서 깨울 거야. 그러니까 우리에게 주어진 시간을 최대한 활용해야 돼.」

당연한 말이다.「미안해.」브리디가 자리에 앉으며 말했다. 「이제 일어났어.」

「혹시 트렌트가 깨어날지도 모르니까 우리는 입말로 말하는 게 나아. 그래서 네가 옷을 다 입으면….」

「난 벌써 다 입었어.」브리디가 신발에 발을 집어넣으며 말했다. 「어디서 만나면 좋을까?」

「아래층에서.」

「여기로 왔다는 뜻이야? 올라올래?」

「아냐. 네가 내려와. 너한테 보여주고 싶은 게 있어.」

「금방 내려갈게.」 브리디가 스웨터를 입으며 말했다. 그녀는 외투도 챙길지 갈등했지만, C.B.의 차까지 가는 정도의 짧은 거리에는 필요가 없을 것 같았다. 브리디는 열쇠를 손에 쥐고, 전등을 끄고, 조용히 아래층으로 달려 내려가서 밖의 어둠 속으로 나갔다.

어디에도 C.B.의 차는 보이지 않았다. 브리디는 인도까지 걸어나가서 도로 양쪽을 돌아봤다. 혹시 트렌트가 깨어나는 바람에 둘이 만나는 게 안전하지 않다고 C.B.가 판단한 게 아닐까 하는 궁금증이 일었다.

"아냐. 트렌트는 아직 자고 있어." C.B.가 그늘에서 걸어 나오며 말했다. "그리고 홍콩에는 호텔이 엄청나게 많아. 한두 시간 정도는 충분히 여유가 있을 거야. 가자."

그들은 어두운 거리를 걸어갔다. "있잖아." C.B.가 걸어가며 말했다. "트렌트 문제도 그렇고, 텔레파시와 휴대폰 문제에 대해서는 내가 정말로 미안해. 그 전에 너한테 말해줬어야 했어. 하지만 난 그럴….."

"내가 또 버럭 화를 내고, 우리를 갈라놓으려 한다고 너를 비난할까 봐 그런 거지? 네가 텔레파시에 대해 나한테 경고해주려고 했을 때 내가 그랬던 것처럼?"

"아니, 그게 아니라….."

166

"괜찮아. 널 비난할 생각은 없어. 트렌트가 자기 입으로 하는 말을, 아니 트렌트의 생각을 내가 듣지 못했다면, 나는 아마 네가 말해줘도 안 믿었을 거야."

"그래도 그렇게 알게 되는 건 끔찍한 일이야." C.B.가 걸음을 멈추더니 고개를 돌려 그녀를 쳐다봤다. "넌 괜찮아?"

"넌 내 생각을 읽을 수 있는 줄 알았는데?"

"그렇지."

"그러면, 트렌트가 나한테 거짓말하고 나를 이용했다는 사실 때문에 내가 얼마나 분통이 터지는지 너도 알 거야. 그런 사람을 알아보지 못한 나한테도 화가 나. 그런데 이해가 안 되는 게 있어. 왜 트렌트는 EED가 작동할 거라고 생각했을까?"

"실제로 그걸 위해 정서적 유대감이 있을 필요는⋯."

"그건 나도 알아. 그리고 너도 알지. 하지만 트렌트는 몰랐잖아. 트렌트는 정서적 유대감이 있어야 EED가 될 거라고 생각했어. 그런데 자기가 그렇지 않다는 사실을 알았다면⋯."

"그 문제에 대해서는 나도 확실히 말하기 힘들어." C.B.가 말했다. "내가 들었던 트렌트의 생각에 따르면, 트렌트는 너와 정서적 유대감이 있다고 생각해."

"트렌트는 눈앞에 가져가서 보여줘도 그게 사랑인지 못 알아볼 거야."

"사실이야. 하지만 사랑을 연애의 장식물로 정도로 착각하는 사람이 트렌트가 처음은 아니야."

「나 같은 사람 말이지?」 브리디가 생각했다.

"게다가, 트렌트는 휴대폰을 위해 EED가 필요했어. 그리고

EED가 작동되기 위해서는 '정서적 유대감'이 필요했지. 그래서 트렌트는 자신이 그렇다고 스스로를 설득할 만한 모든 이유를 다 가지고 있었어. 내가 말했잖아, 사람들은 자기기만의 달인이라니까."

"네가 맞아. 그렇게 말했었지." 브리디는, 자신이 어떻게 느끼는지 모르는 사람들과 히틀러를 좋은 사람이라고 생각하는 사람들에 대한 C.B.의 말이, 그저 그녀에게 EED를 하지 말라는 의도로 했던 이야기가 아니라는 사실을 그제야 깨달았다. C.B.는 브리디에게 트렌트에 대해 경고하려고 노력했지만, 그녀가 너무 멍청해서 이해하지 못했던 것이다. 그리고 너무 멍청해서 트렌트와 그의 동백꽃과 빗질이 잘 된 머릿결과 촛불을 켠 만찬의 의미를 꿰뚫어보지 못했었다.

"자책하지 마." C.B.가 말했다. "잔 다르크는 황태자를 믿었는데, 그 황태자도 거짓말쟁이에 줏대도 없고 배신을 일삼는 비열한 녀석이었어. 잔 다르크가 어떻게 그걸 알았겠어? 그리고 프랑스를 구하는 건 괜찮은 생각이었어." C.B.가 브리디를 내려다보며 말했다. "잔 다르크가 믿었던 사람이 잘못된 인간이었을 뿐이야." 브리디는 C.B.가 얼마나 가까이 서 있는지, 그리고 여기가 얼마나 어두운지 문득 느껴졌다.

「화제를 바꿀 때가 됐어.」 브리디가 말했다. "나는 트렌트가 아일랜드계가 아니면서 어떻게 나와 연결이 되었는지 아직도 이해가 안 돼. 물론 네가 그의 가계에 하녀가 끼어들었을지도 모른다고 말하긴 했지만….."

"아니면 한 명 이상이었을 수도 있지. 마부 두어 명이 더 있었을 수도 있고."

"하지만 유전자가 텔레파시의 원인이라는 네 이론이 틀렸을 가능성이 더 크지 않을까?"

"아냐."

브리디는 C. B.가 자세히 설명해주기를 기다렸지만, 그는 그러지 않았다. C. B.가 다시 걷기 시작했다.

「어라, C. B.가 화제를 바꾸려나 보네.」브리디가 생각했다. 그리고 C. B.가 화제를 바꾸지 못하게 하겠다고 결심했다. "하지만 네가 영국계는 억제 유전자가 있다고 했잖아." 그녀가 C. B.에게 보조를 맞추며 말했다. "그러면 어떻게…."

"뭔가 트렌트의 수용력을 강화시켜 주었을 거야. 베릭 박사가 처방해줬던 항불안제를 트렌트가 먹었을까?"

"몰라. 네 생각엔 그게…?"

"EED 자료를 만들어서 상사에게 제출해야 한다는 압박감에 의해 만들어졌을 고양된 감정 상태와 결합되면, 뭐, 그게 방아쇠 역할을 할 수 있지."

"거기에 더해서, 내가 불렀지. '어디야?' 하고." 브리디는 버스 정류장에 서서 C. B.를 부르던 게 떠올라서 시무룩한 목소리로 말했다. "그때 내가 널 이름으로 불렀더라면…."

"우리가 서로 연결된 걸 트렌트가 알게 됐겠지. 그랬으면 우리 둘은 지금보다 훨씬 더 심각한 문제에 맞닥뜨렸을 거야."

C. B.가 다시 걸음을 멈췄다. 브리디는 주변을 둘러보고 둘이 얼마나 멀리까지 걸어왔는지 깨닫고는 깜짝 놀랐다. 그녀의 아파트에서 세 블록이나 떨어진 곳이었다. 그리고 거기에도 C. B.의

혼다는 보이지 않았다. "네 차는 어디에다 주차한 거야?"

"네 차 옆에." C.B.가 둘이 걸어온 길을 가리키며 말했다.

"그러면 지금 어디 가는 거야? 나한테 보여줄 게 있다고 했잖아."

"그래." C.B.가 말했다. "이거야." 그가 팔을 저으며 텅 빈 거리와 불 꺼진 건물들을 가리켰다. "얼마나 고요한지 귀를 기울여봐."

고요했다. C.B.의 헝클어진 머릿결을 흔드는 바람도 없고, 자동차 소리도 없고, 심지어 두 블록 너머에 있는 간선도로에도 지나가는 차가 전혀 없었다.

"내가 말하는 건 그게 아냐." C.B.가 말했다. "난 목소리에 대해 말하고 있는 거야. 들어봐."

C.B.의 말이 맞았다. 브리디의 벽돌담 너머에서 멀리 으르렁대던 소리가 희미한 속삭임으로 약해졌다. "다들 잠든 거야?" 그녀가 감탄하며 물었다.

"아니. 안타깝지만, 그런 일은 일어나지 않아. 장거리 트럭 운전사들이 언제나 깨어있어. 그리고 불면증 환자와 야간근무자들도. 하지만 새벽 3시보다 좋은 때는 없어. 술집들은 한 시간 전에 닫았고, 어머니들은 아이들을 다시 재웠고, 아내를 패던 남편들은 술에 곯아떨어졌고, 새벽 5시에 출근하는 배달원과 신문배달부와 간호사들은 아직 안 일어났어."

"하지만 다람쥐 쳇바퀴처럼 계속 같은 걱정을 해대는 사람들은 깨어있지 않아?" 브리디가 이런 일이 터진 후 새벽 3시에 깨어있던 일을 생각하며 물었다.

"그렇지. 주택담보 대출과 등에 있는 사마귀와 자신이 하지 말았어야 했던 말과 하지 말았어야 했던 행동을 생각하지. 새벽 3시는 모든 의심과 후회와 죄의식이 잠재의식에서 부풀어 올라 사람들을 괴롭히는 시간이야. F. 스콧 피츠제럴드는 이 시간을 '영혼의 어두운 밤'이라고 불렀어."

하지만 브리디에게 들리는 소리는 그게 아니었다. 목소리들은 평화롭고 평온한 중얼거림이었다.

"그건 지금이 바로 불면증 환자들이 다시 잠들기 위해 책을 읽거나 양을 세거나 TV에 나오는 옛날 영화를 보는 시간이기 때문이야. 그렇게 해서 전 세계가 도서관의 열람실이 되어버리지. 난 밤의 이 시간을 사랑해."

브리디는 그 모습을 상상할 수 있었다. C.B.는 날마다 하루같이 온종일 목소리를 차단하느라 보냈다. 지금은 그가 그럴 필요가 없는 유일한 시간이었다. 그리고 C.B.가 다른 사람들과 거의 비슷해질 수 있는 시간이었다.

"그거야." C.B.는 행복한 얼굴로 주위를 둘러보며 말했다. "지금이 하루 중 내가 가장 좋아하는 시간이야. 스카이 매스터슨의 말처럼."

"스카이 매스터슨?"

"뮤지컬 '아가씨와 건달들'에 나오는 인물이야. 내가 온갖 괜찮은 노래들이 나온다고 이야기했던 뮤지컬 기억나? '행운의 여신'과 '애들레이드의 탄식', ···."

"감기에 대한 노래?" 브리디가 물어보며 생각했다. 「그 여자는 외투를 입지 않은 바람에 감기에 걸렸을 거야.」 브리디는 외투를 입고 나왔으면 좋았을 거라는 생각이 들었다. 여긴 몹시 추웠다.

"음흠…. 그렇지, 바로 그 노래야." C.B.가 재킷을 벗어서 그녀의 어깨 위에 덮어줬다.

"항상 네 재킷을 빌리게 되네." 브리디가 말했다. "고마워."

"별말씀을. 자, 아무튼, 스카이 매스터슨은 도박꾼이야. 사라 수녀를 데리고…."

"사라 수녀?"

"응. 사라는 구세군 선교사야. 훌륭한 여자가 덜떨어진 남자와 얽히게 되는 또 다른 사례지. 아무튼, 스카이와 사라 수녀는 동트기 직전에 아바나에서 돌아오는데, 스카이가 이게 자신이 가장 좋아하는 시간이라고 사라에게 말해. 모든 차가 멈추고 주변에 아무도 없는 시간, 그리고…." C.B.가 걸음을 멈추더니 가만히 서서 소리를 들었다.

"무슨 일이야?" 브리디가 불안하게 물었다. "트렌트가 일어났어?"

"아니, 정보기술팀의 대릴이야. 베릭 박사에 관한 정보를 얻었어. 박사가 중국 고위층 관료와 그 사람의 애인에게 EED 수술을 해주려고 홍콩에 간 것 같대. 아주 좋은 소식이야. 박사의 위치는 기밀로 취급될 테니까, 트렌트가 박사에게 연락하기는 아주 힘들 거야. 그리고 설령 연락이 닿더라도 베릭 박사에게는 돌아오지 못할 완벽한 변명거리가 있는 셈이지."

"하지만 박사가 왜 돌아오기 싫어할 거라고 생각해?"

"트렌트가 박사에게 EED 때문에 너희 두 사람이 서로의 목소리를 듣기 시작했다고 말할 테니까. 내가 말했듯이, 베릭 박사는 그런 미친 소리에 얽혀서 브리디 머피의 최면술사나 라인 박사처럼 자신의 경력을 하수구에 처박을 생각이 없을 거야."

"그래도 박사가 이미 텔레파시에 관심을 갖고 있으면 어떡해? 혹시 박사가 트렌트와 한통속이라면?"

"그렇지 않아. 지금까지 내가 계속 들은 내용에 따르면, 트렌트가 박사에게 휴대폰에 대한 계획을 말했다는 징조는 전혀 없었어. 트렌트는 둘이 연결되고 난 후에 촬영을 하자는 이야기를 꺼내려고 했었어. 그리고 베릭 박사가 너희의 수술 예약을 앞당겨주자 트렌트는 진짜로 놀랐어."

"아, 다행이다. 나는 내내 그게 걱정스러웠거든. 하지만 베릭 박사에게 텔레파시가 존재한다는 증거를 주게 되면…."

"그러지 못할 거야. 트렌트가 가진 거라곤 너밖에 없어. 그러니까 베릭 박사가 네게 텔레파시 능력을 시연해달라고 요구할 땐 오늘 아침처럼 트렌트가 보낸 생각과 다른 단어들을 쓰면 돼. 그러면 박사는 지나치게 활발한 상상력의 사례일 뿐이라고 결론을 내릴 거야."

"하지만 트렌트는 어떡해? 트렌트는 나한테 말을 하고, 내 목소리를 들어. 베릭 박사에게 그렇게 말할 거야."

"그러면 넌 베릭 박사한테 트렌트가 무슨 말을 하는지 모르겠다고 해. 트렌트가 내세운 근거를 네가 부정하면 돼."

「나도 그게 그렇게 간단한 문제라고 믿을 수 있으면 좋겠어.」 브리디는 늦은 밤의 추위 때문에 C.B.의 재킷을 꼭 끌어안았다. "하지만 트렌트가 너처럼 내 마음을 읽을 수 있는 수준까지 올라가서, 내가 자기의 목소리를 듣는다는 사실과 내가 거짓말하고 있

173

다는 걸 알게 되면 어떡해?"

"그래도 네가 트렌트의 말을 반박하면 돼. 어찌 됐든, 트렌트는 그 수준까지 못 올라갈 거야. 네가 휴대폰에 대한 트렌트의 생각을 우연히 들을 수 있는 수준까지 올라갔다니 내가 조금 불안하긴 하지만….'

"난 트렌트의 생각을 우연히 들은 게 아니야." 브리디가 말했다. "의도적으로 트렌트의 목소리를 걸러서 들은 거야."

C.B.가 걸음을 멈추고 그녀를 내려다봤다. "하지만 난 너한테 가르쳐주지 않았….'

"알아. 나 혼자 배웠어."

"하지만 목소리는… 어떻게 목소리에 압도당하지 않고…?"

"문을 열었냐고? 문은 열지 않았어. 너무 무서웠거든. 그래서 안마당에서 목소리를 들을 방법을 찾아냈어. 라디오로."

"라디오?"

"응. 네 연구실에 있는 라디오랑 비슷해." 브리디는 자신이 한 일을 C.B.에게 설명했다.

"와우." C.B.가 말했다. "진짜 대단하다! 넌 이제 거의…." C.B.가 잠깐 멈췄다.

「트렌트가 일어났구나.」 브리디가 생각했다. 이 만남을 끝내야 한다는 생각에 가슴이 아팠다. 여기에 이렇게 둘이 함께 나오니 너무 좋았다. 그녀는 C.B.의 재킷을 더 꼭 끌어안았다. "베릭 박사를 찾아냈대?"

"베릭 박사?" C.B.가 말했다. "아, 아니. 난 잠깐 확인을 한 거야. 트렌트는 아직 자고 있어."

「잘 됐다.」브리디가 생각했다. 「그럼 아직 안 돌아가도 되겠네.」브리디는 주변의 불 꺼진 건물들과 텅 빈 거리를 행복한 눈으로 바라봤다. 바람에선 젖은 흙냄새와 라일락 향기가 느껴지고, 가로등 사이를 걸을 때는 까만 하늘에 별들이 반짝거렸다.

하지만 C. B.는 주변에 전혀 관심이 없었다. "정보기술팀 사람들이 베릭 박사가 있는 곳에 관한 정보를 알아낸 것 같아. 곧 트렌트에게 전화할 수도 있다는 뜻이야. 그러기 전에 너한테 해야 할 이야기가 있어." C. B.가 숨을 깊게 들이쉬었다. "첫째는, 네가 이렇게 난잡한 상황에 빠진 건 나 때문이야."

"뭐? 네 잘못이 아니야, 트렌트가⋯."

"아냐. 내 잘못이야. 두어 달 전에 트렌트가 내 연구실로 내려와서 EED가 어떻게 작동되는지 조사해달라고 했어. 그리고 내가 그 일을 마치자, 트렌트는 EED에 의해 형성된 신경 통로의 전자적 회로를 회로도로 만들 수 있겠냐고 물었어. 난 EED 수술을 한 환자의 두뇌를 촬영하기 전에는 불가능하다고 했어."

C. B.는 미안한 표정을 지으며 그녀를 바라봤다. "내가 그렇게 말했던 건, 트렌트가 그걸 결코 입수할 수 없을 거라고 생각했기 때문이었어. 의사에겐 비밀누설금지의무가 있으니까. 난 컴스팬이 마음과 마음을 잇는 통신이라는 아이디어를 만지작거리는 걸 반대했어. 설령 그게 감정뿐이라고 할지라도. 그리고 나서 내가 알게 된 건, 트렌트가 너와 사귄다는 것과 둘이 EED 수술을 하게 될 거라는 사실이었어. 네 빨간 머리카락과 아일랜드계 성으로 볼 때, 난 네가 그 유전자를 가지고 있을 거라고 짐작했어. 그래서 너한테 경고하려고 했던 거야. 네가 EED를 하면 그게 목

소리를 촉발시키고, 네가 그 사실을 트렌트에게 말할까 봐 걱정
됐거든. 난 텔레파시가 실제로 존재한다는 사실을 트렌트가 알게
하고 싶지 않았어."

"넌 거짓말을 하고 있어." 브리디가 말했다. "네가 나한테 텔레
파시 능력이 있을지도 모른다고 생각했던 건 내 성과 빨간 머리카
락 때문이 아냐. 메이브 때문이었겠지."

C.B.가 깜짝 놀라서 브리디를 쳐다봤다. "메이브에 대해서 알
아?"

브리디가 고개를 끄덕였다.

"어떻게? 그 애가 너한테 말해줬을 리는 없어. 메이브는 네가
알게 되면 저희 엄마한테 이를까 봐 완전히 겁에 질려 있었거든.
나한테도 비밀을 지키겠다고 맹세하라 그러더라고." C.B.가 생
각에 잠긴 표정으로 브리디를 쳐다봤다. "네 라디오로 메이브의
생각을 들었구나?"

"아냐, 메이브가 말해주지도 않았고, 라디오로 듣지도 않았어.
내가 알아냈어."

"혹시 럭키참스 때문이야?"

"부분적으로는. 네가 마시멜로를 이용해서 메이브에게 목소리
에 집중하지 못하게 했지?"

"응."

"난 네가 왜 어린이용 시리얼을 자꾸 이야기하는지 궁금했어."
브리디가 말했다. "내가 너하고 접촉하지 못할 때 네가 이야기하
던 사람이 메이브라는 사실도 알아냈어. 예를 들어, 내가 처음으
로 컴스팬에서 다른 목소리를 듣기 시작했을 때, 네가 나랑 다투

다가 갑자기 자리를 떴던 때처럼 말이야."

C.B.가 고개를 끄덕였다. "메이브에게 목소리를 막는 방법을 가르쳐줬다고 생각했지만, 그 전에 다른 사람에게 그걸 가르친 경험이 없다 보니 완벽하지 못했어. 덕분에 난 계속 그 애를 구하러 가고 방어벽을 강화해줘야 했어. 그리고 항상 최악의 순간에 그 일이 일어났어. 마지막에는 메이브가 방어벽을 다시 강화할 수 있을 때까지 그 애를 진정시키느라 하염없이 시간이 흘러갔어. 특히, 나는 멀리 떨어진 곳에서 그 일을 해내야 했거든. 그리고 그 일을 마치고 났더니, 네가 벌써 극장에서 곤란한 상황에 빠졌더라고. 그리고 우리가 창고에 있을 때 메이브가 또 곤란에 처했어. 내가 창고의 문으로 갔던 이유가 그거야. 그래야 메이브와 대화에 집중할 수 있었으니까. 그래서 사서가 문에 거의 다가왔을 때까지 듣지 못했던 거야. 나한테 주어진 시간은 손전등을 끄는 정도밖에 없었어. 그런데 내가 손전등을 끄자…."

"내가 무너져 내렸지." 브리디가 말했다. "나도 그랬을 줄 알았어. 그리고 트렌트의 전화가 오면 어떻게 해야 할지 메이브에게 말해줄 때도, 넌 문자를 보낸 게 아니었어. 텔레파시로 말했지."

"와우! 너도 네 조카만큼이나 훌륭한 탐정이구나. 메이브도 네가 안다는 사실을 알아?"

브리디가 고개를 끄덕였다. "내가 그걸 알아냈을 때 메이브가 내 생각을 엿듣고 있었어."

"그리고 지금도 우리의 생각을 엿듣고 있을지 몰라." C.B.가 말했다. "하지만 메이브가 듣고 있었다면 틀림없이 자기 의견을 말했을 거야." C.B.가 잠시 고개를 치켜들었다. "역시 내 생각대로네. 메이브는 잘 자고 있어."

「천만다행이다.」브리디가 생각했다. 메이브가 듣고 있었다면 대체 무슨 말을 했을지 상상도 되지 않았다. "목소리가 들이쳤을 때 메이브가 공황에 빠졌다고 했지? 걔는 괜찮아?" 목소리는 너무도 사악하고 너무도 고약했다….

"메이브가 방어벽을 세울 때까지 내가 임시로 나쁜 것들을 많이 막아낼 수 있었어." C.B.가 말했다. "메이브의 목소리들은 너처럼 그렇게 그리 일찍 다가오지 않았어. 처음 두어 주 동안에는 한두 명의 목소리 정도만 동시에 듣는 수준이었어."

「그래서 메이브가 '어둠의 목소리 연대기'를 읽고 있었던 거구나.」브리디가 생각했다. 「메이브는 자기가 조현병에 걸렸을까 봐 무서웠던 거야.」

"맞아." C.B.가 말했다. "메이브가 걱정하는 소리를 들었어. 난 메이브가 널 만나러 왔을 때 컴스팬에서 두어 번 그 애를 봤기 때문에 메이브의 목소리를 알아차릴 수 있었지. 난 메이브가 조현병을 염려하는 게 혹시 목소리를 듣기 시작한 탓은 아닌지 걱정됐어. 그렇게 어린 나이인데도 말이야."

"그래서 넌 그 애한테 관심을 가지게 됐고, 너희 둘이 과학 숙제에 대한 이야길 만들어낸 거구나. 네가 메이브에게 목소리에 맞서서 어떻게 자신을 방어해야 하는지 가르쳐주고 있다는 사실을 숨기려고 말이야. 그렇지?"

"거의 완벽해."

"고마워. 네가 도와주지 않았으면 메이브에게 무슨 일이 일어났을지는 생각하고 싶지도 않아."

"그래, 뭐, 난 메이브가 내가 겪었던 일들을 겪지 않기를 바랐을 뿐이야. 사실 메이브는 내가 없었어도 잘해냈을 거야. 그 애는 자신의 능력을 과대평가하고, 목소리를 과소평가하는 경향이 있기는 하지만, 침입자를 막아내는 데에 있어서는 진짜로 탁월한 재능을 가진 아이야."

"그거야 메이브는 가족들에 맞서느라 수천 번은 연습을 했을 테니까."

C.B.가 씩 웃었다. "그러게. 메이브가 우나 고모님과 자기 엄마에 대해 온갖 이야기를 해줬어. 메이브는 엄마를 슈타지 비밀경찰이라고 불러. 하지만 혹시 내 견해가 궁금하다면, 걔네 엄마는 메이브에게 상대가 안 돼. 컴퓨터 실력에 있어서도 마찬가지고. 메이브는 보안 프로그램 분야의 신동이야. 그리고 지금은 엄마의 생각을 걸러서 듣는 방법을 배우고 있어. 가련한 너희 언니는 전혀 가망이 없어. 그러니까 넌 메이브의 목소리에 대해서는 전혀 걱정할 필요가 없어. 메이브는 담장과 안전실과 암호화된 방화벽까지 다 갖췄어."

"그리고 해자를 두른 성과 탑에 좀비 관문까지."

C.B.가 웃음을 터트렸다. "봤지? 메이브는 스스로 지킬 줄 알아."

"트렌트가 메이브에 대해 알아내지만 않는다면."

"그래." C.B.가 갑자기 진지해졌다. "그래서 우리는 트렌트가 절대로 알아내지 못하도록 지켜야 해."

"그리고 너에 대해서도 알아내지 못하게 해야 돼."

C.B.가 고개를 끄덕였다. "지금까진 괜찮아. 트렌트는 네가 내

이름을 부르는 것도 못 들었고, 어젯밤에 무슨 일이 있었는지도 못 들었어. 아직도 네가 극장을 나가서 너희 고모네로 갔다고 생각하고 있어. 우리가 호텔로 네 차를 가지러 갔을 때도 컴스팬 직원 중에서는 아무도 못 봤어. 우리 둘을 연결 지어 생각할 만한 건 아무것도 없어."

"네가 병원으로 전화해서 그 사람들한테 내가 병실을 나가서 계단통에 있다고 말했다는 사실만 빼면."

"그래도 내 이름을 밝히지는 않았어. 병원에서 전화를 역추적하지 않으면 괜찮아. 그리고 병원에서 그럴 이유는 전혀 없어. 베릭 박사가 트렌트의 말을 믿지 않을 테니까."

브리디는 부디 그 말이 사실이길 빌었다. 혹시라도 그들이 C.B.와 그가 아는 모든 사실에 대해 알게 되면, 죽을 때까지 집요하게 괴롭힐 것이다. 그리고 그가 실은 아일랜드계라는 사실을 알아내는 순간….

"트렌트는 아일랜드계와의 관련성도 알아내지 못했어. 심지어 네가 텔레파시와 관련이 있다는 사실조차 알아채지 못하고 있어. 이게 그저 정서적인 연결보다 더 나은 휴대폰을 만들 수 있게 해 줄 운 좋은 사건이라고만 생각하고 있어. 트렌트는 완전히 거기에 꽂혀 넋을 놓고 있어서, 이런 이야기가 베릭 박사에서 얼마나 미친 소리로 들리지도 생각하지 못하고 있어."

"그렇다고 하더라도, 메이브에게는 나하고 대화하려면 꼭 전화로만 하라고 확실히 다짐을 받아두는 게 좋을 것 같아."

"좋은 생각이야." C.B.가 말했다. "그리고 우리가 메이브에 대해 말할 때는 암호명을 사용하는 게 좋을 것 같아. 메이브도 관런되어 있다는 사실을 트렌트가 절대로 알아채지 못하게 해야 할 테니까."

"라푼젤은 어때? 아니면 신데렐라?"

"아냐, 트렌트가 암호명이라는 걸 알아챌 거야. 신디라고 하자. 입으로만 그렇게 말할 게 아니라 생각도 신디라고 해야 돼. 그래야 그 애의 실명이 새어 나가지 않을 거야."

"조심할게." 브리디가 뭔가 떠올랐다. "그런데 아까 베릭 박사에 대해 말할 때, 왜 그가 이 문제에 대해 트렌트와 한통속이라는 징조는 없다고 한 거야? 너도 잘 모르는 거야?"

"네 질문이 박사의 생각을 읽을 수는 없냐고 묻는 거라면, 맞아. 안타깝지만, 난 박사의 목소리를 들어본 적이 없어. 내가 너를 만나러 병원에 갔던 밤에 박사는 집에 있었어. 네가 한밤중에 진료를 받으러 갔던 날 저녁에 나는 박사의 사무실로 가서 이야기를 나눌 계획을 짰었는데 박사는 사무실에 없었어. 그리고 홍콩은 내가 들을 수 있는 범위 밖이야. 그래도 트렌트의 생각은 들을 수 있어. 만일 베릭 박사가 트렌트와 한 편이라면, 내가 그런 이야기를 확실히 들었을 거야. 하지만 못 들었어. 트렌트는⋯." C.B.가 말을 멈추고, 다시 경계하는 태도로 고개를 치켜들었다.

브리디는 소리를 듣고 있는 C.B.를 지켜봤다. 그는 몹시 피곤해 보였다. 「당연히 피곤하겠지.」 브리디가 생각했다. 「C.B.는 나보다 잠을 더 못 잤어.」 그녀는 오늘 밤에 잠들었던 것 때문에 죄책감이 들었다. 그사이 C.B.는 경비를 서며 트렌트가 잠들길 기다렸다. 그는 날이면 날마다 경비를 서며 메이브와 그녀를 안전하게 지켰다.

C.B.가 뭘 듣고 있었는지는 모르지만, 다시 현실로 돌아왔다. 그래서 브리디가 물었다. "트렌트야?"

"아니, 다시 정보기술팀의 대릴이야. 어쨌든, 그 훌륭한 의사께서는 홍콩에 있는 게 아닌 것 같아. 지금 애리조나 주에 있대."

"아, 이런. 그건 박사가 내일 돌아올 수도 있다는 뜻이네. 아니, 오늘이구나. 오늘 오후."

C.B.가 고개를 저었다. "정보기술팀은 아직 박사를 못 찾았어. 피닉스로 비행기를 타고 갔는데, 거기에 있는 호텔 중에는 박사가 투숙한 곳이 없었어. 그리고 박사가 자동차를 대여했는데, 그건 아마 다른 곳으로 갔다는 의미겠지. 팜 스프링스나 그랜드 캐니언, 아니면 멕시코로. 게다가 박사가 있는 지역은 미국에서 휴대폰 수신이 가장 안 좋은 곳이야. 혹시 박사가 사막으로 들어가기라도 했다면 찾는 데 며칠은 걸릴 거야. 이건 네게 이야기해줄 시간이 있다는…."

"스카이 매스터슨과 사라 수녀에 대해서?"

C.B.가 잠깐 멈칫하더니 말했다. "그래, 사라와 스카이에 대해서." 브리디는 C.B.가 다른 말을 하려던 참이었다는 느낌을 받았다. "내가 어디까지 했지?"

「넌 한밤중에 나와 함께 여기에 서 있어.」브리디가 생각했다. 「사랑스러운 라일락 향이 흐르는 어둠 속에 말이야.」"그 사람들이 아바나에서 돌아오는 이야기까지 했었어."

"그렇지." C.B.가 그녀를 내려다보며 말했다. "스카이가 사라를 쿠바로 데리고 갔던 건…."

"사라가 텔레파시 능력자라는 사실을 자기 남자친구에게 들키지 않게 지켜주려고?"

"아니, 내기에서 이기려고 그랬어. 그리고 그녀를 침대로 끌어들이려고. 스카이가 와인과 식사를 대접하자 그녀가 술에 취했어. 그런데 그때…."

「스카이가 사라를 사랑하게 됐구나.」

"맞아." C.B.가 걸걸한 목소리로 말했다. "그래서 사라를 다시 뉴욕으로 데리고 가서, 하루 중 자신이 가장 좋아하는 시간에 대해 이야기해주지. 그리고 스카이는 그녀에게 뭔가를 막 말하려던 찰나, 아까 내가 네게 할 말이 있다고 했던 것처럼 말이야, 그때… 젠장!"

"왜 그래? 무슨 문제야?" 브리디가 물었다. 하지만 그녀는 이미 알고 있다. 트렌트가 깨어난 것이다.

"아냐." C.B.가 짜증나는 투로 말했다. "하지만 대럴이 말하는 걸, 아니 생각하는 걸 방금 들었는데, 트렌트에게 전화해서 애리조나에서 박사가 갈 만한 곳을 아느냐고 물어볼 거래. 미안해. 난 정보기술팀에서 박사를 찾을 때까지는 트렌트한테 전화를 안 할 줄 알았어. 가자, 집에 데려다줄게." 그리고 브리디의 발걸음을 빠르게 재촉했다. "트렌트가 너한테 전화할지도 모르는데, 네가 이 시간에 깨어서 밖에 나와 있다는 사실을 트렌트가 알게 하면 안 돼."

"하지만 네가 트렌트는 드문드문 듣는 수준이라고 했잖아."

"그렇긴 하지만, 난 트렌트가 너와 연결될 수 있을 거라는 생각을 전혀 못 했었어. 우리는 위험을 감수할 여력이 없어, 메이브가 관련된 상황이니까. 너와 나도 문제지만, 메이브는 이제 겨

우 어린아이일 뿐이잖아. 언론과 군대가 달려들면 해자와 탑으로
는 어림도 없어. 그 말이 나와서 말인데," C.B.가 인도를 따라 발
걸음을 서두르며 말했다. "지금부터는 일반적인 소통방식만을 사
용해야 해. 그리고 컴스팬에 연관되지 않은 것으로. 출근하자마
자 내 연구실로 내려와. 내가 대포폰을 하나 줄게. 뭔가 일이 벌
어지면 그걸로 연락해."

"그 전에 무슨 일이 일어나면 어떡해?"

"그렇지는 않을 거야." C.B.가 말했다. "지금이," C.B.가 손목
시계를 봤다. "벌써 새벽 4시가 다 됐으니까, 다섯 시간만 지나면
컴스팬에서 만날 거야. 트렌트가 그 전에 베릭 박사를 찾아내지
는 못할 거야. 설령 찾아내더라도, 그 훌륭한 박사의 휴대폰은 아
마 취침모드로 전환되어 있을 테니 아침까지는 전화를 받지 않을
거야. 취침모드 상태가 아니라면, 박사는 자다가 깬 일 때문에 짜
증이 나겠지. 특히 트렌트가 스마트폰에 ESP를 설치하고 싶다는
소리를 해대면 말이야."

"트렌트가 그렇게 할 수 있어?" 브리디는 C.B.를 따라잡으려
고 거의 뛰다시피 걸어가며 물었다. "실제로 텔레파시를 기술적
으로 해석해서 휴대폰에 삽입할 방법이 있어?"

"트렌트가 나한테 그렇게 하라고 시킨다면, 없지."

"난 지금 심각해. 그게 가능해?"

"텔레파시가 어떻게 작동하고, 원인이 무엇인지 알기 전까지는
불가능해. 그래서 EED 때문에 텔레파시가 일어났고, 이런 일이
일어난 건 너희 둘뿐이라고 트렌트가 계속 믿게 하는 게 중요해."

"그리고 우리가 연결될 수 있었던 유일한 이유는 트렌트와 내

가 정서적으로 유대감을 갖고 있기 때문이고."

"그렇지." C.B.가 말했다. "미안해." 이제 브리디의 아파트에 도착했다. C.B.가 고개를 들고 잠깐 귀를 기울이더니 말했다. "대럴이 트렌트의 전화번호를 찾고 있어. 넌 들어가는 게 좋겠다."

"하지만 네가 나한테 뭔가 다른 할 말이 있다고 했잖아."

"응." C.B.가 말했다. "그건 나중에 해도 돼."

"잠시만이라도 네가 트렌트를 차단할 방법은 확실히 없는 거야? 그러면 우리 집으로 올라와서 뭐가 됐든 그 말을 해. 그리고 스카이 매스터슨과 사라 수녀 이야기도 마무리해주고⋯."

C.B.가 고개를 저었다. "이건 그런 식으로 작동하지 않아. 넌 들어가야 해, 난 잠을 자야 하고. 내일은 우리 둘 다 침착하게 대응할 태세를 갖춰야 하니까. 잘 자." C.B.가 말했다. 그리고 브리디가 그의 재킷을 돌려주기도 전에 길을 따라 성큼성큼 걸어가 버렸다.

「C.B.! 잠깐만!」 브리디가 C.B.의 이름을 부르며 뒤쫓아 달려갔다. 그리고 C.B.에게 재킷을 내밀었다. "재킷을 빌려줘서 고마워." 그녀가 말했다.

"언제든지 필요하면 말해." C.B.가 차분한 목소리로 말하더니, 한참 동안 그대로 서 있었다. 브리디는 숨을 멎은 채 그가 입맞춤을 하려는 모양이라고 생각했다. 하지만 C.B.는 그러지 않았다. 그가 애석한 표정으로 고개를 저으며 말했다. "아침에 보자." 그리고 차를 향해 걸어갔다.

브리디는 그 자리에 서서 C.B.가 가는 모습을 지켜보다가, 허겁지겁 건물 안으로 들어가 집으로 올라가서 휴대폰을 확인했다.

트렌트는 전화를 하지 않았다. C.B.가 뭐라고 했든 브리디는 트렌트가 전화를 할 거라고 생각하지 않았다. 트렌트는 베릭 박사를 찾으려 플랙스태프와 유마에 있는 호텔들에 전화하느라 바쁠 것이다. 그리고 그 일에 너무 집중하느라 그녀의 목소리도 듣지 못할 게 틀림없다.

하지만 트렌트가 그런 상황이 아니라면, 브리디는 다시 잠을 자는 게 나았다. 그녀는 옷을 벗고 침대로 들어가 전등을 껐다. 생각도 끄려고 했지만, 계속 C.B.에 대한 생각이 맴돌았다. 그리고 그가 말하려던 '다른 할 말'이 뭔지 궁금했다. C.B.가 아직 말해주지 않았던, 텔레파시의 더 나쁜 점이 있는 걸까? 아니면 사람들이 텔레파시를 이용해서 하려고 하는 더 나쁜 일이 있는 걸까? CIA가 텔레파시로 테러리스트와 비밀 군대의 위치를 찾고, 적들의 계획과 핵무기 암호를 알아내려나? 그리고 C.B.나 브리디나 메이브의 텔레파시를 이용하기 위해 수단 방법을 가리지 않으려나? 그리고 개의치 않고 홍수나 좀비떼나….

그게 아니면 뭘까? 브리디는 궁금했다. C.B.에게 목소리는 어떤 형태일까? C.B.는 한 번도 그에 대해 언급하지 않았다. 브리디가 물어보더라도 C.B.가 그녀에게 말해줄지 의문이었다. 메이브에게 물어볼 수밖에 없을 것이다.

C.B.는 브리디에게 텔레파시를 조용히 유지해야 한다고 했다. 그리고 정보기술팀의 대럴이 이미 트렌트를 깨웠을 수도 있다. 그리고 지금 이 시간이면 메이브는 아직 자고 있을 가능성이 컸다. 하지만 기다린다고 해도 다른 기회가 생기지는 않을 것이다.

브리디는 안마당으로 들어가서 라디오를 켜고 트렌트의 방송국으로 눈금판을 돌렸다. 아무 소리도 나지 않았다. 잡음조차 없었다. 브리디는 확실히 하기 위해 트렌트의 주파수 양쪽으로 조금씩 돌려봤다. 그리고는 빠르게 돌리며 대럴의 목소리를 찾았다.

브리디는 대럴의 목소리를 거의 곧바로 찾아냈다. 「…모르겠어… 결정적인 실마리를 찾을 때까지 기다리는 게 나을….」

그렇다면 대럴은 아직 트렌트에게 전화하지 않았다. 브리디는 다시 트렌트의 방송국으로 주파수를 돌렸다. 여전히 고요했다. 그래서 불렀다. 「메이브!」

「안녕! 브리디 이모.」 메이브가 즉시 대답했다. 「무슨 문제 있어요?」

「아니. 너한테 물어볼 게 있어서. 네 목소리는 좀비라고 했잖아, 그렇지?」

「네. 정말 무섭게 끊임없이 다가오는 놈들이에요. 심지어 머리를 잘라내도. 그리고 나를 물어뜯으려고 해요. 그래서….」

「C.B.의 목소리도 좀비야?」

「아뇨.」 메이브가 최대한 정중하게 표현한 '말도 안 돼!' 투의 목소리였다. 「목소리는 사람마다 다르게 와요. 사람들이 두려워하는 것과 생각하는 것에 따라 달라요.」

「C.B.가 너한테 자기의 목소리가 어떻게 생겼는지 말했어?」

「아뇨, C.B. 아저씨는 나한테 그런 망상을 품게 하고 싶지 않다고 했어요. 하지만 내가 알아냈죠. 불이에요.」

26

"흠, 첫 번째 계획은 쓰레기였어. 두 번째 계획은 뭐야?"
"우리가 지금 하고 있잖아."
— 드라마 '프라이미벌'

"불이라고!" 브리디가 진저리를 치며 말했다. 그래서 C.B.가 그토록 잔 다르크에 집착했던 모양이다. 잔 다르크가 산채로 불타 죽었으니.

「아저씨한테는 내가 말해줬다고 하지 말아요.」 메이브가 말했다. 「아저씨는 내가 알아냈는지도 몰라요.」

「안 그럴게. 고마워, 메이브. 이제 다시 자.」 브리디가 말했다. 그리고 그제야 메이브가 그녀의 호출 소리를 들으려면 깨어 있어야만 했다는 사실을 깨달았다. 「그건 그렇고, 이 시간에 뭘 하고 있었어?」

「악몽을 꿨어요.」

「네가 좀비 영화를 봐서 그래.」

「좀비 영화 안 봤어요.」메이브가 화난 목소리로 말했다. 「미녀와 야수'를 봤어요. 그런데 마을 사람들이 야수를 찾으려고 성으로 사납게 몰려가는 장면이 정말 무서웠어요.」

텔레파시가 실제로 존재한다는 사실을 알게 되면, 베릭 박사와 트렌트가 그렇게 몰려올 것이다. 브리디는 그런 생각을 메이브가 듣지 못하게 하려고 이렇게 말했다. 「네가 그 영화의 끝을 봐야 해. 여자 주인공이 야수를 구하는 장면 말이야. 그리고 그 뒤로 둘은 영원히 행복하게 살아. 자, 이제 자러 가. 내일 학교에 가야 하잖아.」

「지금 나를 못 자게 하는 사람은 이모거든요!」메이브가 따졌다. 그래서 브리디는 그 대화를 끝내느라 5분을 더 보내야 했다. 그 후 브리디는 전등을 끄고 어둠 속에 누워서 C. B.의 목소리에 대해 생각했다.

브리디는 홍수가 끔찍하다고 생각했지만, 불은 비교할 수 없을 정도로 훨씬 더 그악했다. 잔 다르크조차 자신에게 닥친 불을 마주할 수 있을 만큼 용감하지 못했다. 결국 잔 다르크는 말뚝에 묶여야 했다. 하지만 C. B.는 브리디와 메이브를 구하기 위해 자발적으로 불꽃 속으로 뛰어들었다. 그것도 한 번이 아니었다. 또 하고, 또 하고. 「내가 힘든 상황에 빠지면 그는 또 그렇게 하겠지.」 브리디는 경탄스러웠다.

「이런 생각을 하고 있으면 안 돼.」브리디가 자신에게 상기시켰다. 「이제 곧 트렌트가 깨어날 수도 있어.」그리고 말이 씨가 된다더니 그 생각을 하자마자 그녀의 휴대폰 벨이 울렸다.

"10분 동안 당신한테 정신적으로 닿으려고 노력했어." 트렌트가 말했다. "내가 부르는 소리 못 들었어?"

"응. 자고 있었어. 지금 몇 시야?"

"4시 10분 전이야." 트렌트가 말했다. "좋은 소식이 있어. 베릭 박사에게 연락이 닿았어. 그래서 박사가 지금 돌아오는 길이야."

"돌아온다고?"

"응. 당신이 걱정하는 걸 느낄 수 있었어. 그래서 내가 박사를 찾았다는 사실을 당신도 알고 싶을 거라고 생각했어. 박사는 우리를 만나려고 곧장 오고 있어. 박사가 언제 도착할지는 모르지만 알게 되면 바로 알려줄게. 출근하자마자 내 사무실로 와. 그리고 생각을 주고받는 연습을 하자. 난 저녁 내내 연습했어. 그래서 당신의 생각을 훨씬 많이 들을 수 있게 됐어. 당신도 해낼 수 있을 거야. 집중하면 돼."

「아니, 지금 내게 필요한 건 C.B.한테 연락하는 거야.」트렌트가 전화를 끊자 브리디가 생각했다. 하지만 어떻게? C.B.는 집에 자러 간다고 했다. 지금 잠든 상태라면 그녀가 불러도 듣지 못할 것이다. 대신 트렌트가 들을지도 모른다. 메이브를 불러내서 C.B.에게 전화를 하라고 할 수도 없었다.

브리디가 직접 C.B.에게 전화하는 수밖에 없다. 하지만 C.B.가 그녀에게 본인의 전화를 사용하지 말라고 했다. 그렇다고 새벽 4시에 옆집 사람을 깨워서 전화를 빌릴 수도 없었다.

「정말 웃기네.」브리디가 생각했다. EED는 새로운 소통 수단을 열어주기로 되어 있었지만, 거꾸로 그녀가 기존에 가지고 있던 모든 통신수단을 차단해버렸다. 「이런 게 패러다임의 변화지. 완전히 잘못된 방향으로.」

브리디는 통신용 비둘기를 찾으러 가거나, 나가서 공중전화를 찾거나, 트렌트가 다시 잠들 때까지 기다렸다가 C.B.를 불러야 한다. 하지만 트렌트는 밤새 자지 않고 '연습'을 할 것처럼 말했다. 그런데 그녀는 당장 베릭 박사에 대해 C.B.에게 말해야 했다.

결국 공중전화를 이용해야 한다는 뜻이었다. 찾아낼 수만 있다면 말이다. 캐슬린의 말에 따르면 주유소와 편의점 몇 군데에 아직 공중전화가 있지만, 자기가 세븐일레븐에서 도착했을 때 잔돈이 없었다고 했었다. 아직도 공중전화는 동전으로만 이용할 수 있나?

브리디는 지갑에 10센트짜리 하나와 1센트짜리 세 개밖에 없었다. 그녀는 요즘 공중전화가 한 통화에 얼마씩이나 하는지 전혀 떠오르지 않았다. 25센트? 50센트? 아냐, 혹시 모르니까 1달러 정도는 가져가는 게 좋겠다.

브리디는 그 뒤 10분 동안 잔돈을 모으기 위해 핸드백을 뒤집고, 외투 주머니와 부엌 서랍들을 샅샅이 뒤졌다. 그녀는 청바지와 윗옷을 입고, 주머니에 동전을 쑤셔 넣고, 열쇠와 위트첵스의 상자 뚜껑에 쓴 C.B.의 번호를 움켜쥐고, 아까 놔두고 나갔던 재킷을 챙겨서, 발끝으로 살살 계단을 내려가 밖으로 나갔다.

새벽 3시는 낭만적일 수도 있겠지만, 4시 15분은 확실히 그렇지 않았다. 그저 어둡고 추울 뿐이었다. 브리디는 세븐일레븐을 찾아냈는데, 가게가 닫혀 있었다. 그러니까 세븐일레븐이라고 부르는 거겠지. 게다가 공중전화는 가게 안에 있었다. 브리디는 창문을 통해 전화를 볼 수 있었다.

두 블록 떨어진 엑손 주유소도 닫혔다. 하지만 밖에 공중전화

박스가 있었다. 그런데 전화는 없었다. 코노코 주유소에는(역시 닫혔다) 전화기가 있었지만, 수화기가 없었다. 브리디는 이제 차를 돌려서 집에 가려는데, 앞쪽에 비지마트라는 편의점이 눈에 들어왔다.

바깥에는 공중전화 박스가 없었지만, 창문에 현금출납기, 전화, 총알이라는 표지판이 붙었고, 문이 열려 있었다. 가게 앞 주차장은 오토바이들이 차지하고 있었다.

브리디는 그 블록을 한 바퀴 돈 뒤 가게 옆쪽에 차를 세우고 안으로 들어갔다. 그리고 즉시 후회했다. 비지마트에 비하면 세븐일레븐은 편의점 분야의 루미네스 레스토랑처럼 보일 지경이었다. 브리디가 가게로 들어가자 점원이 그녀를 흥미로운 눈으로 쳐다봤다. 그리고 커피 자판기 옆에 서 있던 노숙자와 과자 코너를 빈둥거리던 험상궂은 사내 두 명도 그녀를 똑같은 눈으로 쳐다봤다. 그 둘은 밖에 있던 오토바이들의 주인인 게 틀림없었다. 브리디는 잠시 그들이 무슨 생각을 하는지 알고 싶어졌다. 그래서 자신이 얼마나 위험한 곳에 들어왔는지 알고 싶었다. 하지만 곧 모르는 게 나을 것 같다고 결론을 내렸다.

전화를 붙잡고 있는 남자는 다른 두 명보다 더 험악해 보였다. 그가 전화박스에 달라붙어있는 모습으로 볼 때 통화 시간이 한참 길어질 것 같았다. 그래서 브리디가 다른 곳으로 가려는 찰나 그가 갑자기 소리를 질렀다. "씨발, 꺼져 개새끼야!" 그리고 전화를 쾅 내려놓더니 그녀 쪽으로 곧장 왔는데, 그의 뒤로 두 명이 따라왔다.

브리디는 그들이 지나갈 때 허둥지둥 사탕 코너로 물러났다가,

공중전화로 서둘러 걸어가면서 주머니에서 동전과 C.B.의 번호를 꺼냈다.

브리디는 동전을 찾느라 시간을 허비할 필요가 전혀 없었다. 그 전화는 신용카드만 받았다. 그녀는 카드를 밀어 넣고 수화기에 말라붙어 찐득거리는 코카콜라(혹은 피) 자국을 모른 척하려 애쓰며 C.B.의 번호를 두들겼다.

신호가 갔다. 그리고 계속 신호가 갔다. 「일어나!」 브리디는 C.B.가 자고 있을 때는 자신의 소리를 못 듣는다는 사실을 알면서도 소리쳤다. 그리고는 트렌트가 그 소리를 들었을까 봐 겁이 나서 숨을 죽이고 소리에 귀를 기울였다.

트렌트는 못 들은 게 확실했다. 전화기의 벨소리가 C.B.를 깨우지 못했다는 사실도 확실했다. 아니면 전화기 화면에 '발신 번호 표시 제한'으로 떠서 받지 않는 건지도 모른다. C.B.의 집전화기에 발신자 표시 장치가 있으려나? C.B.라면….

그때 C.B.의 목소리가 수화기를 통해 들렸다. "브리디?"

"응." 브리디에게 안도감이 휩쓸고 지나갔다. "내가 깨운 거야?"

"아니, 다른 일을 하던 중이었어. 무슨 일이야? 설마 네 스마트폰으로 전화하는 건 아니지?"

"응. 아니야." 브리디는 노숙자를 슬쩍 쳐다보며 말했다. 노숙자는 이제 사탕 코너에 있었는데, 노골적으로 그녀에게 추파를 던지고 있었다. 그리고 점원을 쳐다보자, 그는 계산대에 기대어 그녀와 오토바이 사내들을 교대로 쳐다보고 있었다. 그들은 아직도 밖에서 화난 목소리로 떠들고 있었는데, 금방이라도 다시 돌아와 그녀에게서 전화기를 빼앗을 것 같았다. "린덴 가의 편의점에 있는 공중전화에서 전화하는 거야." 그녀가 목소리를 낮추고 말했다. "너한테 할 이야기가 있어."

"누가 옆에서 듣고 있구나." C.B.가 말했다.

"맞아."

C.B.는 그녀의 생각을 듣고 있는 게 틀림없었다. "네가 전화하고 있는 장소가 정확히 얼마나 안 좋아?"

"아주 안 좋아." 그녀가 속삭였다.

"내가 데리러 갈까?"

"아니." 브리디가 점원을 슬쩍 봤더니 온 신경을 집중해서 이쪽의 이야기를 듣고 있었다. "이야기할 수 있어? 아니면 지금 안 좋은 때야?" 브리디는 점원에게 들리게 말했다.

"확인해볼게." C.B.가 말했다. 그리고 잠깐 침묵이 흘렀다. "이야기할 수 있어. 트렌트는 다시 잠들었어."

「아, 다행이다. 여기에 더 이상 있을 필요는 없겠네.」 브리디가 생각했다. 그리고 막 전화를 끊으려는데, 바깥에서 소리가 들렸다. "그래, 젠장, 너도 개새끼야!" 오토바이 사내 둘이 화를 내며 싸울 태세를 취했다. 그리고 어딘가에서 10여 명이 더 나타났다. 「다시 생각해보니까,」 브리디가 결심했다. 「지금 있는 곳에 가만히 있는 게 더 나을 것 같아.」 하지만 그녀는 아무 말도 하지 않으며 그냥 서 있을 수는 없었다. 그러면 점원에게 의심을 받을 것이다.

"문제없어." C.B.가 말했다. "나를 따라서 말해. '그래서 내가 '당신하고 다시는 안 만나'라고 말해주고, 차에서 내려버렸어.'

그러면 내가 네 남자친구가 비열한 인간이라고 말해줄 거야…."

「확실히 트렌트가 그렇긴 하지.」브리디가 생각했다.

"…그리고 그 남자랑 사귀지 말라 등등을 말할 거야. 그러고 나서 네가 할 일은 몇 분마다 이렇게 말하는 거지 '그래', 그리고 '네 말이 맞아.' 그러면 그사이에 우리는 이야길 나눌 수 있어."

"그래서 내가 이렇게 말해줬어." 브리디는 점원이 들을 수 있도록 목소리를 높여서 말했다. "'당신하고는 다시는 안 만나.' 그리고 차에서 내려버렸어." 그리고 조용히 덧붙였다. 「트렌트가 전화했었어. 베릭 박사하고 연락이 닿았대. 그래서 박사가 지금 돌아오는 중이야.」

"베릭 박사가 어디 있는지 트렌트가 말했어?"

「아니. 넌 핵심을 놓치고 있어. 박사가 돌아온다는 건 트렌트의 말을 믿는다는 뜻이잖아!」

"아냐, 그렇지 않아." C.B.가 차분하게 말했다. "혹시 박사가 애리조나 스카츠데일에서 부자 환자와 만나서 EED 수술에 관한 이야길 나눴던 거라면, 이러나저러나 어차피 돌아오게 되어 있었어."

「하지만 트렌트는 박사가 계획을 바꾼 것처럼 말했어. 그리고 넌 박사가 돌아오지 않을 거라고 했잖아. 이런 일에 얽히고 싶어 하지 않을 거라며.」

"그랬지. 음, 어쩌면 박사가 이미 얽혀버렸다고 판단하고 위험을 줄이기 위해 돌아오는 건지도 몰라."

「하지만 트렌트는 텔레파시에 대해 다른 사람들에게 알릴 생각이 없어. 이걸 비밀로 감춰야 해, 그렇지 않으면 애플이…」브리디가 말했다.

"그렇지, 하지만 베릭 박사는 그 사실을 모를 거야. 그 사람은 트렌트가 이걸 다른 사람들에게 알릴 거라고 짐작하고는 돌아와서 트렌트를 그만두게 설득하려는 걸 거야. 내가 EED를 하려는 너를 말렸던 것처럼. 잠깐만, 내 노트북 좀 가져올게."

브리디는 그 틈을 이용해서 밖의 오토바이 사내들을 슬쩍 돌아봤다. 그들은 고함지르는 건 멈췄지만, 아직도 서로를 위협적으로 노려보고 있었다. 「난 저 사람들이 무슨 생각을 하는지 듣고 싶지 않아.」 브리디가 생각했다.

점원이 브리디를 쳐다봤다. "그래, 네가 나한테 그 남자 조심하라고 했었지." 브리디가 수화기에 대고 또렷한 목소리로 말했다. "네 말을 들었어야 했는데."

"확실히 넌 그랬어야 해." C.B.가 말했다. "자, 지금 남서부의 항공편을 살펴보고 있는데, 베릭 박사가 어디에 있든 피닉스나 투손으로 가서 비행기로 출발해야 해. 내일 아침에, 아니 오늘 아침에, 가장 이른 비행기를 타더라도 여기에는 10시 15분에 도착할 거야. 그리고 투손에서 첫 비행기를 타면 그보다 40분 더 늦게 도착해. 그렇다면 박사가 첫 비행기를 타더라도, 사무실에 도착하는 시간은 아무리 일러봤자 11시 30분일 거야. 하지만 박사는 그 비행기를 못 탈 거야. 이미 매진됐거든. 그리고 그다음 비행기 세 대의 일등석과 비즈니스석은 일주일 전에 이미 다 팔렸어. 박사가 비좁은 이코노미석에 탈 사람 같지는 않아⋯."

「넌 아직도 핵심을 놓치고 있어.」 브리디가 말했다. 「베릭 박사가 돌아오는 게, 우리가 텔레파시를 한다는 트렌트의 말을 믿었기 때문이라면 어떡해?」

"내 생각에 베릭 박사는 그런 종류의 사람일 것 같지 않아. 박사가 병원이나 자기 사무실에서 너한테 ESP나 심령의 힘, 천리안 같은 걸 언급한 적 있어?"

「아니.」브리디가 얼굴을 찌푸리며 말했다. C.B.가 '심령의 힘'을 말할 때 뭔가 얼핏 떠오르는 기억이 있긴 했다. 딱 그 말은 아니었지만, 심령 어쩌고 했던 것 같은데…. 심령 능력? 심령 재능?

"박사가 심령 재능에 대해서 뭐라고 했어?" C.B.가 놀라서 물었다.

「아무 말도 안 했어.」브리디가 대답했다. 그녀가 그 문제에 대해 더 생각해봤더니, 그 기억은 베릭 박사와 관련이 없었다. 캐슬린이 뭔가 말했거나 문자로 보냈던 것이었다. 아니, 그게 뭐였든 끝난 이야기였다.

"투시나 염력은 어때?" C.B.가 물었다. "박사가 그런 걸 말한 적 있어?"

「아니.」

"그렇다면 내 생각에, 박사는 트렌트가 환청을 듣고 의료과실로 자기를 고소할까 봐 두려워서 돌아오고 있을 가능성이 훨씬 커."

「하지만 이유가 뭐였든, 박사가 돌아오고 있어.」브리디가 말했다. 「그리고 나한테 질문을 해대고 검사를 하자고 그럴 거야….」

"박사는 그래 봤자 아무것도 못 알아내. 내가 말했잖아, 네가 협조해주지 않는 한 촬영으로는 아무것도 알 수 없어."

「넌, 베릭 박사는 텔레파시라는 게 존재하는 줄도 모르기 때문에, 텔레파시의 징후를 찾지 않을 거라고 했지만, 트렌트가 박사에게 말해주면 박사도 알게 돼. 그리고 트렌트가 나한테 어떤 단어를 보냈을 때, 우리의 두뇌에서 같은 지점이 동시에 활성화되면….」

"그렇지 않을 거야. 설령 그게 네가 그 순간에 받은 유일한 메시지라고 해도 그렇게 되지는 않아. 네 두뇌는 끊임없이 시각, 청각, 감정, 신경 자극, 관계없는 생각들의 맹공격을 받고 있어. 네 두뇌는 도서관이 아니야. 네가 특정한 생각을 저장한 장소는 트렌트가 저장한 장소와 달라. 나하고도 다르고. 우리는 모두 자기만의 개인적인 정리 체계가 있어. 색인 카드보다는 클라우드 컴퓨팅에 더 가까워. 생각은 수백 개의 링크와 상호 참조 목록을 붙여서 수십 군데에 저장돼. 럭키참스를 예로 들면 넌 알파벳 철자를 한 장소에 두고, 그걸 발음하는 방법은 다른 곳에, 상자가 어떻게 생겼는지는 또 다른 곳에 둬. 그리고 맛, 네가 그걸 먹었을 때의 기억, 샀을 때의 기억, 다 먹어버렸을 때의 기억…."

「그리고 극장에서 네가 나한테 마시멜로에 관해 물었을 때의 기억도….」

"맞아." C.B.가 말했다. "다른 수십 군데에도 더 있어. 아침식사와 관련된 기억, 아일랜드와 관련된 기억, 분필을 씹어 먹는 맛이었다는 기억까지. 그리고 이건 '럭키(lucky)'나 '참스(charms, 매력)'와 관련해 머릿속에서 상호 연관된 수천 가지의 기억은 세지 않은 거야. 참 팔찌(charm bracelet), 행운의 토끼 발, 행운의 여신. 그리고 우연히 들었던 누군가의 말, '오늘은 운이 좋을 것 같아!' 등등 이 모든 건 각기 다른 장소에 저장되어 다른 신경과 연결되어 있어. 그리고 그 생각들은 다시 거미줄처럼 연결된 다른 거대한 망에 연결되어 있고, 그 망에서 모든 생각들은 또 다른 모든 생각들과 다시 연결되지. 그 거대한 망을 다룰 수 있는 사람만이 그 의미를 다른 사람에게 해석해줄 수 있는데, 그게 가능한 유일한 사람이 바로 너야. 내 말을 믿어. 베릭 박사는 네가 무슨 생각을 하는지 그 편의점의 점원보다 몰라. 그 말이 나와서 말인데, 계속 그 상태로 있으려면 지금쯤 '네 말이 맞아'라고 한 번 더 말해주는 게 좋을 것 같아."

「아냐, 그럴 필요 없어.」브리디가 점원을 돌아보며 말했다. 그는 지금 잡지를 읽고 있었다. 노숙자는 가게 반대편으로 가서 외투에 뭔가를 쑤셔 넣었다. 그리고 오토바이 사내들은 자기네 말싸움하느라 바빴다. 그들은 오토바이에 올라타더니 시동을 걸고 부르릉거리며 한 명씩 떠났다.

"그래도 혹시 모르니까 말해."

"네 말이 맞아." 브리디가 말했다. 그리고 조용히 덧붙였다. 「넌 틀렸어. 내가 무슨 생각을 하는지 그들이 알아낼 유일한 방법은 내가 말해주는 거라고 했지만, 트렌트는 어쩌고? 트렌트가 그 사람들에게 말해줄 수….」

"네가 트렌트의 말을 부정하면 돼." C.B.가 말했다. "트렌트는 네 생각을 들었다는 자기의 생각을 말할 수 있을 뿐이야. 정말로 네가 그런 생각을 했는지는 증명할 방법이 없어."

「트렌트가 내게 말해준 수준보다 더 많이 듣는 게 아니라면, 예를 들어 네 이름을 알아낸다든가, 그래서 그들이 심문하기 위해 널 끌고 가지만 않는다면 그럴 수도 있겠지.」브리디가 생각했다. 그리고 잔 다르크가 영국군에 잡혀서 조사받고 고문을 받았다던 C.B.의 이야기가 떠올랐다.

"트렌트는 내 이름을 들은 적이 없어. 내가 너하고 대화를 나누고 있다는 사실은 고사하고, 내가 텔레파시를 할 수 있는지조차 몰라. 난 생각을 읽을 수 있어, 기억하지?"

"베릭 박사의 생각은 못 읽잖아."

"그 말은 맞아." C.B.가 말했다. "그래서 그가 돌아왔을 때 내가 해야 할 첫 번째 일은 그의 목소리를 파악하는 거야. 그러면 들을 수 있어."

「설마 박사를 만나러 갈 생각은 아니지?」

"응." C.B.가 말했다. "네가 개입하길 원하지 않는 한, 난 박사의 레이더 밖에 머물고 싶어. 그리고 그 사람을 개인적으로 만나지 않아도 돼. 박사가 도착한 뒤에 내 연구실에서 네가 박사에게 전화해서 스피커폰으로 통화하면 나는 그 사람의 목소리를 들을 수 있어. 그러면 너와 만나는 동안 그 사람이 무슨 생각을 하는지 알 수 있게 될 거야."

「아니면, 왜 내가 만나러 가지 못하는지 변명거리를 만들어서….」

"아냐, 그러면 트렌트는 자기가 꾸미고 있는 일을 네가 알아챘다고 생각할 수도 있어. 우리는 트렌트가 이렇게 믿도록 만들어야 해. 트렌트가 EED를 하려던 이유는 오로지 너와 정서적 유대감을 높이기 위해서라고 네가 아직도 확신하고 있으며, 네가 처음 그의 목소리를 들었던 건… 젠장, 그게 겨우 어제 아침이었어?

몇 년은 지나간 느낌이야."

「그러게.」 브리디가 비와 버스 정류장을 떠올리며 생각했다. 그리고 카네기룸, 서고에 숨어 있던 일, 열람실, C.B.의 자동차에 앉아서….

"그래." C.B.가 말했다. "그리고 목소리를 피해 세면대 아래에 숨어 있던 일, 내가 창고에서 어둠 속에 너를 목소리와 함께 꼼짝달싹 못 하게 버려뒀던 일. 말도 못하게 낭만적인 주말이었지."

「그랬지.」 브리디가 생각했다.

"하지만 트렌트와 베릭 박사가 아는 한에서, 그런 일은 일어난 적이 없어. 넌 집안 문제를 돕기 위해 극장을 떠났고, 마침내 집에 돌아온 후에는 바로 곯아떨어졌어. 그리고 아침에 넌 정서적으로 연결되길 바라며 트렌트를 불렀어. 그리고 그가 네게 말로 대답했을 때 너는 완전히 충격을 받았어. 넌 그런 게 가능할 거라고는 생각도 못 했거든. 그래서 넌 지금 트렌트만큼이나 그 일에 대한 설명을 원하는 상황이야."

C.B.의 말이 맞다. 브리디는 베릭 박사를 피하려 할 게 아니라, 왜 이런 일이 그녀에게 일어났는지 박사에게 따져 물어야 한다. 하지만 그렇다고 해도 그녀가 박사를 만나러 가고 싶어지는 건 아니었다.

"걱정하지 마." C.B.가 말했다. "네가 준비할 수 있는 시간은 많아. 우리 계획대로 내 사무실로 와서 모든 사항을 같이 점검해보자. 그리고 그때까지는…."

「알아, 너와 메이…, 아니, 신디에 대해 생각하면 안 되지.」

"맞았어. 도서관에서 내가 했던 말을 떠올려봐, 잡히지 않기 위해 가장 좋은 방법은 우리가 거기에 있었다는 사실조차 그들이 모르도록 하는 거야. 우리에게 가장 좋은 방어책은 네가 트렌트 외에도 다른 사람과 대화를 나눴다는 사실을 그들이 전혀 모르게 하는 거야. 우리라는 존재를 그들이 모르면 신디와 내가 누구인지 결코 알아낼 수 없어. 그 말이 나와서 말인데, 나도 암호명을 만드는 게 좋을 것 같아."

「콘랜이라고 부르면 돼. 트렌트는 그게 네 이름인지….」

"아냐, 조금이라도 아일랜드계와 관련된 건 안 돼. 트렌트에게 텔레파시의 원인에 대한 어떤 실마리도 주고 싶지 않아."

「이스마엘은 어때?」

"너무 유대인스럽잖아."

「노상강도?」

"아냐, 암호명이라는 게 너무 분명하게 드러나, 신데렐라처럼. 두드러지게 눈에 띄지 않는 뭔가가 필요해. 그냥 평범한 단어면 좋겠어, 예를 들어…."

「스카이.」 브리디가 말했다.

수화기에 침묵이 흘렀다.

「있잖아, '아가씨와 건달들'에 나오는 남자 말이야, 스카이 매스터슨.」

"그 이름을 원하시나요, 사라 수녀님? 너도 기억나겠지만, 사라는 결국 스카이와 아바나로 가게 되는데."

「나도 운에 맡겨 보지, 뭐.」 브리디는 점원이 그녀의 표정을 보지 못하도록 고개를 돌리고 대답했다. 아무튼 그녀는 오도 가도 못하게 된 상황을 친구에게 하소연하는 척하는 중이었기 때문에,

미소를 짓는 건 아무래도 적절하지 않았다.

"좋았어." C.B.가 말했다. "설마 둘세데레체*를 좋아하게 된 건 아니겠지, 그런 거야?"

「알코올은 안 돼, 기억하지?」브리디가 C.B.에게 상기시켰다. 「목소리도 문제지만, 아무리 사소한 정보라도 트렌트에게 실수로 흘리고 싶지는 않아. 그 말이 나와서 말인데, 신디에게 이야기해서 나한테 말을 걸지 말라고 해야 돼. 혹시라도 신디가 텔레파시를 한다는 사실을 트렌트가 알게 되면….」

"걱정하지 마. 내가 신디에게 성에 들어가서 도개교를 올리고 좀비 관문을 닫으라고 말해놓을게. 일단 넌 집으로 돌아가. 그리고 비서한테 메일을 보내서 모든 약속을 오후로 옮겨. 그래야 오전에 자유롭게 움직일 수 있잖아. 메일을 보내고 나서는 트렌트가 엿들으면 안 되는 생각들을 피하려 노력해봐."

"트렌트가 일어났어?" 브리디가 긴장해서 물었다.

"아냐, 아직은. 하지만 지금부터 너는 트렌트가 깨어있으며, 네가 하는 말이나 생각을 모두 들을 수 있는 것처럼 행동해. 그건 우리의 무선도 조용하게 유지하는 게 낫다는 뜻이야." C.B.가 주저하다가 말했다. "너한테 조금이라도 자라고 말하는 건 쓸데없는 소리겠지."

「응.」

"그래, 뭐, 그렇다면, '사서 메리언'이라는 노래를 외워. 네가

---

* 우유를 캐러멜 상태로 만든 중남미 지역의 전통 디저트로 술과 함께 안주로 먹기도 한다.

연구실로 오면 다른 차단 기술을 더 가르쳐줄게. 그리고 네가 책을 안 읽을 때는 아침으로 뭘 먹을지, 혹은 출근할 때 뭘 입을지 생각해. 아니면 난파를 당한 사람들이 어떻게 '길리건의 섬'에서 탈출했는지 생각해. 메이브와 나, 텔레파시, 아일랜드만 빼고 뭐든지 좋아. 난 베릭 박사의 약력을 살펴볼게. 난 절대 없을 거라 확신하지만, 혹시 초자연적인 사건들과 관련이 있는지 확인할게. 그리고 박사가 어떤 유명인을 만나러 갔었는지 알아볼게. 이제 다 괜찮아질 거야. 내가 장담해. 이제 이렇게 말해. '차를 태워준다니 고마워. 조금 이따가 보자.' 그리고 전화를 끊으면 내가 메이브하고 이야길 해볼게."

"차를 태워준다니 고마워." 브리디가 말했다. "조금 이따가 보자."

"잘했어." C.B.가 말했다. "아침에 보자." 그리고 전화를 끊었다.

브리디도 전화를 끊는 게 좋을 것 같았다. 특히 점원이 계산대에서 계속 그녀를 힐끗거리는 상황일 때는 더 그랬다. C.B.는 이미 사라졌지만 브리디가 말했다. "나한테 이렇게 해줘서 정말 고마워. 내가 그런 사람과 사랑에 빠질 생각을 했었다니 정말 바보였어. 난 사랑이란 게 뭔지도 제대로 몰랐던 거야."

점원이 비웃는 듯 콧방귀를 끼었다.

"밖에서 기다릴게." 브리디가 이미 끊어진 전화에 대고 말했다. "사랑해." 그리고 수화기를 내려놨다.

브리디는 서둘러 가게를 나가서 도로와 점원을 동시에 볼 수 있는 인도의 갓돌 위로 가서 자리를 잡았다. 그리고 점원이 고개를 돌리자마자 차를 향해 달려가서 집으로 차를 몰았다. 그녀는 라디오로 베릭 박사를 찾아서 그가 트렌트와 함께 일하지 않는지 확인하고, 돌아오는 이유는 무엇인지, 왜 실제로는 애리조나에 있으면서 간호사에게는 홍콩에 갔다고 말했는지 알아낼 수 있을까 궁금했다.

브리디는 집에 도착하자마자 시도해봤다. 하지만 박사는 잠든 상태이거나 범위 밖에 있는 모양이었다. 어떤 주파수에서도 그의 목소리를 찾을 수 없었다.

「나중에 다시 시도해봐야지.」 브리디가 생각했다. 그리고 노트북으로 '노상강도'를 불러내서 그 시구를 외우면서 시간을 보냈다. 하지만 그녀는 좀 더 흥겨운 시를 골랐으면 좋았을 거라는 생각이 들었다. 특히 베스가 죽었다는 사실을 노상강도가 알게 된 후 복수를 위해 말을 타고 돌아가서 결국 숨어 있던 군인들에게 총을 맞고 쓰러지는 장면에서.

그녀는 마지막 구절을 억지로 외어야만 했다. 노상강도는 '목에 레이스 장식이 잔뜩 달린 옷을 입고' 피에 젖어 길 위에 쓰러졌다. 「난 해피엔딩이 필요해.」 브리디가 생각했다. 그리고 아이튠즈에서 '애들레이드의 탄식'을 다운받았다.

브리디는 제목만 보고도 그 노래가 결코 낙관적인 곡이 아니라는 사실을 알았어야 했다. 하지만 적어도 살해당하는 사람은 없었다. 그리고 가사가 길었다. 「좋네.」 그녀가 생각했다. 「이 정도면 외우느라 아침까지 시간을 보낼 수 있을 거야.」 하지만 그녀가 가사를 다 외운 후 시계를 쳐다봤을 때는 겨우 5시밖에 되지 않았다.

「'아가씨와 건달들'에 나오는 다른 노래들도 외워야겠네. 그리고 '뮤직맨'에 나오는 노래도.」 브리디는 그 악보들을 내려받아 외우기 시작했다. C.B.의 말이 맞았다. '실속 없는 노름꾼을 위한 푸가'는 목소리들과 너무 비슷했다. 그리고 '뮤직맨'에 나오는 '슬픈 경험 끝에 현명해진 소녀'가 이렇게 좋은 곡인지 몰랐다. 제목만 볼 때는 살짝 불안한 느낌이었다. 하지만 리버 시의 문제에 대한 해롤드 힐 교수의 장황한 연설도 완벽했다. 브리디는 그 곡을 외웠다. 그리고 다시 한 번 베릭 박사의 방송국을 찾아봤다.

없었다. 좋은 징조였다. 박사는 아직 브리디가 들을 수 있는 범위 안으로 들어오지 않았다. 브리디는 샤워를 하다가, 얄궂게도 이틀 전 C.B.가 엿들을까 봐 걱정하던 일이 떠올랐다. 「지금 몇 시지?」 그녀는 욕실에서 나와 몸을 말리며 생각했다. 「틀림없이 7시가 거의 됐을 거야.」

5시 45분이었다. 브리디는 의심을 받지 않으면서 얼마나 일찍 출근할 수 있을지 궁금했다. 8시? 7시 45분? 스카이에게 더 일찍 '다른 차단 기술'을 배울 수 있다면 그녀의 기분이 한결 나아질 것이다.

브리디는 머리를 말리면서 '행운의 여신'을 불렀다. 그리고 '로마제국 쇠망사'를 집어 들었는데, 그 즉시 후회했다. 진행이 너무 느려서 차라리 수백 년에 걸친 로마제국의 멸망이 100미터 달리기처럼 보일 지경이었다.

7시 15분 전, 브리디는 로마의 운명에 대해 신경 쓰지 않기로 결심했다. 그리고 누가 의심스럽게 쳐다보든 말든 개의치 않기로 했다. 그녀는 지갑과 열쇠를 챙기러 갔다.

그때 문을 두드리는 소리가 났다. 스카이가 왔을 가능성은 없었다. 그는 둘이 함께 있는 모습을 다른 사람에게 보여선 안 된다고 강조했었다. 그렇다면 캐슬린이나 메리 언니일 것이다.

트렌트였다. "아, 잘됐네." 그가 브리디를 만족스러운 눈으로 바라보며 말했다. "내가 보낸 메시지를 받았구나."

"메시지?"

"응. 내가 조금 전까지 30분 동안 당신을 태우러 올 거라고 정신적으로 계속 말했거든. 그 소리 못 들었어?"

브리디가 고개를 저었다.

"그러면 당신은 왜 나갈 준비를 한 거야?"

"일찍 출근할 참이었어. 일이 많이 밀려 있어서….."

"무의식적으로 내 메시지를 받고는 준비를 해야 한다고 생각했을 거야."

"뭘 준비해?" 브리디는 묻긴 했지만, 이미 그 답을 알고 있어서 무서웠다.

"베릭 박사가 돌아왔어. 그래서 지금 당장 우리를 만나고 싶대."

27

"더 이상 악화될 수 없는 최악의 상황이란 존재하지 않는다."
— 아일랜드 속담

"베… 베릭 박사가 돌아왔어?" 브리디가 말을 더듬었다. "하…
하지만, 트렌트…."

"박사가 내 전화를 받자마자 자가용 제트기를 타고 날아왔어."

당연히 그랬겠지. 브리디와 C.B., 아니 스카이는 박사가 자가
용 비행기를 가지고 있을 가능성을 생각했어야 했다.

"박사가 날아오고 있다는 메시지를 정신적으로 당신에게 보냈
었어." 트렌트가 말했다. "당신이 내 메시지를 못 들었다니 믿을
수가 없어! 난 당신의 목소리를 점점 더 많이 듣고 있는데. 정말
제대로 집중을 한 거야?"

브리디는 안전실의 문에 걸린 빗장을 더욱 단단하게 잠갔다.
"응." 그녀가 대답했다. "무슨 소리를 들었어?"

"온갖 종류의 소리를 다 들었어. 내가 필요하다는 소리가 들리고, '트렌트가 깨어났을지 궁금하네.' 그리고 전화를 걸어야 한다는 이런저런 이야기들, 당신은 이제 우리 사이엔 전화를 걸 필요가 없다는 사실을 이해하지 못하는 것 같았어."

"당신이 들은 소리는 그게 다야?"

"아니, 다른 소리도 있었어. 하지만 대개 말이 되지 않았어. 도로 위의 개에 대한 것도 있었고, 잔돈이 필요하다는 이야기, 그리고 하늘(sky) 이야기도 있었어. 무슨 생각을 하고 있었던 거야?"

"모르겠어." 브리디가 말했다. "꿈을 꾸고 있었나 봐."

"내 생각도 그랬어. 베릭 박사를 만나서 왜 당신이 내 소리를 듣는 것보다, 내가 당신의 소리를 훨씬 더 많이 들을 수 있는 건지 물어봐야겠어. 자, 박사님 만나러 갈 준비 됐어?"

"아니. 난 컴스팬에 들러야 해. 당신이 먼저 가 있으면 내가 거기로 갈게. 거기서 만나면 어떨까? 아침에 아트 샘슨 씨와 회의 약속이 있어. 그래서 일정 조정을 해야….

"그건 차를 타고 가면서 할 수 있어. 당신 휴대폰 어디 있어?"

"가져올게." 브리디는 휴대폰을 가지러 침실로 재빨리 걸어갔다. 그녀는 C, 아니 스카이에게 아파트 열쇠를 줬더라면 좋았을 거라는 생각이 들었다. 그랬다면 그녀가 회사에 모습을 드러내지 않았을 때 스카이가 발견할 수 있도록 침실 거울에 립스틱으로 '도와줘!'라고 휘갈겨 놓을 수 있었을 테니 말이다.

브리디는 휴대폰을 움켜쥐고, 스카이의 이름이 통화내역에 남아 있는지 확인하고, 신디와 주고받은 통화내역과 문자를 지웠다. 그리고 가만히 서서 그녀가 글을 남길 수 없는 거울을 멍하게 쳐다보며, 그녀가 자신의 차를 몰고 가게끔 트렌트를 설득할 방법을 생각해내려 애썼다. 그러면 브리디는 적어도 차량의 흐름 속에서 트렌트를 놓치고, 비지마트에 들러서 스카이에게 무슨 일이 일어났는지 공중전화로 말해줄 수 있다.

"왜 이렇게 오래 걸려?" 트렌트가 문 앞에 나타나 말했다. "베릭 박사한테 우리가 8시까지 가겠다고 했어. 그 먼 길을 날아온 박사를 기다리게 만들고 싶지 않았거든. 박사가 일단 우리 이야기를 듣고 나면 그런 건 별로 신경 쓰지도 않겠지만 말이야." 트렌트는 서둘러서 그녀를 아파트 밖으로 데리고 나가 계단을 내려간 뒤 자신의 포르쉐로 이끌었다.

"난 정말로 거기서 다시 만나는 게 좋을 거 같아." 트렌트가 브리디를 위해 차문을 열어줬을 때 그녀가 말했다. "샘슨 씨와의 회의 일정을 벌써 두 번이나 변경했단 말이야. 내가 설명도 없이 회의를 취소해버리면 길길이 날뛸⋯."

"샘슨 씨한테는 문자를 보내." 트렌트가 말했다. 차에 타는 것 말고는 달리 방법이 없었다.

트렌트가 주차장에서 빠져나가는 동안, 브리디는 공들여 컴퓨터화된 스트리밍 시스템과 CD, 위성 라디오 시스템이 있는 계기반을 쳐다보며 '빌리 조의 송가'를 어떻게 찾아야 할지 생각했다. 브리디가 메뉴 버튼을 눌렀다.

"음악은 안 돼." 트렌트가 손을 뻗어서 꺼버렸다. "우리가 텔레파시로 소통할 수 있다는 사실을 베릭 박사에게 납득시키려면, 메시지를 주고받는 일에 완전히 집중해야 해." 트렌트가 중심가로 차를 돌렸다.

"하지만 난 우리가 왜 박사를 납득시켜야 하는 건지, 왜 박사가 이 문제에 관여해야 하는 건지 이해가 안 돼."

"이건 더 이상 우리만의 일이 아니기 때문이야. 텔레파시가 존재한다는 사실은 모든 사람에게 영향을 미칠 거야. 이해가 안 돼? 사람들은 소통을 위해 더 이상 스마트폰이나 이메일, SNS를 사용할 필요가 없어. 직접 소통할 수 있게 되는 거야. 완전히 새로운 메신저가 될 거야. 정신적 메신저."

"하지만 어떻게?" 브리디가 아무것도 모르는 척 눈을 동그랗게 뜨고 물어봤다. "사람들이 서로에게 정서적 유대감을 가지고 있어야 하지 않을까?"

"아냐. 텔레파시의 원인이 무엇인지, 그리고 어떻게 작동하는지 알아낼 수 있다면, 모든 사람에게 작동하는 걸 만들 수 있어. 그 부분은 베릭 박사가 맡을 거야. 박사가 여러 검사를 해서 어떤 두뇌 회로가 관련되어 있는지 우리에게 보여줄 거야. 그러면 우리는 그걸 이용해서 누구든지 다른 사람과 텔레파시로 소통할 수 있게 해주는 장비를 설계할 수 있어."

"그런 계획을 베릭 박사에게 말했어?"

"아직은 안 했어. 박사에게는 뭔가 이상한 일이 일어났으며, 서로의 감정보다 더 많은 것들을 들을 수 있게 됐다고 말한 게 전부야. 텔레파시라고 하지도 않았어. 박사를 괜히 불안하게 만들고 싶지 않았거든. 그래서 박사한테 이리로 돌아와야 한다고만 했어."

그렇다면 스카이의 말이 맞았다. 베릭 박사는 트렌트와 한통속이 아니었다. "하지만 당신이 박사한테 말하지 않았다면, 박사가 검사를 진행하겠다고 동의해줄지 어떻게 알아?" 브리디가 물었다. 트렌트가 도로에서 눈을 떼어 믿기지 않는다는 투로 그녀를 한참 바라봤다.

"박사가 어떻게 안 할 수 있겠어? 이건 세기의 과학적 발견이야! 이게 무슨 의미일지 생각해봐. 사람들이 서로에 대해 진실로 이해할 수 있게 될 거야. 이제 비밀과 오해와 다툼이 없어질 거야."

「그건 그런 식으로 작동되지 않아.」브리디가 생각했다.

"이게 해결할 온갖 문제들을 생각해봐. 개인적인 문제만이 아냐. 중요한 문제들도 해결할 거야. 테러리스트 같은 놈들 말이야. 테러리스트들이 죄 없는 희생자들을 죽이기 전에 우리는 그들을 막을 수 있어. 그리고 우리의 적들이 어디에 있는지, 어떤 계획을 하고 있는지 정확히 알 수 있어. 텔레파시는 외교 분야에서 엄청난 이익을 안겨줄 거야. 사업에서도. 그리고 월스트리트에도. 가능성이 무궁무진해."

「당신 말이 맞아.」브리디가 생각했다. 「기업 스파이, 내부자 거래, 경찰국가. 그리고 스카이나 메이… 아니 신디 같은 텔레파시 능력자들을 검사하고, 실험하고, 고문하고, 화형에 처하겠지. 그리고 무섭고 소름 끼치는 목소리, 억수처럼 쏟아지는 목소리, 미친 듯이 들불처럼 일어나는 목소리들이 통제를 벗어나 으르렁대겠지.」

"당신도 이해하게 될 거야." 트렌트가 확신에 차서 말했다. "베릭 박사도 우리만큼이나 그 가능성을 보고 흥분하게 될 거야." 그리고 차를 돌려 병원 주차장으로 들어갔다.

"박사의 사무실로 가는 거 아니었어?"

"아냐. 박사가 여기서 우리를 만나고 싶다고 했어." 병원에선 계단통에서 그녀를 찾아냈던 의료진과 맞닥뜨릴 수도 있었다. 아니면 스카이의 차로 데려다준 간호사라든가.

하지만 안내창구에 있는 사람이 알려준 사무실은 다른 층에 있었는데, 병원의 반대편 끝이었다. 그래서 가는 도중에 만난 의료진들은 모두 처음 본 사람들이었다.

베릭 박사가 직접 나와서 그들을 반겼다. "어서 오세요. 플래니건 씨, 워스 씨. 이쪽으로 가서 이야기를 나누기로 하죠." 박사가 복도 끝을 가리키며 말했다.

박사는 한밤중에 애리조나에서 비행기를 타고 돌아오느라 고생한 사람처럼 보이지 않았다. 그쪽으로 가는 길에 의사 한 명이 박사를 불러 세우더니 말했다. "세도나에 계신 줄 알았어요."

"그랬죠." 베릭 박사가 유쾌하게 말했다.

세도나. 왜 그 이름이 익숙하게 느껴지지? 브리디는 어디에선가 그 이름을 들었던….

"여행을 중단하고 돌아와 주셔서 진심으로 감사드립니다." 트렌트가 말했다.

"별일 아닙니다." 베릭 박사가 말했다. "자, 여기로." 박사는 책상 하나와 그 앞에 가죽을 댄 의자 두 개가 있는 상담실 안으로 그들을 안내했다. "앉으세요. 곧 돌아오겠습니다. 간호사에게 해둘 말이 있어서요."

베릭 박사는 책상 뒤에 있는 문으로 나갔다. 브리디는 박사의 말소리를 들을 수 있었다. "…금방 도착할 거야… 그녀가 도착하

213

자마자 알려줘." 그리고 곧 "…공항…." 베릭 박사가 지금 비행기를 타고 오는 환자와 그들의 일을 마치자마자 돌아가야 한다는 의미일까?

「제발 그랬으면 좋겠다.」 브리디가 생각했다.

베릭 박사가 다시 돌아와서 자리에 앉았다. 그는 책상 앞으로 몸을 기대며 말했다. "이제 무슨 상황인지 자세히 말씀해주세요. 두 분이 연결됐다고 제가 이해해도 될까요?"

"그냥 연결된 수준 이상입니다." 트렌트가 열성적으로 말했다. "저희는 서로의 감정을 느낄 뿐 아니라, 대화도 할 수 있어요!"

"대화요?" 베릭 박사가 두 사람을 교대로 쳐다봤다. "워스 씨가 지금 하신 말씀은, 서로의 감정에 더 잘 공감하게 되어서 소통이 더 잘 된다는 뜻인가요?"

"아뇨, 지금 저랑 박사님이랑 대화하듯이 서로 대화를 할 수 있다는 뜻이에요. 다만 머릿속으로 한다는 게 다르죠."

브리디는 트렌트가 말하기 전까지는 그게 얼마나 미친 소리처럼 들리는지 실감하지 못했었다. 「스카이가 맞았어. 이 일이 내게 일어나기 전에 트렌트가 이런 말을 했다면, 난 절대로 안 믿었을 거야.」

"자, 보세요!" 트렌트가 브리디를 가리키며 말했다. "방금 저는 브리디가 이렇게 말하는 걸 들었습니다. '박사님은 절대로 우리를 안 믿을 거야!' 당신이 이렇게 생각한 거 맞지, 브리디? 박사님한테 말해줘!"

"맞아, 하지만…."

"하지만 그건 플래니건 씨의 표정만 봐도 쉽게 짐작할 수 있었을 겁니다." 베릭 박사가 말했다. "그리고 몸짓도요. 그런 식으로 하는 건 아닌가요? 플래니건 씨의 감정 표현과 비언어적인 신호를 이용해서…?"

"아니에요!" 트렌트가 말했다. "저희가 수 킬로미터 떨어져 있어도 저는 브리디의 목소리를 들을 수 있어요. 그리고 브리디도 제가 무슨 생각을 하는지 들을 수 있고요."

"그 말이 사실인가요, 플래니건 씨?" 베릭 박사가 그녀에게 고개를 돌리고 물었다.

"아뇨."

"아니라니?" 트렌트가 말했다. "당신이 어떻게 그렇게 말할 수 있어? 우리는 이야기를 했잖아! 난 증명할 수 있어. 보세요." 트렌트가 그들이 썼던 단어 목록을 꺼내서 베릭 박사의 책상 위에 나란히 놓았다. "저희는 각기 다른 방에 들어가서 열 가지씩 생각했습니다. 그리고 상대방은 그걸 적었죠. 저는 브리디가 보낸 단어 중 거의 4분의 3을 맞췄어요. 브리디도 제가 보낸 단어들을 거의 비슷한 수준으로 맞췄어요. 그리고 지금은 그때보다도 훨씬 잘할 수 있어요. 제 소통 능력은 계속 나아지고 있어요. 저희의 두뇌를 촬영하세요. 그러면 박사님은 우리가 서로의 생각을 들을 수 있다는 사실을 알 수 있을…."

"하나씩 차근차근히 하죠." 베릭 박사가 목록을 살펴보며 말했다.

「정확한 대답이라는 트렌트의 주장을 박사가 나만큼이나 대단치 않게 받아들이면 좋을 텐데.」 브리디는 박사가 목록을 살펴보며 보이는 반응을 유심히 쳐다보며 생각했다. 하지만 박사의 얼굴은 완전히 무표정했다. 마침내 박사가 종이들을 내려놓더니 양손을 마주 잡고 앞으로 몸을 기울이며 말했다. "워스 씨, 처음에는 워스 씨의 출발이 괜찮았던 것 같아요."

트렌트가 고개를 주억거렸다. "그저께 밤에 연결에 집착하지 말라는 박사님의 조언을 듣고 저희는 공연을 보러 갔어요."

"그러면 거기서 이… 정신적인 소통을 처음 경험하신 건가요?"

"아뇨, 브리디는 가족 문제 때문에 극장을 떠나야 했습니다. 그래서 저희는 밤새 떨어져 있었어요. 그런데 다음 날 아침 저한테 브리디가 부르는 소리가 들렸어요. '어디야?' 그래서 제가 말했죠. '브리디, 당신이야?'"

"플래니건 씨는 워스 씨가 저렇게 말하는 소리를 들었나요?" 베릭 박사가 브리디에게 고개를 돌리고 물었다.

"으음, 네…." 브리디는 최대한 불확실한 느낌을 목소리에 담아서 대답했다. "최소한 그런 소리가 들린 것 같다는 생각은 했어요."

"당신은 그 소리를 들었어." 트렌트가 말했다. "당신이 '응'이라고 대답했잖아. 그래서 제가 말했어요. '우리가 연결되다니 믿을 수가 없어.' 그리고 브리디에게 어디에 있냐고 물었더니, 브리디는 아파트의 침대에 있다고 제게 말했어요."

트렌트가 베릭 박사에게 무슨 일이 일어났는지 말할 때, 브리디는 박사를 꼼꼼히 관찰했다. 박사의 표정에는 아직도 의심이 남아 있었다. 그리고 박사는 우스꽝스럽고 당황스러운 주장을 하는 환자의 이야기를 들은 의사로서 걸맞은 질문들을 잔뜩 쏟아냈다.

하지만 박사의 반응에는 뭔가 약간 이상한 부분이 있었다. 박사는 그다지 놀라거나 화를 내는 것 같지 않았다. 그들이 애리조나에서 그 먼 길을 돌아오게 해서 미친 이야기를 하고 있는데도 말이다. 그것만이 아니었다. 딱 꼬집어 말할 수는 없지만, 박사의 반응에는 뭔가 다른 게 있었다.

「박사는 트렌트와 한통속이다. 그리고 이건 모두 나를 위해 빤히 보이는 연기를 하고 있는 거야.」브리디는 그렇게 생각했다. 하지만 베릭 박사가 계속 질문을 퍼붓자, 트렌트가 점점 더 실망스러운 표정을 지으며 설명하려 안간힘을 쓰는 걸 보면서, 브리디는 그렇지 않다고 결론을 내렸다.「그러면 뭐지?」브리디는 박사를 보며 의아했다.「왜 박사의 반응이 이상하게 보이지?」

브리디는 문득 충격적인 생각이 들었다.「박사는 놀라지 않은 것만이 아니라, 관심도 없는 거야.」베릭 박사는 대화를 나누는 동안 다른 무언가를 걱정하는 사람처럼 딴생각을 하고 있었다. 그래서 브리디는 박사가 간호사에게 말했던 환자, 즉 아까 박사가 '도착하자마자' 알려달라던 환자의 소식을 듣고 싶은 게 아닌가 하는 궁금증이 일었다.

하지만 그 환자의 뇌가 EED 수술을 하느라 절개한 틈으로 새어 나오기 시작한 게 아니라면, 그 환자의 문제가 트렌트가 박사에게 말하고 있는 내용보다 심각하기는 불가능할 것이다. 특히 이 말이 새어나갔을 때 박사의 명성에 끼칠 위험성을 고려하면 말이다. 그리고 브리디는 박사가 그 문제를 염려하고 있다는 걸 안다. 중간에 한 번 박사가 이렇게 날카롭게 물었기 때문이다. "이 문제를 누구에게 말했나요?"

"아무에게도 안 했습니다." 트렌트가 말했다. "그렇기 때문에 저희는 박사님이 돌아오시길 간절히 바랐던 겁니다. 그래야 가장 먼저 박사님께 말할 수 있을 테니까요."

"다행이네요." 베릭 박사가 말했다. 박사가 안도하는 게 확실히 느껴졌다. 하지만 그건 박사가 보이는 무관심에는 부합하지 않았다. 대체 박사는 어떤 상태인 걸까? 지루함? 초연? 대기 중?

「바로 그거야.」 브리디가 생각했다. 「대기 중. 박사는 뭔가를 기다리는 동안 우리와 대화를 나누며 시간을 메꾸고 있는 것뿐이야.」 하지만 뭘 기다리는 거지? 정신 병동에서 구속복 한 쌍을 들고 오는 잡역부를 기다리나? 아니면 다른 사람이 뭘 생각하는지 정확히 보여줄 수 있는, 스카이가 알지 못했던 새로운 두뇌 촬영 장비를 기다리는 건가?

「알아내야 해.」 브리디가 생각했다. 그래서 그녀는 안마당으로 들어갔다. 브리디는 그 전에는 베릭 박사의 목소리를 찾아내지 못했다. 하지만 그건 박사가 범위 바깥에 있었기 때문일 것이다. 이제 박사가 여기에 있다. 그러니까….

간호사가 문틈으로 머리를 쑥 내밀고 말했다. "박사님? 방해해서 죄송합니다. 왈렌스키 씨가 도착하면 알려달라고 하셨죠?"

"그랬지." 베릭 박사가 말했다. 그리고 문으로 갔다. 박사와 간호사가 낮은 목소리로 짧게 대화를 나눴다. 그리고 간호사가 물러가자 베릭 박사가 그들에게 다가왔다. "정말 죄송합니다. 제가 다뤄야 할 환자 문제가 있어서요. 몇 분이면 될 겁니다. 커피 좀 드시고 계세요." 박사가 커피메이커를 손짓으로 가리키고 밖으로 나갔다.

박사가 나가자마자 트렌트가 휴대폰을 꺼내서 문자들을 살펴보더니 비서에게 전화했다. 「다행이다.」 브리디가 생각했다. 그리고 조심스럽게 미루나무 아래의 벤치에 앉아 라디오를 들고 베릭 박사의 방송국을 찾았다.

"그 사람이 언제 전화했어요?" 트렌트가 물었다. "제 말은, 그러니까, 언제 전화했냐고요. … 네? 잘 안 들려요. 휴대폰 수신이 잘 되는 곳으로 갈게요." 트렌트가 휴대폰을 다시 주머니에 넣었다. "베릭 박사한테 내가 곧 돌아올 거라고 해줘."

브리디는 고개를 끄덕이고 라디오로 돌아갔다. 그러다 문득 생각이 들었다. 「베릭 박사는 치우고, 지금은 트렌트가 전화에 집중하는 동안 스카이에게 이야기할 기회야.」 트렌트가 문을 쨀까닥 닫자마자 그녀가 말했다. 「스카이?」

「여기 있어. 무슨 일이야? 어디야?」

「트렌트랑 베릭 박사와 함께 있어.」

「박사가 돌아왔어? 그 방에 같이 있는 거야?」

「아니, 베릭 박사는 환자를 상대하러 갔고, 트렌트는 전화를 하러 갔어….」

「아직 안전하지 않아.」 C.B.가 말했다. 「산타페의 안전실로 들어가.」

「난 이미 안전실에 있어.」 브리디가 말했다. 하지만 스카이가 사라졌다. 「스카이는 트렌트가 다른 사람과 말하고 있을 때도 내 목소리를 들을 수 있다고 생각하는 거야.」 브리디가 생각했다. 브리디는 정원사의 벽장 꼭대기 칸에 라디오를 넣고 판석 위를 오락가락하면서 스카이가 뭘 하려는 건지 궁금해했다. 혹시 자기 안전실로 들어가서 거기에서 그녀에게 말하려는 걸까?

"아냐. 네 안전실을 이용할 거야." C.B.가 말했다. 그녀가 고개를 들자 C.B.가 청바지를 입은 다리를 어도비 담장 너머로 늘어트리며 넘어오는 모습이 보였다. "이 담장은 이렇게나 지독하게 높이 만들 필요가 없었어. 혹시 사다리 없지? 밧줄은?"

"1분만 주면 내가 머릿속으로 그려낼 수 있어." 브리디가 벽장으로 달려가며 말했다.

"됐어." 그가 말했다. C.B.가 판석 위로 가볍게 뛰어내리더니 그녀에게 다가왔다. "멋진 장소네." C.B.가 꽃과 미루나무를 돌아보며 말했다.

"어떻게 이렇게 한 거야?" 브리디가 물었다.

"내가 가르쳐줄 거라고 했던 다른 방어 수단 중 하나가 이거야." C.B.는 미루나무로 걸어가서 벤치에 앉았다. "나한테 하려던 말이 뭐야? 그리고 그 훌륭한 박사께서는 어떻게 그렇게 빨리 돌아왔대?"

"박사한테 자가용 제트기가 있대."

"미안해. 내가 그 생각을 못 했어. 그 사람은 어디에 있었대? 알아냈어?"

"응." 브리디가 그의 옆에 앉으며 말했다. "세도나. 혹시 그 이름을 듣고 떠오르는 거 없어?"

"없어. 거기가 부자들의 휴양지라는 건 알아. 휴양지로 유명한 햄튼즈나 아스펜과 비슷한 곳이야. 그렇다면 박사는 EED 수술을 하러 거기에 갔었겠네. 하지만 그렇다면 왜 박사는 다른 사람들에게 홍콩에 갔다고 했던 걸까?" C.B.가 인상을 찌푸렸다. "내가 알아볼게. 베릭 박사가 트렌트의 이야기를 받아들였어?"

"아니. 적어도 내… 내 생각엔 안 그런 것 같아. 그런데 박사의 반응에는 뭔가 이상한 점이 있어. 넌 박사가 텔레파시라는 개념 자체를 거부할 거라고 했잖아, 그런데 박사는 안 그랬어. 박사는…."

"베릭 박사가 그저 트렌트의 말에 대충 비위를 맞춰주고 있는 거 아냐? 의사들이 겉으로는 '흐음' 하면서도 속으로는 '누가 날 정신 병동으로 데리고 왔나' 같은 생각을 아주 잘하거든."

브리디가 고개를 저었다. "그보다는 박사가 다른 일에 정신이 팔려있는 것 같았어. 뭔가를 기다리는 것 같기도 하고."

"넌 그게 뭔지 전혀 모르겠고?" C.B.가 말했다.

"응. 다른 사람의 생각을 읽을 수 있는지 탐지하는, 뭔가 혁명적인 새로운 촬영 방법이 나오지 않은 건 확실해?"

"네가 협조해주지 않으면 불가능해. 아무래도, 내가 그쪽으로 가서 베릭 박사의 목소리를 듣는 게 좋겠다. 그러면 박사가 무슨 생각을 하는지 정확히 알 수 있을 테니까, 우리가 걱정할 게 있는지도 알 수 있어. 박사의 사무실에 있어?"

"아니, 병원이야. 하지만 이리로 오는 건 별로 좋은 생각이 아니야. 지금까지는 저 사람들이 너와 내가 연결되어 있다는 사실을 전혀 모르는데…."

"내가 거기에 갈 핑곗거리를 만들면 돼. 내가 어떤 앱 때문에 너한테 할 말이 있다고 해도 되잖아. 병원 어디쯤에 있어?"

"동쪽 건물 1층이야." 브리디가 말했다. "그래도 난 아직… 혹시 내가 박사의 목소리를 들어서 너한테 전해줄 수는 없을까?"

"안 돼. 첫째, 난 네가 베릭 박사의 목소리를 듣지 않았으면 좋겠어. 트렌트의 말이 맞아. 트렌트는 점점 더 잘 듣고 있어. 너를 엿들을지도 몰라. 둘째, 베릭 박사의 목소리를 전해줘도 소용 없어. 난 네 목소리로 박사의 생각을 듣게 돼. 그 사람의 목소리가 아니라."

"네가 내 라디오로 들으면 안 될까?" 브리디가 벽장으로 걸어가며 말했다.

C.B.가 고개를 절레절레 흔들었다. "그것도 너를 통해 전달되는 거야. 이 모든 게 아무리 그럴듯하게 보이더라도, 난 실제로 여기에 있는 게 아니야. 우린 그저 생각을 교환하고 있을 뿐이야."

"인터넷은 어때? 박사의 연설 같은 게 담긴 동영상이 있을지도 몰라."

"좋은 생각이야. 유튜브랑 박사의 웹사이트를 확인해볼게." C.B.가 말했다. 하지만 그가 다음에 한 말을 보면, 여전히 브리디의 생각을 읽고 있는 게 틀림없었다. "걱정하지 마. 내가 반드시 가야 할 상황이 아니라면, 병원에 가지 않을 게."

"알았어." 브리디가 말했다. "그런데 신디는 어때? 신디한테 납작 엎드려서 나한테 말하지 말라고 단단히 일렀어?"

"응. 비밀의 화원에 들어가서 해자 위로 도개교를 들어 올리고 꼭 잠그고 있으라고 했어. 네 라디오를 보여줘."

"라디오로 듣는 건 소용없을 거라며?"

"응. 그렇지. 그래도 보여줘." C.B.가 말했다.

브리디는 라디오를 꺼내서 켠 뒤 트렌트의 방송국으로 돌렸다. "해밀튼 씨, 트렌트 워스입니다." 트렌트의 목소리가 라디오를 통해 들렸다. "네. 지금 저희 EED 수술을 했던 의사를 만나고 있습니다." 잠시 정적. "아뇨, 아직 그 정도까지는 진행을 못 했어요."

C.B.가 잠시 듣더니 다이얼을 돌려 다른 방송국으로 넘어가면서 잡음과 목소리들을 들었다.

"이걸로 베릭 박사의 목소리를 들을 수 있을 것 같아?" 브리디가 물었다.

C.B.가 고개를 저었다. "아니, 하지만 네 말을 듣다가 떠오르는 게 있어서…."

"나한테 그 사람들의 목소리를 더 잘 들을 방법이 있는데." 메이브가 말했다.

브리디와 C.B.가 동시에 빗장이 쳐진 문을 쳐다봤다가, 어도비 담장을 올려다보며 기어오르고 있는 메이브를 기대했다. 하지만 「이모는 라디오 다이얼 같은 걸 돌릴 필요도 없어요」라는 메이브의 목소리 외에는 아무것도 없었다.

"네 안전실에 꼼짝 말고 앉아서 브리디 이모에겐 말 붙이지 말라고 했잖아!" C.B.가 화난 목소리로 말했다.

「지금 안전실 안에 있어요.」 메이브가 따졌다. 「그리고 난 이모한테 말한 게 아니에요. 아저씨한테 말한 거예요. 아저씨한테 말하지 말라고는 안 했잖아요!」

"그래? 그럼 지금 할게. 나한테도 말하지 마."

「우리 소리는 아무도 못 들어요.」 메이브가 말했다. 「전 방어벽 다 올렸고요, 트렌트 씨는 해밀튼 씨랑 이야기 중이고, 베릭박사는….」

"난 관심 없어." C.B.가 말했다. "넌 다른 누구하고도 말하지도 말고 듣지도 마."

「아저씨는 나한테 아무것도 못 하게 해.」 메이브가 부루퉁하게 말하긴 했지만, 그래도 떠났다.

"이런, 맙소사." 브리디가 말했다. "트렌트가 듣고 있을 때 저 애가 뭔가 말을 했더라면…."

"그러게." C.B.가 엄한 표정을 지으며 말했다. "저 애를 타일러서 다시는 이런 일이 일어나지 않도록 해야겠어."

"…오늘 오후에 다른 약속은 일절 잡지 마…." 베릭 박사가 말했다. 브리디는 어떻게 박사의 방송국에 눈금이 맞춰졌는지 의아해하며 반사적으로 라디오를 쳐다봤다. 그리고는 그의 목소리가 안전실 밖에서 들려왔다는 사실을 깨달았다.

"난 가봐야겠어." 브리디가 말했다. "베릭 박사가 돌아오는 중이야."

"그래." C.B.가 말했다. "인터넷에서 박사의 목소리를 찾을 수 있는지 확인해볼게. 그리고 찾으면 그의 목소리를 들으면서 너한테 박사가 무슨 생각을 하는지 알려줄게. 또 세도나에서 박사가 뭘 했는지도 알아볼게."

"그래."

"그 사이에 혹시 문제가 생기면 이리로 와서 나한테 소리쳐. 걱정하지 마, 넌 아주 잘하고 있어." C.B.는 브리디의 뺨에 입을 맞추고 담 너머로 사라졌다.

"오래 걸려서 죄송합니다." 박사가 사무실로 들어오며 브리디에게 말했다. 그리고 질문을 하듯 그녀의 빈 옆자리를 눈짓으로 가리켰다.

"트렌트가 꼭 해야 할 전화가 있어서요." 브리디가 말했다. "금방 돌아올 거예요."

"사실, 제가 대화를 나누고 싶었던 사람은 플래니건 씨입니다." 박사가 그녀에게 미소를 지으며 자기 자리에 앉았다. "워스 씨는 본인이 경험할 걸 이야기해주셨어요. 이제 플래니건 씨가 경험한 내용을 알고 싶습니다. 워스 씨가 묘사했던 메시지를 받은 적이 있나요?"

"으음, 네." 브리디는 불확실하게 대답했다. "적어도 그랬을 거라고 생각하긴 해요. 저희가 연결되었을 때 전 확실히 트렌트의 존재와 트렌트가 흥분한 사실을 느낄 수 있었어요…."

"하지만 목소리 형태로 들리지는 않았다는 건가요?"

"네…. 두어 번 트렌트가 제게 메시지를 보냈을 때, 트렌트의 말소리를 들은 것 같기도 하지만…." 브리디는 자신이 경험한 걸 어떻게 해야 정확히 묘사할 수 있을지 생각하는 양 이마를 찡그렸다. "박사님이 가끔 전해지는 감정이 너무 강해서 어떤 사람은 말처럼 느껴질 때가 있다고 하셨잖아요? 딱 그런 느낌이었어요."

"하지만 사실 워스 씨처럼 말을 들은 건 아니군요?"

"네. 어떻게 그럴 수가 있겠어요? 다른 사람의 생각을 들을 순 없잖아요. 그건 말도 안 돼요!" 브리디가 박사 쪽으로 몸을 굽히며 말했다. "제가 미치는 건 아니죠, 박사님?"

"그럼요, 전혀 아닙니다." 베릭 박사가 말했다. 그리고 그때 트렌트가 돌아왔다. "아, 워스 씨, 저희는 워스 씨의 '특이한' 경험에 관해 이야길 나누고 있었어요. 두 분이 서로 메시지를 주고받는 실험을 했다고 하셨죠?"

"네." 트렌트가 열정적으로 말했다. "박사님을 위해서 지금 당장에라도 다시 해볼 수 있어요. 박사님이 저희가 서로에게 보냈으면 좋겠다고 생각하는 단어들을 써주시기만 하면, 저희는…."

베릭 박사가 고개를 저었다. "유감이지만, 그런 식의 실험으로는 아무것도 증명할 수 없습니다. 전적으로 너무 주관적이에요. 실제로 소통이 이루어지고 있는지 증명하려면 통제된 환경에서 실험해야 합니다."

"저희는 얼마든지 그런 실험을 할 의사가 있습니다. 그렇지, 브리디?" 트렌트가 간절한 눈으로 브리디를 쳐다봤다. "저희는 둘 다 박사님이 원하시는 어떤 실험이든 기꺼이 하겠습니다."

"좋습니다." 베릭 박사가 말했다. "워스 씨가 이해해야 할 게 있습니다. 워스 씨는 특별한 주장을 했습니다. 특별한 주장에는 특별한 증거가 필요하죠. 워스 씨가 인지하신 생각의 전달은 그저 연결에 따른 정서적 친밀감에 의해 강화된 비언어적인 소통일 수도 있습니다."

「박사는 우리의 말을 믿지 않아.」브리디가 생각했다. 베릭 박사가 무의식적인 정보 교환, 음색의 변화에 따른 암시, 그리고 자신의 신념과 일치하는 정보만 수용하는 확증 편향에 대해 설명을 시작하자, 브리디는 한결 안도감이 느껴졌다. 「스카이가 맞았어. 박사는 우리의 말에 대충 비위를 맞춰주고 있었던 거야. 박사가 산만하다던가 별로 놀라지 않는다고 느꼈던 내 생각은 오해였어.」

"제가 진행하려는 실험은 두 분의 경험이 실제로 마음에서 마음으로 이어진 소통인지 아니면 다른 무엇인지 밝혀줄 겁니다. 두 분은 제각각 방음이 된 방에 들어가고, 전달되는 정보는 체계적

226

이고 무작위로 선택될 겁니다. 그렇게 하면 그 결과를 확률적 가능성과 비교할 수 있습니다."

「이제 내가 그럴싸하게 연기를 해야겠네.」브리디가 생각했다. 「그러면 베릭 박사는 우리를 감정과 희망 사항에 속은 희생자라며 집으로 보내줄 거야.」

"그리고 그 결과를 이 분야에서 먼저 이루어진 연구 결과와 비교해볼 수도 있습니다." 베릭 박사가 말했다.

"연구요?" 브리디가 놀라서 물었다.

"네. 듀크대학의 라인 박사가 정신적 소통에 대해 광범위한 연구를 했습니다. 혹시 제너 카드에 대해 들어보신 적 있나요?"

28

"아가씨, 머릿속으로 무슨 꿍꿍이를 꾸미고 계신 건가요?"
— 프랜시스 호즈슨 버넷, '소공녀'

「제너 카드?」 브리디가 생각했다. 「아, 이럴 수가, 스카이가 틀렸어. 베릭 박사는 텔레파시를 믿는 광신자야. 그렇다면 살펴봐도 나올 게 없다고 박사를 납득시키는 건 훨씬 어려워질 거야.」

어쩌면 그렇지 않을 수도 있다. "제너 카드는 1930년대에 듀크대학의 실험에서 사용됐습니다." 베릭 박사가 말했다. "적절하게 사용한다면, 소통이 일어났는지 아니면 그저 실험 참가자들이 그렇게 생각한 것인지 객관적으로 판단할 수 있는 뛰어난 방법입니다. 카드에는 다섯 가지의 각기 다른 기호가 그려져 있습니다." 박사는 다섯 가지 기호를 나열한 뒤 실험이 어떤 식으로 진행되는지 설명했다. 그리고 안쪽 문으로 들어가서 짧은 복도를 지나 방음 타일이 벽과 천장에 붙어 있는 작은 방으로 둘을 안내했다.

방에는 탁자 하나와 의자 하나가 있었다. "플래니건 씨는 여기에 계세요. 곧 간호사가 와서 준비를 도와줄 겁니다."

「나한테 올가미를 씌우겠지.」 문이 닫힐 때 브리디가 생각했다. 브리디는 탁자로 걸어갔다. 탁자 위에는 헤드폰과 마이크, 연필, 번호가 적힌 종이 한 장이 있었다.

「부디 그 간호사가 내가 입원했을 때 봤던 간호사는 아니어야 할 텐데.」 브리디가 생각했다.

아니었다. 간호사는 머리를 뒤로 묶은 말총머리의 젊은 금발이었는데, 자신을 베릭 박사의 조수라고 소개했다. 실험실 가운을 입은 조수는 브리디가 수술 전에 옷가지를 집어넣었던 것과 똑같은 비닐 주머니와 클립보드를 들고 있었다.

"핸드백과 전화, 보석류는 실험 구역에서 허용되지 않습니다." 조수가 미안한 표정으로 말하며 브리디에게 비닐 주머니를 건넸다. "그 물건들을 여기에 담으세요. 저희가 보관해두겠습니다."

브리디가 스마트폰과 지갑을 넣고 귀걸이를 빼서 넣자, 그 조수가 비닐 주머니를 잠그더니 매직으로 그 위에 브리디의 이름을 썼다. 그리고 실험이 진행될 동안 브리디에게 자리에 앉아 있으라고 했다.

조수는 제너 카드 한 벌을 꺼내더니 뒤집은 상태로 브리디 앞에 놓았다. "버저 소리가 들리면 첫 번째 카드를 집으세요." 조수가 시범을 보였다. "그리고 카드를 보면서 그 이미지에 집중하세요. 크게 말을 하시거나, 단어로 그 모양을 묘사하시면 안 됩니다. 이미지에만 집중하시고, 워스 씨에게 그 이미지를 보내려고 노력하세요. 이해되시나요?"

「네.」브리디가 고개를 끄덕였다. 「이들은 우리가 서로에게 카드에 뭐가 그려져 있는지 간단히 말할 수 있다는 사실을 모른다는 의미지.」그건 고무적인 사실이었다.

"버저가 다시 울리면, 카드를 뒤집어서 탁자에 올려놓고 다른 카드를 집으세요. 그리고 한 벌이 다 끝날 때까지 똑같이 하시면 됩니다. 플래니건 씨가 정보를 받을 때가 되면 버저가 울릴 거예요. 그러면 워스 씨가 보내주는 이미지를 받기 위해 집중하세요. 그리고 이 종이에 쓰면 됩니다. 아무것도 받지 못하면 NI라고 적으시고, 불확실하면 U라고 쓰고 어떤 이미지라고 생각되는지 적으세요. 짐작은 하지 마세요." 조수가 브리디에게 헤드폰을 보여줬다. "이건 소음 차단 헤드폰이에요. 산만한 소리들을 차단하고 집중하는 데에 도움이 될 겁니다."

「그리고 트렌트가 옆방에서 정답을 알려주는 걸 차단하겠지.」 브리디는 C.B.가 해주었던 듀크대학 실험에서의 속임수 이야기가 떠올랐다.

"헤드폰은 베릭 박사님에게 연결되어 있습니다. 그래서 박사님이 추가로 지시할 수도 있습니다." 조수가 계속 말했다. "그리고 이 마이크를 통해서 박사님께 말할 수 있습니다." 조수가 브리디의 옷깃에 마이크를 달았다. "물론 실험 중에는 꺼질 거예요."

"제가 질문이 있을 때는 어떡하죠?"

"이걸로 박사님께 신호하시면 됩니다." 조수가 TV 리모컨처럼 생긴 걸 그녀에게 보여줬다. "그러면 박사님이 당신의 마이크를 켤 겁니다. 하지만 되도록 사용하지 마세요. 실험이 한 번 끝날 때마다 잠시 쉬는 시간이 있으니까, 그때 물어보시면 됩니다."

"그럼 실험 중에는 여기에 안 계실 건가요?"

"네." 조수는 탁자 앞에서 천장을 힐끗 쳐다보며 말했다.

「저기에 감춰진 카메라가 있을 거야.」 브리디가 생각했다.

"혹시 다른 질문 있으신가요?"

「네. 여기서는 어떻게 나가죠?」 "아뇨, 없는 거 같아요." 브리디가 말했다.

"몇 분 내로 실험이 시작될 겁니다." 조수가 제너 카드를 모아서 실험실 가운 주머니에 집어넣었다. 그리고 다른 주머니에서 개봉되지 않은 카드 한 벌을 꺼냈다. "먼저 플래니건 씨가 보내야 합니다. 베릭 박사님이 언제 카드를 개봉할지 말해줄 거예요." 조수가 카드를 탁자 위에 내려놓으며 말했다. 그리고 브리디에게 헤드폰을 씌워주고 밖으로 나갔다.

「당황하면 안 돼.」 브리디가 혼잣말을 했다. 「내가 협조하지 않는 이상 아무것도 알아낼 수 없어.」 그녀가 할 일이라곤 트렌트가 보내주는 기호와 다른 기호를 적고, 그녀가 전송해야 할 때는 엉뚱한 기호를 보내주면 된다.

하지만 그게 먹히지는 않을 것이다. 점수가 무작위로 추측하는 것보다 지나치게 낮으면 높은 점수만큼이나 의심받을 것이다. 그리고 그건 그녀가 적은 답에도 해당할 것이다. 브리디는 어느 정도 정답을 쓸 필요가 있었다. 하지만 얼마나?

논리적으로 따지면 다섯 번 중에 한 번은 맞아야 할 것 같지만, 아마도 그렇지 않을 것이다. 하지만 스카이와 접촉해서 이에 관해 물어보는 건 베릭 박사에게 고무적인 점수를 넘겨주는 것보다 더 위험한 짓이 될 것이다. 이들에게 스카이의 존재를 들켜선 안 된다.

그렇다면 브리디는 스스로의 힘으로 알아내야만 한다. 이제 곧 실험을 시작할 것이다. 몰래카메라가 있으니 동전 던지기는 할 수 없다. 정신적으로 주사위를 굴리는 건 소용이 없을 것이다. 「그러면 어떻게 해야 하지?」

「텔레파시를 할 수 없는 사람들은 제너 카드 실험에서 어떻게 할까?」 브리디가 생각했다. 「그 사람들은 추측을 할 거야.」 브리디가 카드를 뒤집기 전에 기호를 추측하면 된다. 그리고 그게 실제 카드와 일치하든 말든 그 기호를 고수한다. 트렌트의 차례가 되면, 그녀는 트렌트가 이미지를 보내기 전에 추측하면 된다.

그리고 바라건대, 첫 실험을 마친 뒤에, 트렌트가 지나치게 활발한 상상력에 시달린다고 베릭 박사가 결론 내리고 둘을 집에 보내주면 좋겠다.

그때까지 브리디가 해야 할 일은 가만히 앉아서, 안마당에 머물면서, 집중하고 있는 척하는 것이다. 그리고 그녀가 실제로 무슨 생각을 하는지는 어떤 기미도 보이지 말아야 한다. 「무표정.」 브리디가 생각했다. 「나는 할 수 있어.」

"플래니건 씨, 제 목소리 들리세요?" 베릭 박사의 목소리가 헤드폰을 통해 들렸다. 마이크도 켰는지, 그녀가 그렇다고 하자, 박사가 답변했다. "좋습니다. 실험 진행 과정에 대해서는 이해하셨죠?"

"네."

"그러면 카드를 개봉해서 앞에 있는 탁자 위에 뒤집어서 놓으세요. 그리고 버저 소리가 들리면 시작하세요. 각 카드당 30초씩

드릴 겁니다."

덕분에 브리디는 트렌트에게 "정사각형, 동그라미, 동그라미, 물결"이라고 말하는 사이에 왜 세도나라는 이름이 낯익게 들리는지 생각해볼 시간이 충분했다. 메리 언니가 수백 가지 걱정거리를 쏟아놓으면서 그 이름을 언급했던가? 인터넷 돈세탁 조직? 아니면 한타 바이러스? 아니면 회사에서 누군가 거기로 휴가를 간다고 했던가?

아니다. 브리디는 베릭 박사가 거기에 있었다고 말하기 전까지는 세도나가 애리조나 주에 있는지도 몰랐다. 게다가 그녀는 그 이름을 귀로 들은 게 아니라 어딘가에서 읽은 느낌이 들었다. 어디였지? 인터넷? 이메일?

브리디는 그게 어딘지 떠올리려 애쓰며 인상을 찌푸렸다. 그러다 문득 무표정을 유지해야 한다는 사실이 떠올랐다. 부디 그녀가 집중하느라 얼굴을 찌푸린 것으로 베릭 박사가 생각하길 바랄 뿐이었다.

베릭 박사가 과연 브리디를 지켜보고 있을지도 의문이었다. 박사가 그녀에게 지시할 때, 그의 목소리는 여전히 산만하면서도 지루해하는 것 같았다. 그리고 초조해했다. 「박사는 뭔가 일어나길 기다리고 있는 것 같았어. 이 실험은 그저 그때까지 시간을 보내는 구실일 뿐이야.」하지만 그렇다면 왜 이 실험을 하는 걸까?

「어쩌면 박사는 우리가 실제로 텔레파시를 한다는 어떤 징후를 기다리고 있는지도 몰라. 그런 경우라면, 박사가 그런 징후를 찾지 못하도록 하는 게 두 배는 더 중요해.」브리디가 생각했다. 그리고 별, 물결, 정사각형을 쳐다보며 집중했다. 그리고 트렌트에게 말했다. "십자가, 동그라미, 동그라미, 십자가."

마지막 카드에 대한 버저가 울리자, 말총머리를 한 조수가 다시 나타나서 카드를 가져갔다. 그녀가 나가자마자, 베릭 박사의 목소리가 헤드폰으로 들렸다. "이번에는 워스 씨가 보내는 이미지를 받을 차례입니다. 어떻게 하는지 아시죠?"

"네." 브리디가 연필을 집어 들었다.

"좋습니다. 빨간 불빛이 들어오면 워스 씨가 보내기 시작할 겁니다."

불빛이 켜졌다. 「정사각형.」 브리디가 생각했다. 「별.」 트렌트가 보냈다. 브리디는 '정사각형'이라고 쓰기 시작하다가 멈칫했다. 그녀가 이렇게 대체로 틀리게 할 거라면, 이미지를 받는 데에 문제가 있는 척을 할 필요가 있었다. 브리디는 숫자를 세기 시작했다.

「20초가 적당할 거야.」 브리디는 그렇게 생각하고 숫자를 셌다. 「30초는 이미지를 보내기엔 너무 길어.」 헤드폰이 외부의 소리를 다 차단해버려 모든 소리가 사라진 상태에서 트렌트의 생각만 남아 있을 때는 특히 그랬다. 「이번 실험이 끝나면, 브리디와 내가 메시지를 주고받을 때 동시에 fCAT 촬영을 하는 게 좋겠다고 말해야겠다. 그러면 두뇌에서 텔레파시가 기능하는 위치를 정확하게 찾아낼 수 있을 거야. 별, 이건 별이야, 브리디. 이 메시지를 받으면 나한테 알려줘. 잘 가고 있는 거야? 별이야.」

"물결." 브리디는 자신 있게 적었다. 그리고 다음 메시지를 기다리며, 그녀가 예전에 스카이를 비난했던 때처럼 트렌트를 차단할 수 있다면 좋겠다는 생각이 들었다.

하지만 브리디는 트렌트의 방송국 주파수를 듣지 않을 수 있었다. 트렌트가 다음 단어 '동그라미'를 보내자마자 그녀는 안전실로 들어가서 라디오를 들고 벤치로 가져갔다. 그리고 잡음 쪽으로 다이얼을 돌렸다.

실수였다. 트렌트의 생각은 라디오로 들리는 게 아니었기 때문에 차단되지 않았을 뿐 아니라, 목소리들이 들려왔다. 브리디의 방어벽은 그 목소리들을 중얼거림 정도로 차단해야 했지만, 목소리들은 너무 화가 나 있고 두려워했고 울부짖었다. 「아파… 견딜 수가… 보험이 안 돼… 과다 복용… 나를 찔러 죽이려는 거야, 이 빌어먹을 년아… 중상인데… 너무 무서워… 이게 암이면 어쩌지? … 악성일까 봐 두려워… 자정부터 근무야… 핏덩이… 이런 일이 나한테 일어날 리가 없어!」 걱정과 공포와 절망의 말들이 쏟아져 들어왔다.

「이게 스카이가 병원을 싫어했던 진짜 이유였어.」 브리디가 혼잣말을 했다. 그리고 목소리에 용감히 맞서서 그녀를 구하러 병원에 달려온 스카이를 생각했다. 두 번씩이나. 불꽃과 숨 막히는 연기를 뚫고. 그런데도 브리디는 스카이에게 무례하게 대했다. 그에게 꺼지라고 하고….

「그만.」 브리디가 혼잣말을 했다. 「스카이에 대해 생각하면 안 돼. 지금 그보다 훨씬 긴급하게 처리할 일이 있잖아. 30초마다 답을 쓰는 일 같은 거 말이야. '십자가.' 그리고 목소리들을 다가오지 못하게 해야 해. 내 생각도 못 끼어들게 하고.」

지금이야말로 보조 방어벽이 필요한 때였다. 하지만 스카이가 브리디에게 가르쳐줄 시간이 없었기 때문에, 그녀는 이미 세워진 방어벽들을 강화할 방법을 찾아봐야 했다. 「추가로 방어벽을 더 쌓을 수 있을지도 몰라.」브리디는 신디의 담장을 두른 정원과 도 개교와 해자를 떠올렸다.

안 돼, 해자는 안 된다. 문밖의 목소리 홍수에 물을 추가로 더 하는 건 그녀의 방어를 약하게 만들 것이다. 그리고 담장을 두른 정원도 취소다. 그걸 세우려면 안마당에서 나가는 위험을 무릅써 야 하는데, 목소리들이 이미 어도비 담장까지 휩쓸고 들어온 상 황이다. 「…수술이 불가능… 너무 지쳤어… 영원히 서서… 6개월 을 살 수… 안 돼!」목소리는 점점 더 커지고 시시각각 파고가 높 아졌다. 왜지?

「이건 병원 때문만이 아냐.」브리디가 생각했다. 「트렌트와 베 릭 박사가 내 생각을 듣지 못하게 하는 일에 내 기력을 온통 집중 하느라 방어벽에 기력을 쓰지 못해서 그런 거야.」

브리디는 방어벽을 강화할 필요가 있었다. 하지만 그러려면 문 밖으로 나가야 했다. 목소리들은 이제라도 곧 뚫고 들어올 기세였 다. 그녀가 뭘 하든, 이 안에서 해야만 했다. 안마당에는 성을 세 울 공간이 없었다. 그녀는 좀비 관문이 어떻게 생겼는지도 몰랐 고, 그게 물을 얼마나 효과적으로 막을 수 있을지도 의문이었다. 물을 효과적으로 막을 수 있는 게 뭘까?

모래주머니? 그건 가능했다. 브리디는 모래주머니를 문에 쌓 을 수 있었다….

하지만 지금은 아니다. 그럴 시간이 없다. 답을 두 개 더 쓴 뒤, 그녀는 다시 보내기 시작해야 한다. 아니, 어쩌면 베릭 박사 가 더 이상 볼 필요가 없다고 결론을 내리고 그들을 집으로 보낼지도 모른다.

박사는 그러지 않았다. 박사의 조수가(이번엔 다른 사람이었다. 프라다 하이힐을 신고 가슴에 클립보드를 들고 실험실 가운을 입은 적갈색 머릿결의 중년 여성이었다.) 들어와서 브리디의 답장을 가져가며 뭔가 말했다. 하지만 그녀는 헤드폰 때문에 그 말을 듣지 못했다.

브리디가 헤드폰을 벗었다. "네?"

"베릭 박사님이 한 번 더 실험하고 싶어 한다고 말했어요. 그건 그렇고, 저는 리즈입니다. 플래니건 씨 맞죠?"

브리디가 고개를 끄덕였다.

"필요하신 거 있으신가요? 물? 커피? 주스?"

"고맙지만 사양할게요. 전 괜찮아요." 브리디는 스카이가 베릭 박사의 목소리가 담긴 동영상을 찾았는지 알아보기 위해 화장실에 다녀올 수 있는지 물어볼까 하는 생각이 들었다. 아니다. 안 하는 게 낫다. 트렌트가 얼마나 많이 들을 수 있는지 알 수 있기 전까지는 안 된다.

"이미지를 보내는 과정은 이해하시죠?"

브리디가 다시 고개를 끄덕였다.

"혹시 제게 진행 과정을 말해주실 수 있나요? 확실히 확인하게요."

"네, 그러죠." 브리디가 그 과정을 말했다.

"네. 정확합니다." 리즈가 말했다. 그리고 브리디에게 개봉되지 않은 새 카드 한 벌을 내밀었다. 그녀는 브리디에게 자신이 방에서 나갈 때까지 카드를 개봉하지 말고 기다리라는 말을 하고 밖으로 나갔다.

브리디는 헤드폰을 다시 쓰고, 카드의 비닐 포장을 벗겼다.

"플래니건 씨, 시작할 준비 됐습니까?" 베릭 박사가 물었다.

브리디는 손을 들어서 헤드폰을 만졌다. 박사의 목소리가 이전과 달랐다. 박사의 말투에서 흥분감이 느껴졌다. 그리고 산만하게 뭔가를 기다리던 느낌이 사라졌다. 「실험 참가자가 협조하지 않아도 텔레파시를 찾아낼 수 있는 스캐너가 도착한 모양이네.」 브리디가 생각했다.

하지만 스카이는 세상에 그런 기술은 없다고 확신했다. 그렇다면, 그 외에 베릭 박사를 흥분시킬 수 있는 건 실험 결과밖에 없었다. 그녀가 막았는데도, 그녀가 잘못된 답을 보냈는데도, 트렌트는 카드에 진짜로 뭐가 그려져 있는지 들을 수 있던 걸까? 그래서 베릭 박사는 그들이 텔레파시를 한다고 결론 내린 걸까?

"플래니건 씨?" 베릭 박사가 불렀다. "제 소리 들립니까?"

"네." 브리디가 답했다. "죄송해요. 카드를 뜯는 데 문제가 있어서요." 브리디는 부디 설득력 있게 보이길 바라면서, 카드 모서리의 비닐 포장을 당기며 말했다. 그리고 한쪽을 풀어서 카드를 개봉하고, 앞에 내려놓았다. "이제 준비됐어요."

"좋습니다. 버저 소리가 들리면 시작하세요."

브리디는 그렇게 했다. 먼저 기호를 생각하고, 카드를 뒤집은 뒤, 그녀가 생각해둔 기호를 트렌트에게 보냈다. 그리고 그사이에 어떻게 해야 할지 미친 듯이 생각했다. C.B.는 베릭 박사의 목소리를 걸러서 듣지 말라고 했지만, 브리디는 그가 무슨 생각을 하는지 알아야 했다.

우선 트렌트가 그녀를 확실히 못 듣게 하려면 문의 방어를 강화할 필요가 있었다. 「모래주머니 더미를 그려내서 문을 막을 거야.」브리디가 생각했다. 그때 더 구체적으로 상상할수록 더 강해진다는 C.B.의 말이 떠올랐다. 그래서 그녀는 정원사의 벽장 옆에 모래주머니 더미를 그려냈다.

브리디는 모래주머니 하나를 움켜잡고 질질 끌며 문 앞으로 걸어갔다. 그리고 돌아와서 다음 모래주머니를 움켜잡았다. 매번 모래주머니를 옮길 때마다 크게 소리쳤다. 「트렌트, 동그라미(혹은 별, 물결)의 이미지를 보내고 있어. 알겠어?」

브리디는 문과 양쪽의 벽에 모래주머니를 단단하게 한 층씩 쌓으며 말했다. 「트렌트… 내가… 이미지를… 보내고 있어.」그리고 라디오로 걸어가서 트렌트의 방송국을 찾았다.

라디오에서 트렌트의 목소리가 들렸다. 「마지막 이미지는 못 들었어.」

「난 별이라고 했어. 다시 말할게, 정사각형.」브리디는 베릭 박사의 방송국을 찾기 시작했다.

「정사각형이라는 거야, 별이라는 거야?」트렌트가 물었다.

「'별사각형'이라고 했어.」브리디는 눈금판의 바늘을 조금씩 움직이면서 트렌트를 떨쳐내려고 그렇게 말했다. 「다시 말하….」브리디는 뒷부분을 흐리게 발음하고 음조에 맞지 않게 웅얼거리기 시작했다.

「뭐라고? 안 들려.」트렌트가 말했다. 「집중해.」

「집중하고 있어.」브리디가 생각했다. 그리고 라디오에 더 가깝게 다가가서 트렌트의 말소리 너머로 박사의 목소리를 찾아보려 애쓰며 다이얼을 다시 돌렸다.

"그녀가 보낸 이미지를 들을 수 있나요?" 베릭 박사가 물었다. 박사의 목소리가 라디오에서 나왔다. 조금 전에 들었던 생각과 달리 트렌트가 그렇다고 대답한 모양이다. 베릭 박사가 말했다. "아주 좋습니다. 그걸 써주시겠어요?"

「뭐, 당연히 트렌트는 썼겠지.」 브리디가 생각했다. 「원래 그러는 거 아닌가?」

"그리고 이미지를 보냈을 때 그녀가 반응하던가요?" 베릭 박사가 물었다. 그러자 트렌트가 또 긍정적으로 대답한 모양인지, 박사가 말했다. "동그라미, 별, 물결, 별." 목록을 비교하는 게 분명했다. "제 생각대로네요. 백 퍼센트 일치해요."

「뭐라고?」 브리디가 생각했다. 트렌트는 방금 그녀의 목소리가 들리지 않는다고 했었다.

브리디는 다이얼을 트렌트의 주파수로 빠르게 되돌려서 박사의 말에 대한 트렌트의 반응을 들었다. 하지만 너무 늦었다. 트렌트는 이렇게 말하고 있었다. "… 버저가 울렸어. 다음 이미지를 보내줘."

브리디가 다시 베릭 박사로 돌렸다. "…그녀가 우리에게 텔레파시 능력을 감추려고 하는 게 틀림없네요. 다른 걸 들은 건 없나요?"

브리디는 다시 트렌트로 돌렸다. 하지만 너무 빠르게 돌려서 주파수를 넘어가 버렸다. 그래서 다시 되돌리려고 다이얼을 만지작거리느라 시간을 허비했다. 너무 늦었다.

「둘의 목소리를 동시에 들을 수 있어야 해.」 브리디가 생각했다. 라디오를 두 대 상상해내면….

"그럴 필요 없어요." 메이브가 라푼젤 드레스와 머리 장식을 하고 브리디의 팔꿈치 옆에 모습을 드러냈다. "이모가 할 일은…."

"여기서 뭐 하는 거야? 스카이가 너한테 안전실에 가만히 있으라고 하지 않았어? 트렌트가 네 목소리를 들을 거야!" 브리디가 말했다.

"아뇨, 못 들어요. 말했잖아요, 제 방어벽은 엄청나게 튼튼해요. 이모가 어떤 사람이 말하는 소리를 듣고 싶으면, 그 사람의 주파수로 다이얼을 돌린 다음에 이거를 누르세요." '이거'는 볼륨 손잡이였다. "그러면 둘을 동시에 들을 수 있어요. 난 이모가 왜 라디오를 상상했는지 모르겠어요. 전화기면 훨씬 쉽게 할 수 있는데. 그냥 '회의 통화' 버튼만 누르면…."

"집에 가!" 브리디가 필사적으로 말했다. "저 사람들이 너에 대해 알게 되면…."

"저 사람들은 절대로 알 수 없어요. 난 방어벽을 열여섯 겹으로 쌓았어요. 이런 데 하고는 다르죠." 메이브가 안마당을 미심쩍은 눈으로 둘러봤다. "이모가 가시나무 숲 같은 걸 상상하게 도와줄 수 있어요."

"아냐. 가. 당장. 트렌트가 네 목소리를 듣기 전에."

"도와줄 수 있다니까요. 난 엄청 많이 알아요. C.B. 아저씨가 저한테 가르쳐…."

"관심 없어. 네 성으로 들어가서 거기에 있어. 무슨 일이 일어나도."

"그래도…."

"예외는 없어. 당장 가. 아니면 스카이한테 일러줄 거야."

"스카이가 누구예요? 그게 암호명 같은…?"

"그래." 브리디가 말했다. "가."

"내 암호명은 뭐예요? 내 생각에 내 암호명은…."

"지금 당장!"

"알았어요." 메이브가 짜증나는 투로 말했다. "난 그냥 도와주려는 것뿐인데." 메이브가 사라졌다. 그리고 곧바로 다시 나타났다. "이모한테 말해준다는 걸 깜빡했어요. 그건 이모가 그 전에 그 사람의 목소리를 들었을 때만 작동해요." 그리고 다시 사라졌다.

「제발, 제발, 제발 트렌트가 저 소리를 듣지 말았어야 하는데.」 브리디가 생각했다. 그리고 트렌트의 방송국으로 다이얼을 되돌렸다.

"뭐가 문제야?" 트렌트의 목소리가 라디오에서 나왔다. "브리디는 왜 안 보내는 거지? 두 번이나 아무것도 못 받았어."

브리디는 허겁지겁 카드를 넘겼다. 카드에는 십자가가 그려져 있었다. 「물결.」 브리디가 트렌트에게 생각을 보냈다.

"물결." 트렌트가 말했다. "드디어!" 트렌트는 이게 열 번째 카드인지, 열한 번째 카드인지를 두고 소란을 피웠다. 트렌트가 못 들을 거라던 신디의 말이 맞았던 모양이다. 천만다행이다. 하지만 혹시 몰라서 브리디는 베릭 박사로 다이얼을 돌렸다.

"또 다른 소리는 뭘 들었나요?" 박사가 물었다.

잠시 조용했다. 메이브가 말해준 대로 볼륨을 누르지 않고 있던 자신을 저주하고 있을 때, 박사가 말했다. "다른 사람의 목소

242

리는 안 들리던가요?"

브리디는 트렌트의 답변 중 중요한 부분을 놓칠까 봐 걱정하며 미친 듯이 볼륨을 눌렀다. 그리고 그녀는 자신이 뭔가 실수를 했다고 생각했다. 아무 소리도 나지 않았기 때문이다. "이런 못된 신…." 브리디가 다이얼로 손을 뻗으며 말을 막 시작했을 때 여성의 목소리가 들렸다. "못 들었어요. 하지만 브리디는 트렌트에게 확실히 틀린 답변을 보내고 있어요."

「박사의 조수, 리즈다.」 하지만 어떻게…?

「그 조수의 머리카락은 적갈색이었어.」 브리디가 생각했다. 「그래서 나한테 제나 카드 실험 과정을 자기한테 다시 말하라고 시켰던 거야. 내 목소리를 들어야 다른 목소리에서 분리할 수 있을 테니까.」

그 조수는 EED 수술을 한 뒤 텔레파시 능력을 갖게 된 베릭 박사의 환자 중 한 명일 것이다. 이제야 베릭 박사가 실험실과 제너 카드를 미리 준비해놓은 이유가 납득이 됐다. 그리고 트렌트가 박사에게 전화했을 때 돌아온 이유도. 또 박사가 말할 때와 실험을 진행하면서 왜 그렇게 흥미가 없는 것처럼 보였는지도 이해됐다. 박사는 그런 걸 할 필요가 없었던 것이다. 리즈가 박사에게 그들이 텔레파시를 하는지 안 하는지 말해줄 것이기 때문이었다. 박사는 리즈가 병원에 도착할 때까지 기다렸던 것이다.

트렌트는 휴대폰을 만들기 위해 베릭 박사를 이용하고 있다고 생각했지만, 사실은 반대였다. 베릭 박사가 브리디를 잡기 위해 트렌트를 이용하고 있었다. 「그래서 박사는 자기 사무실에 갔을 때 내게 목소리가 들릴 수도 있다는 이야기를 했던 거야.」 브리디가 생각했다. 「그래서 우리의 수술 날짜를 당겼던 거야. 내가 빨간 머리니까. 그리고 박사는 그게 텔레파시의 원인이라고 생각했으니까.」 그리고 리즈가 박사의 환자였기 때문에, 박사는 EED가 텔레파시를 촉발시킬 수 있을 거라고 희망적으로 생각했을 것이다.

"그녀가 잘못된 답변을 의식적으로 보내고 있다고 생각하나요?" 베릭 박사가 라디오에서 말했다. "아니면 그녀의 연결에 문제가 있을 수도 있나요?"

"확실하게 확인하려면 그녀의 답변을 좀 더 들어봐야 합니다." 리즈가 말했다. "하지만 그녀가 고의로 그렇게 하고 있다는 느낌을 받았어요."

"하지만 왜요?" 베릭 박사가 물었다. "플래니건 씨와 워스 씨가 저한테 연락해서 자기들이 소통을 한다고 말했는데요."

"어쩌면 그녀는 자신의 영적 재능을 두려워하고 있는 건지도 몰라요." 리즈가 말했다. "혹시… 그녀가 다른 사람과도 영적 접촉을 할 수도 있나요?"

"가능할 수도 있죠." 베릭 박사가 말했다. "그렇지만…."

"혹시 그녀가 소통하는 사람이 남자라면, 워스 씨가 질투하게 될까 봐 두려워할 수도 있어요. 당신 환자들에게 서로 연결되려면 정서적 유대감이 있어야 한다고 말해주지 않나요?"

「당신 환자들?」 그건 리즈가 베릭 박사의 환자가 아니라는 뜻이다. 「그러면 이 여자는 뭐지?」

"그녀에게서 영적인 갈등이 느껴져요." 리즈가 말했다. "그녀의 차크라는 닫혔고, 영기(靈氣)는 감정적 갈등을 발산하고 있어요."

「영기?」브리디가 생각했다. 「차크라? 이 여자는 대체 뭐 하는 사람이야?」그리고 깨달았다. 조금 전까지 손에 잡히지 않던 기억이 자기 자리로 깔끔하게 쑥 들어왔다. 캐슬린이 메일로 보냈던 광고였다. 연인들의 영혼을 연결시켜준다고 주장하던 심령술사다. 애리조나, 세도나, 영혼의 온천, 리잔드라.

29

"사랑할 용기가 있는 자들은 고통받을 용기도 있어야 한다."
— 앤터니 트롤럽, '버트럼'

「하지만 C.B.가 심령술사는 텔레파시 능력자가 아니라고 했었
어.」 브리디가 생각했다. 「C.B.는 심령술사들이 마음을 읽는 것
처럼 보이기 위해 독심술 속임수와 콜드 리딩을 이용하는 가짜
라고 했잖아.」

리잔드라는 아직도 말하고 있었다. 그녀의 자신에 찬 목소리
가 라디오에서 들려왔다. "아직 다른 사람의 목소리는 듣지 못했
습니다. 하지만 조금 전에 약 5분 정도 연결이 끊어졌었는데, 그
단절의 마지막 부분에서 그녀의 생각이 들렸습니다. '제발 트렌
트가 저 소리를 듣지 말았어야 하는데.'"

브리디는 라디오 가까이 몸을 숙이고 귀를 기울였다. "그리
고 제가 그녀가 있는 실험실에 들어갈 때," 리잔드라가 말했다.

"그녀가 누군가에게 연락을 할지 말지 망설이는 게 느껴졌어요."

「오, 맙소사.」브리디는 공황상태에 빠져들지 않으려 노력하며 생각했다. 「내 안전실은 리잔드라를 막을 수 있을 정도로 튼튼하지 못해. 스카이한테 말해줘야 해.」

하지만 그거야말로 그녀가 할 수 있는 최악의 일이었다. 혹시 브리디가 스카이에게 말하는 소리를 리잔드라가 듣게 되면….

「브리디.」C.B.가 그녀를 불렀다. 「해줄 말이 있어. 이건 긴급….」

「안 돼!」브리디가 안마당의 파란 문으로 몸을 날려서 온몸으로 문을 밀었다. 「야간 전투기가 새벽 정찰대에게! 무전 침묵을 유지하라!」브리디가 긴박하게 외쳤다. 하지만 C.B.는 듣고 있지 않았다.

「내가 세도나에 대해 조사를 해봤는데,」C.B.가 말했다. 「거기가 거대한 성지….」

「새벽 정찰대, 우리는 공격받고 있다! 반복한다. 우리는 공격받고 있다!」브리디가 소리쳤다. 그리고 스카이의 존재를 흘리지 않으면서, 리잔드라가 듣고 있다는 사실을 그에게 경고해줄 방법을 생각해내려 애썼다.

「'노상강도.'」브리디가 생각했다. 그리고 그 시에서 지주의 딸 베스가 사랑하는 이에게 군인의 존재를 경고하려다 총을 맞는 장면을 외우기 시작했다. 그리고 C.B.가 그 메시지를 이해하길 빌었다.

C.B.가 브리디의 경고를 이해했는지, 아니면 그녀에게서 대답을 듣는 걸 포기했는지 모르겠지만, 그가 물러났다. 브리디는 빗

장을 더 단단하게 끼우고, 걸쇠가 제자리에 있다는 걸 확인했다. 그리고 계속 '노상강도'를 외우면서 안마당을 가로질러 모래주머니를 가지러 갔다. 리잔드라가 접근하지 못하게 막기 위해서는 안마당을 더 튼튼하게 만들어야 했다. 브리디는 모래주머니를 하나씩 문으로 끌고 가서 그 앞에 쌓았다.

"그녀는 더 이상 기호의 이미지를 보내지 않고 뭔가를 암송하는 것 같습니다." 리잔드라가 라디오에서 말했다. 브리디는 그제야 자신이 제너 카드의 그림을 전송해야 한다는 사실을 떠올렸다.

「동그라미.」 브리디는 모래주머니를 들어 올리며 생각했다. 「정사각형, 물결, 십자가.」

모래주머니가 터무니없이 무거워서 들어 올리는 게 쉽지 않았다. 「메이브한테 가시나무 숲을 상상해달라고 할 걸 그랬어.」 브리디는 그런 생각을 시작했다가, 그 이름과 생각을 모두 발로 쿵쿵 밟아 다졌다. 스카이가 그녀에게 다른 차단 기술을 가르쳐줄 시간이 있었더라면 좋았을 텐데.

「그래도 스카이가 몇 가지 가르쳐줬어.」 브리디가 생각했다. 그리고 '빌리 조의 송가'를 부르기 시작했다. 그리고는 '길리건의 섬' 주제곡을 부르고 가사를 섞어서 변화를 주었다. 「별, 물결, 파란 달, 분홍색 무지개. 야간 전투기에서 새벽 정찰대 호출. 12시 방향에 집중포화. 무전 침묵을 유지하라. 반복한다. 무선 침묵을 유지하라.」

"뭐가 좀 들립니까?" 베릭 박사가 물었다.

"아뇨. 그녀의 차크라가 열리지 않았습니다. 그래서 그녀의 영적인 마음의 목소리가 아주 흐릿합니다."

248

"알아들을 수 있는 게 전혀 없나요?"

"네. 하늘과 별과 전투기 조종사와 다리 같은 게 들립니다. 전혀 말이 안 돼요."

「잘 됐어. 이 방법이 먹히네.」브리디가 모래주머니를 하나 더 끌고 가며 생각했다. 그리고 다른 걸 외우기 시작했다. '하루 중 나의 시간'은 안 된다. 그 곡은 스카이와 늦은 밤에 산책했던 걸 떠올리게 한다. '몰리 말론'이나 '피니언의 무지개'도 안 돼. 그리고 럭키참스를 떠올리는 것도 안 된다.

모노폴리의 말을 외워야겠다. 「고양이, 손수레, 모자, 다리미….」하지만 이건 중단된 신발을 포함해도 여덟 개밖에 안 된다. 그리고 '십대의 천사'도 겨우 4절까지밖에 없다. 그녀에겐 훨씬 긴 노래와 긴 목록이 필요했다.

「빅토리아 시대의 소설이 좋겠다.」브리디가 생각했다. 「'쾌걸 발란트레이', '월장석', '오래된 골동품 상점', '성난 군중으로부터 멀리'….」

"그녀의 영적인 마음의 목소리가 여전히 아주 흐릿합니다." 리잔드라가 라디오에서 말했다. "그리고 부정적인 기운이 느껴집니다. 제 생각엔 그녀가 고의로 자기 생각을 숨기고 있는 것 같아요. 당신이 텔레파시에 대해 직접 물어보셔야 합니다."

"하지만 그녀가 고의로 우리에게 틀린 답을 하면 어떻게 합니까?" 베릭 박사가 물었다. "왜 그녀가 우리에게 진실을 말할 거라고 생각하죠?"

"진실을 말하지는 않을 겁니다. 하지만 누군가에게 질문을 던지면 그 사람의 영혼은 진실을 생각하게 되어 있습니다. 입으로는 뭐라고 하든 말이죠. 그리고 이따금 그 생각이 읽히기도 합니다."

「그 말이 맞아.」브리디가 생각했다. 「이건 '코끼리는 생각하지 마'와 같은 문제야.」그리고 그건 머릿속을 텅 비어있는 상태로 만들려는 시도만큼이나 불가능한 일이었다.

「도망칠 수 있을 거야.」브리디는 병원에서의 첫날 밤을 떠올리며 생각했다. 하지만 그렇게 도망치면 저 사람들에게 그녀가 뭔가를 숨기고 있다는 확신을 줄 뿐이다. 지금 당장 브리디에게 가장 강력한 방어벽은, 그녀가 그들을 엿듣고 있으며 그들이 무슨 일을 꾸미는지 알고 있다는 사실을 그들이 알아채지 못하도록 하는 것이었다. 그래서 브리디는 이 상태를 유지해야만 했다. 그건 여기에 그대로 있으면서 아무것도 모르는 얼굴로 텔레파시와 완전히 무관한 영화배우나 꽃, 비싼 구두 같은 것들을 생각해야 한다는 의미였다.

"플래니건 씨?" 헤드폰에서 베릭 박사의 목소리가 들렸다. "저희가 질문할 게 몇 가지 있습니다."

"제너 카드 실험에 대해서요?" 브리디가 물으며 생각했다. 「구찌, 마놀로 블라닉, 페라가모, 크리스찬 루부탱, 크리스찬 베일….」"제가 뭘 잘못 했나요?"

"아뇨, 아뇨. 전혀 그렇지 않습니다. 하지만 워스 씨가 플래니건 씨의 답변에서 뭔가 흥미로운 걸 발견해서요. 그 문제에 관해 물어보고 싶습니다. 플래니건 씨가 정신적으로 다른 사람과 소통하는 소리를 워스 씨가 들었다고 했습니다."

「당신은 거짓말을 하고 있어.」브리디가 불쑥 말했다. 그리고 즉시 그 생각을 눌렀다. 「샌드라 블록, 브래드 피트, 조니 뎁, 에

밀리 블런트⋯.」

"누구의 목소리를 들었나요? 혹시 아는 사람의 목소리였나요?"

「그래.」브리디가 그들에게 말했다. 「'노상강도'와 해롤드 힐 교수와 F. 스콧 피츠제럴드.」"트렌트가 무슨 말을 한 건지 모르겠어요." 그녀가 말했다. "제가 유일하게 들은 목소리는 트렌트의 목소리뿐이에요."

"다시 물어보세요." 리잔드라가 말했다. 그러자 베릭 박사가 즉시 물었다. "확실한가요? 가끔 상대방의 목소리를 착각할 수도 있거든요."

"제가 어떻게 다른 사람의 목소리를 들을 수 있겠어요?" 브리디는 어리둥절하다는 듯 물었다. 「앤터니 트롤럽, 서스턴 하울 3세, 지미 추.」"저는 트렌트와 정서적 유대감으로 묶여 있어요."

"좀 더 일반적인 걸 물어보세요." 리잔드라가 지시했다.

"혹시 곤란한 상태에 있는 누군가에 대한 느낌을 받은 적이 있나요?" 베릭 박사가 물었다.

「나 빼고 말인가요?」브리디가 생각했다. 그러다 허둥지둥 대답을 바꿨다. 「난파당한 수병이 곤란한 처지였지요. 검은 눈동자의 여관주인 딸도 그랬고. 애들레이드도 곤란했어요. 그녀는 끔찍한 독감에 걸렸죠.」

"혹시 죽음을 예감했던 적이 있나요?" 베릭 박사가 물었다. "선명한 기시감을 느껴본 적이 있나요? 위험을 미리 예감했던 적이 있나요? 유체이탈 경험을 해본 적이 있나요?"

브리디는 속사포처럼 쏟아지는 질문들에 최대한 답을 하면서, '행운의 여신'과 '내가 오스카 메이어 소시지였으면 좋겠네'를 조금씩 부르고, 꽃 이름을 기억나는 대로 외웠다. 「동백꽃, 제비꽃, 페튜니아.」 하지만 계속 집중하면서 다른 생각이 흘러나가지 않도록 하는 일은 쉽지 않았다.

"어떤 일이 일어나기 전에 무슨 일이 일어날지 알 것 같은 느낌이 들었던 적은 없었나요?" 베릭 박사가 그렇게 물었을 때 브리디는 문득 우나 고모의 말이 떠올랐다. "이건 메리의 전화야, 난 느낄 수 있어." 그래서 그 생각을 힘껏 떨쳐내야 했다, 마치 덤불에 붙은 불처럼. 그래서 다른 종류의 불을 큰 소리로 읊었다. 「산불, 도깨비불, 캠프파이어, 불의 전차.」

하지만 그것도 안전하지 않았다. 브리디가 '모닥불'을 떠올리자, 문득 스카이가 그녀와 함께 차에 타고 잔 다르크 이야기를 하던 기억이 났다. 브리디는 즉시 군것질거리로 방향을 틀었다. 하지만 눅눅한 도리토스는 그들이 먹었던 야식을 떠오르게 했고, 팝콘은 오리를 먹이던 신디를 떠오르게 했다. 신발로 방향을 돌리니 침대 밑에 억지로 쑤셔 넣었던 젖은 신발이 떠올랐고, 영화배우로 돌리니 헤디 라마르가 떠올랐다.

스카이의 말이 맞았다. 모든 생각은 기억의 얽힌 미로에 다른 모든 생각과 연결되어 있으며, 인지적으로 관계를 맺고 조합된다. 그래서 아무리 그녀가 다른 생각을 하고, 다른 신경 통로를 선택하더라도, 결국 생각은 그녀를 배신하고 방 안의 코끼리로 돌아가게 된다.

「그럼, 좋아. 코끼리를 생각하자.」 브리디가 생각했다. 그리고 다음 5분 동안 그녀가 생각할 수 있는 모든 코끼리의 이름을 떠올렸다. 아프리카 코끼리, 아시아 코끼리, 서커스 코끼리, 바바, 점보, 덤보. 아니다. 이건 디즈니 영화다. 디즈니 공주들에 너무 가까웠다. 코끼리의 상아와 코, 그리고 생쥐에 대한 두려움을 생각하자. 뱀도. 성 패트릭이 집어 던졌던….

「아냐, 아일랜드에 대해 생각하면 안 돼. 그러면 곧장 신디에게 연결될 거야. 다른 장소를 떠올리자. 앙코르와트, 후지산, 러시모어, 나이아가라 폭포.」… 안 돼. 이것도 안 돼. 스카이가 신혼여행을 거기로 가자고 했었어….

"그녀의 영혼이 다른 영혼과 접촉하고 있어요." 리잔드라가 라디오에서 말했다. "남자예요. 영적인 접촉에 훨씬 뛰어난 능력을 가진 사람이에요. 어쩌면 천리안일지도 몰라요. 그 사람이 그녀에게 저항하는 방법을 가르쳤어요."

"그 사람이 누군지 아세요?"

"아뇨. 그 사람의 이름에 대한 이미지를 받긴 했는데, 분명치 않아요. 그 이름은 ㅅ으로 시작해요."

「암호명을 스카이로 선택하는 게 아니었어.」 브리디가 진저리를 쳤다. 「그 암호명은 너무 가까워.」 브리디는 C. B.의 이름에 대한 생각을 쳐냈다. 「성인.」 브리디가 생각했다. 「당신은 내가 '성인'을 생각하는 소리를 들은 거야. 성 마가렛, 성 미카엘, 성 캐서린.」 그러다 잔 다르크가 정말로 들었던 게 이 성인들의 목소리인지 궁금해졌다. 어쩌면 잔 다르크는 자신이 진짜로 대화를 나누는 존재를 감추기 위해 심문자에게 거짓말을 했을지도 모른다.

"워스 씨, 컴스팬에 이름이 ㅅ으로 시작하는 사람이 있나요?" 베릭 박사가 물었다.

"수키 파커라는 사람이 있어요." 트렌트가 말했다. "샘슨 씨도 있고. 브리디가 오늘 아침에 그 사람이랑 회의 약속이 있다고 했어요. 그 회의를 취소해야 하는 상황이 되자 몹시 당황했어요."

"그 이름이 샘슨일 수도 있나요?" 베릭 박사가 리잔드라에게 물었다.

「지금이구나.」브리디가 생각했다. 무작위로 떠오르는 생각으로 장막을 칠 게 아니라, 훈제 청어를 던져서 그 냄새를 따라가도록 만들었어야 한다. 「무슨 일이 있더라도, 내가 샘슨과 대화를 나눴다는 사실을 이들이 알아내게 해서는 안 돼.」브리디가 그들에게 생각을 던졌다.

"그 이름이 샘슨일 수도 있긴 합니다." 리잔드라가 애매하게 말했다. "확실하진 않아요."

「저 사람들이 샘슨이 텔레파시를 한다는 사실을 알게 되면….」브리디가 말했다. 그리고 샘슨 씨의 사무실로 걸어가는 자신의 모습을 상상했다. 하지만 그녀가 엘리베이터에서 나와서 복도를 걸어가는 상상을 하던 중에, 초대하지도 않은 스카이가 나타나서 그녀를 붙잡고 복사실로 끌고 들어갔다.

이건 마치 지뢰밭을 걷는 기분이었다. 발을 딛는 모든 곳이 위험하다. 그때 헤드폰으로 질문이 계속 들어왔다. "워스 씨 외에 다른 사람의 목소리를 들을 수 있나요? 그 목소리를 알아볼 수 있나요? 낯선 사람인가요, 아는 사람인가요? 얼마나 자주 그 목소리를 들었나요? 그 목소리를 처음 들은 게 언제죠?"

이건 마치 목소리들 같았다. 집요하게 퍼붓는 단어들이 너무 빠르고 끊임없이 쏟아져 들어와서, 그녀로서는 양손을 들어 머리를 감싸고 자신을 보호하려 애쓰는 이상은 아무것도 할 수 없었다. 질문과 백색소음을 따라잡고, 베릭 박사를 막고, 그녀의 생각을 읽으려는 심령술사를 막고, 그들에게서 스카이와 신디를 지키려는 노력은 사람을 기진맥진하게 만들었다. 브리디는 병원의 계단통에 앉아 있던 그날 밤처럼 느껴졌다. 그녀가 가진 모든 힘을 바닥까지 소진한 것 같았다….

「아냐, 병원 생각도 하면 안 돼.」 브리디가 생각했다. 「머릿속을 떠나지 않아서 싫어했던 노래들을 생각해. '이치 비치 티니 위니 옐로우 폴카 도트 비키니', '북 치는 소년', '로라에게 사랑한다고 전해줘', 로라 리니, 로라 부시, 로라 잉걸스 와일더….」

10분도 지나지 않아 브리디는 그들을 물리칠 수 없을 거라는 사실을 깨달았다. 그녀는 프룻룹스와 '황폐한 집'과 노래 몇 곡으로 질문을 차단하고 대답을 감싸려 최선을 다했다. 하지만 그녀의 마음 한구석에서 그 질문들을 받아들이고 무의식적으로 대답했다. 시간이 갈수록 그녀는 실수를 점점 더 많이 하고, 계속 이어지는 생각 속에 들어있는 잠재적인 위험성을 인식하는 시간이 점점 더 길어질 것이다.

브리디는 문득 듀크대학의 ESP 실험 참가자가 지쳐감에 따라 점수가 떨어졌다던 스카이의 말이 떠올랐다. 아마 스카이가 거꾸로 이해했을 것이다. 실험 참가자들의 낮은 점수는 그들이 자신의 능력을 감출 수 있을 때 일어났고, 그들의 에너지가 고갈되어 갈수록 점점 더 정확한 대답이 새어 나왔을 것이다.

「지금 내 에너지가 고갈되어가는 것처럼 말이야.」 브리디가 저들에게 필요한 실마리를 흘리는 건 시간문제일 뿐이었다. 곧 그녀는 완전히 지쳐서 포기하고 저들이 원하는 것들을 말해줄 것이다.「그러면 안 돼.」브리디가 생각했다.「어떤 대가를 치르더라도 스카이와 신디를 보호해야 해.」잔 다르크처럼 말이다. 잔 다르크는 자신의 목소리들을 배신하지 않기 위해 화형대로 갔다.

「하지만 난 잔 다르크가 아니야. 난 고문을 견디지 못하고 무너질 거야.」그녀는 이미 무너지고 있었다. 브리디가 문 쪽을 바라보자, 그녀가 모래주머니 쌓았는데도 물이 새어들어 판석 사이의 틈과 어도비 담장의 토대를 따라 흐르고 있었다. 그리고 그녀는 담장 뒤에서 둔중하고 물기를 잔뜩 머금은 목소리가 으르렁대는 소리를 들을 수 있었다.

「목소리들이 안으로 들어오고 있어!」브리디가 생각했다. 그리고 여자화장실로 몰아치던 목소리들이 떠올랐다. 파이프에 매달려 세면대 아래로 움츠리던 자신의 모습과 피범벅이 된 병원 가운을 입고 계단통에 쭈그리고 앉아 있던 자신의 모습이 떠올랐다. 그리고 C.B.가 데리러…

「그만! 하지 마. 다른 걸 생각해. 뭐라도 좋아. 찰스 디킨스, 캡틴크런치, 몬티 파이튼, 맥쿡, 네브래스카, 올리버 트위스트, 고아, 장기 이식….」

하지만 너무 늦었다. 리잔드라가 말했다. "확실히 그녀가 아는 사람이에요. 그리고 그 사람과 정서적 유대감을 갖고 있어요."

"그 사람의 이름은 아직 모릅니까? 트렌트가 물었다.

"네. 하지만 병원 이미지가 떠오르네요. EED 수술을 한 첫날 밤에 그녀를 보러온 사람이 있었나요?"

"직원들에게 물어보면 됩니다." 베릭 박사가 말했다.

「아무도 그를 못 봤어.」브리디가 필사적으로 혼잣말을 했다.

"플래니건 씨, EED 수술을 한 뒤에 찾아온 사람이 있었습니까?" 베릭 박사가 헤드폰을 통해 브리디에게 물었다. "아니면 당신에게 전화를 한 사람은?"

「아, 맙소사, 전화 통화.」브리디가 생각했다.「그들은… 아냐! 트릭스를 떠올려! 튤립, 촉토 리지*, 캘커타의 블랙홀, 심신증, 알비노 가지 열매, 노상강도를 무참하게 총으로 쐈던 군인들….」

"그녀의 대답이 들리지 않습니다." 리잔드라가 말했다. "틀림없이 저항하고 있어요. 앞뒤가 맞지 않는 해적과 레이스, 채소에 대한 헛소리만 늘어놓고 있어요. 그녀의 저항을 낮출 뭔가를 할 수 없나요? 그녀에게 최면을 걸거나 신경안정제 같은 걸 줄 수 없나요? 발륨이나 재넉스 같은 거요."

「안 돼!」신경안정제는 브리디의 방어 수준을 떨어트려서 목소리들을 안으로 들어오게 할 것이다.

"안정제가 플래니건 씨의 텔레파시 능력을 망가트리지 않을 거라고 확신하시나요?" 베릭 박사가 물었다. "아니면 손상을 입힌다든가?"

"네." 리잔드라가 대답했다. "저는 차크라를 열어서 수용력을 높이기 위해서 발륨을 여러 차례 복용했어요."

「수용력을 높인다고?」브리디는 공황상태에 빠지지 않으려 노력하며 생각했다.「수용력을 더 높인다고?」

"부작용이 일어나지 않을 거라고 확신하시나요?" 베릭 박사가 물었다.

---

* '빌리 조의 송가'의 배경이 된 지역.

「설마 심령술사의 의학적인 조언을 진지하게 받아들이려는 건 아니겠죠? 베릭 박사, 그렇죠?」브리디가 생각했다. 하지만 베릭 박사는 진지하게 받아들인 모양이었다. 박사가 말했다. "플래니건 씨의 동의를 받아야 하는 문제가 남아 있습니다. 그녀가 서류에 서명해야 돼요."

"제가 브리디의 서명을 받을 수 있어요." 트렌트가 말했다. "저희는 사실상 약혼을 한 상태입니다. 만일 제가 브리디에게 협조를 받아내지 못하면," 그리고 브리디는 트렌트가 덧붙인 말을 들었지만, 곧 트렌트가 입으로 말하지 않은 생각을 듣고 있다는 사실을 깨달았다. 「브리디에게 여기에 당신의 일자리가 달려있다고 할 거야.」

「넌 진짜로 비열한 뱀 같은 자식이야.」브리디가 생각했다.

리란드라가 말했다. "그녀에게 동의를 요구하면 오히려 그녀의 경계심만 자극해서 더욱 저항하게 만들지 않을까 걱정됩니다. 차라리 제가 신경안정제를 먹을게요. 그녀의 목소리를 듣는 제 능력을 강화해서…."

「그러면 난 리잔드라를 막을 수 없겠구나.」브리디가 생각했다. 그녀는 리잔드라만이 아니라 목소리들까지 막아내야 할 상황이었다. 목소리들은 마치 안으로 들어오는 길을 찾아내고 말겠다는 듯 점점 더 강한 힘으로 문을 두들겨댔다. 그리고 브리디가 목소리를 막아내려 낑낑댈 동안, 베릭 박사는 그녀가 우발적으로 스카이와 신디의 이름을 그들에게 털어놓을 때까지 끊임없이 질문을 퍼부을 것이다. 그리고 동시에 그 이름이 트렌트의 손에 들어갈 것이다.

「그런데 그런 일이 일어나지 않도록 내가 할 수 있는 건 아무 것도 없어.」 브리디는 지주의 딸 베스를 떠올렸다. 베스는 가슴에 총이 겨눠진 상태에서 무력하게 몸이 묶이고 입에 재갈을 물고 있었다. 빌리 조 맥칼리스터도 떠올랐다. 혹시 빌리 조는 다른 사람이 어떤 걸 알아내지 못하게 막거나 누군가를 보호하려고 탤러해치 다리에서 뛰어내린 건 아니었을까? 그리고 빌리 조는 그 소녀에게 미리 상황을 말해주면, 자신을 말리러 올까 봐 말하지 못했던 건 아닐까?「그런 일이 일어나게 해선 안 돼.」

"지금 약을 투약 중입니다." 베릭 박사가 말했다.

"그녀가 약효를 느끼려면 얼마나 걸릴까요?" 트렌트가 물었다.

"몇 분 정도면 됩니다."

「그 정도 시간이면 충분해.」 브리디가 생각했다. 그리고 벤치에 있던 라디오를 벽장 꼭대기로 옮기고, 문으로 걸어가서 모래주머니를 질질 끌어내 치우기 시작했다. 그리고 C.B.가 자신이 하는 일을 듣지 못하게 하려고 '십대의 천사'를 불렀다. 젖은 모래주머니는 엄청나게 무거웠다. 모래주머니들을 옆으로 치우느라 젖 먹던 힘까지 짜내야 했다. 그리고 모래주머니를 치우자마자 물이 차오르며 판석들을 가로지르며 흘러가기 시작했다.

"지금쯤 약효가 느껴지기 시작할 겁니다." 베릭 박사가 말했다. 그리고 잔뜩 흥분한 트렌트가 묻는 소리가 들렸다. "아직 들리는 게 없나요?"

"네." 리잔드라가 몽롱한 목소리로 말했다. "물과 문에 대한 무슨 소리가 들렸어요. 그리고 그녀는 우리가 알아내지 못하도록 뭔가를 하려고 해요."

「그렇게 놔둘 순 없어.」브리디가 생각했다. 그리고 그녀는 생각해낼 수 있는 모든 걸 그들과 C. B.에게 던졌다. 시와 신발과 노래 가사와 부엌 싱크대. 그리고 트렌트에게는 독사와 방울뱀과 코브라와 살모사를 던졌다.

「정사각형, 십자가, 물결.」브리디가 모래주머니를 끌며 생각했다. 「혼선, 캡틴크런치, 기업 스파이, 블랙 박사님 간호사실로 와주세요, 휴대폰을 꺼주세요, 10분 후에 마칩니다, 패러다임의 변화와 로마제국의 쇠망을 위해서 모든 직원은 토요일에도 출근해주시기 바랍니다, 오늘 아침 바깥 날씨가 아주 지저분합니다, 여러분, 알았다, 이상, 무지개, 장미, 라이스 크리스피….」

하지만 아무 소용이 없었다. "거의 준비가 됐습니다." 리잔드라가 말했다. "그녀에게 누구하고 말하고 있는지 다시 물어보세요."

작은 시냇물들이 판석을 가로질러 넓게 퍼져나갔다. 마지막 모래주머니를 끌어낸 브리디는 문으로 다가가기 위해 물살을 헤치며 앞으로 나가야 했다.

"두 사람은 확실하게 있습니다. 그녀에게 그 사람들의 이름을 직접 물어보세요."

「성 캐서린.」브리디가 말했다. 「성 마가렛, 성 미카엘, 토마스 하디, 터바이어스 마샬, 페이션스 러브레이스, 에덜 고드윈, 브리디 머피, 애들레이드….」

「브리디는 빗장걸이에서 벗겨내려고 빗장에 손을 얹었다. 그러다 멈춰 서서 문 너머의 방어벽을 쳐다봤다. 으르렁대는 목소리들이 그 뒤에서 치솟아 오르고 있었다. 목소리들은 안마당과 베럭 박사의 질문과 그녀의 대답, 그리고 그녀까지도 끌고 들어가 익사시킬 기회를 노리고 있었다.

「못 하겠어.」브리디는 여자화장실과 창고가 머릿속에 떠올랐다. 「목소리는 나를 가장자리 너머로 끌고 가서 바위에 내던질 거야.」

"그 사람들이 누군지 알 수 있나요?" 베릭 박사가 질문을 했다.

"남자 한 명과 여자 한 명이에요." 리잔드라가 말했다. "그녀는 여자를 신디라고 부르지만, 그건 실명이 아니에요. 실명은 '메'로 시작하는 것 같은데, 메리? 제 생각엔 그게 아니면 메⋯."

"맥칼리스터야." 브리디는 그렇게 말하고 빗장을 들어 올렸다. "빌리 조 맥칼리스터." 그리고 문을 열었다.

30

"맙소사! 수문이 열린다!"
— 도로시 L. 세이어즈, '나인 테일러스'

영원처럼 긴 시간 동안 아무 일도 일어나지 않았다. 그래서 브리디가 생각했다. 「제때에 여기까지 못 오겠네. 그 전에 저들이 메이브의 이름을 들을….」 그때 목소리들이 그녀의 머리를 후려쳤다. 물이 아니라 마치 공성망치 같았다. 병원 안에 있는 모든 사람과 모든 생각이 몰아치는 듯 몹시 험악했다. 「아파, 아프다고! … 당신이 할 수 있는 게 없다니, 그게 무슨 뜻이야? … 내 잘못이… 그에게 운전하게 하는 게 아니었어… 복합 열상… 뇌졸중… 나쁜 소식이야… 전이되었어….」

목소리들의 강력한 힘은 브리디를 미루나무까지 난폭하게 날려버렸다. 그녀는 양팔로 미루나무의 굵은 줄기를 감싸 쥐고 매달려서 헐떡거렸다. 예전에도 목소리들은 상대하기 힘들었지만,

이건 그보다 훨씬 지독했다. 공포의 분노와 고통의 물보라를 귀청을 떨어져 나갈 정도로 토해냈다. 「이 물살에 계속 버티기는 힘들 것 같아.」 그녀가 생각했다.

여긴 매달릴 난간도 없고, C.B.도 없고… 미루나무 줄기뿐인데, 너무 굵어서 제대로 붙잡고 있을 수가 없었다. 목소리가 계속 세차게 몰아쳐서 그녀가 나무줄기를 꽉 움켜잡으려고 버둥대는 사이 거친 나무껍질이 그녀의 손을 할퀴었다. 「…회복될 가망이 없어… 대량 출혈… 종양… 수술이 불가능해… 하지만 얘는 겨우 여섯 살인데… 몸 전체의 80퍼센트 이상 3도 화상이… 응급용 카트는 대체 어디에 있는 거야?」

그 목소리들 너머로 리잔드라의 말소리가 깨끗하게 들렸다. "다른 목소리가 들려요." 그러더니 비명을 질렀다. "오, 맙소사! 이게 대체 뭐야?"

브리디가 라디오 쪽을 슬쩍 쳐다봤다. 라디오는 아직도 벽장 위에 있었다. 하지만 물이 거의 그 높이까지 차오른 상태였다. "리잔드라, 무슨 일이에요?" 베릭 박사가 걱정스러운 목소리로 말했다. "말하세요."

"…수천 명이에요!" 리잔드라가 새된 소리를 질렀다. 그리고 트렌트가 소리치는 게 들렸다. 그의 목소리가 커졌다. "이것들을 떼어줘!"

「오, 이런.」 브리디가 생각했다. 「저 사람들도 목소리의 대홍수에 빠졌구나.」 브리디는 문을 힐끗 돌아보며 거기까지 가서 닫을 수 있을지 가늠해보았다. 하지만 물은 사나운 급류로 문을 통해 쏟아져 들어왔고, 시시각각 수위가 높아졌다.

"간호사!" 베릭 박사가 소리쳤다. 그리고 그때 벽장 위에 있던 라디오가 쓸려가며 물에 잠겼다. 파도가 안마당의 벽에 부딪히며 라디오와 벽장을 싣고 가버렸다.

"발작을 일으켰어!" 라디오가 물에 떠서 브리디를 스쳐 지나갈 때 한 남자가 소리쳤다. "간호사 불러와! 빨리!" 하지만 그녀는 그게 베릭의 목소리인지, 아니면 다른 목소리들 중 하나인지 알 수 없었다. 다들 도움을 요청하고 있었기 때문이다. 「간호사!」 그리고 「이것들을 떼어줘요!」 그리고 「살려줘….」

브리디도 구조를 요청해야 했다. 안 그러면 목소리들이 그녀를 가장자리까지 끌고 가서 바위에 내던져버릴 것이다. 「하지만 구조요청을 하면 안 돼.」 브리디는 미루나무 줄기에 필사적으로 달라붙어서 생각했다. 「구조요청을 하면 스카이에 대한 정보를 넘겨주게 될 거야. 그러면 그들이 스카이를 화형대에 세우겠지.」

이제 목소리와 물이 빠르게 차오르기 시작했다…. 「…다시는 의식을 되찾지 못할… 말기의… 구하지 못했… 우리가 할 수 있는 일은 없어… 구해….」 그리고 브리디의 손가락이 미끄러졌다. 손아귀의 힘이 빠지고 있었다. 그녀는 자신의 의지와 C.B.를 배반하고 구조를 요청할 것이다. 그녀가 할 수 있는 일은 아무것도 없었다…. 「아냐, 있어.」 브리디가 생각했다. 그리고 그녀는 눈을 질끈 감고 나무를 놓아주었다. 그리고 미친 듯이 날뛰는 물속에서 팔과 다리를 마구 휘두르며 버둥거렸다. 그녀의 입이 물로 가득 찼다.

「천만다행이다.」 브리디는 목이 메고 질식할 지경이 되어 생각했다. 「이제 난 그를 배신할 수 없어.」 그녀의 허파가 가득 찼다.

그녀는 목이 막혀 콜록거리기 시작했다.

하지만 물을 삼켜서 그런 게 아니었다. 연기 때문이었다.

「아냐.」브리디가 미친 듯이 생각했다. 「연기일 리가 없어.」하지만 그녀는 매캐한 불의 냄새를 맡을 수 있었다. 그리고 그녀가 눈을 떴을 때, 모든 곳에 연기가 꽉 차있었다. 연기가 너무 진해서 벽과 문도 보이지 않았다. 그리고 C.B.가 그녀에게 팔을 두르고, 브리디의 머리가 물 위에 뜨도록 붙잡고 있었다.

"안 돼!" 브리디가 흐느껴 울며 C.B.에게 대들었다. "가! 네가 여기 있으면 저들이 네 목소리를 들을 거야."

"이런 난장판에선 저 사람들도 못 들어." C.B.가 가슴 깊이로 잠긴 물을 헤치며 연기가 가득한 안마당을 향해 나아가면서 말했다.

"넌 상황을 몰라서 그래! 베릭 박사가 심령술사 리잔드라를 데리고 왔어. 그 여자는 내 생각을 모조리 들을 수 있어. 심지어 내가 안전실에 들어가 있어도! 저 사람들이 너에 대해 알아낼 거야!" 브리디가 C.B.를 난폭하게 쳤다. "넌 가야 돼!"

"아니, 대체…. 아우! 제기랄, 브리디, 내 코를 치다니!" C.B.가 그녀의 손목을 붙잡아서 자기 가슴에 가져다 대고 그녀가 또다시 자신을 때리지 못하게 했다. "대체 뭘 하려던 거야, 날 죽이려고?"

"아냐, 널 떠나게 하려는 거야!" 브리디는 C.B.가 붙잡은 손에서 벗어나서 물속으로 뛰어들려고 발버둥 치며 소리쳤다.

C.B.가 브리디를 다시 물 밖으로 끌어냈다. "아무튼, 이제 그만 때려." C.B.는 그녀를 반쯤은 밀고, 반쯤은 끌면서 물 밖의 마른 판석 조각 위로 데리고 갔다. 판석은 타다 남은 재로 덮여 있

고, 그 뒤에 있는 어도비 담장은 연기에 가려 희미하게 보였다. 브리디는 벽에 기대며 주저앉아 콜록거렸다.

C.B.도 허리를 굽혀 양손으로 무릎을 짚고 콜록거렸다. 그는 흠뻑 젖었는데, 얼굴에는 그을음 자국이 있었다. 그의 옷에서 흘러내린 물은 그의 목덜미를 타고 내려가 판석 위로 뚝뚝 떨어졌다. "괜찮아?" C.B.가 발작적인 기침 사이로 브리디에게 물었다.

"아니." 브리디가 말했다. "왜 왔어?"

"농담이지? 네가 힘든 상황일 때 내가 안 왔던 적 있었어?"

「없었어.」 브리디가 생각했다. 「하지만 이번에는 안 왔어야 해.」 "정말 미안해. 너를 부르려던 게 아니었어."

"네가 부른 게 아냐. 난 그 전에 와 있었어. 세도나가 심령술로 유명한 지역이고, 거기에서 가장 유명한 심령술사가 빨간 머리이고, 베릭 박사가 거기에 간 일을 비밀로 했다는 사실까지 알게 되자 모든 게 이해가 됐어. 그래서 너한테 연락하려고 했었어. 그런데 네가 나를 차단했을 때 뭔가 잘못됐다는 걸 알았지. 그래서 문제가 뭔지 알아내려고 병원으로 곧장 왔어."

"병원에 왔다고?" 브리디는 C.B.가 여기가 아니라 다른 건물에 있을 거라는 희망을 버리고 싶지 않았다. 브리디가 첫날 밤에 헤매고 다닌 층이나, 그녀가 도망쳤던 계단통 같은 곳에서 C.B.가 원격으로 이렇게 하고 있으리라는 희망을 버리지 않은 채, 겁에 질린 얼굴로 안마당 너머 현실 속에 있는 실험실을 쳐다봤다.

하지만 그렇지 않았다. 방음벽에 기대어 바닥에 쪼그러 앉은 브리디의 옆에 C.B.가 무릎을 꿇고 앉아 있었다. 헤드폰은 브리디 옆의 바닥에 놓여 있었다. 그리고 그녀는 그들과 바닥에 물기가 없는 걸 보고 놀랐다. C.B.의 옷가지와 머리도 말라 있었다. 브리디는 흠뻑 젖은 자신의 옷을 내려다봤다. 그녀의 옷들도 모두 말라 있었다.

브리디가 앉아 있던 의자는 뒤집히고, 제너 카드는 사방에 흩뿌려져 있었다. 문은 발로 차서 열었던 듯 살짝 뒤틀려 있었다. 곧 베릭 박사가 카메라에서 C.B.를 보고 실험실로 들어와서….

"아냐, 박사는 안 올 거야." C.B.가 말했다. "그래도 문은 닫아놓는 게 좋겠네. 문이 아니라 문들이라고 해야 하나." C.B.가 힘들게 몸을 일으켰다. "여기에 있어." 그가 브리디에게 지시했다. 그래서 그녀는 C.B.가 흩어진 카드들을 지나 실험실의 문으로 가서 닫는 모습을 지켜봤다. 그러더니 이제 무릎 깊이밖에 안 되고 빠르게 줄어들고 있는 물을 헤치며 안마당의 열린 문으로 걸어갔다.

C.B.가 문을 밀어서 닫았다. 덕분에 그악하던 목소리들이 잠잠해졌다. 그래도 브리디는 그 너머에서 분노로 중얼거리는 소리를 아직도 들을 수 있었다. C.B.는 근처에 떠 있던 빗장을 주워서 빗장걸이에 욱여넣었다. 그리고 걸쇠를 채우더니, 철벅거리며 판석을 가로질러 와서 그녀의 옆에 앉았다. 그는 기진맥진한 상태였다. 얼굴은 핼쑥하고 검댕이 자국 아래의 피부는 창백했다. C.B.의 손도 검댕이 범벅이었는데, 물집이 생기기 시작했다. 불때문이었다. C.B.는 그 불을 뚫고 그녀에게 왔던 것이다.

브리디의 눈에서 눈물이 흘러내렸다. 「C.B., 정말 미안해.」

"네 잘못이 아니야." C.B.가 피곤한 목소리로 말했다. 그리고 담장에 머리를 기대고 눈을 감았다.

"아냐, 그러면 안 돼." 브리디가 무릎을 짚고 앉아서 말했다. "넌 여기서 나가야 돼. 카메라가…."

"괜찮아. 내가 망가트렸어."

"그래도 넌 나가야 해. 베릭 박사가 네가 여기 있다는 걸 알아내기 전에. 심령술사가 박사에게…."

"지금 그 여자는 박사한테 아무 말도 못 해. 네 남자친구도 마찬가지고. 그리고 베릭 박사는 정신없이 바빠서 우리를 걱정할 틈이 없어."

"그걸 네가 어떻게 알아."

"알아. 네가 문을 열 때 난 베릭 박사의 사무실 앞 복도에 있었어. 그래서 박사와 심령술사가 소리치는 소리를 모두 들었어. 덕분에 이제 그 세 사람의 교활하고 유치한 생각들을 읽을 수 있어. 그러니까 날 믿어. 그 사람들은 지금 엿듣고 있을 상황이 아니야. 넌 목소리들을 너 자신에게만 풀어놓은 게 아니야. 심령술사와 트렌트도 모두 네 생각을 듣고 있었어. 그래서 목소리들이 으르렁대며 너를 곧장 뚫고 지나가서 둘에게 전속력으로 뛰어들었어. 둘은 지금 심리적 외상이 너무 심해서 다른 사람에게 무슨 말을 할 수 있는 상태가 아니야. 특히 리잔드라는 말이야. 혹시 베릭 박사가 그 여자에게 뭘 줬어?"

"응. 일종의 신경안정제를 줬어. 바륨이나 재낵스일 거야. 심령술사의 수용력을 강화하려고."

"그렇군, 의료진들이 모조리 베릭 박사의 사무실로 달려간 걸 보니, 확실히 강화해주긴 했나 보네. 신경안정제라니," C.B.가 고개를 절레절레 흔들었다. "맙소사."

"리잔드라가 회복될까? 그 여자를 다치게 할 의도는 아니었어. 난 그저 리잔드라가 내 생각을 듣는 걸 막으려고 했을 뿐이야. 저 사람들이 나한테 온갖 질문을 해대서, 난 너와 메이브에 대한 정보를 흘리게 될까 봐 겁이 났어. 그래서 내 생각에는 목소리를 들여보내면…."

"알아." C.B.가 말했다. "넌 어떤 일이 일어날지 알 수 없었어."

"그래도 둘 다 회복되겠지?"

"응." C.B.가 말했다. "트렌트는 괜찮아. 부분적으로만 텔레파시가 가능했으니까. 그리고 내 생각에는 리잔드라가 영구적인 손상으로 고통을 받기 전에 내가 문을 닫은 것 같아. 하지만 베릭 박사가 강한 약물을 줬다면…." C.B.가 화난 얼굴로 고개를 저었다. "박사는 지독하게 당해봐야 해."

"나도 동의해. 하지만 지금 당장 우리가 해야 할 일은 리잔드라가 충격에서 깨어나서 알아채기 전에 네가 여기에서 나가는 거야."

"네 말이 맞아." C.B.는 그렇게 말했지만 일어날 기미를 보이지 않았다.

"내 걱정을 하는 거라면, 그럴 필요 없어. 난 괜찮을 거야. 중요한 건 저 사람들이 너에 대해 알아내지 못하게 막는 거야."

C.B.가 피곤한 얼굴로 벽에 머리를 기대며 말했다. "너한테 말하지 않은 게 있어."

그게 뭐였든 좋은 건 아니었다. "내가 네 이름을 부르는 걸 저

사람들이 들었어?" 브리디가 겁에 질려 물었다. "아니면, 오, 맙
소사, 메이브의 이름?"

"아냐." C.B.가 말했다.

"그러면 왜 떠나지 못하고 있는 거야?"

"그들이 아직도 목소리들을 듣고 있으니까."

"하지만 아까 네가…." 브리디는 반사적으로 고개를 돌려 안마
당의 파란 문을 봤다. 그 문은 닫혀서 막혀 있었고, 빗장과 걸쇠
도 제자리에 있었고, 물도 들어오지 않았다.

"너에게 오는 목소리들은 네가 이미 가지고 있는 방어 도구들
을 이용해서 막았어." C.B.가 말했다. "하지만 트렌트나 리잔드
라는 그런 걸 가지고 있지 않아. 우리가 저 사람들에게 어떻게 세
우는지 가르쳐주지 않으면…."

「저들은 목소리들을 계속 들을 것이고, 목소리 때문에 미쳐버
리겠지.」브리디가 생각했다. 「아니면 자살을 하거나.」"하지만
네가 저 사람들에게 목소리를 막는 방법을 가르쳐주면, 네가 텔
레파시를 한다는 사실을 알게 될 거야. 네가 저 사람들 위해서 방
어벽을 쌓아줄 수는 없어? 네가 메이브에게 해줬듯이, 그리고 카
네기룸에서 나한테 해줬듯이?"

"안 돼." C.B.가 말했다. "나는 목소리들을 다 차단할 수도 없
고, 설령 그렇게 차단하더라도 짧은 시간만 가능해…."

"하지만 신경안정제의 약효가 떨어질 때까지만 막아주면 되
잖아."

C.B.가 고개를 저었다. "그때 목소리가 멈출 거라는 보장이 없
어. 목소리들이 쇄도하면 그들의 수용력을 촉발시키는 정도를 넘

어서 억제자를 압도해버려."

"그러면 저 사람들도 우리처럼 영원히 목소리를 듣게 될 거라는 말이네."

C.B.가 고개를 끄덕였다. "나는 무한정 목소리를 막아줘야 할 거야. 그리고 중얼거리는 정도가 아니라 아예 완전히 차단해야 하는데, 그렇게 하려면 훨씬 많은 에너지와 집중력이 필요해."

브리디는, 그들이 C.B.와 메이브의 이름을 듣지 못하게 하려던 자신의 시도가 낳은 대가에 대해 생각했다. 그 시도로 그녀는 완전히 초주검이 되었고, C.B.는 그들이 자기 생각을, 그리고 그녀의 생각도 듣지 못하게 막아야 할 상황이 되었다. 안 그러면 저들은 C.B.가 하려는 일을 알게 될 것이다.

"두 사람을 막는 건 한 사람을 막는 것보다 훨씬 더 힘들어." C.B.가 말했다. 게다가 그는 이미 홍수에서 그녀를 구하느라 완전히 녹초가 된 상태였다.

「거기에 불까지.」 브리디가 생각했다. 그 전에는 병원에서, 극장에서, 창고에서 그녀를 구하고, 또 그녀를 병원에서 집까지 데려다주고, 차까지 데려다주고, 메이브를 구하느라 C.B.는 거의 한숨도 못 잤을 것이다.

「게다가 나를 위해 경비까지 섰지.」 브리디는 C.B.가 벽에 기대어 털썩 주저앉는 모습을 보면서 생각했다. 그는 완전히 지친 상태였다. C.B.의 말이 맞았다. 그에게는 오랜 시간 동안 트렌트와 리잔드라를 막아줄 힘이 남아 있지 않았다.

"목소리들의 자비에 그들을 맡겨두고 떠나버릴 수는 없어." C.B.가 말했다. "사실 그러고 싶긴 하지만 말이야. 저 사람들은 네가 괜찮은지 확인하러 간호사를 보내지도 않잖아. 넌 여기에 계속 갇혀 있을 수도 있었어. 그래도 저 사람들은 전혀 신경 쓰지도 않아."

「리잔드라가 자발적으로 신경안정제를 복용하지 않았더라면, 저들은 주저하지 않고 나한테 약을 줬을 거야. 그렇긴 해도….」

"맞아." C.B.가 말했다. "우리는 그냥 가만히 서서 저들이 정신병자가 되어가는 모습을 지켜볼 수는 없어. 특히 우리가 이 문제를 일으킨 사람들인 경우엔 말이야."

「문제를 일으킨 사람은 우리가 아니라 나야.」브리디가 힘없이 생각했다. 「내 기발한 아이디어 덕분이지.」남은 건 역효과뿐이었다. 그녀는 하마터면 트렌트와 리잔드라를 죽일 뻔했고, C.B.를 보호한 게 아니라 오히려 그들의 손안에 C.B.를 넘겨준 꼴이 되었다. "널 이런 일에 끌어들여서 정말 미안해." 브리디가 말했다.

"넌 문을 열었을 때 어떤 일이 일어날지 알 수 없었어…."

"아니, 그게 아니라 전부 말이야. 나한테 EED에 대해 경고했을 때 네 말을 들었더라면 이런 일들은 일어나지 않았을 거야. 네 비밀도 안전했을 테고…."

"그래, 뭐, 내가 먼저 너한테 트렌트가 무슨 일을 꾸미고 있는지 말해줬어도, 이런 일은 일어나지 않았을 거야. 하지만 이미 일은 터졌고, 우리는 이 목소리들을 통제해야 돼. 자, 일어나자." C.B.가 말했다. 하지만 C.B. 자신조차 일어날 기미를 보이지 않았다.

"그런데 내가 대신 들어가면 안 될까? 나도 방어벽하고 안전실

세우는 방법을 알아. 저들에게 내가 가르쳐줄 수….”

C.B.가 고개를 저었다. “방어벽과 안전실만으로는 리잔드라를 보호할 수 없어. 리잔드라에게 필요한 건….”

“네가 나한테 지시를 하면 되잖아. 넌 여기에 머물면서 나한테 뭘 하라고 말해줘. 그러면 내가….”

“그러면 너무 오래 걸릴 거야. 저 사람들은 네가 다른 사람하고 소통한다는 사실을 이미 알아. 저들은 그게 누구인지 찾아내려 할 거야. 그리고 난 너 혼자서 심문을 받도록 저기에 들여보낼 수 없어.”

“그래도….”

“그러면 어차피 우리 둘 다 잡힐 거야. 일어나자.” 서 있는 브리디에게 바닥에 앉은 C.B.가 손을 내밀며 말했다.

브리디가 C.B.에게 손을 내밀었다. 그리고 둘은 그 즉시 실험실로 돌아왔다. 그리고 바닥에 앉아 있는 사람은 그녀였다. C.B.는 일어서서 그녀에게 손을 내밀고 있었다. 둘에겐 어떤 흔적도 남아 있지 않았다. 검댕이도, 화상 자국도 없었다.

「다행이다.」브리디가 그 손을 마주 잡으며 생각했다.

C.B.가 그녀를 당겨서 일으켰다.

「하지만 저들은 C.B.가 텔레파시를 한다는 사실을 알게 되면, 두 번 생각하지도 않고 그를 불 속으로 다시 집어넣을 거야.」브리디가 생각했다. 「C.B.를 심문하고, 수용력을 강화하기 위해 약을 먹이면, C.B.는 목소리들을 막아내지 못할 거야. C.B.는 산 채로 불태워질 거야….」

“준비됐어?” C.B.가 말했다.

"아니. 우리가 할 수 있는 다른 일이 있을 거야. 도서관에 있을 때 네가 방해 전파를 연구하고 있다고 했었잖아, 혹시…."

"5분 내로 목소리를 막을 수 있는 뭔가를 발명하라고? 안타깝지만 불가능해." C.B.가 부드러운 미소를 지으며 그녀를 바라봤다. "우리가 생각하는 만큼 그리 나쁘지 않을 수도 있어. 무슨 일이 일어나는지 겪었으니, 저들이 텔레파시에 대한 관심을 완전히 끊기로 결심할지도 몰라. 내가 트렌트를 살펴봤더니, 트렌트에게 목소리는 온몸을 기어 다니는 벌레 형태야. 그리고 심령술사의 반응 때문에 베릭 박사는 완전히 겁을 집어먹었어. 저들은 이미 텔레파시가 끔찍하다는 사실을 깨달았을지도….."

「미쳤어요?」 메이브의 목소리가 갑자기 나타났다. 「저 사람들은 절대로 그렇게 생각 안 해요. 브리디 이모, 저 사람들이 아저씨의 정체를 알아내게 해서는 안 된다고 아저씨한테 말해줘요.」

"넌 여기서 뭘 하는 거야?" C.B.가 따졌다. "네 안전실에 가만히 있으랬잖아."

「전 듣고만 있었어요.」 메이브가 따지듯이 말했다. 「그리고 그건 괜찮아요. 저 사람들을 도와주겠다니, 말도 안 돼요!」

"네가 이러면 저 사람들이 너에 대해서 알아낼 거야. 안으로 들어가자." C.B.가 말했다. 그러자 그들은 갑자기 모두 안마당으로 돌아갔다. 라푼젤 드레스와 머리 장식을 한 메이브가 허리에 양손을 짚고 거무칙칙한 판석 위에 서 있었다.

"저 사람들에게 텔레파시에 대해 말해주면 안 돼요." 메이브가 말했다. "저들이 텔레파시를 알게 되면, 절대로 아저씨를 그냥 놔두지 않을 거예요. 아저씨가 모든 걸 다 털어놓을 때까지 계속 괴롭힐 거라고요."

"메이브의 말이 맞아." 브리디가 말했다. "물속에서 피 냄새를 한 번 맡으면…."

"…어떻게든 아저씨가 말하게 만들 거예요." 메이브가 말했다. "그리고 트렌트 씨는 텔레파시를 휴대폰에 집어넣겠죠. 그러면 모든 엄마가 그걸 살 거예요. 엄마들은 자기 아이들이 해서는 안 되는 짓을 하는지 다 알게 될 거예요. 그래서 모든 사람이 아무 것도 할 수 없고, 아무 데도 못 가는 세상이 될 거라고요! 대니커네 엄마는 진짜로 엄격한데, 대니커가 좀비 영화를 본다는 사실을 알게 되면, 아마 영원히 외출을 못 하게 될 거예요. 아이들에게 정말로 비열한 짓을 하는 부모들도 있어요! 목소리를 듣는 것보다 훨씬 더 나빠질 거라고요! 저 사람들에게 알려주면 안 돼요!"

"알아." C.B.가 말했다. "그러니까 너한테 집에 가라고 하는 거야. 저들은 너에 대해서 알지 못해. 그리고 우리는 그 사실을 숨겨야 해. 넌 집에 가서…."

"저 사람들에게 말하지 않겠다고 아저씨가 약속하기 전까지는 안 가요! 예전에 엄마가, 자식에게 지나치게 간섭하는 엄마들을 위한 재활 세미나에 갔던 거 기억나죠?" 메이브가 브리디에게 애원했다. "거기에 다녀와서 엄마는 내 페이스북이나 문자를 보지 않고, 시시각각 내 주위를 맴도는 걸 그만두겠다고 약속했었어요. 하지만 엄마는 전혀 안 바뀌었어요! 그 사람들을 믿으면 안 돼요!"

"우리는 저 사람들을 믿지 않아." C.B.가 말했다. "괜찮을 거야."

"아뇨, 안 괜찮아요!" 메이브는 울부짖고 있었다. "저들은 좀비나 마찬가지예요. 그냥 총으로 쏘는 거로는 해결이 안 돼요. 폭탄으로 날려버려야 돼요. 안 그러면 계속 다가올 거라고요. 그런데 왜 저 사람들을 구해주려는 거예요? 저들은 음침한 괴물이라고요!"

"우리는 그런 사람이 아니니까." C.B.가 말했다.

"하지만 그렇다고 해서 저 사람들에게 아저씨에 대해 알려줄 필요는 없어요! 아저씨가 저 사람들을 위해서 목소리를 막아낼 수 없다고 했다는 거 알아요. 하지만 우리가 함께하면 가능해요. 내가 도울 수 있어요. 그러면 우리는…."

"안 돼." C.B.가 말했다.

"저들이 너에 대해 알게 되는 위험을 감수할 수는 없어." 브리디가 설명했다.

"그러지 못할 거예요." 메이브가 확신에 차서 말했다. "난 방어벽을 엄청나게 많이 쌓았어요. 그리고 아저씨가 주파수 도약도 가르쳐줬잖아요. 절대로 나를 못 찾을 거예요. 그리고 난 사람들의 방어벽 안으로 들어가는 기술을 많이 알아요…."

「그렇겠지.」 브리디가 생각했다.

"…그리고 그들을 막는 방법도요. 우리는 교대로 할 수…."

C.B.가 고개를 저었다. "우리가 영원히 막아줄 수는 없어. 저 사람들에게 방어벽 세우는 방법을 가르쳐주는 게 유일한 방법이야. 가자, 브리디." C.B.가 브리디에게 손을 내밀었다.

"하지만 그게 유일한 방법일 리가 없어요!" 메이브가 울부짖었다. "다른 방법이 있을 거예요. 우리는 저 사람들을 '좀비게돈'

영화에서처럼 속일 수도 있어요. 그 영화에서 사람들은 자신들이 쇼핑몰에 숨어 있는 것처럼 좀비들이 생각하게 만들어요. 그래서 좀비들이 다 그쪽으로 몰려가면 그 안에 가둔 다음에 약을 먹여서 자기들에 대해 완전히 잊게 만들어…."

"우리에 대해 잊게 만드는 약 같은 건 없어." C.B.가 말했다.

"그게 아니에요!" 메이브가 실망해서 말했다. "우리가 저 사람들을 속일 수 있다는 말이었어요. 아저씨가 사람들은 텔레파시가 실제로 존재한다는 사실을 믿지 않고, 다들 그냥 다른 사람의 마음을 읽는 척만 하는 거라고 했잖아요. 그러니까 아저씨랑 이모는 저 사람들이 방어벽을 쌓도록 도와주고, 나는 엄마한테 아프다고 말해서 병원에 데려가도록 해서…."

"안 돼, 절대로 안 돼."

"들어보세요. 난 내 방에 있는 몰래카메라를 가져와서 여기에 숨겨둘 수 있어요. 그리고 아저씨하고 이모가 일을 다 마치면, 아저씨는 이모한테 이렇게 말하는 거예요. '우리가 저 사람들을 제대로 속인 것 같아?' 그러면 이모는 이렇게 말하는 거예요. '응. 저 사람들은 이게 정말로 텔레파시라고 생각해. 저 사람들이 실험실을 들여다보지 말아야 하는데.' 그러면 저 사람들이 들여다보고 몰래카메라를 발견할 거예요. 그러면 텔레파시가 다 속임수이고, 아저씨랑 이모가 자기들을 몰래 도청했다고 생각할 거예요. 브리디 이모가 병실에 도청장치가 설치되었다고 생각했던 것처럼요."

"안 돼." C.B.가 말했다. "첫째, 저 사람들은 몰래카메라에 속지 않을 거야…."

"하지만 난 할 수…."

"그리고 둘째, 넌 병원 근처에는 절대로 오지 마. 넌 집으로 가서, 성에 들어가. 그리고 도개교를 올리고, 내가 나와도 좋다고 할 때까지 거기에 그대로 있어."

「메이브에게 뭔가를 하지 말라고 하면 어떻게 되는지 내가 잘 알지.」브리디가 생각했다. 그들이 메이브에게서 눈을 떼자마자, 메이브는 담장을 넘어와서 '좀비게돈'이나 '미녀와 야수'에서 배운 더 위험한 계획을 하려고 들 것이다. 메이브를 중지시킬 유일한 방법은 그들이 메이브의 능력을 알게 될 경우 얼마나 비참한 일이 일어날지 이해시키는 것뿐이다.

"이리 와, 메이브." 브리디가 미루나무로 걸어가며 말했다. 그리고 뒤집힌 벤치를 바로 세웠다. 그녀는 벤치에 앉아서 옆자리는 손으로 두드렸다. "앉아."

"싫어요." 메이브는 팔짱을 끼고 고개를 치켜들었다.

"C.B. 아저씨는 너를 막으려고 이러는 게 아니야. 아저씨는 네가 정말로 영리하고, 네가 겁을 내지 않는다는 사실을 잘 알아. 아저씨가 이걸 하려는 건, 그들이 텔레파시의 원인을 알지 못하게 하는 게 정말로 중요하기 때문이야."

"난 그 사람들에게 말하지 않을…."

"나도 네가 그러지 않을 거라는 거 알아. 하지만 베릭 박사와 리잔드라가 너라는 존재를 알게 하면 그걸 쉽게 알아채게 될 거야."

"하지만 C.B. 아저씨는 자신에 대해 알려주려고 하잖아요. 그것도 똑같잖아요."

"아냐, 그렇지 않아. 지금 저 사람들은 EED가 내 텔레파시를 일으켰다고 생각해. 아일랜드의 혈통이 아니라. 그리고 저들은 C.B. 아저씨가 아일랜드계라는 사실을 몰라. 유대계라고 생각하지. 하지만 저들이 너에 대해 알게 되면, 저들에게 필요한 실마리를 주게 될 거야…."

"마녀가 말을 봤을 때처럼요." 메이브가 말했다.

"마녀?" 브리디는 맥락을 놓쳤다. "'좀비게돈'에 나오는 거니?"

"아뇨. '라푼젤'에 나와요. 마녀가 말을 보고는 말을 타고 온 사람이 있을 거라고 알아채고는 '어쩌면 탑을 발견했을지도 모르겠다'고 생각해요. 그래서 마녀는 돌아가서 라푼젤이 사라졌다는 사실을 알고…."

"바로 그거야. 각각의 실마리는 다음 실마리로 그들을 이끌고 갈 거야. 그러면 우리는 그걸 막을 수 없게 돼. 그건 마치…." 브리디는 '눈뭉치'를 말하려다 마음을 바꿨다. 그들에게는 '겨울왕국'의 줄거리를 듣고 있을 시간이 없었다. 대신 그녀는 "마치 되먹임 순환 같은 거야"라고 말했다. "그게 뭔지는 너도 알지?"

"당연히 되먹임 순환이 뭔지는 나도 알아요." 메이브가 말했다.

"되먹임 순환이라." C.B.가 중얼거렸다.

"응?" 브리디가 말했다.

"아무것도 아냐." C.B.가 손을 저으며 계속하라고 했다.

"그러니까, 메이브, 넌 되먹임 순환이 한 번 움직이기 시작하면, 점점 더 강해져서 멈출 수가 없게 된다는 사실도 알 거야. 그렇지, C.B.?" 브리디가 물었다. 하지만 그는 대답하지 않았다.

"도미노처럼요." 메이브가 말했다. "하나를 넘어트리면, 다음 도미노를 쳐서 넘어트리고, 또 다음 도미노를 넘어트리고…."

"모든 도미노가 넘어질 때까지. 그렇지." 브리디가 말했다. "저들이 네가 텔레파시를 할 수 있다는 사실을 알게 되면, 이게 유전된다는 사실을 깨달을 거야. 그리고 R1b 유전자군을 찾겠지. 그러면 저들은 텔레파시가 어떻게 작동되는지 알게 돼…."

"그러면 텔레파시를 전자적으로 복제할 방법을 알게 될 거야." C.B.가 몽상에서 돌아와서 말했다. "그리고 그들이 한 번 알게 되면, 그들을 막을 방법은 없어."

"그래서 저들이 너에 대해 알지 못하게 하는 게 정말로 중요해." 브리디가 말했다.

메이브가 고개를 끄덕였다. "'좀비의 침묵'에서처럼요. 사람들이 좀비를 피해서 숨어 있는데, 완전히 침묵해야…."

"그렇지." C.B.가 말했다. "브리디 이모와 내가 이 부분을 처리할게. 넌 네 성 안으로 돌아가서 도개교를 올리고, 성에서 가장 안전한 지역으로 들어가서…."

"탑이요." 메이브가 말했다. "거긴 진짜로 안전해요. 아무도 거긴 못 들어와요."

"좋네." C.B.가 말했다. "그 안에서 꼼짝하지 말고 있다가 내가 나와도 안전하다고 할 때까지 그대로 있어. 그리고 다른 누구하고도 말하지 말고 목소리도 듣지 마. 브리디 이모와 나한테도 말하지 마."

"아저씨의 목소리도 듣지 않으면, 아저씨가 저한테 나와도 안전하다고 말하는 걸 어떻게 들어요?" 메이브가 실질적인 질문을 던졌다.

"문자로 보낼게." C.B.가 말했다.

"어떻게요? 아저씨는 스마트폰도 없잖아요."

"브리디 이모에게 빌리면 돼. 그러니까 걱정하지 마. 모든 게 괜찮아질 거야. 나한테 계획이 있어."

"그게 뭔데요?" 메이브가 열정적으로 물었다. "말해줘요."

"말할 수 없어. 저 사람들이 듣고 있을지도 몰라. 하지만 이건 말해줄 수 있어. 네가 네 역할을 하지 않으면 그 계획은 안 먹힐 거야."

"알았어요." 메이브가 마지못해 말했다. "하지만 좋은 계획이어야 할 거예요." 그리고 메이브가 사라졌다.

"그래?" 메이브가 사라진 뒤 브리디가 물었다. "괜찮은 계획이야?"

C.B.는 브리디의 질문을 무시했다. "베릭 박사가 네게 연결에 대해 말할 때, 신경 통로가 되먹임 순환처럼 작동한다고 했었지? 그리고 둘 사이의 신호가 기하급수적으로 강해진다고 했지?"

"응. 그리고 네가 텔레파시는 그런 식으로 작동하는 게 아니라고 했었지."

"그렇지."

"그러면 그게 네 계획에 어떻게 도움이 되는 거야?" 브리디가 물었다. 그리고 그가 대답하지 않자 다시 물었다. "계획이 없는 거지, 그렇지?"

"응, 아직은 없어. 하지만 걱정하지 마. 내가 뭔가 계획을 만들어 낼 거야. 그리고 다른 계획이 모두 실패하면, 우리는 그 사람들에게 온갖 팔과 다리와 손을 집어 던질 거야. '좀비엔나도'에서 그러는 것처럼." C.B.가 그녀를 보며 씩 웃었다. "진지하게 말하자면, 다리가 나타나면 건너면 돼. 미리 공연한 걱정은 하지 마. 그리고 그게 탤러해차이 다리가 아니길 바라자. 계획이 만들어질 때까지는 네 남자친구와 리잔드라에게 가서 방어벽 세우는 걸 도와줘야 해."

"트렌트는 내 남자친구가 아니야." 브리디가 말했다.

"미리 괜한 걱정은 하지 마. 다리가 나타나면 우린 그걸 건너면 돼."

C.B.가 다시 손을 내밀었다. 그리고 그녀를 데리고 안마당에서 나와 실험실로 돌아갔다. "이제, 저 사람들이 우리를 찾아오기 전에 우리가 거기로 가야 해. 저들이 벌써 찾으러 나온 상황이 아니라면 말이야." 그리고 브리디가 망설이자 C.B.가 말했다. "난 극장에서 널 데리고 나왔어, 그렇지? 도서관에서도 데리고 나왔지? 내가 여기서도 너와 함께 나갈 거야."

「부디 그래야 할 텐데.」 브리디는 열렬히 그러길 바랐다.

C.B.가 그녀에게 미소를 지으며 말했다. "자, 프랑스를 구하러 가자!"

31

"날 믿니?"
"전적으로."
"좋아. 날 따라와. 나랑 같이 여기서 나가자."
─ Syfy 채널 '앨리스'

C.B.는 그들이 둘을 찾고 있을까 봐 걱정했지만, 그들은 모두 다른 실험실에 모여 있었다. 그리고 간호사 한 명이 리잔드라 옆에 무릎을 짚고 앉아 있었다. 리잔드라는 의자에 앉아서 산소마스크를 쓰고 불규칙적으로 숨을 쉬며 어깨까지 담요를 두르고 있었다. 간호사가 혈압을 재고 있었는데, 리잔드라는 간호사가 몸을 건드릴 때마다 움찔움찔 놀랐다. 맞은편에 앉아 있는 트렌트는 강박적으로 팔과 다리를 쓸어내렸다.

베릭 박사가 고개를 들어 C.B.와 브리디를 쳐다보더니 퉁명스럽게 말했다. "실험실에서 왜 나왔습니까?"

그와 동시에 트렌트가 말했다. "슈워츠, 여기서 뭘 하는 겁니까? 회사에서 보냈나요?" 그러자 리잔드라가 브리디를 비난하듯 손짓으로 가리키며 새된 소리로 말했다. "저 여자를 나한테 가까이 못 오게 해! 저 여자가 또 그 짓을 할 거야!"

「아무도 당신을 해치지 않아.」C.B.가 리잔드라에게 말하는 소리가 브리디에게 들렸다. 「난 당신을 도와주러 온 거야.」리잔드라가 C.B.의 목소리를 들은 게 틀림없었다. 그녀의 손가락은 아직도 브리디를 가리키고 있었지만, 깜짝 놀라서 C.B.에게 고개를 돌렸다. 그리고 트렌트가 걱정스러운 말투로 이야기하는 거로 봐서는 C.B.의 목소리를 못 들은 게 틀림없었다. "슈워츠, 난 당신이 컴스팬에 가서 이 일에 대해서 말하지 않았으면 좋겠어요."

베릭 박사가 C.B.를 향해 성큼성큼 걸어갔다. "당신은 여기에 있으면 안 됩니다. 플래니건 씨, 이 사람은 누굽니까?" 박사가 따지듯 물었다. "그리고 이 사람이 여기서 뭘 하고 있는 겁니까?"

"그 사람은 C. B. 슈워츠예요." 트렌트가 브리디 대신 대답했다. "컴스팬 직원인데, 일 때문에 온 모양이에요." 트렌트가 C.B.를 쳐다보며 물었다. "그렇죠?"

"아뇨." C.B.가 말했다.

"저 사람이…." 리잔드라가 입을 열기 시작했다.

C.B.가 그녀의 말을 잘랐다. 「베릭 박사에게 간호사를 내보내라고 해.」C.B.가 리잔드라에게 명령했다. 「이 일이 알려지는 건 당신도 원하지 않지?」

리잔드라가 고개를 끄덕이더니 간호사에게 나가라고 했다.

"이 여자분을 입원시켜야 합니다." 간호사가 베릭 박사에게 항의했다. "지금 완전히 제정신이 아니에요. 이 분의 심장박동 수가…."

284

"간호사를 내보내세요, 당장!" 리잔드라가 말했다. 하지만 브리디에게는 그 소리가 귀에 들어오지 않았다. 그녀는 왜 C.B.의 생각은 들리면서 리잔드라와 베릭 박사의 생각은 들리지 않는지 고민 중이었다.

「라디오.」브리디가 생각했다. 「홍수에 휩쓸리면서 꺼져버렸어.」간호사가 나가길 거부하며 항의하는 사이에, 브리디는 안마당으로 돌아가서 라디오를 찾았다. 라디오는 물웅덩이에 옆으로 누워 있었다. 그리고 다이얼이 반쯤 녹은 상태였지만, 브리디는 이럭저럭 스위치를 켤 수 있었다. 그녀는 베릭 박사와 리잔드라의 방송국을 찾을 수 없어서 트렌트의 방송국에 고정해야만 했다.

실수였다. 트렌트의 목소리는 공포와 혐오감, 그리고 자신의 몸을 이리저리 기어 다니는 벌레들에 대한 생각, 그리고 C.B.가 여기서 뭘 하고 있는지, 컴스팬에 뭐라고 말할지에 대한 걱정이 꼴사납게 얽혀있었다. 브리디가 볼륨을 눌렀다. 그러자 리잔드라의 생각이 쏟아져 나왔는데, 트렌트의 생각보다 더 병적으로 뒤엉켜있었다.

간호사는 아직도 베릭 박사와 논쟁 중이었다. "간호사가 안 나가면 내가 나가겠어요." 리잔드라가 그렇게 말하더니, 아직 담요를 두른 상태에서 의자에서 일어나려고 했다.

"아뇨, 그러지 마세요." 베릭 박사가 허둥지둥 말했다. "간호사, 그만 하세요." 박사가 간호사에게 나가라는 손짓을 했다.

"하지만…"

"간호사가 있으니까 환자의 상태가 더 안 좋아지잖아요. 필요하면 부를게요."

간호사가 나가고 문이 닫히자마자, 베릭 박사가 브리디에게 말했다. "자, 대체 이게 무슨 일인지, 그리고 이 남자는 여기서 뭘 하고 있는 건지 저한테 말해주셔야 할 것 같은데요?"

"저 남자가 그녀와 이야기하던 독심술사예요." 리잔드라가 말했다. "그녀가 비밀로 지키려고 했던 바로 그 사람이에요."

「C.B.가?」 트렌트가 미심쩍어하는 생각이 브리드에게 들렸다.

"플래니건 씨, 사실인가요?" 베릭 박사가 브리디에게 물었다.

「괜찮아, 브리디.」 C.B.가 말했다. 「박사한테 말해.」

"네." 브리디가 마지못해 말했다.

"저 사람과 이야기하고 있다는 사실을 왜 저희한테 말하지 않았죠?" 박사가 물었다.

「무슨 일이 일어날지 알았으니까.」 브리디가 씁쓸하게 생각했다. 「지금 바로 그 일이 일어나고 있지. 심문.」 "박사님이 연결되기 위해서는 두 사람이 반드시 정서적으로 유대감을 가지고 있어야 한다고 하셨잖아요." 그녀가 말했다. "그래서 전 걱정스러웠어요. 혹시라도 트렌트가…."

"당신이 슈워츠와 정서적으로 유대감을 갖고 있다고 내가 오해할까 봐?" 트렌트가 말했다. "농담이지?" 그러자 브리디가 움찔했다.

베릭 박사가 C.B.를 쳐다보며 말했다. "두 사람은 언제부터 소통했나요?"

"플래니건 씨가 수술한 직후부터요."

"직후라고…?" 트렌트가 말했다.

베릭 박사가 눈짓으로 트렌트를 조용히 시켰다. "그래서 그날 밤 플래니건 씨가 병실에서 빠져나갔던 거군요." 박사는 자신이 내내 의심해오던 일이 확인되었다는 투로 브리디에게 말했다. "저 사람의 목소리를 듣고 겁에 질렸던 거죠."

"네." C.B.가 브리디 대신 말했다.

"당신이 제 환자들에게 이런 짓을 한 사람입니까?"

"아뇨." 브리디가 말했다. "제가 했어요."

"당신이 했다고?" 트렌트가 벌컥 소리를 질렀다.

"누가 했는지는 중요하지 않아요." C.B.가 말했다. "중요한 건 그런 일이 또다시 일어나게 해서는 안 된다는 사실이에요." 그가 리잔드라를 쳐다보며 말했다. "이 사람들에게 제가 할 말이 있어요. 그래야…."

베릭 박사가 C.B.의 앞을 막았다. "제 환자들에게 다가가지 마세요. 당신이 어떻게 플래니건 씨와 연결되었는지 말해주기 전에는 안 됩니다. 누가 당신에게 EED 수술을 해줬죠?"

"이런 이야기를 하고 있을 시간이 없어요." C.B.가 말했다. "간호사가 하는 말 들었잖아요. 리잔드라의 심장박동수가 위험할 정도로 높아요. 저한테…."

"제 질문에 답하기 전까지는 안 됩니다. 누가 당신에게 EED 수술을 해줬죠?"

"아무도 안 했어요."

「아, 박사한테 말하지 마.」 브리디가 생각했다.

"며칠 전에 제 연구실에서 케이블에 발이 걸려 넘어지면서 머리를 찧었어요." C.B.가 뒷목을 가리키며 말했는데, 거긴 브리디가 수술을 받았던 부위와 같았다. "잠시 의식을 잃었다가 깨어나니까 목소리들이 들렸어요. 플래니건 씨의 목소리도 들렸고요. 그리고 이 사람들이 들었던 것처럼 알지도 못하는 사람들의 목소리가 떼거리로 들려왔어요." C.B.가 트렌트와 리잔드라를 가리켰다. "제가 이 사람들에게 스스로 방어하는 방법을 가르쳐주지 않으면 다시 그 소리를 듣게 될 겁니다."

"스스로 방어를 해요?" 베릭 박사가 물었다. "그게 무슨 뜻이죠? 당신이 이 사람들을 더 위험하게 만들지 않을 거라고 어떻게 장담합니까? 당신이 정말로 텔레파시를 하는지도 알 수가 없잖아요. 당신은 아무런 증거도 보여주지 않았어요."

"그날 밤에 병원에 전화를 걸었던 사람이 저예요." C.B.가 말했다. "플래니건 씨가 병실에서 나가 계단통에 있다고 말해줬죠. 병원 통화기록과 컴스팬의 통화기록을 확인해보세요. 제가 거기서 전화를 했으니까요."

"그건 증거라고 하기 힘들어요."

"이거 보세요. 나중에 원하는 증거를 얼마든지 드릴게요. 일단 제가…."

"전 당신 마음대로 하게 두지 않을 겁니다. 먼저…."

"알았어요." C.B.가 탁자 위에 있던 제너 카드를 낚아채면서 말했다. "플래니건 씨, 베릭 박사의 사무실로 가서 내가 보내주는 내용을 적으세요." C.B.가 박사에게 카드를 내밀었다. "섞으세요."

「정말 이걸 해야겠어?」 브리디가 물었다.

「응.」 그가 말했다. 「가.」

브리디는 고개를 끄덕이고, 복도를 따라서 아침에 갔던 사무실로 가면서 쫓겨난 간호사와 부딪히지 않기를 바랐는데, 다행히 사무실에는 아무도 없었다. 브리디는 책상에서 펜을 꺼내고, 서랍을 열어서 적을 종이를 찾았다. 가장 밑의 서랍에 간호사가 브리디에게서 가져갔던 그녀의 물건이 들어있는 비닐 주머니가 있었다.

「준비됐어?」C.B.가 물었다.

「아직.」브리디가 비닐 주머니에서 휴대폰을 꺼내 바지 주머니에 넣으며 말했다.「됐어. 내가 뭘 하면…?」

「내가 말해주는 대로 적어.」C.B.가 기호들을 주르륵 말했다. 「별, 별, 십자가, 물결, 동그라미.」그녀가 그대로 적었다.

「잘했어. 다시 돌아와.」브리디가 돌아가자마자 C.B.가 그녀가 적은 목록을 잡아채더니 베릭 박사의 손에 억지로 쥐어줬다. "이게 당신이 원하던 증거입니다. 이제 우리가 저 사람들을 도울 수 있게 놔두세요."

베릭 박사는 C.B.의 말을 듣고 있지 않았다. 그는 종이와 뒤집힌 카드를 비교했다. "완벽하게 일치하네요." 박사가 깜짝 놀라서 말했다.

「전부 맞는 답을 나한테 보냈던 거야?」브리디가 겁에 질려서 말했다. 박사에게 C.B.의 텔레파시 능력을 모조리 보여주는 건 자살행위다. 박사는….

「다른 걸 할 시간이 없었어.」C.B.가 말했다.「박사를 설득할 수 있는 유일한 방법이었어.」

그것도 소용이 없었다. "이건 불가능해요." 베릭 박사가 말했다. "이건 일종의 속임수인가요?"

"아니에요." 리잔드라가 부들부들 떨며 말했다. "이건 진짜예요. 저 사람들이 주고받는 소리를 들었어요. 제발 저 사람들이 우리를 도와주게 놔둬요."

베릭 박사가 그녀를 노려봤다. "이건 절대로 의료적⋯."

"이거 보세요." C.B.가 말했다. "나중에 당신이 원하는 실험이든 촬영이든 뭐든지 할 테니까⋯."

「안 돼!」 브리디가 생각했다.

"⋯그러니까 지금은 저 사람들을 도울 수 있게 우리를 내버려두세요."

"제발!" 리잔드라가 발작적으로 몸을 떨면서 애걸했다. "이 사람을 내버려둬요. 목소리들이 다시 돌아오기 전에!"

"알았어요." 베릭 박사가 말했다. "하지만 끝나고 나서 이 모든일에 대한 해명을 원합니다."

"그렇게 하죠." C.B.가 말했다. 그리고 즉시 리잔드라에게 다가갔다. "당신은 워스 씨를 도와줘요." 그가 브리디에게 말했다. 「그리고 베릭 박사가 날 방해하지 못하게 해줘.」 C.B.는 리잔드라의 앞에 웅크리고 앉아서 말했다. 「이제 괜찮아요. 전 여기 있어요. 제가 당신을 붙잡고 있어요.」

"뭘 하려는 거죠?" 베릭 박사가 그들을 쳐다보며 물었다.

"박사님이 저분에게 신경안정제를 줘서 입힌 손상을 치료하는 거예요." 브리디가 말했다. "슈워츠 씨가 할 수 있을지는 모르겠지만 말이에요. 혹시 리잔드라 씨에게 다른 조치도 했나요?"

"환자의 치료에 관한 정보는 의사의 비밀누설금지의무로 보호받아요." 베릭 박사가 단호하게 말했다. "그 정보는 발설하거나…."

"이미 그런 상태예요. 박사님이 그 사실을 좋아하든 말든. 말씀하세요, 다른 조치도 했나요? 아니면 최면술은?"

베릭 박사가 리잔드라를 쳐다봤다. 그녀는 아직도 덜덜 떨고 있었지만, C.B.가 그녀에게 말하기 시작한 후로는 아까처럼 심하지 않았다.

"아뇨, 신경안정제만 처방했어요." 베릭 박사가 말했다. "그리고 리잔드라 씨는 전에 복용했을 때에도 부작용이 없었다고 했어요." 박사는 리잔드라에게 눈길을 고정한 상태로 브리디에게 약물 이름과 투약 용량을 말해줬다. C.B.가 반복해서 말하는 동안 리잔드라는 열중해서 그를 응시했다. 「당신은 괜찮아요. 그놈들은 당신을 해치지 못해요.」

「그놈들은 사방에 있어요!」 리잔드라가 흐느꼈다. 「사방 천지에!」

「알아요.」 C.B.가 안심시켰다. 「하지만 이제는 괜찮아요. 놈들은….」

"어디로 갔어요?" 리잔드라가 C.B.를 거칠게 붙잡으며 울부짖었다. "당신 소리가 들리지 않아요."

브리디가 의아한 눈으로 C.B.를 쳐다봤다. C.B.는 지금도 계속 말하고 있었다. 「그놈들은 당신을 해치지 못해요.」

"당신 목소리가 안 들려요!" 리잔드라가 구슬프게 말했다. 그러다 C.B.가 「전 여기 있어요」라고 반복하자 그녀가 갑자기 차분해졌다.

「아, 다행이에요.」 리잔드라가 말했다. 「잠깐 동안….」

"방금 무슨 일이에요?" 베릭 박사가 브리디에게 물었다.

「무슨 일이야?」브리디가 C.B.에게 물었다.「왜 리잔드라가 네 목소리를 못 들었던 거야?」

「모르겠어.」C.B.가 얼굴을 찌푸리며 말했다.「몇 초 정도 다른 목소리들이 내 목소리를 눌렀나 봐.」

「아뇨, 다른 목소리가 아니었어요.」리잔드라가 말했다.「아무 소리도 들리지 않았어요.」

"왜 리잔드라 씨가 당신의 목소리를 들을 수 없다고 했던 거죠?" 베릭 박사가 물었다.

"박사님이 리잔드라 씨를 산만하게 해서 그래요." 브리디가 말했다. "박사님은 자리에 앉아서, 사람들이 집중하는 걸 방해하지 않도록 조용히 계세요. 박사님이 자꾸 산만하게 만들면, 리잔드라 씨는 쇼크에 빠질지도 몰라요. 더 심해질 수도 있고요."

"더 심해지다뇨?"

"박사님이 준 신경안정제가 텔레파시 신호에 대한 리잔드라 씨의 감수성을 끌어올린 탓에 일어난 감각 과부하는 조현병을 일으킬 수도 있어요. 그러면 박사님의 기록에 그다지 좋은 흔적을 남기진 않을 거예요."

베릭 박사는 고개를 끄덕이더니 갑자기 창백한 얼굴이 되어 자리에 앉았다.

「잘했어.」C.B.가 말했다.「박사를 의료사고 고소로 걱정하게 만들다니, 한동안 박사는 그 생각을 하느라 바쁠 거야. 이제 네 남자친구를 도와줘. 안 그러면 또 불안해할 거야.」

브리디가 트렌트를 바라봤다. 트렌트는 신경질적으로 다리를 문지르고 있었다. 「가장 먼저 뭘 해야 돼?」 그녀가 C.B.에게 물었다.

「내가 도서관에서 너와 함께 했던 걸 해줘.」 C.B.가 말했다. 「아니다, 방금 이야긴 취소. 그냥 장벽 쌓는 방법만 말해줘.」

「그냥 담장만, 새벽 정찰대, 이상.」 브리디가 트렌트를 바라보며 앉았다.

"당신은 뭐가 재미있어서 웃고 있는 거야?" 트렌트가 말했다. "내가 무슨 일을 겪었는지 당신은 상상도 못 할 거야. 목소리가 적어도 열 개는 넘었을 거야. 그런데 그것들이 전부 다 내 몸을 기어 올라왔어!"

「열 개라….」 브리디는 자신을 삼켰던 수천 개의 생각과 화상을 입은 불쌍한 C.B.의 손을 생각했다.

트렌트가 진저리를 쳤다. "그것들이 내 옷을 기어올라서 귓속으로 들어갔어. 정말 끔찍했어!"

"알아." 브리디가 공감하듯 대답했다. 그때 베릭 박사가 공책을 잡는 모습이 그녀의 눈에 들어왔다. 박사를 겁주는 건 이미 충분했다. "그런 일이 다시는 일어나지 않을 거라고 내가 장담할게." 「하지만 우리는 정신적으로 대화해야 돼, 입으로 말하는 게 아니라.」 브리디는 박사가 알아낼 수 있는 범위를 최소한으로 국한시키기 위해 그렇게 덧붙였다.

「알았어.」 트렌트가 목을 벅벅 긁으며 말했다. 「나한테 미리 말을 해줬어야지. 휴대폰을 만들 생각만 하고 있었는데, 이런 일이 터져버린 거야!」

「적어도 텔레파시가 얼마나 위험한지는 트렌트가 알게 됐네.」

브리디가 생각했다. 그리고 방어벽을 세우는 방법을 설명하기 시작했다. 「당신은 벽을 상상해야 해….」

「상상하라고?」 트렌트가 경멸스럽다는 듯이 말했다. 「당신은 나한테 이것들을 상상으로 쫓아내라고 가르치려는 거야?」

「아냐, 당신의 두뇌가 전기화학적인 방어벽을 만들어 낼 거야. 하지만 그렇게 하려면 벽을 머릿속에 그려서….」

「슈워츠가 당신한테 그렇게 말했어?」 트렌트가 C.B.를 쳐다보며 말했다. 리잔드라가 그의 무릎을 필사적으로 붙잡고 있었다. 그날 밤 C.B.의 차에서 브리디가 했던 모습과 똑같았다.

「네가 그랬을 때가 훨씬 재밌었어.」 C.B.가 브리디에게 말했다. 브리디가 다시 미소를 지었다. 그러다 트렌트에게 그 모습을 보이지 않는 게 낫겠다는 생각이 들었다.

하지만 트렌트는 브리디를 바라보고 있지 않았다. 그는 아직도 C.B.를 쳐다보고 있었다. 「내가 저런 놈한테 질투심을 느낄 거라고 당신이 생각했다는 사실을 믿을 수가 없어! 베릭 박사가 우리에게 두 사람이 연결되기 위해서는 정서적 유대감이 필수적이라고 말하긴 했지만, 말도 안 되잖아! 내가 노트르담의 꼽추를 질투해?」

「당신은 지금 조금만 까딱하면 내가 저 문을 열어서 벌레들이 당신을 게걸스럽게 먹어치우게 만들어버릴 수도 있는 상황이란 걸 아마 상상도 못 할 거야.」 브리디가 생각했다. 하지만 C.B.는 그녀에게 트렌트를 도와주라고 했다. 그래서 브리디는 트렌트에게 방어벽을 쌓는 과정을 익히도록 했다. 「혹시 목소리가 들려오면 거기에 집중하고 생각해. '저놈들은 절대로 이걸 통과 못 해.'」

트렌트가 고개를 끄덕였다. 「집중해서….」 트렌트의 목소리가 끊겼다.

브리디의 얼굴이 일그러졌다. 「트렌트, 내 소리 들려?」

아무 소리도 없었다. 브리디는 트렌트의 목소리가 전혀 들리지 않았다. 그의 목소리만 끊긴 게 아니었다. 브리디가 트렌트를 가르치는 동안 배경음처럼 끊임없이 들렸던 C.B.의 목소리와 리잔드라의 목소리도 침묵에 잠겼다. 그리고 그녀의 방어벽 뒤에서 항상 중얼거리던 목소리들도 마찬가지였다.

브리디가 C.B.를 흘낏 쳐다봤다. 하지만 C.B.와 리잔드라는 아직도 서로의 목소리를 들을 수 있는 모양이었다. C.B.는 여전히 리잔드라에게 열심히 집중하고 있었고, 리잔드라 역시 여전히 그의 무릎을 죽어라 붙잡고 있었다. 그러면 무슨 일이지?

「결국 C.B.가 어렵긴 하지만 목소리들을 차단해보기로 결정했구나.」 브리디가 생각했다. 「C.B.는 텔레파시를 그들의 손에 넘겨주지 않을 유일한 방법은 이것뿐이라고 결론을 내리고, 리잔드라를 차단한 뒤에 나를 차단한 거야.」

하지만 C.B.가 차단한 거라면, 그는 브리디가 아니라 트렌트를 차단했어야 했다. 어쩌면 브리디가 트렌트에게 이야기를 하고 있었기 때문에, 둘 다를 동시에 차단할 수밖에 없었는지도 모른다. 「C.B., 네가 그런 거야?」 브리디가 소리쳤다.

아무 대답이 없었다. C.B.는 '응', 혹은 '내가 뭘?' 같은 반응만 안 한 게 아니라, 리잔드라의 얼굴에 집중한 그의 모습에 어떤 미동도 없었다.

「C.B.가 내 소리를 못 듣는구나.」 브리디가 생각했다. 그녀는 아무런 소리도 들리지 않았다.

그때 트렌트의 목소리가 돌아와서 비난하듯 말했다. 「왜 내 질문에 대답을 안 해? 내가 담장에 집중하면 되냐고 물었는데, 당신이 대답을 안 했잖아.」트렌트가 셔츠 앞을 반사적으로 쓸어내리다가 멈췄다. 「그리고 벌레가….」

그렇다면 목소리가 차단된 사람은 그녀 혼자라는 의미였다. 「미안해.」브리디가 말했다. 「응. 당신의 담장에 집중하고 생각해. '이건 난공불락이야.' 그 소리를 반복해.」그리고 트렌트가 시작하자마자, 브리디는 차단에 대한 생각으로 돌아갔다. 홍수에 대한 반작용인 게 틀림없었다. 그녀의 정신이 처리할 수 있는 수준 이상으로 목소리들이 너무 많아서, 신경중추가 기절 같은 걸 했을 것이다.

브리디는 그 이야기를 C.B.에게 하는 게 좋을지 고민됐다. C.B.는 이미 걱정할 게 너무 많은 상황이었다. 게다가 C.B.는 이 사람들의 방어벽을 세울 시간이 많지 않다고 했는데, 그녀는 트렌트의 안전실조차 시작하지 못했다.

트렌트는 여전히 「이건 난공불락이야」를 반복하고 있었다.

「좋았어.」브리디가 말했다. 「이제 당신은 그 담장 안쪽에 안전실을 세울 거야.」그리고 그게 어떤 모습이어야 하는지 설명하면서, 또 갑자기 소리가 차단되는지 주의 깊게 들었지만, 그런 일은 다시 일어나지 않았다.

그건 다행이었다. 그들은 지금도 걱정해야 할 일들이 차고 넘쳤다. 리잔드라의 졸도와 트렌트의 경련, 그리고 텔레파시가 얼마나 위험한지에 대한 C.B.의 끔찍한 경고는 베릭 박사에게 전혀 영향을 미치지 않았다. 박사는 열심히 공책에 적고 있었다. 그래서 브리디는 박사의 생각을 들었다.

「리잔드라의 정신적 외상이 너무 커서 저 사람들에 대한 실험을 감시할 수 없는 상황이 되면, 마이클 야콥센과 다우드 부부를 불러와야겠다.」

「오, 안 돼.」 브리디가 생각했다. 「박사에게 다른 텔레파시 능력자가 있었어.」 이건 그들이 트렌트와 리잔드라를 설득해서 텔레파시가 끔찍하다고 믿게 만들어도, 베릭 박사는 연구를 계속할 거라는 의미였다. 브리디는 C.B.에게 말해줘야 했다.

「즐거운 연상이 무슨 말인지 이해가 안 돼.」 트렌트가 말했다.

「그건 당신이 안전하면서도 행복하게 느껴지는 장소여야 한다는 의미야.」 브리디가 멍하니 딴생각을 하며 말했다. 「마치….」

「해밀튼 씨의 사무실 같은 임원실.」

「어련하실까.」 브리디가 생각했다. 「내가 미리 알았어야 했는데.」 브리디는, C.B.가 리잔드라와 너무 바쁜 탓에 이 말을 못 들어서 기뻤다.

「완벽해.」 브리디가 트렌트에게 말했다. 그리고 그에게 임원실의 벽과 가구를 상상하라고 한 후, C.B.에게 말했다. 「너한테 말할 게 있어. 산타페에서 만날 수 있을까?」

「당연하지.」 C.B.가 말했다. 그리고 리잔드라에게 담장에 집중하라고 말한 뒤 안마당으로 들어왔다.

하지만 브리디가 C.B.에게 말해줬을 때, 그는 이미 다른 텔레파시 능력자들에 대해 알고 있었다. "그 사람들은 베릭 박사의 환자들이야. 박사가 그 사람들에 대해 생각하는 걸 들었어. 마이클 야콥센은 EED 수술 이후에 자기 약혼자의 목소리가 들린다고 가장 먼저 박사에게 알렸던 사람이야. 마이클의 약혼자는 그 사람의 목소리를 못 들었어. 하지만 다우드 부부는 둘 다 부분적으로만 텔레파시가 가능해. 박사는 네가 훨씬 가망이 높다고 생각하고 있었어."

"내 빨간 머리 때문이겠지."

"맞아. 야콥센은 붉은빛이 도는 금발이고, 다우드 부부는 둘 다 적갈색이야.」

"아직 아일랜드계와 연관성은 모르는 거지?"

"응. 하지만 박사가 알아내는 건 시간문제야. 빨간 머리는 유전적 특성이니까. 박사는 벌써 유전적인 설명에 관심이 기울고 있어. 그리고 다우드라는 성은 아일랜드계야."

"하지만 슈워츠는 아니잖아. 야콥센은 스칸디나비아 쪽 성이고, 리잔드라의 성은 왈렌스키야."

"그렇지, 그래도 박사한테 다른 이유를 빨리 만들어줘야 해. 박사는 이미 왜 내가 빨간 머리가 아닌지 궁금해하고 있어. 그리고 질문에 대답할 수 있을 정도로 리잔드라가 회복되면, 박사는 리잔드라의 모계가 아일랜드의 마요 지역에서 왔다는 사실을 알게 될 거야."

"어떤 이유가 좋을까?" 브리디가 물었다.

"유전적인 특성에서 박사의 관심을 돌릴 수 있는 게 좋겠지. 뇌 손상이나 약물이라든가. 트렌트가 베릭 박사가 처방해준 신경 안정제를 먹었는지 알아봐. 그리고 혹시 뇌진탕을 당했던 경험이 있는지도. 축구를 하거나 포르쉐를 나무에 들이박거나, 뭐 그런 거. 트렌트가 널 대하는 걸 보면, 갓난아기였을 때 머리부터 바닥에 떨어진 일이 틀림없이 있었을 거야. 그래도 우리가 이용할 수 있을 만한 다른 사건이 있었는지 네가 한 번 알아봐. 목소리의 공격으로부터 그들을 얼마나 오래 보호해줄 수 있을지는 나도 잘 모르겠어." C.B.가 말했다. 그리고 브리디가 차단에 대해 말하기 전에 떠나버렸다.

브리디는 돌아와서 트렌트가 자신의 임원실을 머릿속에 그리는 일을 도와줬다. 트렌트는 몇 달 동안, 아니면 몇 년 동안 임원실을 탐내고 있었던 게 틀림없었다. 트렌트가 원하는 임원실 안의 모습은 벽에 걸어둘 그림까지 자세히 알고 있었다. 「해밀튼 씨의 사무실에는 모딜리아니의 그림이 있는데, 난 안드레아스 거스키나 오로스코가 좋겠어.」

브리디는 리잔드라의 안전실도 트렌트의 임원실만큼 정성들여 만들어졌는지 궁금했다. 아니었다. C.B.가 리잔드라를 가르치는 소리를 들었더니, 리잔드라는 최대한 튼튼하게 만드는 일에 훨씬 더 집중하고 있었다. 「놈들이 문을 박살내고 들어오면 어쩌죠?」 리잔드라가 C.B.에게 걱정스럽게 물었다.

「그런 일은 없어요.」 C.B.가 말했다. 「그래도 더 안전한 느낌을 받고 싶다면 자물쇠를 더 추가해도 됩니다.」

「이중 자물쇠도 되…?」 리잔드라의 목소리가 끊어졌다.

「리잔드라?」 C.B.가 말했다.

"어디 갔어요?" 리잔드라가 말했다. "왜 당신의 목소리가 들리지 않죠?" 브리디도 리잔드라의 목소리가 들리지 않았다. 리잔드라가 입으로 하는 말소리만 들렸다. 하지만 C.B.의 생각은 여전히 들렸다.

「전 여기 있어요, 리잔드라.」C.B.가 말했다. 「당황하지 마세요. 목소리는 못 들어와요.」

"당신의 소리가 안 들려요." 리잔드라가 목소리를 높여 말했다.

"무슨 일이죠?" 베릭 박사가 물으며 자리에서 일어섰다.

「저한테 말하세요, 리잔드라.」C.B.가 말했다. 「무슨 일인지 말해줘요.」

리잔드라가 겁을 집어먹고 동그랗게 뜬 눈으로 C.B.를 쳐다봤다.

"리잔드라." C.B.가 리잔드라를 살짝 흔들었다. "리잔드라."

"당신의 목소리가 들리지 않아요." 리잔드라가 말했다. "당신 마음의 목소리 말이에요. 그래도 당신이 입으로 하는 소리는 지금도 들을 수 있어요."

C.B.가 얼굴을 찌푸렸다. "다른 목소리는 어떤가요? 다른 목소리는 들리나요?"

"아뇨."

「브리디, 리잔드라에게 말을 해봐.」C.B.가 말했다.

「리잔드라, 제 말이 들리세요?」브리디가 물었다.

"저 소리 들리세요?" C.B.가 리잔드라에게 물었다.

"무슨 소리요? 안 들… 아, 이제 다시 들려요."

"제가 무슨 일인지 물었잖아요." 베릭 박사가 그들에게 다가오며 따져 물었다.

"쉿." C.B.가 말했다. 「리잔드라, 무슨 일이 있었는지 말해주세요.」

「모든 게 갑자기 조용해졌어요. 아까처럼요. 그리고 당신의 목소리가 들리지 않았어요. 아무 소리도 안 들렸어요.」

「목소리가 서서히 약해졌나요?」 브리디가 물었다. 「아니면 갑자기 뚝 끊어졌나요?」

「갑자기 끊어졌어요. 누군가 스위치를 내려버린 것 같았어요.」

「그리고 똑같은 식으로 다시 들렸나요?」

리잔드라가 고개를 끄덕였다. 그러자 C.B.가 물었다. 「브리디, 왜…?」

브리디가 C.B.를 쳐다봤다. 이번에는 C.B.에게 안마당에서 만나자고 말할 필요도 없었다. 그가 즉시 안마당에 나타나서 말했다. "왜 리잔드라에게 그걸 물어봤어?"

"나한테 일어난 일하고 똑같았거든."

"언제?"

"몇 분 전에."

"네가 트렌트의 목소리를 처음 듣기 시작했을 때 가끔씩 간헐적으로만 들을 수 있던 상태와 비슷한 거야?"

"아냐." 브리디가 말했다. "이건 훨씬 더 갑작스러워. 다른 사람이 전화기를 갑자기 끊어버려서 더 이상 못 듣는 것과 비슷해. 내 방어벽 밖의 목소리들까지 포함해서. 그때 트렌트도 내 목소리를 못 들었을 거야. 트렌트가 나한테 어디로 갔느냐고 물었거든."

"리잔드라도 나한테 똑같이 말했어." C.B.가 생각에 잠긴 표정으로 말했다. "그리고 조금 전에 리잔드라가 입말을 할 때, 나는 밑에 깔린 생각을 들을 수 없었어. 나는 아까 리잔드라에게 그 일이 일어났을 때, 그녀가 너무 병적으로 흥분한 상태라서 내 소리를 못 듣는 거라고 짐작했었는데, 너도 똑같은 경험을 했다면…
그게 얼마나 오래 지속됐어?"

"아마 1분쯤이었을 거야. 원인이 뭔지 알겠어?"

"나도 너처럼 추측할 수밖에 없어." C.B.가 말했다. "있잖아,
다시 그런 일이 일어나면 나한테 말해줘, 알겠지?"

"어떻게? 너도 내 목소리를 못 들을 거야. 아까 널 불러봤는데,
난 보내지도 못하고, 받지도 못했어."

"알았어. 그러면 나한테 입으로 말해. 그리고 트렌트의 안전실
을 최대한 빨리 마무리해줘. 이게 홍수의 후유증이라면, 또 무슨
일이 일어날지 누가 알겠어." C.B.가 말했다. 그리고 즉시 리잔
드라를 가르치는 일로 돌아갔다.

브리디는 트렌트에게 관심을 돌렸다. 「당신의 임원실이 어떻
게 보이는지 나한테 자세히 설명해줘.」 브리디가 말했다.

「난 아직 안 마쳤어.」 트렌트가 말했다. 「책상을 어떤 종류로
하면 좋을지 고민 중이야. 해밀튼 씨는 마호가니인데, 내 생각엔
티크로 하는 게 더 전문적으로….」

「그건 상관없어.」 브리디가 말했다. 「중요한 건….」

「하지만 나한테 모든 걸 자세하게 상상하라고 했잖아. 내가 어
떻…?」 트렌트의 말이 끊어졌다.

「트렌트?」 브리디가 말했다. "트렌트?"

"응?" 트렌트가 입으로 말했다. "나한테 정신적으로 말하라
고 했잖아."

「그랬지.」 브리디가 말했다. 「내 소리 들려?」

트렌트는 대답하지 않았다.

"방금 내가 말한 거 들렸어?" 브리디가 입으로 물었다. "내가 정신적으로 말을 걸었을 때?"

"아니." 트렌트가 말했다. 그리고 브리디는 트렌트의 표정을 보고 그가 뭔가 그녀에게 말한 뒤 대답을 기다리고 있다는 걸 알 수 있었다. 하지만 그 소리는 오지 않았다.

「C.B.」브리디가 말했다. 하지만 벌써 C.B.도 그녀에게 물어보기 시작하고 있었다. 「무슨 일이야? 이제 트렌트에게도 그런 일이 일어난 거야?」

「그런 것 같아. 트렌트의 목소리가 단어 중간에 끊겼어.」

"무슨 일이에요?" 베릭 박사가 물었다.

브리디도, C.B.도 박사의 말에는 관심이 없었다. 「트렌트?」 C.B.가 물었다. 「내 소리 들려요?」

「트렌트가 목소리를 들을 수 있는 사람은 나뿐이야.」 브리디가 C.B.에게 상기시켰다.

「그러면 네가 불러봐.」 C.B.가 말했다. 그리고 브리디가 반복해서 말할 때 트렌트를 조심스럽게 관찰했다. 「브리디가 트렌트에게, 이리 와, 트렌트.」

트렌트는 여전히 대답이 없었다. 하지만 그의 얼굴에 의심스러운 표정이 나타났다. "당신이 이렇게 하는 거면⋯." 트렌트가 C.B.를 보며 말했다.

"뭘 해요?" C.B.가 말했다. "무슨 일인지 말해줘요."

"워스 씨의 텔레파시가 끊겼나요?" 베릭 박사가 물었다.

"쉿!" C.B.가 말했다. "워스 씨, 플래니건 씨의 목소리가 들리세요?"

"아뇨." 트렌트가 브리디를 비난하듯 노려보며 말했다. "브리디에게 제 임원실에 놔둘 책상에 대해 물었는데…."

"임원실요?" 베릭 박사가 끼어들었다. "대체 무슨 소리예요? 슈워츠 씨, 당신이…."

"쉿!" C.B.가 말했다. "그리고 무슨 일이 있었나요, 트렌트?"

"갑자기 브리디가 나한테 자기 말소리가 들리냐고 입으로 물어봤어요. 그래서 내가 그렇다고 했지만, 브리디는 내 소리를 듣지 않았어요. 그리고 브리디가 나한테 정신적으로 말을 했는지는 모르겠지만, 나도 그 소리가 안 들렸어요. 아무 소리도 안 들려요."

"목소리들도 안 들리나요?"

"네. 아무런 소리도 안 들려요. 잠깐 들리더니…." 갑자기 트렌트의 생각이 브리디에게 들렸다. 「…그리고는 안 들려요.」

「이제 트렌트의 목소리가 들려.」 브리디가 C.B.에게 말했다.

「나도 들려.」 C.B.가 말했다. "워스 씨, 플래니건 씨의 목소리가 들리나요?"

"네."

"지금 무슨 일이 일어나고 있는지 나도 알아야 되겠어요." 베릭 박사가 말했다.

"우리도 몰라요." C.B.가 말했다.

「거짓말쟁이.」 트렌트가 생각했다. 「슈워츠가 이 사건의 배후에 있을 거야. 소위 방어벽이란 게 이런 일을 일으켰는지 우리가 어떻게 알겠… 아, 안 돼. 벌레들이 다시 왔어!」 그리고 트렌트는 미친 듯이 다리를 문지르기 시작했다.

「잘됐네.」 브리디가 생각했다. 「트렌트는 목소리들 때문에 박사한테 그 이야기를 못 할 거야.」그리고 트렌트에게 말했다. 「트렌트, 이래서 당신에게 안전실이 필요한 거야. 그림에 대해서는 잊고, 벽을 상상하는 일을 마무리하자.」

"당신들도 모른다니, 그게 무슨 말이에요?" 베릭 박사가 물었다.

"우리도 모른다고요." C.B.가 말했다. "잠깐 동안 워스 씨와 텔레파시가 끊겼다가 다시 돌아왔어요."

C.B.는 별일이 아닌 것처럼 말하고 싶은 것이다. 「그러면 나도 도와야겠네.」브리디가 생각했다.

"드문 일은 아니에요." 브리디가 말했다. "트렌트와 저도 소통 중에 틈이 생기곤 했어요. 처음에 우리가 연결된 후 몇 시간 동안 가끔씩 단어 몇 개와 문장 정도밖에 못 들었어요. 그렇지, 트렌트?"

"응. 그런데….." 트렌트가 말하기 시작했다.

브리디가 트렌트 말을 잘랐다. "박사님이 스트레스가 연결에 방해가 된다고 했잖아요." 브리디가 박사에게 말했다. "그리고 트렌트와 리잔드라 씨는 조금 전에 엄청난 스트레스 상황을 겪었어요." 「그리고 스트레스는 목소리들이 다시 뚫고 들어오는 원인이 되기도 해.」브리디가 트렌트에게 말했다. 「그러니까 당신은 지금 당장 안전실에 자물쇠를 달아야 해.」

「그럴게.」 트렌트가 말했다. 그리고 허둥지둥 자물쇠를 머릿속에 그리기 시작했다. 그사이 브리디는 다시 안마당으로 돌아가서 이 일의 배후에 C.B.가 있다는 트렌트의 말을 곱씹어봤다.

C.B.가 배후에 있다고? 차단되었을 때는 마치 누군가 그녀와 목소리들 사이에 방음벽을 설치한 것처럼 느껴졌다. 그녀의 방

어벽처럼. 하지만 훨씬 효과가 좋았다. 그렇지만 C.B.는 목소리들을 막을 힘이 없다고 했었는데, 그건 거짓이 아니었다. C.B.가 얼마나 피곤한 상태인지는 잘 안다. 지금 리잔드라를 가르치는 C.B.의 모습을 보면 알 수 있었다. 그의 얼굴에는 피로 때문에 생긴 주름과 눈 밑의 그늘이 보였다. 저건 속임수가 아니다.

브리디는 목소리들을 완전히 차단하는 건 잠깐밖에 할 수 없다던 C.B.의 말을 믿는다. 하지만 이게 지금 그런 식이었다. C.B.가 그 일을 했을 수도 있다. 그런데 겨우 몇 분간 저들을 막는 게 무슨 소용이 있지? 그런 거로는 텔레파시가 더 이상 작동하지 않는다고 베릭 박사를 설득하기 힘들 것이다. 그리고 C.B.가 이런 단절의 배후에 있다면, 그걸 별일 아닌 것처럼 말하지 않았을 것이다.

「자기는 이런 일과 전혀 무관하며 자연적으로 일어나는 일이라고, 저들이 생각하도록 만들려는 게 아니라면 말이지. 그러면 C.B.는 베릭 박사가 촬영을 하려고 할 때 텔레파시가 끊긴 척할 수 있어.」그러면 브리디가 끊어졌던 이유도 설명이 된다. C.B.는 그녀도 한 번은 끊어서 그런 단절이 모든 사람에게 일어나는 것처럼 보여줘야 했던 것이다. 그리고 이건 C.B.가 왜 기꺼이 촬영을 받겠다고 동의했는지도 설명이 된다. C.B.는 촬영을 받을 생각이 전혀 없었던 것이다.

「트렌트의 안전실은 어떻게 되어가?」C.B.가 물었다. 「목소리들을 버틸 수준은 아직 안 됐어?」

「될 것 같아.」

「좋았어.」C.B.가 대답했다. 「왜냐하면 내가….」

C.B.의 목소리가 끊겼다. 브리디가 생각했다. 「C.B.가 나를

다시 차단했구나.」하지만 왜지? 다른 사람들에게 확신을 주려는 목적이라면 그녀를 한 번만 차단해도 된다.

「임원실을 다 만든 뒤에는 이제 뭘 해야 돼?」그녀에게 트렌트의 목소리가 들렸다.

「내가 차단당한 게 아니라는 뜻이네.」브리디가 C.B.를 슬쩍 쳐다봤다.

C.B.는 귀를 기울이는 듯 고개를 들고 있었는데, 충격을 받아 어쩔 줄 모르는 얼굴이었다. 「C.B.」브리디가 그를 불렀다. 「무슨 일이야?」하지만 C.B.는 대답이 없었다.

「차단된 사람이 C.B.이기 때문이야. 그래서 C.B.의 목소리가 나한테 들리지 않는 거야. 목소리가 나한테 전달되지 못하니까.」 아니면 저 사람들에게 믿게 하려고 그러는 걸 수도 있다. C.B.도 차단당한 희생자라면 아무도 그가 단절의 원인이라고 의심하지 않을 테니까 말이다.

하지만 C.B.가 속임수를 부리는 거라면, 왜 큰소리로 "나도 금방 끊겼어"라고 말하지 않을까? 그리고 베릭 박사에게 텔레파시에 뭔가 이상이 생겼다며, 텔레파시가 사라진 것 같다고 말하지 않는 걸까? C.B.는 그저 어리벙벙한 얼굴로 가만히 서 있기만 했다.

「이건 C.B.가 꾸민 일이 아니야.」브리디가 생각했다. 1분 후 그 상황이 끝나자, C.B.가 말했다. 「브리디, 네가 일어났던 일이 방금 나한테도 일어난 것 같아.」그래서 브리디는 C.B.에게 원인이 뭐냐고 물었다. C.B.가 말했다. 「모르겠어.」브리디는 C.B.의 말을 믿었다.

「너한테 그 일이 일어났을 때,」C.B.가 말했다. 「혹시…?」

브리디는 갑자기 침묵으로 둘러싸였다. 「C.B.가 다시 끊겼나?」 브리디는 궁금했다. 하지만 이번에는 끊긴 사람이 자신이라는 게 분명하게 느껴졌다. 브리디는 트렌트의 생각도 들을 수 없었다. 목소리들도.

「C.B.?」이 상태에서는 메시지를 보낼 수 없는 게 확실했지만, 그래도 브리디는 그의 이름을 불러봤다. 그리고 곧 입으로 말했다. "나한테 다시 일어났어."

"그래?" C.B.가 말했다. 그의 목소리와 얼굴에 담긴 혼란과 걱정을 거짓으로 만들어낼 수는 없었다.

「C.B.가 일으킨 일이 아니야.」브리디가 생각했다. 「난 확신할 수 있어.」하지만 그러면 뭐지? 아니면 누구? 「메이브다.」브리디가 생각했다. 그리고 그녀는 자신이 끊겨 있어서 트렌트나 리잔드라가 그 이름을 듣지 못한 게 다행이라는 생각이 들었다. 「메이브가 이 짓을 하고 있는 거야.」

메이브는 자기 성에 가만히 있기로 약속했었다. 하지만 메이브는 자기 방어벽이 자신을 보호해줄 거라고 확신하고 있었고, 그저 약속만으로는 메이브를 막을 수 없을 것이다. 메이브는 자기 엄마에게 수없이 많은 것들을 하지 않겠다고 약속하고도 그 즉시 나가서 그 짓을 했다.

「메이브하고 이야길 해야 돼.」브리디가 생각했다. 하지만 텔레파시가 끊긴 상태에서는 할 수 없었다. 그리고 단절이 끝나고 나면 트렌트와 리잔드라가 그녀의 소리를 들을 수 있었다. 그리고 지금 그녀에게 가장 중요한 일은 그들의 레이더에 메이브가 잡히지 않도록 하는 것이었다.

「저들이 동시에 끊길 때까지 기다려야 해.」브리디가 생각했다. 「그런 일이 일어날지는 모르겠지만.」지금까지 단절은 겨우 1, 2분 정도밖에 이어지지 않았다. 이번 건 조금 더 길게 진행되는 것 같긴 하지만 말이다.

「만일 단절이 점점 길어진다면 겹치기 시작할 거야. 그러면 나는 할 수….」브리디가 생각했다. 그리고 그때 갑자기 소리가 들려왔다.

리잔드라가 C.B.에게 말하고 있었다. 「제 생각엔 문이 놈들을 막을 수 있을 정도로 튼튼하지 않은 것 같아요.」그렇다면 리잔드라는 차단되지 않은 게 확실했다.

「트렌트?」브리디가 그의 이름을 불렀다.

「트렌트는 통신두절 상태야.」C.B.가 말했다. 「너도 그랬지?」

「조금 전까지 그랬어. 우리가 동시에 끊긴 거야?」

「확실하게는 모르겠어. 단절이 점점 길어지는 것 같아.」

「좀 더 튼튼한 자물쇠가 필요해요.」리잔드라가 말했다. 「이중 자물쇠만으로는 안 돼요, 난….」"또 일어났어요!"

"나한테도 일어났어요." 트렌트가 끼어들었다.

"뭐라고요…?" 베릭 박사가 C.B.에게 다가가며 말했다.

「난 여기에 머물면서 C.B.를 도와줘야 하는데.」브리디가 생각했다. 하지만 이게 더 중요했다. 그리고 이번이 아무도 듣지 않는 동안 메이브와 대화할 유일한 기회일지도 몰랐다. 브리디는 안마당으로 뛰어들어서 문을 닫고 메이브를 불렀다. 「지금 당장 너하고 이야기해야겠어.」

대답이 없었다.

「그럴 줄 알았어.」브리디가 생각했다. 「메이브는 내가 물어볼 줄 알았을 테니까. 신디!」브리디가 다시 불렀다. 「라푼젤! 메이브! 지금 즉시 대답해!」

여전히 대답이 없었다. 브리디에게 남아 있는 시간이 빠르게 줄어들고 있었다. 리잔드라나 트렌트가 곧 단절에서 돌아올 수 있었다. 아니면 브리디가 안전실로 들어간 걸 C.B.가 알아채고….

「나한테 이런 짓을 하다니 믿을 수가 없어요!」메이브가 말했다. 「난 C.B. 아저씨 말대로 성 안에 있었어요. 그리고 아무한테도 말을 하지 않았어요. 그런데 어떻게 나를 차단해버릴 수가 있어요?」

32

"이번에는 꼬리 끝부터 시작해서 아주 천천히 사라졌다."
— 루이스 캐럴, '이상한 나라의 앨리스'

「쉿, 메이브.」브리디가 말하며 반사적으로 리잔드라와 트렌트와 베릭 박사를 쳐다봤다. 「그렇게 큰 소리로 말하지 마. 저 사람들이 네 목소리를 들을 거야.」

「아뇨, 못 들어요.」메이브가 말했다. 「난 방화벽 열다섯 개와 암호화된 벽으로 둘렀어요. 이모도 나를 차단할 필요가 없었다고요! 나한테 이런 짓을 하다니 믿을 수가 없네요!」

「무슨 일이 있었는지 자세히 말해줘.」

「흥! 모르는 척하기는!」

「난 몰랐어.」브리디가 말했다. 「맹세해. 말해줘.」

「C.B. 아저씨의 목소리를 듣고 있었어요. 아저씨는 듣지 말라고는 안 했잖아요. 말하지 말라고만 했지. 그런데 갑자기 아무 소리도 들을 수가 없었어요. 갑자기 노트북이 다운되면서 파란 화면이 뜨는 것과 비슷했어요. 알죠? 아무 소리도 안 들렸어요. 심지어 좀비들 소리까지.」

「그래서 어떻게 됐어?」

「그래서 이모랑 C.B. 아저씨한테 소리를 질렀죠. 나한테 이런 짓을 했다는 걸 믿을 수가 없어요. 이건 말도 안 돼요!」

「아무 소리도 들리지 않을 때 넌 뭘 했어?」 브리디가 물었다.

「리부팅하려고 했죠. 하지만 안 됐어요. 난 생각할 수 있는 모든 키를 두드렸는데….」

「모든 키라니?」

「네, 있잖아요, 키보드에 있는 키요. 진짜 키는 아니에요, 그냥 상상한 거죠. 안전실이나 이모의 라디오처럼요. 아무튼, 노트북을 머릿속에 그려서, 노트북이 다운되었을 때 할 수 있는 모든 걸 다 했어요. 껐다가 다시 켜기도 하고, 초깃값으로 리셋도 하고요. 이게 무슨 검열용 칩 같은 걸지도 몰라서요. 그런데 아무리 해도 리부팅이 안 됐어요. 그런데 그때 소리가 다시 켜졌어요. 그냥 그렇게요.」

「그게 얼마나 길었어? 네가 목소리를 못 들었던 시간 말이야.」

「진짜로 길었어요. 15분쯤 된 거 같아요. 나한테 그럴 필요는 없었어요. C.B. 아저씨가 하라는 대로 했단 말이에요. 도개교를 올리고, 창살문을 내리고, 탑으로 가서 거기에 있었어요. 난 어떻게 되어가는 건지 알고 싶었을 뿐이에요.」

「그리고 넌 아무 짓도 안 하고 듣기만 했다는 거지?」

「그래요!」 메이브가 분노에 차서 소리쳤다. 「말했잖아요. 내….」

메이브의 목소리가 단어 중간에 끊겼다.

「아, 안 돼. 이제 내가 끊겼네.」브리디가 생각했다. 이러면 메이브의 화를 돋울 텐데…. 메이브는 또 그들이 차단했다고 생각할 것이다. 그때 리잔드라의 목소리가 들렸다. 「또 일어났어요. 왜 계속 이런 일이 일어나죠?」그래서 끊긴 사람이 그녀 자신이 아니라 메이브라는 사실을 깨달았다.

「이러면 걔를 더 화나게 만들 거야.」브리디가 생각했다. 「C.B. 에게 말해줘야 해.」하지만 어떻게? 다른 사람이 엿듣는 위험을 감수할 수는 없었다. 그녀는 리잔드라와 트렌트가 동시에 단절될 때까지 기다려야 했다. 하지만 들리는 소리로 볼 때, 둘 다 끊어진 상태가 아니었다. 그들은 왜 단절이 일어나는지 알아내려 아우성을 치고 있었다.

"저도 몰라요." C.B.가 그들에게 말했다.

"그럴듯하긴 한데," 트렌트가 말했다. "당신이 이런 일을 하지 않았다고 우리가 어떻게 알아?" 트렌트가 고개를 돌려 베릭 박사에게 말했다. "우리가 필요한 자료를 얻지 못하게 하려고 텔레파시를 단절시켰을 수도 있어요. 이 '도움'이라는 게 실은 고의로 방해하려고 꾸민 계략일 수도…. 이거, 봤죠? 슈워츠 저 사람이 또 나를 차단했어요."

「잘 됐다. 한 명은 다운됐고.」브리디가 생각했다.

"슈워츠 씨, 당신이 제 환자들의 텔레파시에 간섭을 하는 거라면…." 베릭 박사가 위협적으로 앞으로 나오며 말했다.

"슈워츠 씨가 그런 게 아니에요." 브리디가 그들 사이에 끼어들며 말했다. "우리도 차단됐어요. 그리고 원인이 뭔지는 저희도 몰라요."

"그게 사실인가요?" 베릭 박사가 따져 물었다.

"네." C.B.가 말했다. "저도 생각을 해봤지만…, 리잔드라 씨가 처음 경험했죠. 그렇죠, 플래니건 씨?"

"네." 브리디는 부디 그게 C.B.가 자신에게 바란 대답이길 바라며 말했다.

"그렇죠. 처음에 리잔드라 씨에게 일어나고, 그다음이 플래니건 씨였어요." C.B.가 그들을 차례로 가리키며 말했다. "그리고 다시 리잔드라 씨, 그리고 워스 씨…."

"그게 일어난 순서를 안다고 해서 무슨 차이가 있죠?" 베릭 박사가 조급하게 물었다.

"제 생각에는 리잔드라 씨가 원인으로 보이기 때문입니다."

"저요?" 리잔드라가 화를 냈다. "저의 영적 재능은 제가 가진 전부예요. 왜 제가…?"

"고의로 한 건 아니죠." C.B.가 말했다. "베릭 박사님, 플래니건 씨에게서 정보를 얻어내려고 할 때 리잔드라 씨에게 신경안정제를 주셨죠. 그 약 때문에 들리는 목소리의 숫자를 조절하는 리잔드라 씨의 능력이 감소됐어요. 그래서 훨씬 많은 목소리를 듣기 시작했죠. 수백 명의…."

"수천 명," 리잔드라가 말했다. "수백만 명이었어요."

"그렇죠." C.B.가 말했다. "리잔드라 씨는 정신으로 통제할 수 있는 숫자를 훨씬 넘어서는 목소리들을 갑자기 듣게 되었습니다. 그래서 리잔드라 씨의 정신이 멈춰버렸죠. 전기 시스템에 과부하가 걸렸을 때 퓨즈가 나가는 것처럼요."

「그러면 메이브 말이 맞았네.」 브리디가 생각했다. 「시스템이 다운됐던 거야.」

"하지만 난 신경안정제를 안 먹었어요. 당신들도 안 먹었고." 트렌트가 브리디와 C.B.를 가리키며 말했다. "그런데 왜 우리까지 차단된 거죠?"

"우리 세 명은 모두 리잔드라 씨와 텔레파시로 연결되어 있었으니까요." C.B.가 말했다. "목소리들과 이에 대한 리잔드라 씨의 반응이 폭포처럼 그녀에게서 우리에게로 차례차례 떨어졌던 겁니다. 그리고 리잔드라 씨의 정신이 차단되자 우리도 그렇게 된 거죠. 전기차단기가 작동할 때처럼 차단기가 하나 내려가면, 다음 차단기가 내려가고, 또 다음이 내려가고."

「아깐 퓨즈라더니, 차단기가 아니라.」 브리디가 혼잣말을 했다. 「그리고 이게 홍수에 대한 반응이라면, 왜 그때 일어나지 않고 30분이나 지난 뒤에 시작됐을까?」

하지만 베릭 박사는 그 설명에 문제가 있다고 생각하지 않는 모양이었다. C.B.의 나머지 설명에 대해서도. "그렇다면, 신경안정제의 약효가 떨어지면, 이 단절은 지속기간이 점점 짧아지다가 멈추겠네요." 박사가 말했다.

C.B.가 고개를 끄덕였다.

"저는 각 단절이 시작되는 때를 정확히 알고 싶습니다." 그리고 C.B.와 브리디가 트렌트와 리잔드라에게 목소리들이 들리자마자 안전실로 들어가는 훈련을 시키고 있을 때, 베릭 박사는 단절의 패턴과 기간을 표로 만들었다.

단절 기간은 눈에 띄게 길어지지 않았다. 하지만 짧아지지도 않았다. 그래서 트렌트와 리잔드라는 겹쳐지지 않았다. 덕분에 브리디는 C.B.에게 메이브도 같은 현상이 있다는 이야기를 할 기회가 없었다.

실제로 메이브에게 그런 일이 있는지는 의문이지만 말이다. 「메이브가 그렇게 이야기했다고 해서 그게 진실이란 뜻은 아니야.」 브리디가 생각했다. 메이브는 거짓말을 할 수 있는 자질을 완벽하게 갖췄고, 또 실제로도 아주 잘했다. 메리 클레어 같은 사람이 엄마라면 그래야만 했을 것이다. 메이브의 이야기는 전부 다 브리디가 자신을 의심하지 않도록 만들기 위해 꾸며낸 이야기일 수도 있었다.

「내가 그만두라고, 너무 위험하다고 말할 거라는 사실을 알았을 테니까.」 하지만 메이브가 아무리 뛰어난 재능을 가지고 있다고 하더라도 불가능한 계획이었다. 조금이라도 효과를 일으키기 위해서는 베릭 박사와 트렌트가 텔레파시가 영구히 사라졌다고 믿을 수 있을 정도로 오랫동안 트렌트와 리잔드라를 차단해야만 할 텐데. 며칠이 걸릴 수도 있고 몇 주가 걸릴 수도 있는 일이었다. 게다가 메이브는 오로지 깨어있을 때만 그 일을 계속할 수 있다.

설령 메이브가 그걸 어떻게든 해낸다고 하더라도, 베릭 박사를 설득하지는 못할 것이다. 박사에게는 텔레파시를 하는 다른 환자들이 있다. 메이브는 그들을 차단하지 못한다. 심지어 그런 사람들이 존재하는지조차 모른다. 혹시 메이브가 브리디와 C.B.가 그 사람들에 대해 이야기를 나누는 걸 들었더라도, 그들의 목소리를 들어본 적이 없으므로 아우성치는 수천 개의 목소리 중에 그들을 찾아낼 방법은 없었다. 그리고 이미 메이브는 트렌트와 리잔드라를 한 번에 2분 이상 차단하는 것조차 어려움을 겪고 있었다.

그게 아닐 수도 있다. 브리디가 단절에서 빠져나왔을 때, 베릭 박사가 이번 단절은 거의 6분이나 지속됐으며 단절이 일어나는 주기가 서서히 짧아지고 있다고 그녀에게 말해줬다. "무슨 일이 일어나고 있는지 정확하게 알기 위해서 여러분 모두에 대한 fCAT 촬영을 했으면 합니다."

브리디는 반사적으로 C.B.에게 눈이 돌아갔다. 그리고 그가 베릭 박사에게 별로 좋은 생각이 아니라고 말해주길 바랐다. 하지만 C.B.가 말했다. "좋습니다. 뭐라도 알아낼 수 있겠죠."

「메이브, 네가 지금 무슨 일을 벌였는지 봐.」 브리디가 생각했다. 그리고 C.B.에게 동의하지 말아야 한다고 신호를 보낼 방법을 생각해내려고 애썼지만, 벌써 베릭 박사가 이렇게 말하고 있었다. "슈워츠 씨, 당신과 리잔드라 씨를 먼저 촬영하겠습니다. 이쪽으로 오시죠." 그리고 복도로 그들을 안내했다.

「제발, 제발 네 안전실에 들어가 있어, C.B.」 브리디가 생각했다.

「괜찮아. 이미 들어와 있어.」 C.B.가 말했다.

「촬영을 받으면 안 돼.」

「해야 돼. 무슨 일이 일어나고 있는지 나도 알아야겠어.」

「넌 이해를 못 해.」 브리디가 말했다. 「내 생각엔….」 다시 목소리들이 사라졌다.

「메이브.」 브리디는 분노에 차서 생각했다. 「네가 이 짓을 하는 거라면….」 하지만 메이브는 그녀의 목소리를 들을 수 없다. 아무도 못 듣는다. 브리디는 침묵의 돔 아래에 갇혔다.

「메이브는 내가 C.B.에게 말하지 못하게 하려고 이러는 거야.」
브리디가 생각했다. 희망적으로 생각하자면, C.B.의 촬영에 아
무것도 나타나지 않도록 메이브가 조처를 했을지도 모른다. 하지
만 메이브의 간섭 징후가 촬영에 나타나면 어쩌지? 브리디는 메
이브와 이야길 나눠야 했다. 하지만 여기에 이렇게 갇힌 상태에
서는 그럴 수 없었다.

「전화로 하면 되잖아.」 브리디가 생각했다. 트렌트의 의심을
받지 않으면서 여기에서 나가 그에게서 벗어날 수만 있다면 말
이다.

다른 사람들이 그 방을 나가자마자 트렌트가 휴대폰을 꺼냈다.
브리디는 트렌트가 누군가에게 문자를 보내기 시작할 때까지 기
다렸다가 말했다. "베릭 박사한테 난 화장실에 갔다고 말해줘."

트렌트가 보일 듯 말 듯 고개를 끄덕였다. 그래서 브리디는 실
험실을 빠져나가 복도를 따라 걸었다. 그리고 베릭 박사의 사무
실을 통과해서 현관 쪽으로 갔다. 브리디는 첫날 밤에 도망칠 때
처럼 계단통으로 뛰어가서 그 안으로 쏙 들어갔다. 그녀는 휴대
폰을 꺼내서 아직 단절된 상태인지 확인하기 위해 잠깐 귀를 기
울인 뒤 메이브에게 전화했다.

메리 언니가 받았다. "브리디, 미안해." 메리 언니가 쾌활하게
말했다. "하지만 메이브하고 통화시켜줄 수는 없어. 메이브는 전
화 이용 권한이 없어. 지금 외출금지 상태거든."

"외출금지?"

"응. 메이브가 '뇌, 뇌, 뇌!'를 보다가 나한테 걸렸어. 좀비 영

318

화를 보지 말라고 분명히 일렀는데, 이건 일부러 나한테 반항하
는 거야. 혹시 너는 메이브가 그런 영화를 보는지 알고 있었니?"

"아니." 브리디가 거짓말을 했다. "그런데 어떻게 잡았어?"

"우나 고모네에 수프 심부름을 시키려고 걔 방에 들어갔거든.
우나 고모가 다시 류머티즘이 도지는 것 같아 걱정이 돼서 말이
야. 오늘 아침에 내가 고모한테 전화했었는데 통화하기 싫다고 하
시더니, 이제는 아예 전화도 안 받아. 그래서 누군가 고모의 건강
상태를 확인해줬으면 좋겠다고 생각하고 있었는데, 캐슬린도 전
화를 안 받더라고. 아무튼, 그래서 메이브한테 고모네에 다녀오
라는 심부름을 시키려고 방으로 들어갔는데, 그때 메이브가 노트
북으로 그 끔찍한 좀비 영화를 보고 있었어. 걔는 화면을 까맣게
바꾸려고 했지만, 그러기엔 너무 늦었지. 그런데 다행히 앞부분
을 몇 분 정도밖에 못 봤더라고. 그 영화를 끝까지 다 봤으면 앞으
로 몇 주는 악몽을 꾸었을 거야. 메이브한테 할 이야기가 뭐야?"

"중요한 이야긴 아냐." 브리디가 생각했다. 「범인은 메이브가
아니야.」 메이브가 목소리들을 차단하고 자기도 차단당한 척했던
거라면, '뇌, 뇌, 뇌!'를 보다가 엄마에게 들키진 않았을 것이다.

그렇다면 C.B.의 말대로 퓨즈가 나가거나 차단기가 내려진 상
황인 모양이었다. 그런데 C.B.는 약효가 떨어지면서 단절이 점
차 짧아질 거라던 베릭 박사의 말에 동의했었다. 그러나 그런 식
으로 진행되지 않았다. 브리디는 실험실로 돌아올 때까지도 차단
된 상태였고, 비서와 통화 중이던 트렌트는 통화를 잠깐 멈추고
브리디에게 자기도 다시 차단됐다고 말했다. 그리고 베릭 박사가
C.B.와 리잔드라와 함께 돌아왔을 때, C.B.에게 먼저 단절이 일

어난 뒤 리잔드라에게도 뒤이어 일어나는 바람에 확실한 결과를 얻지 못했다는 이야길 들었다.

더 안 좋은 소식은, C.B.는 차단 상태가 12분 동안이나 지속됐으며, 리잔드라는 거의 18분째 차단 상태였는데, 아직도 거기에서 빠져나올 기미가 없다는 사실이었다. "단절 기간이 줄어들지 않아요." 베릭 박사가 말했다. "점점 더 길어지고 있다고요! 슈워츠 씨, 이에 대한 당신의 의견은 뭔가요?"

"전혀 떠오르는 게 없어요." C.B.가 말했다. "어쩌면 혹시…." C.B.가 종이를 집어 들더니 도표를 그리기 시작했다. "보세요. 단절은 리잔드라 씨에게 가장 먼저 일어나고, 이어서 플래니건 씨, 그리고 다시 리잔드라…."

"그건 저희도 다 아는 사실이에요." 베릭 박사가 말했다.

"그리고 이어서 워스 씨와 저." C.B.가 도표에 연결선을 그리며 계속 말했다. "그리고 다시 플래니건 씨, 그리고 리잔드라 씨."

"예, 예, 우리도 안다니까요." 베릭 박사가 성급하게 안달하며 말했다.

"그렇죠. 하지만 이 반복되는 형태를 보세요." C.B.가 그들에게 도표를 보여줬다. "단절은 리잔드라 씨에서 시작되었는데, 계속 다시 리잔드라 씨에게로 되돌아가고 있습니다. 이렇게 진행된다는 건, 이게 폭포가 아니라 되먹임 순환이라는 의미일 수도 있습니다.」

「되먹임 순환?」 브리디가 생각했다.

"그렇다면, 한 사람에게서 다른 사람에게 단절이 옮겨갈 때마다 효과가 더 강해진다는 의미겠죠."

"무슨 효과요? 과부하?"

"아니면, 단절에 대한 리잔드라 씨의 반응이요." C.B.가 말했다. "유입된 텔레파시 신호가 차단기를 내린 게 아니라 일종의 신호 억제자를 촉발시킨 건 아닐까요? 모든 사람이 연결되어 있기 때문에 그런 작용이 다른 사람에게도 전달되어 신호 억제자를 촉발시킨 거죠."

"하지만 신호 억제자를 촉발시켰다면 목소리를 완전히 차단했겠죠. 주기적으로 단절시키지는 않았을 겁니다."

"신호를 완전히 상쇄시키기 위해서는 하나 이상의 억제자가 필요한지도 모르죠." C.B.가 말했다. "아니면, 이 억제자의 구조가 너무 약해서 텔레파시 해제 상태를 유지하지 못할 수도 있어요. 되먹임 순환에서는," C.B.는 도표에 각 사람들의 이름을 차례로 이어서 원을 그리고 다시 리잔드라로 돌아가는 동그라미를 계속 그렸다. "리잔드라 씨가 전달한 폭포만 우리 세 사람에게 흘러내린 것만이 아니라, 우리의 반응도 거기에 추가됩니다. 그래서 한 바퀴 돌 때마다 폭포는 증폭되고 억제자의 수가 늘어났을 겁니다. 아니면 억제자의 반응이 강화되거나, 둘 다 동시에 일어났을 수도 있고요."

그래서 단절은 점점 더 길어지고 그 주기도 빨라졌을 것이다. 이 설명은 일어난 일과 정확히 일치했다.

"이게 다른 사람에게는 영향을 미치지 않을까요?" 베릭 박사가 물었다.

「박사는 다른 환자들을 걱정하고 있어.」 브리디가 생각했다.

"다른 사람들에게 영향을 미치려면 텔레파시로 연결되어 있어야 하는 거죠, 그렇지 않나요?" 베릭 박사가 계속 물었다.

"아니면 저희 목소리를 듣고 있거나." C.B.가 말했다. 그게 메이브가 영향을 받은 이유였다. 엿듣다가 되먹임 순환 회로의 한 부분을 맡게 된 것이다.

「메이브도 단절됐어?」 C.B.가 말했다. 그래서 브리디가 반사적으로 조용히 하라고 했더니, 그가 말했다. 「괜찮아. 지금 리잔드라와 트렌트 둘 다 차단됐어. 메이브는 단절이 얼마나 길었대? 그리고 언제부터 단절됐었대?」

브리디가 C.B.에게 말해줬다. 그리고 메이브가 '뇌, 뇌, 뇌!'를 보다가 메리 언니에게 잡혔다는 이야기도 해줬다.

「그렇다면 메이브의 말이 사실이란 뜻이네.」 C.B.가 말했다. 그래서 브리디는 C.B.도 메이브가 이 단절의 배후에 있을지도 모른다고 의심했었다는 사실을 알게 됐다.

「응. 그런 생각을 잠깐 했어.」 C.B.가 말했다. 「물론 메이브가 해자와 가시나무와 방화벽 같은 건 만들 수 있더라도, 이런 능력까지 있을 거라고 생각하진 않았지만 말이야.」

「그래도 넌 가능하잖아.」 브리디가 말했다.

「이렇게는 못 해. 난 아니야. 이 정도로 할 수 있는 사람은 전혀 모르겠어.」

「리잔드라는 어때? 우리는 그 여자에 대해서 전혀 모르잖아. 어쩌면 네 생각보다 리잔드라의 텔레파시 능력이 더 클지도 몰라. 그리고 경쟁자가 싫어서 우리를 차단….」

「아냐, 난 리잔드라의 생각을 읽을 수 있어, 기억하지? 리잔드라는 이런 일을 당한 뒤 완전히 당황했어. 그리고 소위 '영적 재능'을 잃게 될까 봐 겁에 질려 있어. 게다가 그 여자한테 목소리를 막을 수 있는 기초적인 기술만 있었어도, 목소리들에 그렇게 크게 타격을 받지는 않았을 거야. 날 믿어. 리잔드라는 아냐.」

그렇다면 리잔드라는 아니다. 트렌트일 가능성은 전혀 없었다. 트렌트는 차단은커녕 C.B.와 리잔드라의 생각을 들을 능력조차 없었다. 게다가 이런 사건은 그가 가장 원하지 않는 일이었다. 그렇다면 C.B.의 되먹임 순환 이론밖에 남지 않는다.

「하지만 C.B.와 나한테는….」브리디는 허둥지둥 나머지 생각을 옆으로 치워버렸다. C.B.가 다시 차단될 때까지는 그 생각을 해선 안 된다.

C.B.가 차단되자마자 브리디는 리잔드라와 트렌트의 상태를 확인했다. 리잔드라는 단절된 상태였고, 트렌트는 이 나쁜 소식을 해밀튼 씨에게 어떻게 전하면 좋을지 고민하고 있었다. 그래서 브리디는 안전실로 들어가 문을 걸어 잠갔다. 그렇게 해야만 자기 생각을 마무리하고, 그 의미를 고민해볼 수 있기 때문이었다.

C.B.는 폭포가 억제자를 촉발시켰을 거라고 했지만, 브리디와 C.B.는 억제자를 가지고 있지 않다. 둘은 억제 유전자가 없기 때문이다. 또한, C.B.는 앞서 실험실에서 브리디에게 베릭 박사가 신경 통로를 되먹임 회로라고 간주하는지 질문을 했었다. 그때의 질문과 지금의 설명이 우연히 일치할 수는 없었다. 그러므로 C.B.가 그들의 억제자가 단절의 원인이라는 거짓말을 한 이유는 하나뿐이다. C.B.가 범인이다.

그리고 단절이 간헐적으로 일어나는 건 C.B.가 지금 당장 할 수 있는 수준이 그 정도밖에 안 되기 때문이었다. 그는 너무 지쳐서 세 사람을 지속적으로 차단할 수 없다. 그래서 되먹임 순환 강화 이론을 만들어낸 것이다. 내일이 되면, C.B.가 잠을 자고 일어나 모두 다 차단해버릴 것이다. 베릭 박사의 다른 환자들만 빼고. C.B.는 그 사람들의 목소리를 들어본 적이 없으니.

그런데 트렌트와 리잔드라를 차단하는 정도로는 문제를 전혀 해결할 수 없다. C.B.가 사람들을 차단할 수 있다면, 왜 어제 아침에 트렌트가 브리디의 목소리를 듣기 전에 차단해버리지 않았던 걸까? 그랬더라면 이런 야단법석은 겪지 않아도 됐을 텐데.

그리고 C.B.가 차단을 하고 있는 거라면, 처음 단절되었을 때 왜 그런 표정을 지었던 걸까? 「C.B.는 거짓으로 그런 표정을 연기했을 리가 없어.」브리디는 C.B.가 얼마나 당황하고 무서워했는지 떠올렸다. 「C.B.가 얼마나 탁월한 거짓말쟁이인지는 관심 없어.」

하지만 C.B.가 하지 않았다면, 왜 억제자에 대해 거짓말을 했을까? 왜 우리의 단절 기간이 촬영할 때와 그렇게 완벽하게 일치할까? 베릭 박사가 fCAT을 촬영하기 위해 브리디와 트렌트를 데리고 갔을 때, 브리디는 그 방에 들어가기도 전에 단절되어서 베릭 박사는 촬영을 할 수가 없었다.

「C.B.가 이걸 하고 있는 것이라야 말이 돼.」브리디가 생각했다. 「C.B.는 베릭 박사가 다른 텔레파시 능력자들을 병원으로 불러들이도록 해서 그들의 목소리까지 들으려는 계획이 있는지도 몰라.」그래서 브리디는 C.B.가 그걸 해낼 때까지 기운이 충분하기를 바랐다. 두 번째로 fCAT 촬영에 실패하고 돌아왔을 때 C.B.는 완전히 탈진한 모습이었다. 그래서 브리디는 단절 기간이 점차 짧아지리라 예상했다. C.B.에게는 그걸 유지할 에너지가 없었기 때문이었다.

하지만 그렇게 되지 않았다. 단절 기간이 점점 더 길어지고 주기도 더 짧아졌다. 그러다 늦은 오후가 되자 네 명 모두가 한꺼번에 단절되는 상황도 벌어지기 시작했다.

"끔찍하네." 트렌트가 말했다. "슈워츠 씨는 이런 상황을 중단시킬 수 없나요? 억제자를 억제하는 두 번째 되먹임 순환 같은 걸 시작한다든가?"

브리디가 믿기지 않는다는 듯 트렌트를 노려봤다. "당신은 정말로 목소리들이 돌아왔으면 좋겠어?"

"아니, 당연히 아니지. 하지만 프로젝트는 어떡해? 해밀튼 씨한테는 뭐라고 하고?" 트렌트가 브리디에게 자기 휴대폰을 흔들어댔다. "해밀튼 씨가 조금 전에 오늘 어떻게 되어가냐고 문제를 보냈어."

브리디가 C.B.를 쳐다봤다. 그는 베릭 박사와 촬영 결과를 보고 있었는데, 피곤하고 기진맥진한 모습이었다. "해밀튼 씨한테는 잘 안 됐다고 해."

"끝내주네." 트렌트가 비꼬는 투로 말했다. "이제 애플이 새 휴대폰을 출시할 때까지 두 달도 채 안 남았어. 해밀튼 씨한테는 전부터 애플을 납작하게 눌러줄 신제품을 곧 만들어낼 거라고 말해놨단 말이야. 그런데 지금은 보여줄 게 아무것도 없어. 내 미래와 경력과 직업, 내 모든 게 여기에 달렸어. 그런데 나한테 해밀튼 씨한테 잘 안 됐다고 말하란 말이야? 그러면 해밀튼 씨가 뭐라고 할 거 같아?"

"당신이 계속 휴대폰 계획을 밀어붙이다가 나중에 이런 일이 터졌을 때보다는 나은 소리를 듣겠지." 브리디가 말했다. "애플과 삼성이 어떤 광고를 할지 생각해봐. '적어도 저희 스마트폰은 여러분을 미치게 만들거나 죽이지는 않습니다.'"

"오, 맙소사, 당신 말이 맞아! 그건 생각을 못 했어." 트렌트는 다시 휴대폰을 내려다봤다. "하지만 해밀튼 씨에게 뭐라고 해야 할지 아직 잘 모르겠어. 어찌 됐든 난 뭔가 말해줘야 한단 말이야."

"사실대로 말해줘. 텔레파시는 사용하기에 너무 위험하다고 판단된다. 그리고 텔레파시를 넣은 휴대폰을 실행 불가능하게 만드는 의도하지 않은 결과가 나타났다."

"그렇게 말할 순 없어! 해밀튼 씨에게 실행 가능하고 완벽하게 안전하다고 장담했단 말이야. 그리고 '의도하지 않은 결과'라는 말은 내가 꼼꼼하게 생각하지 못한 것처럼 들리잖아."

「당신은 꼼꼼하게 생각하지 않았어.」 브리디가 생각했다. "그러면 복잡한 요소들이 있었다고 말해."

트렌트가 우거지상이 되었다. "'복잡한 요소'가 완전히 망한 프로그램을 뜻한다는 건 다들 알아."

「이 상황에는 딱 맞는 소리네.」 브리디가 생각했다.

"뭔가 덜 부정적으로 들릴 만한 소리는 안 떠올라?" 트렌트가 말했다.

"좀 더 살펴볼 필요가 있는 흥미로운 상황이 나타났다고 하는 건 어때?"

"아, 그거 좋다. 흥미로운 상황. 베릭 박사에게는 내가 전화하러 갔다고 해줘. 금방 돌아올게." 트렌트가 밖으로 나갔다.

C.B.는 아직도 베릭 박사와 대화 중이었다. 그는 거의 다 죽어가는 모습이었다. 얼굴은 까칠하고, 온몸이 피곤에 절어 축 늘어져 있었다.

그때 문을 두드리는 노크 소리가 들렸다. 그리고 간호사가 안으로 고개를 내밀었다. "방해해서 죄송합니다. 박사님." 간호가 말했다. "하지만 박사님의 환자 한 분이 전화하셨어요. 급한 일이랍니다."

베릭 박사가 고개를 끄덕였다. "금방 돌아오겠습니다." 박사가 밖으로 나가고, 문이 닫혔다. 아마도 그러면 간호사와 개인적으로 이야기할 수 있다고 생각하나 보다.

「박사는 우리 모두가 단절됐다고 믿거나, 아직도 텔레파시라는 개념을 완전하게 이해하지 못한 모양이네.」브리디가 생각했다. 브리디는 전화를 건 상대방의 목소리는 듣지 못하지만, 베릭 박사와 간호사의 목소리는 들을 수 있었다.

브리디는 안마당으로 들어가서 라디오에서 베릭 박사의 주파수를 찾았다. 그리고 볼륨을 눌렀다. "마이클 야콥센 씨입니다." 브리디는 간호사의 목소리를 들었다. "약혼자와 정신적 접촉이 모두 끊겼다고 합니다. 30분 전에 약혼자의 목소리가 갑자기 사라졌대요. 그리고 그때부터 지금까지 그녀의 목소리가 전혀 들리지 않는답니다."

33

"아일랜드인이 된다는 건 결국
세상이 마음을 아프게 하리라는 사실을 깨닫는 것이다."
— 다니엘 패트릭 모이니한

베릭 박사는 다른 환자인 다우드 부부에게 전화를 했다. 그리고 그들의 소통 능력에 차이가 느껴지는지 물었다. 그들은 차이가 없다고 했다. 하지만 30분 후 간호사가 다시 보고하러 들어왔다. 폴 노스럽이라는 사람이 '순간적인 단절'을 경험했다는 이야기였다.

그때는 트렌트와 리잔드라가 둘 다 차단된 상태에서 30분을 넘긴 상태였고, 브리디는 24분간 침묵 속으로 들어갔다가 막 나온 상태였다. 브리디는 이 상태가 영원히 끝나지 않을 거라고 생각하기 시작했다. 「C.B., 저 소리 들었어?」 그녀가 물었다.

「응.」C.B.가 무뚝뚝하게 말했다. 「혹시 아직도 내가 이런 일을 일으켰다고 네가 생각하고 있었다면, 난 폴 노스럽이라는 사람이 존재하는지도 몰랐어.」

「그러면 어떻게…?」

「나도 몰라. 어쩌면 그 사람들도 홍수가 터졌을 때 듣고 있었거나, 아니면….」

아니면, 폭포 효과였다. 단절이 텔레파시 능력자에서 텔레파시 능력자로 순환하면서 연속적인 차단을 촉발시켰던 것이다. 그리고 훨씬 강화되어 다시 돌아왔을 것이다.

그들이 병원을 떠날 시간이 가까워졌을 무렵에는 브리디의 단절 기간이 들을 수 있는 기간보다 월등히 길어진 상태였다. 그래서 베릭 박사가 지시한 fCAT 촬영이나 제너 카드 실험에 거짓말로 최악의 점수를 낼 일에 대해 걱정할 필요가 없어졌다.

「듀크대학 실험에 참여했던 그 남자하고 똑같네.」C.B.가 두 번째 실험을 마치고 말했다. 「내가 말했던 그 실험 참가자 기억하지? 라인 박사가 텔레파시 능력자라고 확인했던 사람 말이야. 그런데 그 사람이 엄청나게 높은 점수를 받다가 순식간에 뚝 떨어졌었잖아?」

「네 생각엔 그 사람이 협조를 중단한 거 같다고 했잖아.」 브리디가 말했다.

「응. 그런데 내 생각이 틀렸을지도 모르겠어. 우리에게 일어난 일이 그 사람에게 똑같이 일어났다면 어땠을까? 라인 박사가 그 사람의 수용력을 강화시키려고 신경안정제를 줬고, 그게 텔레파시를 차단하는 대홍수를 만들어냈다면?」

「그걸 확인할 방법이 있어?」 브리디가 물었다. 하지만 C.B.는 대답하지 않았다. 브리디에게는 그의 목소리가 들리지 않았다.

모든 목소리가 다시 끊어졌다.

C.B.도 끊긴 게 확실했다. 그가 베릭 박사에게 말했다. "저기요, 방금 또 목소리를 잃었어요. 그리고 우린 둘 다 완전히 지쳤어요. 저희가 집에 돌아가서 좀 쉬고 나면 다시 소통할 수 있을지도 모르겠습니다."

"안 돼요." 트렌트가 말했다. "내일이면 텔레파시가 사라질지도 몰라요. 그 전에 가능한 한 많은 자료를 모아야 해요."

"자료 따윈 필요 없어요." 리잔드라가 말했다. "우린 이걸 멈추게 할 방법을 알아내야 돼요." 그러자 베릭 박사가 네 명에게 imCAT 촬영을 지시했다.

하지만 트렌트는 아직 차단된 상태였고, 브리디와 C.B.는 촬영에 들어간 지 1분도 되지 않아 차단되었다. 그리고 리잔드라는 기사가 검사대로 데리고 가기도 전에 차단됐다. 그래서 결국 박사는 그들을 집으로 보낼 수밖에 없었다.

"내일 9시에 오세요." 베릭 박사가 말했다. "그리고 그때까지 여러분이 주고받을 수 있는 기간과 시간을 계속 기록해주세요. 그리고 그 기간이 길어지면 저한테 전화로 알려주세요."

"저는 어떡하고요?" 리잔드라가 말했다. "저도 집으로 가나요? 당신이 여기로 날 불러서 내 영적 재능을 박살냈잖아. 그런데 내가 순순히 세도나로 돌아갈 것 같아? 내 영적 재능이 안 돌아오면 어떡할 건데? 그럼 난 어떡해야 하는데? 난 망했어!"

베릭 박사는 리잔드라를 달래려 그쪽으로 몸을 돌렸다. 트렌트는 벌써 휴대폰을 꺼내서 귀에 대고 있었다. "난 회사로 돌아가야 할 것 같아. 해밀튼 씨가 만나자네." 그리고 떠났다.

「다행이다.」브리디가 생각했다. 「C.B.와 따로 얘기할 기회가 생겼네.」 그렇지만 둘이 베릭 박사의 사무실에서 성공적으로 탈출했을 때 C.B.가 말했다. "난 연구실로 돌아가서 어떻게 된 일인지 알아봐야 할 것 같아. 그래도 괜찮겠지…?"

"나 혼자 집에 갈 수 있냐고?" 브리디가 말했다. "당연히 안 되지. 네가 베릭 박사에게 말했듯이 이게 정말로 되먹임 순환이라고 생각해?"

"글쎄. 난 그렇게 짐작해. 사실 잘 모르겠어."

"하지만 네가 신경 통로는 그런 식으로 작동하지 않는다고 했었잖아."

"보통 때는 그렇지. 그렇지만…."

"홍수가 됐든, 폭포가 됐든, 되먹임 순환이 됐든 간에, 우리가 가지고 있지도 않은 억제자를 어떻게 촉발시킬 수 있겠어?"

"잘 모르겠다고!" C.B.가 성마르게 대답했다. "내가 전에 틀렸을 수도 있어. 우리에게도 억제 유전자가 있는데, 그 전에는 활성화가 되지 않았을 뿐일지도 몰라. 아니면 폭포가 전송되면서 억제자를 촉발시키기만 한 게 아니라, 억제자를 만들라는 지시를 내렸을지도 모르지." C.B.가 짜증스런 표정을 지으며 앞이마를 손으로 문질렀다. "아니면 완전히 다른 걸지도 모르고." 그리고 브리디를 병원 로비에 세워둔 채 떠났다.

브리디는 차를 태워달라고 부탁하려고 캐슬린에게 전화했다. 그녀가 EED 수술을 했다는 사실을 가족이 알게 되든 말든 이제 더 이상 상관없었다. 하지만 캐슬린은 전화를 받지 않았다. 브리디는 우나 고모에게 전화를 걸까 싶었지만, 고모는 류머티즘 때문에 누워계실지도 모르니 귀찮게 해선 안 된다. 하지만 메리 언니를 대할 생각은 조금도 없었다. 특히 언니가 보낸 문자를 보고 나서는 더욱 그렇다. 언니는 공원에 갔을 때 브리디가 휴대폰으로 메이브에게 '뇌, 뇌, 뇌!'를 보여준 건 아닌지 문자로 따졌다.

브리디는 택시를 부르고 지난번에 병원을 떠날 때의 생각을 하지 않으려 애썼다. 당시 브리디를 기다리던 C.B.는 그녀에게 이렇게 말했다. "마님, 마차 대령했습니다."

브리디는 혹시 집에 도착하면 메리 언니가 아파트에서 기다리지는 않을지 살짝 걱정됐다. 하지만 언니는 없었다. 언니의 새로운 문자도 없었다. 메이브의 문자도 없었다. 정신적인 연락도 없었다. 「메이브에게도 단절이 점점 더 길어지나 보구나.」 브리디가 휴대폰을 멍하니 쳐다보며 생각했다.

브리디는 캐슬린의 문자가 있기를 바라며 나머지 문자들도 확인했다. 캐슬린의 문자가 있으면 전화를 걸어서 그 친근한 목소리를 들어볼 생각이었지만, 트렌트에게서 온 문자뿐이었다. 트렌트는 그녀에게 회사에 있는 사람들에게는 아무에게도 일어난 일을 이야기하지 말라고 했다. 그리고 아무튼 그녀는 캐슬린과 통화해야겠다고 결정했지만, 동생은 아직도 전화를 받지 않았다.

브리디는 쉬어야 한다는 생각이 들었지만, 과연 그럴 수 있을지 의심스러웠다. 브리디는 너무 피곤하고 지친 느낌이 들었다. 그리고 너무 배고팠다. 온종일 아무것도 먹지 않은 탓이었다.

「어쩌면 이것도 문제였을지 몰라.」 브리디가 생각했다. 「C.B.가 고양된 감정 상태가 텔레파시에 영향을 미칠 수 있다고 했잖아. 허기도 그럴 수 있을 거야.」 그리고 부엌으로 가서 냉장고에 뭐가 있는지 살펴봤다.

먹을 만한 게 하나도 없었다. 찬장도 별로 다르지 않았다. 메이브가 오리 모이를 주려고 습격한 뒤로 남아 있는 건 비트 캔과 거의 비어있는 유기농 잡곡 스퀘어즈 시리얼 상자뿐이었다.

「적어도 럭키참스는 아니네.」브리디가 시리얼을 한 사발 부으면서 생각했다. 그리고 소파로 들고 가서 먹었다. 하지만 시리얼은 마시멜로만큼이나 맛이 없었고, 생긴 것도 애매했다. 브리디는 카네기룸에서 탁자 건너에 앉아 있던 C.B.를 떠올리며 그 마시멜로가 뭐였는지 생각해내려 했다. 녹색 모자, 노란 개뼈다귀, 알비노 문어.

「내 소리 들려?」브리디는 C.B.를 불러봤지만, 아마도 단절된 상태이거나 원인을 찾는 일에 너무 열중한 나머지 그녀의 목소리를 못 듣는 모양이었다.

「아니면 나하고 말하기 싫은 건지도 모르지.」브리디가 생각했다. 그녀의 허기가 사라졌다. 「이번 일이 나한테 책임이 있으니까 그렇겠지. 리잔드라와 그녀의 억제자가 폭포를 촉발시켰을지도 모르지만, 수문을 연 사람은 나였어. 내가 목소리를 불러들였지.」

브리디는 남은 시리얼을 부엌으로 가져가서 개수대에 부어버리고 거실로 돌아왔다.

「잠자리에 들어야 해.」브리디는 그렇게 혼잣말을 했지만, C.B.나 메이브라도 그녀의 생각에 끼어들어서 단절 기간이 짧아지고 있다는 말을 해주길 바라며 계속 그 자리에 앉아 있었다. 하지만 트렌트의 목소리밖에 들리지 않았다. 「대체 해밀튼 씨에게는 뭐라고 하지?」트렌트의 목소리에서는 간절함이 배어 있었다.

「해밀튼 씨에게는 아무 말도 하지 않아도 될 거야. 어쩌면 이게 단기적인 현상이라서, 시간을 끌 수 있으면….」

　트렌트의 목소리가 끊겼지만, 브리디는 알아채지 못했다. 모든 사람이 브리디에게 EED를 하지 말라고 말릴 때, 캐슬린은 그녀에게 EED의 효과가 단기적이라는 자료를 보낸 적이 있었다. 혹시 이 현상이 그걸까? 그녀의 EED가 이제 못 쓰게 되었는데, 그들이 모두 연결되어 있었기 때문에 다른 사람들에게도 영향을 미친 걸까? 혹시 그런 경우라면, EED를 고쳐서….

　"나도 그 생각을 해봤어." 다음 날 아침 병원에서 C.B.가 브리디에게 말했다. "하지만 EED의 효과가 떨어지는 건 몇 달이 걸려. 며칠이 아니라. 그리고 그게 맞는다면, 리잔드라가 아니라 네가 가장 먼저 단절됐겠지." C.B.가 피곤한 듯 머리카락을 손으로 넘겼다.

　C.B.는 어젯밤보다 더 기진맥진한 모습이었다. "전혀 잠을 못 잔 거야?" 브리디가 물었다.

　"그다지." C.B.가 수긍했다. "그래도 내가 무의식적으로라도 목소리를 차단하지 않았다는 사실을 알 정도로는 충분히 잤어. 내가 속으로는 은근히 그랬길 바랐거든. 넌 어때? 잠 좀 잤니?"

　"조금."

　"아직도 차단된 상태야?"

　"아니, 그래도 단절 기간이 꾸준히 길어지고 있어." 브리디가 C.B.에게 자신이 만든 시간 기록표를 보여줬다. "이제 내가 들을 수 있는 기간보다 단절 기간이 60퍼센트 더 길어."

　"응. 나도 그래."

"C.B., 정말 미안해. 내가 그 문을 열 때는 정말 몰랐어, 일이…."

"알아. 자책하지 마. 어쩌면 그게 원인이 아니었을 수도 있어. 베릭 박사가 검사를 더 진행해보기 전에는 밑에 숨어 있는 원인을 확실하게 알 수 없어. 박사는 실험 참가자 둘이 주고받을 수 있을 때 imCAT으로 두 사람을 동시에 촬영하고 싶어 하는 거 같은데, 과연 박사가 그걸 관찰할 기회가 생길지 모르겠어."

박사에게 그런 기회는 오지 않았다. 트렌트와 리잔드라는 이제 거의 끊임없이 단절된 상태였고, 브리디가 단절 상태에서 빠져나올 때까지 기다렸다가 베릭 박사가 촬영을 시작했지만, 그녀는 거의 그 즉시 다시 단절되었다. 그리고 이어서 3분 후에 C.B.도 단절됐다. 베릭 박사는 '상황이 나아질 때까지' 기다렸다가 검사를 더 해보자고 했다. 그리고 그들에게 돌아가도 좋다고 했다.

C.B.는 베릭 박사와 결과들을 점검해보려고 뒤에 남았다. "자료에서 뭔가 알아내자마자 너한테 전화할게." C.B.가 브리디에게 말했다. "하지만 살펴볼수록 그 홍수가 범인이었던 것 같아. 성인들에 대해 좀 조사를 해봤어. 성인 둘이 목소리를 몇 차례 듣고 난 뒤, 압도적인 종교적 체험을 하며 죽은 사람처럼 쓰러졌는데, 그 뒤로는 더 이상 목소리를 못 들었대. 홍수 뒤에 따라온 단절과 비슷하게 들리잖아."

"잔 다르크는 어땠어?" 브리디가 물었다. "잔 다르크에게도 그런 일이 일어났어?"

"모르겠어. 있잖아, 나중에 이야기해줄게." C.B.는 실험실로 돌아갔다.

브리디는 차를 타러 나오자마자 휴대폰으로 잔 다르크에 대해서 찾아봤다. 그리고 잔 다르크는 죽는 순간까지 목소리를 들었다는 사실을 발견하고 안심했다. 하지만 잔 다르크는 예외적인 경우였다. C.B.는 환상을 본 뒤에 목소리를 갑자기 잃었던 성인들의 숫자를 축소했다. 그런 성인이 적어도 열 명은 넘었다. 성 브리지드는 '그 순간부터 더 이상 아무것도 듣지 못했다.' 성 베가도 '가장 열렬하게 목소리를 되찾으려고 참회하고, 기도하고, 눈물을 흘리며 애원했지만' 마찬가지였다. 그리고 목소리를 듣는 능력을 잃어버린 게 자신의 죄악 때문이라고 확신했다.

「나하고 같네.」 브리디가 생각했다.

브리디는 차를 몰고 컴스팬으로 돌아와 사무실에 꼼짝도 하지 않고 틀어박혀서 마무리하지 못했던 부서 간 소통을 위한 보고서 작업을 하면서 메이브가 아직도 접촉하지 않고 있다는 생각을 하지 않으려 노력했다.

「메이브는 트렌트와 리잔드라처럼 계속 차단된 상태인가 보네.」 브리디가 생각했다. 하지만 메이브는 그녀에게 전화로 연락할 수도 있었다. 메리 언니가 전화 이용 권한을 빼앗아도 메이브를 막을 수는 없을 것이다. 그리고 학교에서는 대니커의 휴대폰을 쉽게 빌릴 수 있다.

브리디는 메리 언니에게 전화를 했다. "아, 잘 됐다. 너한테 막 전화를 하려던 참이었어." 메리 언니가 말했다. "오늘 캐슬린하고 통화한 적 있니?"

"아니."

"나도 못 했어. 일요일 밤부터 계속 연락을 했는데, 전화를 안 받아."

「언니가 메이브에게 좀비 영화를 보여줬는지 캐물으리라는 걸 캐슬린이 알았나 보지.」 브리디가 생각했다. "아마 휴대폰 켜는 걸 깜빡했을 거야. 메이브는 어때?"

"부루퉁하게 있어. 내가 대니커의 엄마에게 전화해서, 메이브에게 대니커가 휴대폰이나 컴퓨터를 빌려주지 못하게 하라고 부탁했거든." 메리 언니가 말했다.

「그래서 메이브가 전화를 안 했구나.」

"우나 고모하고는 통화해봤니?" 메리 언니가 물었다. "고모도 전화를 안 받아."

"아직도 고모의 류머티즘을 걱정하는 거야?"

"아니, 고모가 페이스북에 아일랜드의 딸 행사가 있다고 올리긴 했는데, 왜 전화를 안 받는지는 모르겠어."

「고모도 언니랑 말하기 싫은가 보지.」

"캐슬린이 스타벅스에서 만난 남자랑 멍청하게 도망치거나 그런 건 아니겠지?" 메리 언니가 물었다.

"언니는 대체 그런 생각은 어디서 배우는 거야?"

"캐슬린이 일요일 밤늦게 페이스북에 가장 기대하지 않았던 곳에서 행복을 찾았다는 글을 올렸어. 너도 알다시피 걔는 항상 남자를 만나자마자 사랑에 빠져버리잖아. 내가 웃기는 짓이라고 말해도 소용없어. 캐슬린은 남자와 사랑에 빠지려면 적어도 그 사람을 며칠은 두고 봐야 한다는 사실을 이해하지 못하는 것 같아. 그렇지?"

"전화 끊어야 할 것 같아." 브리디가 말했다. "다른 회선으로 온 전화를 받아야 되거든."

브리디는 전화를 끊고, 메리 언니와 통화하는 사이에 C.B.가 연락하지 않았는지 확인했지만, 없었다. 베릭 박사는 C.B.가 병원에서 1시에 떠났다고 하는데도 오후 내내 아무런 연락이 없었다.

4시 30분이 되자 브리디는 더 이상 참을 수 없었다. 그녀는 물건들을 챙기고, 차를라에게 두통이 있어서 집에 간다고 말하고, C.B.의 연구실로 내려가기 시작했다.

그런데 C.B.가 복도에 서서 수키와 이야길 나누고 있었다. 수키는 브리디를 보자마자 쪼르르 달려와서 말했다. "C.B.한테 무슨 일이래?" 수키가 그를 돌아보며 속삭였다. "거의 말짱해 보이잖아."

그랬다. C.B.는 앞단추가 달린 셔츠를 입고 이어폰을 하지 않았다. 게다가 면도까지 했다. 그리고 아침보다 훨씬 활력이 넘치고 덜 절망적으로 보였다. 「단절의 원인을 알아냈구나.」 희망이 솟구쳤다.

"게다가 확실히 친절해졌어." 수키가 말했다. "뇌 이식수술 같은 거 받은 게 아닐까?" 수키가 뭔가 가늠하려는 듯한 시선으로 C.B.를 쳐다봤다. "사실 좀 귀여워진 것 같아. 물론 오덕스럽긴 하지만. 그렇게 생각되지 않아? 아니면 머리만 빗질하면 그럴 거야. 물론 트렌트만큼 멋지진 않지만 말이야. 그 말이 나와서 말인데, 트렌트한테 무슨 일 있어? 조금 전에 봤는데, 끔찍한 몰골이더라. 헤르메스 프로젝트에 문제라도 있는 거야?"

「조심해야지.」 브리디가 생각했다. 「지금 소문 공장과 이야기하고 있다는 사실을 명심해.」 "아냐, 다 잘 되고 있어. 트렌트 말로는 진짜 혁신적인 걸 만들고 있대. 할 일이 너무 많아서 스트레스를 받았을 거야. 그 말이 나와서 말인데, C.B.를 붙잡아야 해. 앱에 대해서 할 이야기가 있거든." 브리디는 그렇게 말하고 C.B.를 급하게 따라갔다.

"C.B.!" 브리디가 불렀다. 「C.B.!」 하지만 C.B.의 걸음걸이는 조금도 늦춰지지 않았다.

브리디는 복사실 앞에서 C.B.를 따라잡고 그를 안으로 끌어당겼다. 브리디가 문을 닫았다. "이 일의 원인을 알아냈어?" 브리디가 물었다.

"그렇기도 하고 아니기도 해." C.B.가 말했다.

「아니라는 뜻이네.」 브리디는 C.B.를 쳐다보고, 그가 나아 보인다고 생각했던 게 실수였다는 걸 깨달았다. 활력이 넘치던 모습은 그저 포기한 모습을 오해한 것이었다.

"이명 환자들이 저절로 회복됐던 사례들에 관한 연구를 찾았어." C.B.가 말했다. "그런데 그 형태가 모두 같았어. 정서적 충격을 받은 뒤, 이명이 사라지는 기간이 점차 길어지다가 특정한 기간이 지난 후 완전히 사라졌어."

"그래서 그 뒤로는 이명이 다시 안 돌아왔대?"

"응. 게다가 몇 분 전에 베릭 박사의 전화가 왔는데, 다우드 부부가 어젯밤 이후로 둘 다 단절됐대. 그리고 모든 사람의 차단 기간을 그래프로 그렸더니, 되먹임 순환의 강도 증가와 일치해. 그래서 그 폭포가 원인이라는 사실이 확실해졌어."

"그러면 억제자를 만들도록 하는 지시도 전달되었다는 거야?"

"응. 아니면 우리의 두뇌가 2차 회로를 만들어냈을 수도 있어."

"2차 회로?"

C.B.가 고개를 끄덕였다. "손상된 두뇌는 항상 2차 회로를 만들어내. 새로운 신경 통로와 연결로 파괴된 부분을 대체하는 거지. 아마도 살아남기 위해서 우리의 두뇌가 자리를 비운 억제자를 대신할 뭔가를 급하게 만들었을 거야."

"아까 이명이 '일정한 기간이 지난 후' 멈췄다고 했잖아. 그 기간이 얼마나 길었어?"

"며칠 정도였어."

「며칠.」"C.B., 정말 미안해. 난⋯."

"미안하다니? 농담이지? 넌 내게 은혜를 베푼 거야. 목소리가 사라진 덕택에, 난 야구 경기장과 영화관, 레스토랑에 갈 수 있게 됐어. 부서 간 회의에도 갈 수 있고." C.B.가 브리디를 보며 미소를 지었다.

"목소리들이 사라져서 미안하다는 게 아니라, 네 텔레파시 능력을 잃게 만들어서 미안하다는 거야."

"네가 텔레파시와 메이브에게 추잡한 발톱을 내밀던 베릭 박사와 네 남자친구를 막았다는 사실이 중요해. 그리고 텔레파시 능력이 떨어지는 건 꼭 나쁜 일만은 아냐. 덕분에 지하감옥에서 이렇게 나왔잖아." C.B.가 양팔을 벌리며 복사실을 가리켰다. "나는 카페에 가서 음식을 먹을 수도 있어. 심지어 이제는 머리를 자르러 갈 수도 있고, 보통 사람들처럼 공공장소에도 갈 수 있게 됐어."

「아냐, 그러지 마.」브리디가 생각했다. 「난 네 머릿결이 좋아.」

하지만 C.B.는 그녀의 생각을 들을 수 없었다. "그리고 드디어 내가 제대로 된 옷을 살 수 있게 됐어. 취업 면접을 보러 가려면 그런 옷이 필요할 거야." C.B.가 말했다.

브리디의 가슴이 저려왔다. "컴스팬을 떠날 거야?"

"글쎄, 아직은 잘 모르겠어. 소통을 제한하는 일에 집중할 수 있는 직장에서 일하면 좋겠다는 생각은 하고 있어. 사람들을 소통에 폭 잠기게 하는 게 아니라. 미안, 부적당한 은유였어. 그리고 좀 더 따뜻한 곳에서 일하면 좋겠다는 생각도 하고 있어. 따뜻한 데가 좋을 거야, 그렇지?"

브리디가 울적한 얼굴로 고개를 끄덕였다.

"어이, 그렇게 우중충한 얼굴 하지 마. 예전으로 돌아가고 싶다고 했었잖아."

「나야 많은 말을 했지.」 브리디가 생각했다. 「다시는 너와 말하고 싶지 않다고 했고, 우리는 정서적 유대감이 없다고 했고, 너한테 꺼져버리고 나를 혼자 두라고도 했지. 하지만 그 말들은 진심이 아니었어. 전혀.」

"생각해봐." C.B.가 가볍게 말했다. "넌 이제 샤워하면서 누군가 엿듣거나, 한밤에 누군가 불쑥 끼어들 걱정을 하지 않아도 돼. 그리고 난 사이코패스나 변태들의 생각을 들을 필요가 없어. 그리고 '물병자리의 시대'라는 말을 제대로 알지 못하는 사람들의 생각을 들으면서 '물범자리가 아니라 물병자리라고!' 소리를 질러댈 필요도 없어졌잖아."

"하지만 넌 사람들이 무슨 생각을 하는지도 알 수 없을 거야…"

"수키한테 물어보면 돼." 그리고 C.B.는 갑자기 진지한 투로 말했다. "중요한 건, 메이브가 나처럼 성장하지 않아도 된다는 거야. 자신의 비밀을 누군가 알아내서 그걸 이용해 자신이나 세상을 파괴할까 봐 끊임없이 걱정하며 살지 않아도 돼. 메이브는 평범한 삶을 살 수 있을 거야. 아니면 메리 클레어 같은 사람을 엄마로 둔 평범한 아이로 자라겠지." C.B.가 씩 웃었다.

브리디가 고개를 끄덕였다. "메리 언니는 메이브에게 좀비 영화를 보여줘서 걔를 타락시킨 사람을 찾아내려는 조사를 진행하고 있어."

"알아. 메이브가 말해줬어. 어젯밤에 나한테 전화했었거든." C.B.가 말했다.

「나한테는 안 하고.」브리디가 생각했다.

"메이브에게 무슨 일이 일어났는지 설명해줬어." C.B.가 말했다.

"메이브 삐졌어?"

"응. 그런 것 같아." C.B.의 얼굴이 어두워졌다. "그래도 이게 잘된 일이라고 그럭저럭 설득했어."

「잘된 일일까.」

"그건 그렇고, 리잔드라는 자신의 영적 재능을 되돌려놓지 않으면 베릭 박사가 가진 모든 걸 걸고 소송을 하겠다고 협박 중이야. 그 말이 나와서 말인데, 베릭 박사에게 전화해주기로 했어. 내가 이명에 대해 찾아낸 사실들을 박사한테 말해줄 거야."

C.B.가 복사실 문을 살짝 열더니 밖을 살폈다. 그 행동은 지금까지 목소리를 들을 수 없던 C.B.의 어떤 말보다 설득력이 있

었다. "아무도 없어." C.B.는 엘리베이터로 향하다가 어깨너머로 소리쳤다. "내일 이야기해줄게."

「아니, 넌 그러지 않을 거야.」브리디는 슬퍼졌다. 그녀는 차를 몰고 집으로 갔다. 「넌 다시는 내게 말을 걸지 않을 거야.」

이명이 사라지는 데 며칠이 걸렸다던 C.B.의 말은 틀렸다. 진 행되는 상황으로 볼 때, 그녀가 들을 수 있는 틈은 집에 도착할 때 쯤이면 완전히 사라질 것이다.

어쩌면 아닐 수도 있다. 브리디가 아파트 계단을 올라갈 때, 너 무 흐릿해서 누구의 목소리인지 알아보기 힘든 남자 목소리가 들 렸다. "…견딜 수가 없어."

「C.B.?」브리디가 희망을 가지고 그의 이름을 불렀다.

"나도 이해시켜보려고 노력했어." 그 목소리가 말했다. 결국 C.B.가 아니었다. 그 목소리들 중 하나도 아니었다. 그저 계단을 내려오고 있던 사람이었다. "그런데 그녀는 끝났다는 사실을 받 아들이지 않아. 난 그 여자가 한 짓을 용서 못 해." 잠시 침묵이 흐르더니 그 남자가 말했다. "어떻게 해야 할지 나도 모르겠어."

「나도 그래.」브리디가 말했다. 이 밤을 견딜 수 있을지 궁금했 다. 「언제쯤 완전히 차단될지 궁금해하면서 여기에 그냥 앉아 있 을 수는 없어.」지금 당장은 간간이 목소리를 들을 수 있었다. 귀 를 기울이면 방어벽 밖에 있던 목소리들처럼 희미한 중얼거림으 로 들렸다. 그녀에게 방어벽은 더 이상 필요가 없었다.

「C.B.?」브리디가 소리쳤다. 「메이브?」하지만 대답이 없었다.

잠자리에 들기에는 너무 이른 시간이었다. 그래서 그녀는 부엌 으로 가서 마지막 남은 맛없는 잡곡 시리얼과 우유를 사발에 부어서 컴퓨터로 가지고 갔다.

메리 언니에게서 메일이 와 있었다. 캐슬린은 남자와 눈이 맞아 도망친 게 아니었고, 아일랜드의 딸 모임에 우나 고모와 함께 참석했었다는 이야기였다. "아일랜드의 딸에서 아일랜드인의 전통에 관한 큰 행사를 준비하나 봐. 그래서 지금껏 연락이 닿지 않았던 거야. 둘은 어제 온종일, 그리고 밤까지 거기에 있었대. 오늘도 거기 있을 거랬어."

「우나 고모는 류머티즘으로 누워계신 줄 알았는데.」 브리디는 그들이 집으로 돌아가서 통화할 수 있게 되길 바랐다.

하지만 여전히 잠자리로 들어가고 싶은 마음이 간절했다. 브리디는 '이명'에 대해 찾으며 C.B.가 놓친, 증상이 다시 돌아온 환자 사례를 찾을 수 있길 바랐다. 하지만 못 찾았다. 한 시간 뒤 브리디는 포기하고 잠자리에 들 준비를 하기로 마음먹었다.

전화벨이 울렸다. "지금껏 당신한테 연결되려고 했었어." 트렌트가 초조한 목소리로 말했다. "집에 도착한 후로 내가 보낸 정신적 메시지는 받은 적 없었어?"

"응. 왜?" 브리디는 간절히 물었다. 트렌트가 다시 그녀의 목소리를 듣기 시작했다면, 폭포 효과가 영구적이라던 C.B.의 말이 틀린 게 된다. "당신은 들었어?"

"아니." 트렌트가 말했다. "젠장. 난 당신이 아직도 들을 수 있어서 베릭 박사가 imCAT을 할 수 있기를 바랐어. 박사가 텔레파시 시냅스의 정체를 밝힐 충분한 데이터를 모으면 그걸 해밀튼 씨에게 보여줄 수 있을 텐데 말이야. 텔레파시가 존재한다는 확실한 증거가 없으면, 해밀튼 씨는 우리가 이걸 추진하는 데에 필요한 재원을 기꺼이 쓰려고 하지 않을 거야."

「추진한다고?」"트렌트, 직접 소통 휴대폰을 만들겠다는 생각을 아직도 하고 있단 말이야? 무슨 일이 일어나는지 봤잖아. 목소리가⋯."

"알아." 트렌트가 그 기억 때문에 혐오감으로 몸서리를 치는 게 말투에서 느껴졌다. "그래도 이제 우리는 그것들을 멈추게 하는 방법을 알잖아. 통제할 방법도 반드시 있을 거야⋯."

「메이브가 맞았어.」 브리디는 연기에 그을린 안마당의 벽들과 여기저기 부풀어 오른 문의 페인트를 보면서 씁쓸하게 생각했다. 「저들이 텔레파시를 손에 넣고 나면 그만두도록 설득할 방법이 없어.」

"하지만 우리가 텔레파시를 다시 활성화할 방법을 찾아내기 전에는 아무것도 할 수 없어." 트렌트가 계속 말했다. "우리는 텔레파시로 소통하는 동안 두뇌에서 무슨 일이 일어나는지 보여줄 촬영을 못 하면 그걸 할 수 없어. 슈워츠는 아직 당신이랑 접촉할 수 있어?"

"아니."

"젠장. 혹시 슈워츠가 텔레파시가 가능한 다른 사람에 대해 언급했던 적 있어?"

"아니. 설령 슈워츠가 말해줬다고 해도 베릭 박사의 환자들처럼 폭포 효과 때문에 이미 차단되었을 거야."

"글쎄, 우리가 검사해볼 수 있는 누군가가 반드시 있을 거야."

「메이브처럼?」 브리디가 생각했다. 폭포가 메이브의 텔레파시 능력까지 쓸어버린 건 천만다행이었다. 안 그랬으면 트렌트는 어떤 양심의 가책도 없이 메이브를 이용했을 것이다. 아홉 살밖에 안 된 아이라고 할지라도.

"빨리 다른 사람을 찾아내야 해." 트렌트가 말했다. "해밀튼 씨에게 얼마나 더 핑계를 대며 시간을 끌 수 있을지 모르겠어. 슈워츠한테 전화해서 이게 얼마나 중요한 일인지 말해줘. 그리고 반드시 텔레파시 능력자를 구해야 한다고 해. 젠장, 이런 일이 일어나다니 말도 안 돼! 우리한테 필요한 증거를 확보하기 직전이었는데 말이야."

「직전이었지. 그때 그런 일이 일어난 건 천만다행이었어.」브리디가 생각했다. 「그리고 모든 사람에게 영향을 미친 것도.」그렇지 않았으면 저 사람들은 베릭 박사의 다른 환자들에게 신경안정제를 처방했을 것이다. 그 사람들이 죽든 말든 상관없이. 그리고 트렌트는 바쁘게 휴대폰의 회로를 만들고 있었을 것이다.

「우리는 운이 너무 좋았어.」브리디가 생각했다. 문득 메이브가 딱 맞는 시간에 일요일 아침에 문 앞에 나타나서 트렌트에게서 구해줬던 기억이 떠올랐다. 브리디는 당시 그걸 행운의 우연이라고 생각했었다.

"내 이야기 들었어?" 트렌트가 말했다. "슈워츠에게서 뭐라도 알아내면 그 즉시 나한테 문자를 달라고 했어. 나만이 아니라 당신의 미래도 여기에 달려있어."

"알아." 브리디가 말했다. 브리디는 전화를 끊고 그 자리에 가만히 서서 생각했다. 「그게 우연이었을 리는 없어. 행운도 아니고. 시점이 너무도 완벽해.」그리고 논리적으로도 맞지 않았다. 차단이 정말로 목소리들에 대한 리잔드라의 반응 때문에 일어난 거라면, 목소리들이 그녀를 덮쳤던 순간에 시작되어야 했다. 30분 후가 아니라.

그리고 그게 왜 C.B.에게 영향을 미쳤을까? C.B.는 열세 살 때 이미 아무런 방어벽이 없는 상태에서 무지막지한 목소리에 두들겨 맞았던 경험이 있었지만, 당시는 억제자나 2차 회로를 만들도록 촉발시키지 않았다. 그런데 왜 이번엔 촉발시켰을까?

「촉발시키지 않았어.」 브리디가 생각했다. 「C.B.가 거짓말을 한 거야. 그게 가능하지 않다고 자기 입으로 말했지만, C.B.가 지금 목소리를 차단하고 있는 거야.」 어쩌면 메이브가 C.B.를 도와주고 있는지도 모른다. 한 사람씩 자면서 교대로 목소리를 차단하고 있을 것이다. 불가능하다는 C.B.의 말 자체가 거짓이었을 것이다. C.B.는 자기가 원할 때는 언제든 누구든 차단할 수 있을지도 모른다.

하지만 그게 사실이라면, C.B.는 왜 제너 카드 실험 당시 리잔드라가 브리디의 생각을 듣지 못하도록 차단하지 않았을까? 아니, 브리디가 「어디야?」라고 C.B.에게 말했을 때 트렌트가 듣지 못하도록 차단했으면 더 낫지 않았을까?

C.B.가 자기 의지대로 목소리를 차단할 수 있다고 믿으려면, 그가 고의적으로 브리디를 홍수에 잠겨 죽도록 놔두거나 메이브를 좀비에 겁을 먹도록 놔뒀다고도 믿어야 했다. 브리디는 그럴 수 없었다. 「C.B.는 그런 사람이 아냐.」 브리디가 단호하게 생각했다.

게다가 C.B.가 처음으로 차단되었을 때 그의 얼굴은 어땠던가. 너무 충격을 받고… 한 대 얻어맞은 표정이었다. 브리디는 당시 확신했었다. 그리고 지금도 확신한다. C.B.는 무슨 일이 일어 날지 전혀 몰랐다.

그러면 메이브가 남는다. 「하지만 메이브가 차단을 하고 있는 데, 내가 자기를 의심할 거라고 생각했다면, 내가 냄새를 맡지 못할 정도로 이야기를 만들어냈을 거야.」

메이브는 안 했다. 그렇다면 유일하게 할 수 있는 사람은 트렌트인데, 그는 11시에 문자를 보내서 C.B.와 아직 연락이 안 닿았는지 물었다. 그래서 브리디가 안 됐다고 하자, 다시 답문을 보내왔다. "아마 연구실에 있을 거야. 거긴 휴대폰 수신이 안 되잖아."

「거기가 아니라도, 어디에 있든 무슨 상관이야.」 브리디가 침묵에 귀를 기울이며 생각했다. 밤이 깊어질수록 침묵도 깊어지며 방어벽 너머에 마지막 남은 목소리의 흔적을 가져가는 것 같았다. 그리고 메이브나 C.B.가 차단하고 있을 거라는 희망까지도.

11시 30분에 전화벨이 울렸다. 「또 트렌트일 거야.」 브리디가 번호를 확인했다. 「메리 언니다.」 하지만 둘 다 아니었다. 메이브였다. "이모한테 할 말이 있어요."

"너희 엄마가 네 전화 이용 권한을 박탈한 줄 알았는데."

"그랬죠."

"그러면 지금 어떻게 전화한 거야?"

"바보 같은 집전화예요. 엄마가 코를 골 때까지 기다렸다가 전화한 거예요. 이모랑 이야기하고 싶을 때마다 할 수 없다는 게 너무 싫어요! 아무것도 못 하겠어요."

"아직도 외출금지야?" 브리디가 물었다.

"네." 메이브가 짜증나는 투로 말했다. "전부 이모 잘못이에요. 이모가 목소리들을 안으로 들이지 않았으면 이런 일은 전혀 안 일어났을 거예요. 그러면 그 멍청한 폭포도 없었을 테고, 나는 차단도 안 당했을 테고, 엄마가 내 방으로 오는 소리를 들었을 테고, 엄마가 날 붙잡지도 못했을 거예요. 그래서 이제는 노트북으로 아무것도 못 봐요. 엄마가 온갖 걸 다 차단했어요. 심지어 홀루와 유튜브까지도요. 그래서 동영상은 전혀 못 봐요. 이모가 전부 망쳤다고요!"

「알아.」브리디가 생각했다. 그리고 그럴 의도가 아니었다고 메이브나 C.B.에게 말해봤자 소용없으리라는 것도 알았다. 그녀가 그렇게 했다는 사실은 사라지지 않는다. C.B.는 의도하지 않은 결과에 대해 경고하려고 노력했지만, 그녀는 듣지 않았다.

"이건 정말 엿 같아요!" 메이브가 울부짖었다. "좀비는 정말로 무섭기 때문에, 그 소리를 더 이상 듣지 않아도 되고, 온종일 처박혀서 쇼핑몰이나 학교에 가면 무슨 일이 일어날지 걱정하지 않아도 되어서 기쁘지만, 어떤 때는 재미있었어요. 성을 짓는 것도 너무 좋았고, 이모나 아저씨랑 이야기하는 것도 좋았어요…."

"지금도 우리한테 이야기할 수…."

"그거랑 달라요!" 메이브가 울부짖었다. "어디서든 이야기할 수 있었다고요! 더 이상 그럴 수 없다는 게 정말 싫어요."

「C.B.도 그럴 거야.」브리디가 생각했다. 「나한테 뭐라고 말했든.」

C.B.는 숨는 것과 으르렁대는 목소리와 사람들의 추잡한 면을 끊임없이 목격하는 일을 싫어했다. 그리고 왕따를 당하고 사람들이 그를 미친 사람으로 생각하는 것도 싫어했다. 하지만 그

건 여전히 C.B.의 삶이었고, 그가 아는 유일한 삶이었다. 그리고
C.B.의 재능이, 아무리 온갖 나쁜 일들이 따라온다고 해도 그건
재능이었다. 그를 형성하고, 지금의 그를 만들었다. 친절하고, 재
밌고, 이타적이고, 믿기 힘들 정도로 용감한 사람.

그리고 거기에는 C.B.가 사랑하는 부분도 있었다. 늦은 밤의
고요함과 카네기룸, 그들이 나누던 잡담.

"그래서 그게 없어지고 나니까 있을 때보다 훨씬 안 좋아요."
메이브가 말했다. "예전에는 그게 어떤 건지 몰랐지만, 이제는 알
게 되었으니까요. 그리고 그게 얼마나 멋진 건지도 알고요. 정말
로 그리워요. 이모도 알죠?"

"그래." 브리디는 C.B.가 차 안에서 그녀 옆에 앉아 있던 모습
과 서고에서 그녀 쪽으로 기대고 있던 모습, '아가씨와 건달들',
브리디 머피 이야기를 해주던 모습, 신혼여행으로 어디를 가면 좋
겠냐고 말하던 모습이 떠올랐다.

"이게 다시 돌아올 가능성이 있다고 생각하세요?" 메이브가 희
망을 담아 물었다.

"C.B.는 그렇게 생각하지 않아."

"저도 그렇게 생각해요." 메이브가 한숨을 뱉었다. "C.B. 아
저씨를 정말 좋아했어요. 이모, 설마 트렌트 씨랑 결혼할 건 아
니죠?"

"응, 안 해."

"뭐, 아무튼 잘됐네요. 정말로 그게 다시 돌아오지 않을 거라
고 확신해요? 이모한테 전화하기 전에 '라푼젤'을 봤거든요. 거기
에서 마녀가 라푼젤의 남자친구를 죽이는 데 정말 끔찍해요. 그

들이 그 상황을 바꿀 수 있을 거라는 생각이 전혀 안 들어요. 그런데 그때 라푼젤이 울기 시작하자 눈물 한 방울이 남자친구의 볼에 떨어지더니 커다란 황금색 불꽃이 되면서 남자친구가 다시 살아나 영원히 행복하게 살아요."

「눈물을 흘린다고 해서 텔레파시가 다시 살아날 것 같지는 않아.」브리디가 생각했다. 하지만 메이브의 울음보가 터질지도 몰라서 물었다. "'라푼젤'은 어떻게 봤어? 너희 엄마가 노트북을 차단했다고 했잖아."

"그랬죠. 그래도 그걸 우회하는 방법을 찾았어요. 엄마한테는 말하지 마요. 엄마가 알게 되면 난 영원히 외출금지예요!"

「넌 그럴 만해.」브리디가 생각했다. 하지만 이렇게 말했다. "말 안 할게. 약속해."

"제가 '좀비게돈'을 봤다는 이야기도 하지 않겠다고 약속해줘요. 안 그러면⋯." 메이브의 목소리가 작아지더니 속삭였다. "가봐야겠어요. 엄마가 일어난 것 같아요. 정말 싫어!" 메이브의 목소리가 끊겼다.

「나도 싫어.」브리디가 생각했다. 「너한테 이런 짓을 한 사람이 나라는 사실도 싫어.」

브리디에게 자신의 추측이 희망 사항일 뿐이었다는 증거가 더 필요하다면, 이 전화가 그 증거가 될 수 있었다. 메이브의 목소리에 담긴 좌절과 실망과 슬픔을 거짓으로 만들어낼 수는 없었다.

메이브가 C.B.보다는 훨씬 연기를 잘하고, 또 보고 싶어 하는 영화들을 보기 위해 메리 언니의 구속과 차단과 검열칩을 우회할 능력을 갖춘 아이긴 했지만 말이다. 죽은 사람이 다시 살아난 영화라니. 메이브는 C.B.에게 비밀을 지키겠다고 맹세해서 다른 방법으로는 소통할 수 없지만, 그녀에게 모든 걸 잃어버린 건 아니라는 메시지를 주려던 건 아닐까?

「그랬으면 좋겠다.」브리디는 열렬하게 바랐다.「안 그러면, 내가 C.B.의 재능과 삶을 파괴했다는 사실을 받아들여야 하잖아.」

C.B.는 다시는 카네기룸에 들어가지 못할 것이다. 텔레파시가 없이는 사서에게 붙잡힐 게 거의 확실하다. 새벽 3시는 더 이상 별이 흩뿌려진 마법의 밤 시간이 아니다. 이제 다른 사람들과 마찬가지로, F. 스콧 피츠제럴드가 '영혼의 어두운 밤'이라고 했던 그런 시간이 될 것이다. 곧 끔찍한 일이 일어날, 그리고 자신이 끔찍한 일을 저질렀던 일들을 생각하느라 잠에 깨어 어둠 속 다람쥐 쳇바퀴를 돌 시간.

"모든 걸 설명할 수 있는 다른 퍼즐 조각이 존재하지 않는다면 말이지." 브리디가 중얼거렸다. 그리고 마침내 1시가 조금 지나 잠에 들었다.

브리디는 더 깊은 어둠 속에서 갑자기 깨어났다. 그리고 방은 완벽하게 고요했지만 그녀는 뭔가 소리를 들었다고 확신했다. 「한밤의 고요함.」브리디가 시계로 손을 뻗으며 생각했다. 새벽 3시였다. 하루 중 C.B.의 시간이었다.

「C.B.?」브리디는 희망을 담아 어둠 속에서 이름을 불렀다.「내 소리 들려?」

아무런 대답이 없었다.

「목소리가 아니었구나.」브리디가 어둠을 응시하며 생각했다.

머릿속에 다시 그 소리를 재구성해보려고 노력했다. 「아니면 잡음이었나.」 냉장고의 웅웅거리는 소리가 멈추듯, 그리고 바깥에 있는 차가 엔진을 꺼버린 듯, 갑자기 소리가 멈췄었다.

「바깥이 아니었어.」 브리디는 중단된 게 무엇인지 소름 끼칠 정도로 확실하게 느낄 수 있었다. C.B.가 그녀의 손을 마주 잡고 그의 심장에 가져다 대던 그 느낌이었다.

브리디는 카네기룸에서 깨어났을 때 처음으로 그 느낌을 받았는데, 그때 C.B.는 잠든 상태였다. 그리고 브리디는 그 사실을 의식적으로는 알지 못했지만, 그때 이후로 계속 그 느낌이 있었다. 심지어 그녀가 단절되었을 때에도 그 느낌이 있었다. 그래서 브리디는 모든 증거가 반대를 보여주는 데도 텔레파시가 사라지지 않았다고, C.B.와 메이브가 어떻게든 차단했을 거라고 믿어왔던 것이다. 브리디는 그게 가능하지 않다는 사실을 알았지만, C.B.가 여전히 거기에 있으며 그녀의 손을 꼭 잡고 자신의 가슴에 강하게 대고 있었기 때문에 그렇게 믿었다. 조금 전까지.

마지막까지 사라지지 않은 그 생각이 그녀를 조금이나마 안심시켜주었다. 그게 어떻게 가능한지는 모르겠지만, 그건 C.B.가 모든 걸 망친 그녀를 완전히 미워하지는 않는다는 의미였다. C.B.는 브리디를 위해 홍수와 불을 헤치고 와서 그녀를 구해주고 보호해주었다. 잔 다르크처럼, 그리고 노트르담의 꼽추처럼. 그런데 브리디는 대성당을 불태워버리는 것으로 C.B.에게 되갚아주었다. 그리고 도서관까지.

「C.B., 새벽 3시에 대한 네 생각은 완전히 틀렸어.」 브리디가 말했다. 비록 C.B.는 그녀의 목소리를 들을 수 없고, 또 앞으로 다시는 들을 수 없을 거라고 확신했지만 말이다. 「피츠제럴드가 맞았어. 지금은 하루 중 최고의 시간이 아니었어. 가장 나쁜 시간이었어. 확실히 영혼의 어두운 밤이야.」

34

"그 남자가 기어 올라가서 그녀를 구조했을 때 어떻게 됐어요?"
"그녀가 거꾸로 그 남자를 구조했죠."
— 영화 '프리티 우먼'

「바닥을 쳤을 때 좋은 점은 더 이상 나빠지지 않는다는 사실이
야.」 브리디가 어둠 속에 누워 침묵에 귀를 기울이며 생각했다.
하지만 그녀가 틀렸다. 브리디는 다음 날 아침 주차장에서 채 빠
져나가기도 전에 수키와 맞닥뜨렸다. "얼굴이 엉망이네." 수키가
말했다. "트렌트랑 깨졌어?"

그래도 수키가 브리디에게 헤르메스 프로젝트가 아작났다는
게 사실이냐고 묻지 않아서 다행이었다. 그건 트렌트가 해밀튼
씨에게 말할 뭔가를 생각해냈으며, 그들 모두는 여전히 일자리를
잃지 않았다는 의미였다. 당분간은.

"깨졌지, 안 깨졌어?" 수키의 눈이 호기심으로 반짝거렸다.

"당연히 안 깨졌어. 가족 문제 때문에 밤늦게까지 잠을 못 자

서 이런 거야. 왜? 우리가 깨졌으면 좋겠어?"

"아니야." 수키가 말했다. "물론 내가 트렌트의 차를 좋아하고, 트렌트가 보내는 꽃들을 좋아하긴 하지만 말이야. 하지만 당장은 다른 사람에 관심이 있어. 혹시 슈워츠가 만나는 사람이 있을까?"

「이제는 없지.」브리디가 생각했다. 「내가 C.B.의 삶을 망가트려 버린 이후로는.」"모르겠어." 브리디가 말했다.

"설마 C.B.가 게이는 아니겠지? 멋진 남자들은 항상 게이더라고."

브리디는 서고에서 그녀에게 기대어 있던 C.B.를 떠올렸다. 너무 가까워서 그의 심장 소리가 들렸었다. "아냐." 브리디가 말했다.

"아, 다행이다." 수키가 깩깩거리며 말했다. "C.B.는 유대인이지? 혹시 C.B.가 개종했을까?"

"C.B.한테 직접 물어보지그래?"

"C.B.에 관해 구글링을 해보긴 할 텐데 어제 휴대폰을 잃어버렸어. 어디에서도 찾을 수가 없네." 수키는 자신이 찾아봤던 모든 장소에 대한 대하소설을 늘어놓기 시작했다. "전화를 빌려서 걸어봤는데, 벨소리가 전혀 안 들려서…."

"그 이야기를 듣다 보니 생각났는데, 전화를 해줘야 할 곳이 있어." 브리디가 자기 사무실 쪽으로 걸어가기 시작하며 말했다.

"혹시 내 휴대폰 찾으면 알려줘!" 수키가 뒤에서 소리쳤다. "C.B.가 나한테 데이트 신청을 하게 만드는 게 좋을까, 아니면 내가 그냥 C.B.한테 데이트 신청을 하는 게 나을까?"

그것만으로는 충분히 상황이 나빠진 게 아닌지, 브리디가 사무실에 도착하자 차를라가 그녀에게 말했다. "트렌트 워스 씨가 조금 전에 전화했어요. 즉시 만나고 싶답니다. 플래니건 씨의 EED와 관련된 게 틀림없어요."

"내… 내 EED?" 브리디가 말을 더듬었다.

"네. 워스 씨는 정말로 들뜬 목소리였어요. 틀림없이 워스 씨가 수술 날짜를 당겼을 거예요."

「아니면 아직 폭포에 영향을 받지 않은 텔레파시 능력자를 찾아낸 거겠지.」브리디가 생각했다. 그래서 서둘러서 그의 사무실로 올라갔다. 하지만 브리디가 도착했을 때, 트렌트가 에덜 고드윈에게 보고서를 복사해오라고 내보낸 후 가장 먼저 물어본 건 이랬다. "슈워츠가 아는 다른 텔레파시 능력자가 있었어?"

"아니." 브리디가 말했다.

"어젯밤에 우리가 통화한 후로는 아무 소리도 못 들은 거지? 혹시 나한테 말한 적 있어?"

"아니. 텔레파시는 완전히 사라졌어. 당신은 어때?"

"마찬가지야. 리잔드라와 베릭 박사의 다른 환자들도 그렇대. 방금 박사랑 통화했거든. 어제 이후로 한마디도 들은 환자가 없대. 슈워츠의 이론이 맞은 것 같아. 목소리 때문에 일어난 정신적 외상에 대한 반작용으로 텔레파시가 영구적으로 막혀버리는 것 같아."

「그런데 당신은 왜 이렇게 차분한 거야?」브리디는 궁금했다. 어제 트렌트는 해밀튼 씨에게 텔레파시가 사라졌다는 말을 해야 하는 상황 때문에 거의 자살이라도 할 것처럼 보였다. 하지만 지금은 차분한 정도가 아니라 차를라의 말대로 들뜬 것 같았다. 왜지? 결국 전자 회로를 만들어 낼 수 있을 정도로 베릭 박사가 촬영에서 텔레파시에 대한 충분한 자료를 얻어냈나?

"당신의 도움이 필요해질 거야." 트렌트가 말했다. "우리가 EED 수술을 했다는 말을 퍼트려줘."

「말을 퍼트리라고?」 "하지만 당신은 그걸 비밀로 지키고 싶어 했잖…."

"그건 차단되기 전이지. 지금은 사람들에게 말할 필요가 있어."

"왜?"

"사람들한테 지난주에 수술했다고 해." 트렌트는 그녀의 질문을 무시했다. "하지만 우리는 연결될 때까지 아무에게도 알리고 싶지 않았던 거야. 그리고 당신은 연결이 상상했던 것보다 훨씬 대단하더라는 암시를 살짝 줘."

"하지만 난 이해가 안 돼. 왜 당신은 다른 사람들에게 그걸 알리려고…?"

"내가 만들어낸 계획의 일부야. 우리는 비밀리에 EED 수술을 했다고 말하는 거야. 우리가 EED를 한 건 헤르메스 프로젝트와 관련이 있고, 그래서 말할 수 없었지만 그게 통신 산업을 혁명적으로 바꿔놓을 거라고 흘리는 거야. 그리고 나서 우리가 발견한 게 텔레파시라고 흘리는 거지."

아, 맙소사, 충분한 자료를 구할 수 있었나 보다. 「C. B. 한테 알려줘야 해.」 브리디가 생각했다.

"우리가 텔레파시로 소통할 수 있다는 사실과 그 소통 방법을 휴대폰에 복제하는 방법을 찾아냈다고 흘리는 거야."

"하지만 그건 사실이 아니잖아." 브리디가 말했다. 「제발 사실이 아니길 바랄게.」

"아니지. 하지만 사람들은 그걸 몰라. 그리고 우리가 경영진에게 모든 게 계략이었다고 말할 거라는 사실도 모르지."

"계략?" 브리디가 어리둥절한 얼굴로 말했다.

"그래. 경영진에게 이 모든 게 속임수였다고. 우리의 새 휴대폰이 뭔지 알아내기 위해 애플이 컴스팬에 심어놓은 스파이가 있다고 확신하기 때문에 이런 계획을 짰다고 말할 거야. EED 수술과 텔레파시, 촬영, 그 모든 일이 스파이를 잡고, 우리가 진짜로 하고 있는 일을 애플이 알아내지 못하게 하려는 미끼였던 거야." 트렌트가 의기양양하게 말을 맺었다. "영리한 방법이지, 응?"

「그래.」 브리디가 생각했다. 그 이야기는 트렌트의 일자리를 보장해줄 것이다. 그리고 혹시 스파이가 있다면, 그 스파이는 애플에 텔레파시에 대해 보고할 것이고, 애플은 속아 넘어갈 것이다. 그러면 컴스팬은 기업 스파이에 대한 증거를 갖게 되니, 트렌트는 컴스팬의 영웅이 될 것이고, 그가 원하는 임원실을 갖게 될지도 모른다.

트렌트의 계획이 먹힌다면 말이다. 하지만 EED와 텔레파시가 미끼라면, 이걸 미끼로 사용한 다른 진짜 프로젝트가 반드시 있어야 한다. 그들에겐 그런 프로젝트가 없었다. 브리디가 그걸 지적했다.

"아냐, 있어." 트렌트가 말했다. 트렌트가 브리디에게 개요도를 보여줬다. "이것 봐, 컴스팬의 새로운 휴대폰 '도피처'야. 매일 폭격해대는 반갑지 않은 전화와 문자로부터 지켜주도록 설계되어 있어. 통화하기 싫은 사람은 영원히 '통화 보류' 목록에 넣어놓고 차단할 수 있어. 그리고 그냥 잠깐 통화하기 싫을 때는 '통화가 연결되지 않았습니다'라는 메시지를 보내도록 하면 돼. 그리고 네가 받기 싫었던 사람과 이미 연결되어버린 상황일 때는 버튼 하나만 누르면, 잘 연결되지 않았을 때처럼 자동으로 목소리가 툭툭 끊어지는 효과를 내줘."

「이건 C.B.의 아이디어잖아.」 브리디가 생각했다. 「이건 C.B.의 '안식처 휴대폰'이야.」

"난 목소리가 떼거리로 몰려와 나를 후려칠 때 이 생각을 해냈어." 트렌트가 말했다. "우리에겐 원하지 않는 침입을 막아줄 게 필요해. 우리에겐 폭격하듯 쏟아지는 정보와 사람들로부터 도망칠 도피처가 필요해. 어떻게 생각해?"

「네가 C.B.의 생각을 훔치고, 심지어 그의 공로조차 인정해주지 않으려 한다고 생각한다. 이 비열한 뱀 같은 자식아.」 "하지만 이제야 막 그 생각을 해냈다면, 제시간 내에 준비해서 애플의 신제품을 이길 수 있을까?" 브리디가 물었다.

"우리는 미리 준비할 필요가 없어. 모르겠어? 우리는 애플이 먼저 휴대폰을 발표하길 원해. 애플이 자기네 휴대폰이 소통을 강화해줄 거라고 광고하면 우리는 이렇게 하는 거지. '하지만 걱정하지 마세요. 저희가 그런 소통으로부터 여러분을 지켜드리겠습니다.'"

「그러면 너 같은 놈으로부터는 누가 우리를 지켜줄 건데?」 브리디가 씁쓸하게 생각했다. C.B.의 텔레파시 능력을 파괴한 건 정말 잘못한 일이었다. 지금 트렌트는 C.B.의 휴대폰 아이디어

360

를 훔치려고 하고 있고, 그보다 더 안 좋은 건, 애플이 텔레파시 관련 사업을 추진하게 될지도 모른다는 사실이다. 심지어 홍수가 텔레파시를 파괴해도, 그들은 어딘가에서 영향을 받지 않은 사람을 찾아낼지도 모른다. 아니면 베릭 박사의 촬영으로부터 충분한 자료를 긁어모아서 전자적으로 재생해낼지도 모른다. 그리고 애플은 무한한 자원을 가지고 있으니….

「C.B.에게 알려줘야 해.」 브리디가 생각했다. 「당장.」

하지만 트렌트는 온갖 세세한 일까지 다 말하기 전에는 그녀를 보내줄 생각이 없었다. "내 휴대폰은 전화가 온 것처럼 속일 수도 있어. 그러면 이렇게 말할 수 있지. '전 이 전화를 받아야 합니다.' 난 그 기능을 '낙하문'이라고 불러. 어떻게 생각해?"

「내 생각에 그건 C.B.의 'SOS 앱'이야. 그리고 넌 그것도 훔쳤어.」 "흥미로운 아이디어네. 그런데 트렌트, 난 가봐야 할….."

"안 돼, 아직 가면 안 돼." 트렌트가 말했다. "아직 할 이야기가 남았어." 트렌트가 그녀의 손을 잡았다. "이게 먹히게 하려면, 경영진에게 가서 우리가 서로 사귀었던 것도 계획의 일부였다고 말해야 해. EED는 정서적으로 유대감을 가진 연인들 사이에만 작동되기 때문에, 당신이 그 계략에 신뢰를 주기 위해서 자발적으로 나와 데이트를 했다고 하는 거야."

"신뢰?" 브리디가 넋을 잃고 말했다. 그리고 트렌트가 무슨 짓을 꾸미고 있는지 C.B.에게 말해줄 수 있도록 여기에서 빠져나갈 핑계를 생각해내려 애썼다. 낙하문 앱이 있으면 좋았을 것이다. 아니면 실제로 낙하문이 있어서 트렌트를 거기로 떨어트려도 좋겠고.

"물론 우리는 정서적 유대감이라는 게 이것과 무관하다는 사실을 잘 알아. 정서적 유대감이 꼭 있어야 했다면 당신이 슈워츠와 연결되었을 리가 없지." 트렌트가 말했다. "하지만 경영진은 그런 사실을 몰라. 경영진이 우리가 진짜로 사귀는 거라고 생각하면, EED가 그저 미끼였다는 이야기를 믿지 않을 거야."

「이 자식은 지금 나를 차버리려는 거야.」 브리디가 뒤늦게 깨달았다. 그래서 약간 당황하는 척을 해야 한다고 생각했다. "이제 우리가 그만 만나야 한다는 뜻이야?" 브리디가 물었다.

"아쉽지만 그래야 할 것 같아, 자기야. 경영진이 이게 속임수였다고 믿게 해야 해. 그러지 않으면 병원 기록을 확인하고, 베릭 박사에게 질문을 퍼부을 거야. 그러면 우리의 모든 계획이 산산조각이 날지도 몰라. 그러니까 당신도 모든 사람이 믿도록 하는 게 왜 중요한지 알 수⋯."

"모두 그 프로젝트를 위해서 한 일이었지. 그리고 당신은 나를 진짜로 사랑한 적이 없었고. 그래. 아주 똑똑히 알겠어."

"아, 잘됐네." 트렌트가 말했다. "우리가 이렇게 해야 한다는 사실 때문에 아주 죽겠어, 자기야. 하지만 우리의 개인적인 감정을 걱정하기엔 여기에 너무 많은 게 달렸어."

「당신 말이 맞아. 그렇지.」 브리디가 생각했다. 「바로 그렇기 때문에 난 여기에서 빠져나가서 C.B.를 찾아야 해.」

"물론, 앞으로 며칠간은 여전히 우리가 연인인 척해야 해." 트렌트가 말했다. "그리고 당신은 EED에 대해 아주 미묘한 암시를 흘리기 시작해야 하고, '내가 병원에 있을 때' 같은 언급이 괜찮을 거야. 그리고 내일 아침, 난 당신한테 꽃을 보내고 당신 사무실로 전화할 거야. 차를라가 받겠지?"

"응." 브리디가 말했다. 「텔레파시가 아직도 그대로 있었으면, 메이브에게 말해서 당장 전화를 하라고 했을 거야. 그러면 빠져나갈 핑계가 되었을 텐데.」

"그리고 당신에게 아직 연결이 느껴지지 않는지 묻는 문자를 보낼 거야, 그러면…."

브리디의 휴대폰이 울렸다. 「천만다행이다.」 브리디가 주머니에서 휴대폰을 꺼내며 생각했다.

"…당신은 비서한테 그 문자를 확실히 보여줘, 그리고…."

"미안한데, 이 전화를 받아야겠어. 샘슨 씨야." 브리디는 아무 이름이나 대고 휴대폰을 귀에 가져다 댔다.

트렌트가 고개를 끄덕였다. "그 사람한테도 살짝 암시를 줘." 그가 말했다. "그 소식이 컴스팬에 빨리 돌면 돌수록 더 좋아."

"그럴게." 브리디는 빠른 걸음으로 그의 사무실을 빠져나와서 복도를 따라 걸어가면서 전화를 끊었다. 그리고 서둘러 엘리베이터로 가서 지하실을 향해 반쯤 내려가다가 문득 C.B.가 거기에 없을지도 모르겠다는 생각이 들었다. 그는 이제 어디든지 있을 수 있었다. 복사실에서 이력서를 복사하고 있거나, 어딘가에서 수키와 시시덕거리고 있을지도 모른다.

하지만 감사하게도 C.B.는 연구실에 있었다. 그는 이동용 난로 옆에 쭈그리고 앉아 있었는데, 연구실 안의 온도변화가 전혀 없는 걸 보면 그 난로는 아직도 고장이 난 상태인 게 분명했다. 하지만 C.B.는 파카를 입지 않고 '닥터 후' 티셔츠 위에 체크무늬 셔츠만 입고 난로의 뒤판을 다시 열어서 전선을 만지작거리고 있었다. "여긴 무슨 일이야?" C.B.가 슬쩍 올려다보더니 물었다.

"너한테 할 말이 있어."

"저 펜치 좀 건네줄래?" C.B.가 난잡하게 어질러진 작업대 위를 가리켰다.

"응. 아냐. 이 이야기가 중요해."

"이것도 중요해." C.B.가 말했다. "내가 이걸 못 고치면 우리 둘 다 얼어 죽을 수도 있어."

C.B.의 말이 맞았다. 연구실은 평소보다 더 추웠다. "어느 거?" 브리디가 온갖 공구와 회로판, 계량기, 전선이 엉켜있는 작업대 위를 쳐다보며 물었다.

"저쪽 끝에 있는 롱노우즈 펜치."

브리디가 C.B.에게 건네주자, 그는 난로 안의 무언가를 그걸로 돌리더니 일어서서 양손을 셔츠 자락에 문질러 닦았다. "그렇게 급한 일이 뭐야? 무슨 일로 이 난리야?"

「예전처럼 네가 내 생각을 읽을 수 있으면 물어볼 필요도 없었을 텐데.」 브리디가 생각했다. "트렌트가 네 통화권 이탈과 SOS 아이디어를 가져가서 경영진에게 자기 생각이라고 말할 계획을 짜고 있어."

"뭐, 원칙적으로 따지면, 그 아이디어들은 트렌트의 소유가 맞아." C.B.가 조용히 말했다. 그리고 무릎을 꿇고 앉아서 난로의 뒤판을 다시 붙이기 시작했다. "그게 아니라도 컴스팬의 소유야. 회사에서 일하는 모든 사람은 여기서 일하는 동안 만들어낸 아이디어의 지적 재산권을 이양하겠다는 계약서에 서명하잖아."

"하지만 적어도 그 아이디어에 대한 공로는 네가 인정받아야 해! 그리고 그게 최악의 소식은 아니야. 트렌트는 컴스팬에 있는 모든 사람에게 우리가 EED 수술을 했다는 사실과 텔레파시와 촬영에 대해 말할 거래."

"알아." C. B.가 쳐다보지도 않고 말했다. "그건 내 아이디어야."

"네 아이디어라고? 하지만… 난 이해가 안 돼. 설령 기업 스파이가 있다고 해도…."

"있어." C. B.가 난로의 뒤판을 만지작거리며 말했다.

"있어? 누구야?"

C. B.는 대답하지 않았다. 그는 뒤판을 고치느라 바빴다.

"그 스파이가 애플에 말할 거야." 브리디가 말했다. "그리고 애플이 그에 대한 조사를 시작하면, 애플이 텔레파시와 관련된 뭔가를 만들고 있다는 소문이 퍼질 거야. 그러면 텔레파시가 존재하든 말든 상관없이 모든 사람이…."

"아냐, 애플은 그러지 않을 거야." 마침내 C. B.가 뒤판을 성공적으로 고정시키고 말했다. "우리는 애플에게 미끼를 물 시간을 일주일 정도밖에 주지 않을 거야. 그 후 우리는 그게 모두 컴스팬의 계략이었다는 사실과, 애플이 그 계략에 속아서 실제로 텔레파시가 존재한다고 믿었다는 이야기를 트위터에 올릴 거야. 애플이 그거 말고 또 얼마나 말이 안 되는 것들을 믿고 있을까? 유령? 영매술? 외계인 납치?"

「그렇게 애플에게 굴욕감을 안기면, 모든 스마트폰 회사들이 텔레파시 연구를 역병처럼 피하게 될 거야. 브리디 머피와 라인 박사의 대실패 이후 과학자들이 그랬던 것처럼. 그래서 앞으로

50년간 텔레파시를 다시 사이비과학의 영역으로 돌려보내겠지.」브리디가 생각했다.

"우리는 그 사람들에게 말할 거야." C.B.가 계속 말했다. "그게 전부 다…."

"우리가 진짜로 만들고 있는 걸 애플이 알아내지 못하도록 막기 위한 미끼였다고." 브리디가 말했다. "나도 알아. 그리고 컴스팬은 네 '안식처 휴대폰'을 만드는 거지."

"그렇지." C.B.가 난로 뒤판에 나사를 끼워 넣으며 말했다. "난 병원에서 그 징그러운 벌레들의 공격을 받은 뒤에 트렌트가 원하지 않는 전화를 차단하는 게 좋은 아이디어라고 생각할 거라는 사실을 깨달았어. 그리고 그는 정말로 그 생각을 받아들였어."

"하지만 네 아이디어를 트렌트에게 주는 건…."

"어차피 난 애플의 새 휴대폰과 경쟁할 만한 뭔가를 줘야 했어. 애플의 새 휴대폰 출시는 이제 두 달도 남지 않았잖아. 그런데 트렌트가 가진 거라곤 목소리가 들린다는 우스꽝스런 이야기밖에 없는데, 그나마도 이제는 더 이상 들을 수 없게 됐으니, 트렌트는 일자리를 잃을 거야. 그렇게 되면 트렌트에게 남은 희망은 텔레파시가 실제로 존재한다는 사실을 증명해서 자신의 주장을 입증하는 방법밖에 없어. 트렌트는 더 파고들겠지. 난 트렌트가 메이브에 대해 알아내게 하고 싶지 않았어. 그 드라이버 좀 건네줄래?" 트렌트가 드라이버를 가리켰다.

브리디가 C.B.에게 드라이브를 건넸다. "고마워." C.B.가 말했다. "안식처 휴대폰을 트렌트에게 넘겨주면, 트렌트는 일자리를 지킬 거야. 그리고 앞으로 몇 달 동안은 휴대폰만 생각하느라 너무 바빠서, 그리고 그 뒤로는 '와이어드'나 '월스트리트 저널'과 '컴스팬은 어떻게 '점점 더'를 강조하던 통신 산업을 소비자를 보호하는 쪽으로 바꿨나'에 관해 인터뷰하느라 너무 바빠서, 그리고 삼성과 모토로라의 스카우트 제안으로 너무 바빠서, 텔레파시에 대해서는 생각할 짬이 전혀 없게 될 거야. 나를 믿어. 트렌트에게 안식처를 준 건 우리에게 떨어질 스포트라이트를 치운 대신 지불한 작은 대가에 불과해."

"하지만 그게 네가 하려던 일이라면, EED 이야기를 흘리는 건 가장 피해야 할 문제잖아. 그런데 왜…."

"그렇게 할 수밖에 없었어. 트렌트가 이미 해밀튼 씨에게 말했잖아. 그 방법 외에는 해밀튼 씨가 텔레파시를 기꺼이 포기하리라는 확신이 들지 않았어. 해밀튼 씨는 판도를 바꿀 기술이 자기 손안에 있다고 생각하고 있었거든. 그 사람을 설득해서 텔레파시 대신 안식처 휴대폰에 만족하도록 만드는 유일한 방법은, 텔레파시를 믿는 바보처럼 보일까 봐 걱정하도록 만드는 것뿐이었어."

C.B.의 말이 맞았다. 트렌트가 텔레파시를 직접 경험했다고 보고했다가, 다시 텔레파시가 사라져버렸다고 보고했으면, 해밀튼 씨는 그 보고를 받아들이려 하지 않았을 것이다. 아마도 계속 연구하라고 밀어붙였을지도 모른다. 하지만 트렌트가 텔레파시는 전혀 존재하지 않았으며 경쟁 업체를 속이려는 계략이었다고 보고하면, 자신도 거기에 속아 넘어갈 정도로 어리석은 사람이라는 사실을 기꺼이 인정하지 않으려 할 것이다. "하지만 애플이 진짜로 엄청난 걸 가지고 있어서 안식처 휴대폰이 거기에 경쟁할 수 있을 정도로 충분히 혁명적이지 않으면 어쩌지?"

"그렇지 않아."

"네가 어떻게 알아?"

"난 알 수 있어. 아니, 알 수 있었어. 생각을 읽었으니까. 새 아이폰에 있는 신기술은 해커로부터 클라우드 서비스를 보호하는 방어벽뿐이야. 역설적이지 않아? 거기에 더 오래 가는 배터리와 조금 더 커진 화면이 다야."

"하지만 그렇다면 애플이 안식처 휴대폰에 대항할 뭔가를 찾을 거 아냐. 그리고 컴스팬을 바보로 보이게 만들어서 보복하려고 할 거야. 애플이 더 깊이 조사를 시작해서 트렌트와 내가 진짜로 EED 수술을 했다는 사실을 알아내면 어떡해? 그리고 리잔드라는 베릭 박사에게 소송을 걸겠다고 위협하고 있는데, 만일…."

"안 할 거야." C.B.가 확신에 차서 말했다. "소송을 하게 되면 리잔드라는 자신의 '영적 재능'을 잃었다는 사실을 공개적으로 인정하는 꼴이 돼. 리잔드라는 자신의 고객들에게 그런 사실이 알려지면 안 돼. 그러면 고객들이 한꺼번에 그녀를 떠나버릴 테니까."

"그래도 리잔드라가 그들의 생각을 읽지 못한다는 사실을 알게 되면 어차피 떠나지 않을까?"

"그 사람들은 못 알아낼 거야. 리잔드라는 대체로 콜드 리딩 기술을 이용해서 맞췄거든. 그리고 사람들에게 그들이 듣고 싶어 하는 이야기를 들려주면 돼. 그리고 베릭 박사 문제는 내가 곧 조치할 생각이야." C.B.는 난로 앞의 스위치를 올렸다.

C.B.가 수리한 게 소용이 없었던 모양이다. 작동하는 소리가 들리지 않고 난로의 코일도 오렌지색으로 변하지도 않았다. 하지만 C.B.는 알아채지 못한 듯 보였다. C.B.는 뒷주머니에서 스

마트폰을 꺼내서 숫자를 입력하느라 너무 바빴다. C.B.가 휴대
폰을 귀에 댔다. "여보세요, 저는 C.B. 슈워츠라고 하는데요, 베
릭 박사님과 통화하고 싶습니다. 이 번호로 연락하시면 됩니다."
C.B.가 빠르게 말을 하더니 전화를 끊었다. 그리고 고개를 숙이
고 화면을 바라보면서 문자를 입력하기 시작했다.

브리디가 C.B.를 보며 인상을 찌푸렸다. "문자 보내는 거야?"

"아냐, 트위터야." C.B.는 계속 문자를 입력했다. "언제부터
트위터를 했냐고 물어볼 거지?"

"아니, 언제부터 스마트폰을 들고 다녔냐고 물어보려고 했어."

"안 들고 다녀. 이건 수키한테서 빌린 거야. 사실은 훔쳤지."

「아니면, 수키가 다시 C.B.와 이야기를 나눌 변명거리를 만들
려고 일부러 여기에 놔두고 갔을지도 몰라.」 브리디가 생각했다.
「수키는 전화를 해도 받지 않을 거라는 사실을 알았을 거야. 여긴
수신이 되지 않으니까. 그래서 휴대폰을 가지러 내려올 수밖에 없
게 되는 거지. 하지만 그러면, 어떻게….」

"트위터에 어떻게 올릴 거야?" 브리디가 물었다. "여긴 휴대폰
수신이 안 되잖아."

C.B.가 '트윗하기'를 누르고 고개를 들어 브리디를 바라봤다.
"아, 응, 그건 말이지, 수신이 안 되는 게 전적으로 자연스러운
현상은 아니었어."

브리디가 난로를 쳐다봤다. "네가 지금껏 수신을 방해했구나."
브리디가 말했다. 그러니 난로에서 열기가 나오지 않는 게 놀랄
일도 아니었다.

"응. 내가 그랬지." C.B.가 인정했다. "조금 전에 껐어. 그래

서 혹시 여기에서는 전화를 받지 못할 거라 기대하고 있었다면, 휴대폰을 끄는 게 좋을 거야." 그때 수키의 휴대폰이 울렸다. "미안, 이 전화를 받아야 해." 그가 말했다.

브리디는 고개를 끄덕이고, 휴대폰을 꺼내서 전화가 오기 전에 전원을 꺼버렸다.

"베릭 박사님, 네? … 천천히, 알아들을 수가… 천천히 말해주세요… 죄송하지만, 마지막 부분을 못 들었어요. 다시 말씀해주실래요?" C.B.가 휴대폰을 귀에서 떼더니 스피커폰 아이콘을 누르고 작업대 위에 휴대폰을 내려놨다.

"제 말은," 베릭 박사가 흥분한 목소리로 말했다. "이야기가 퍼졌다고요!"

「퍼지다니?」

깜짝 놀란 브리디가 C.B.를 쳐다봤지만, 그는 차분한 얼굴로 휴대폰을 쳐다보고 있었다. "그걸 어떻게 아셨어요?" C.B.가 물었다.

"조금 전에 트윗을 하나 봤어요. 뭐라고 되어 있었냐면, '속보: EED가 환자들에게 생각을 읽을 수 있도록 만든다.' 그리고 제 홈페이지 링크가 붙어 있었어요."

「아, 안 돼.」 브리디가 생각했다. 「이게 트렌트가 말하던 '미묘한 암시'였나?」

"이게 제 업무에 얼마나 크게 손해를 끼칠지 알아요?" 베릭 박사가 소리쳤다. "생각을 읽는다니! 저는 왕가에도 고객들이 있어요. 이 말이 새어나가면….."

"그 트윗을 누가 올렸는지 아세요?" C.B.가 물었다.

"'가십 걸'이라고 되어 있네요. 하지만 리잔드라가 올린 게 틀림없어요. 자신의 심령 능력을 잃어버린 것에 대한 복수라고요."

"해시태크는 뭐라고 되어 있어요?" C.B.가 물었다.

"EED=ESP하고 물음표가 되어 있어요."

"그걸 언제…?"

"잠깐만 기다리세요." 베릭 박사가 말했다. 짧게 침묵이 흐르다가 박사가 돌아왔는데, 더 흥분한 목소리였다. "조금 전에 트윗이 두 개 더 올라왔어요. 같은 사람이 올렸고, 해시태그도 같아요. 첫 번째 트윗은 '어떤 유명 EED 박사가 듀크대학처럼 자기 환자들에게 ESP 실험을 했다는 소문이 돈다.' 그리고 라인 박사의 위키피디아 페이지에 링크를 걸었어요." 베릭 박사의 목소리는 완전히 제정신이 아니었다. "그리고 두 번째는 '브리디 플래니건은 새로운 브리디 머피가 될 것인가?'"

브리디가 헉 소리를 냈다.

"브리디 머피가 누군지 알아요?" 베릭 박사가 소리쳤다.

"네." C.B.가 말했다. "박사님 말씀이 맞네요. 정말로 심각하군요. 박사님의 이름이 그런 사기꾼과 연결된다면, 박사님의 명성을 망가트릴 수 있어요. 라인 박사에게 어떤 일이 일어났는지 기억나네요. 그리고 셜리 맥클레인에게도요. 그 여자가…."

"그러니까 당신이 어떻게 좀 해봐요!" 베릭 박사가 소리쳤다. "이 트윗이 퍼지지 않도록 해야 합니다!"

「하지만 C.B.가 할 수 있는 일은 없어.」브리디가 생각했다. 「이미 폭풍처럼 리트윗되고 있을 거야.」어쩌면 벌써 기자들이 브리디의 전생에 대해 물어보려고 그녀에게 전화를 하고 있을지도 모른다. 휴대폰을 꺼놔서 다행이었다. 하지만 브리디가 위층으로 올라가자마자 새로운 종류의 대홍수를 만나게 될 것이다. 기자들은 브리디 머피를 인용하며, 틀림없이 아일랜드계와의 연관성을 찾아내고, 그녀의 가족들과 인터뷰하려 할 것이다. 메이브를 포함해서. 「난 여기에 C.B.와 함께 있으면 안 돼.」브리디가 생각했다. 「기자들이 우리가 여기 함께 있는 걸 알게 되면….」

브리디는 문을 향해 갔다. C.B.가 그녀의 팔을 붙잡아 세웠다. "가지 마." C.B.가 입모양으로 말하고 큰 소리로 물었다. "베릭 박사님, 그 트윗들을 언제 보셨나요?"

"조금 전에 봤어요. 당신한테 전화하기 직전에."

"잘됐네요. 어떤 때는 다른 사람들이 올린 트윗을 지울 수 있기도 하거든요."

브리디가 말했다. "아냐, 그렇게는 안 돼…."

"쉿." C.B.가 입모양으로 그녀에게 말했다. 그리고 전화기의 스피커폰 기능을 끄고 다시 귀에 가져다 댔다. "제 생각에는 막을 수 있을 것 같아요, 베릭 박사님. 하지만 빨리해야 합니다. 혹시 제가 못할 수도 있는데, 저 말고 텔레파시에 대해 알고 있는 다른 사람이 있나요?" 잠시 침묵. "좋습니다. 그리고 박사님이 하신 제너 카드 실험과 촬영 기록에 접근할 수 있는 사람은 누가 있나요?"

C.B.가 통화를 하는 동안 브리디는 인상을 찌푸린 채 그를 지켜봤다. 그녀가 이해 안 되는 뭔가 있었다. 이 대화 전체가 뭔가 이상했다. 왜 C.B.는 트윗에 대한 이야기를 듣고도 당황을 하지 않는 걸까? 혹시 C.B.가….

「당연히 그렇겠지.」브리디가 생각했다. 「그 트윗은 가십 걸이

올린 게 아니야. C.B.가 올린 거지.」

"박사님의 다른 환자들은 어떤가요?" C.B.가 물었다. "텔레파시의 징후가 보였던 환자들은요? 그 환자들에게 어느 정도나 말씀하셨어요?" 침묵. "다행이네요. 제가 할 수 있는 일을 찾아보겠습니다. 아뇨, 그 트윗을 저한테 카피해서 보내지 마세요. 저한테는 필요 없습니다. 그냥 두세요. 제가 이 문제를 해결할 수 있는지 확인하는 대로 연락드릴게요. 그때까지 다른 사람에게 전화나 트윗, 문자를 하지 마세요."

C.B.가 전화를 끊었다. "좋은 소식이야. 박사는 텔레파시에 대해서 아무한테도 말하지 않았어. 확실한 실험 결과가 나올 때까지 기다리고 싶었대. 그래서 다른 사람들에게, 자기 간호사한테까지도 거울 뉴런을 강화하는 실험을 하고 있다고 했대. 그리고 의사의 비밀누설금지의무 때문에 다른 사람은 촬영이나 제너 카드 검사 결과를 볼 수 없어. 내 생각엔 우리가 지금 대화를 나누는 동안 박사가 그 자료들을 분쇄기에 넣고 있을 거야."

"그 트윗을 올려서 박사를 죽도록 겁먹게 해줘서 고마워."

"네가 알아챌 줄 알았어." C.B.가 말했다. "난 박사가 다른 EED 환자들에게 자기가 어떤 목적으로 실험하고 있는지 말했을까 봐 걱정했어. 다른 의사한테도. 하지만 그러지 않았대. 그리고 박사가 찾을 수 있었던 유일한 빨간 머리가 리잔드라였어. 그리고 다른 환자들에겐 네게 했던 이야기를 했대. 그들이 너무 강하게 감정을 느끼면 마치 말처럼 들리기도 한다고. 텔레파시의 존재에 대해서는 입도 뻥끗하지 않았어. 즉, 그 환자들은 텔레파시에 대해 전혀 말하지 않을 거야. 그러니까 우리는 이제 걱정하지 않아도 돼."

"올려놓은 그 트윗만 빼면. 지금 우리가 말하고 있는 사이에 열심히 리트윗되고 있을 거야."

"아냐. 그렇지 않아." C.B.가 스마트폰 위로 다시 몸을 굽혔다. "난 그 트윗을 '두 번째 생각' 앱을 통해 베릭 박사한테만 보냈어. 그리고 내가 조금 전에 박사의 휴대폰에서 그 트윗을 지웠어." C.B.가 휴대폰을 톡톡 쳤다. "그리고 수키의 휴대폰에서도 지웠어. 둘 다 사고 대비 안전 시간 10분 이내였어. 그래서 다른 사람에게 퍼지는 걸 막을 수 있었어. 너한테 그 앱이 괜찮은 아이디어라고 말했잖아."

C.B.가 브리디에게 휴대폰 화면을 보여줬다. 거기엔 '트윗 삭제되었음'이라고 표시되어 있었다. 그리고 C.B.가 다시 화면을 넘겼다. "이제 남은 일은 베릭 박사에게 다시 전화해서 내가 성공했다고 말해주는 것뿐이야. 잠시만." C.B.가 전화를 귀에 가져다 댔다. "베릭 박사님? 좋은 소식이 있습니다. 트윗이 퍼지기 전에 아슬아슬하게 제가 모두 지운 것 같아요."

브리디는 C.B.가 통화하는 모습을 지켜보며, 그가 베릭 박사만이 아니라 트렌트까지 얼마나 영리하게 처리했는지 생각했다. 하지만 뭣 때문이지? 왜 그렇게 복잡한 계략이 필요한 거지? 브리디도 C.B.가 이 모든 것들과 자신의 관계를 완전히 끊고 메이브를 보호하고 싶어 한다는 사실을 알고 있다. 하지만 트렌트는 메이브가 텔레파시를 했었다는 사실을 전혀 모르고, 베릭 박사는 메이브라는 아이가 존재하는 줄도 모른다. 그래서 트렌트가 아무리 많이 조사하더라도, 그는 전혀 위협이 되지 않는다. 그리고 텔레파시는 사라졌으므로, 베릭 박사는 촬영과 제너 카드 실험 기록을 파괴할 필요가 없었다.

그런데 왜 C.B.는 박사에게 기록을 파괴하도록 했을까? 그리고 왜 트렌트에게 안식처 휴대폰에 대한 자신의 아이디어를 넘겨줘서, 그를 곤란한 상황에서 벗어나게 해줄 변명거리를 제공해주고, 나아가서 컴스팬의 눈에 영웅으로 비치도록 만들어주기까지 했을까?

「C.B.는 단순히 자신과 메이브의 흔적을 덮으려고 이러는 게 아니야.」브리디는 C.B.가 베릭 박사와 통화를 하는 모습을 지켜보면서 생각했다. 「뭔가 다른 게 진행 중이야.」C.B.는 더 이상 그녀의 생각을 읽지 못하긴 하지만, 브리디가 생각했다. 「안전실로 들어가야겠다.」그리고 파란 문을 열고 안마당으로 들어갔다.

담장은 여전히 검댕이 자국이 있었고, 바닥의 판석 여기저기에 물웅덩이가 있었지만, 브리디는 그런 게 눈에 들어오지 않았다. 브리디는 문을 걸어 잠그고, 물집처럼 부풀어 오른 문의 페인트를 멍하게 쳐다보면서, C.B.의 꿍꿍이가 무엇인지 그리고 베릭 박사와 C.B.의 대화를 듣다가 왜 그런 생각이 떠올랐었는지 생각해보려 했다.

「그날 밤 극장에서,」브리디가 생각했다. 「C.B.가 나한테 나이아가라 폭포와 럭키참스, 데스밸리로 신혼여행을 가자고 이야기했던 건 내 생각을 목소리에서 떼어놓으려는 거였어.」C.B.는 트렌트와 베릭 박사의 생각을 텔레파시에서 떼어놓으려는 것이다. 이 모든 게 다 그걸 하기 위한 것이었다. 안식처 휴대폰과 소문내기와 기업 스파이와 트위터. 그러니 논리적으로 이해가 되지 않는 것도 무리가 아니다. 이건 다 그저 그들의 생각을 다른 데로 돌리려는 수다에 불과했기 때문이다. 하지만 어떤 생각을 못 하게 하려는 거지?

"제가 모든 트윗을 지웠다는 사실은 90퍼센트 장담할 수 있습니다." C.B.가 말했다. "하지만 혹시 제가 못 했을 수도 있으니, 앞으로 며칠간은 기자들을 피하시는 게 좋을 같아요. 박사님은 전 세계를 돌아다니며 수술을 하시잖아요, 그렇죠? 아, 좋네요. 저보다 한발 앞서 가시네요. 저도 같은 생각입니다."

「내 생각이 틀렸어.」 브리디가 C.B.의 목소리를 들으며 생각했다. 「C.B.는 그저 이 사람들에게 다른 생각을 하게 만드는 정도가 아니라, 베릭 박사를 나라 밖으로 몰아내고, 트렌트는 새 휴대폰 설계와 소문 퍼트리기로 바쁘게 만들려고 해. 그렇다면 내가 이와 관련해서 떠올려야 할 건 극장이 아니었어.」 물집처럼 부풀어오른 페인트가 그녀에게 대답이라도 해줄 듯, 빗장이 쳐진 문을 노려보면서 브리디는 관련된 기억을 끄집어내려 애썼다. 「다른 곳이었어.」

「자동차 안이다.」 C.B.가 그녀를 극장에서 구해준 뒤 차를 태워 도서관으로 데려갈 때였다. 그는 브리디에게 목소리를 계속 통제할 수 있게 시를 외우고, '길리건의 섬'의 주제곡과 '빌리 조의 송가'를 노래하라고 했다.

"하지만 난 이걸 영원히 할 수는 없어." 브리디가 항의하자 C.B.가 말했었다. "이것들은 우리가 영구적인 방어벽을 세울 때까지만 이용하는 임시 조치일 뿐이야."

「임시 조치.」 트렌트를 산만하게 만들고, 베릭 박사를 나라 밖으로 내보내고, 눈을 돌릴 멋진 새로운 휴대폰을 컴스팬과 애플에게 준 건, 모두 C.B.가 목소리를 접근하지 못하게 막을 때처럼 그들을 막기 위해 계획적으로 배치한 임시 조치였다. 「C.B.가 영구적인 방어벽을 세울 때까지.」 그리고 C.B.가 방어해야 할 건 하나뿐이다.

「텔레파시는 사라지지 않았어.」 브리디가 생각했다. 「C.B.가 목소리를 막고 있는 거야. 자기는 할 수 없다고 했던 말은 거짓말이었어. C.B.는 내내 그걸 하고 있었던 거야.」

하지만 C.B.가 목소리를 차단할 수 있었다면, 베릭 박사가 실험을 하고 촬영을 하기 전에 했을 것이다. 그러면 베릭 박사는 그 자료들을 분쇄할 필요도 없었다. 그리고 아예 실험실에서 차단해버렸다면, 그들은 C.B.에 대해 전혀 알지 못했을 것이다. 그리고 C.B.가 목소리를 차단할 수 있다면, 왜 영구적인 방어벽이 필요할까? 그건 논리적이지 않았다. C.B.는 목소리를 차단할 수 없다.

「하지만 C.B.가 범인이 맞아.」 브리디가 생각했다. 「그리고 텔레파시가 다시는 돌아오지 않을 거라고 C.B.가 그렇게 확신하며 말했던 건 애초에 텔레파시가 사라지지 않았기 때문이야. C.B.가 그 사실을 인정하고 어떻게 된 건지 내게 말해주기 전까지는 여기서 나가지 않을 거야.」

하지만 그 전에도 C.B.는 브리디에게 그 사실을 인정하지 않았는데, 이제 그녀가 마주 보고 물어본다고 해서 인정하지는 않을 것이다. 브리디는 C.B.에게서 진실을 끄집어낼 수 있는 다른 방법을 생각해내야 했다.

"박사님은 저희를 믿으시면 됩니다." C.B.가 휴대폰에 대고 말했다. "저희도 박사님과 마찬가지로 이 모든 일을 과거지사로 잊어버리고 싶습니다. 그럼, 즐거운 여행되세요."

C.B.가 전화를 끊었다. "이 훌륭한 박사께서는 소순다 열도에 있는 투팡가 왕과 그가 가장 사랑하는 아내의 EED 수술을 하러 갈 거래." C.B.가 브리디에게 말했다. "내가 알기로는 휴대폰 수신이 거의 안 되는 지역이야." C.B.가 휴대폰에 뭔가를 입력하기 시작했다. "그리고 리잔드라는 세도나에서 다시 일을 시작한 것 같아." C.B.가 브리디가 볼 수 있도록 휴대폰을 내보였다. "봐."

화면에 뜬 사진은 리잔드라의 얼굴이 나오는 '여름의 영적 세미나' 광고였다. "그녀가 마음속 깊은 곳을 보는 고대 비법을 공부했던 히말라야에서 정화 수련을 마치고 새롭게 돌아왔다."

「정화 수련이라.」 브리디가 생각했다. 「딱 어울리는 이름이네.」

"봤지?" C.B.가 말했다. "내가 리잔드라는 걱정할 필요가 없다고 했잖아."

"그러면 트렌트만 남았네." 브리디가 연구실 문을 향해 걸어가며 말했다. "트렌트와 내가 EED 수술을 받았다는 소문을 퍼트리기 시작하라고, 트렌트가 부탁했으니까 난 소문내러 가봐야 할 것 같아."

"좋은 생각이야." C.B.가 노트북으로 걸어가며 말했다. "난 수키한테 휴대폰을 발견했다는 메일을 보내는 게 좋겠어."

"그래." 브리디가 손으로 문을 잡으며 말했다. "휴대폰이 없으면 컴스팬의 소문 공장이 작동되기 힘들겠지."

C.B.가 노트북 화면을 쳐다보면서 메일을 입력하기 시작했

다. 브리디는 연구실 문을 살짝 열면서 말했다. 「네가 원하면 내가 수키한테 휴대폰을 가져다줄게. 그러면 넌 괜한 걸음 안 해도 되잖아.」

"아냐, 괜찮아. 안 그래도 지금 위층으로 올라가서…." C.B.가 말을 멈췄다.

두 사람의 눈이 만났다.

브리디가 차가운 미소를 지으며 C.B.를 바라봤다. "올라가서 뭐? 더 이상 목소리가 안 들리신다고?" 브리디가 말했다.

35

"상황은 정말로 절망적이고 절망적이었지만,
그렇게 심각하지는 않았어."
— 영화 '피니언의 무지개'

    둘은 난로 너머로 서로의 얼굴을 쳐다보며 그 자리에 한참 동안 서 있었다. 그리고 C.B.가 입을 열었다. "네가 알아낼까 봐 두려웠어." 그 말은 "너한테 말하려고 했어"나 심지어 "들어봐, 설명해줄게"도 아니고, "네가 알아채서 기뻐. 나도 너한테 거짓말하기 싫었어"도 분명히 아니었다. 겨우 "네가 알아낼까 봐 두려웠어"라니.

    「넌 나한테 거짓말을 했어.」브리디의 머릿속이 멍해졌다. 「트렌트하고 똑같아.」

    하지만 전혀 똑같지 않았다. 트렌트의 배신이 하나의 사건이었다면, 이건 그보다 훨씬 안 좋은 일이었다. 이 사람은 C.B.다. 그녀가 믿었고, 그녀가….

"난 몰랐어." 브리디는 아직 한 손으로 문을 잡고 있어서 다행이라 생각하며 말했다. 덕분에 붙잡고 매달릴 수 있었다. "조금 전까지는. 홍수가 목소리를 차단했던 게 아니지? 네가 차단했던…."

"쉿!" C.B.가 작게 말했다. 그리고 몸을 날려서 그녀를 지나쳐서 문을 닫더니 잠갔다. 「여기에 내려온다는 사실을 다른 사람에게 말했어?」

브리디가 고개를 절레절레 흔들었다.

「여기 내려오는 걸 본 사람 있어?」

"없었던 거 같아…."

「쉿! 목소리 낮춰.」C.B.가 날카롭게 말하고, 문에 귀를 가져다 댔다. 그리고 한참 동안 듣고 있더니 말했다.「이제 괜찮아. 너를 따라온 사람은 아무도 없었어.」그리고 C.B.는 문을 열더니 양쪽을 주의 깊게 살폈다. 그리고 벽에 있던 출입금지 표지판을 가져와서 문밖에 걸었다.

C.B.가 문을 다시 닫고 잠그더니 '위험, 출입엄금, 실험중'이라는 표지판을 창문에 테이프로 붙였다. 그리고 난로가 아니었던 그 난로로 걸어가서 스위치를 켜고, 라디오로 성큼성큼 걸어가서 볼륨을 최대한으로 높이더니, 다시 돌아와서 그녀에게 방 한가운데로 오라고 손짓했다. "이건 아무한테도 말하면 안 돼." C.B.가 목소리를 낮추고 말했다. "특히 트렌트한테는."

"넌 내가 트렌트한테 말할 거라고 생각하는 거야?" 브리디가 믿기지 않는다는 투로 말했다. "난 믿기지가 않아. 어떻게 네가…."

"아니, 당연히 네가 말하지 않을 거라고 생각해. 하지만 넌 이해 못 해. 넌 심지어 생각도 하면 안 돼. 그래서 내가….."

"그래서 나한테 말 안 했다고?" 브리디가 화가 난 목소리로 말했다. "내가 알게 되면 그 비밀을 누설할까 봐? 넌 나한테 텔레파시를 파괴한 책임을 뒤집어 씌웠어. 넌 나를 네 인생을 망가트린 인간으로 생각하게 만들었다고!"

"미안해." C.B.가 말했다. "하지만 어쩔 수 없었어. 여기에 너무 많은 게 달려 있었어. 난 트렌트가 메이브에 대해 알게 되는 위험을 감수할 수 없었어. 또…." C.B.가 말을 멈추더니 다시 시작했다. "너도 트렌트가 어떤 사람인지 봤잖아. 벌레들의 맹공격을 받고도 전혀 멈출 생각이 없는 사람이야. 트렌트는 지금도 자기가 텔레파시를 통제할 수 있다고 생각해. 만일 텔레파시가 아직도 존재한다는 기미를 트렌트가 조금이라도 알아채게 되면, 그 멍청한 휴대폰에 텔레파시를 쑤셔 넣어서 세상에 타격을 줄 때까지 절대 멈추지 않을 거야. 그래서 텔레파시가 멈췄다고 트렌트를 믿게 하는 건 정말로 중요한 일이었어. 그리고 넌 우리에게 가장 안전하고 확실한 대책이었어. 네가 그걸 사실로 믿으면, 넌 실수로라도…."

"그 비밀을 흘리지 않겠지."

"그래. 그리고 그건 지금도 중요해. 그런데 이제 네가 알아버렸어. 넌 트렌트의 근처에도 가면 안 돼."

"어떻게? 네가 만든 그 유치한 미끼 계획 덕분에, 트렌트하고 나는 모든 사람에게 우리가 EED로 연결된 행복한 연인이라고 확신시켜야 해. 그래서 난 무한정 트렌트를 피할 수 없어."

"영원히 피할 필요는 없어. 앞으로 며칠만 피하면 돼."

"그러면 어떻게 되는데?"

C.B.가 대답을 주저했다. 어떻게 해야 할지 갈피를 못 잡는 것 같았다.

"이미 나한테 많이 말했잖아. 남은 이야기를 해줘도 괜찮을 거야. 며칠 후에 어떻게 되는데?"

"내가 방해신호 발신기에 대한 프로그램을 마칠 거야." C.B.가 말했다.

브리디는 반사적으로 난로를 쳐다봤다. 여기가 항상 추웠던 게 놀랍지 않았다. 저건 난로가 아니라, 방해신호 발신기였던 것이다.

"아냐." C.B.가 말했다. "저건 그냥 휴대폰 수신을 막는 기계야. 이게." C.B.가 작업대 위에 어지럽게 널려있는 잡동사니 틈에서 스마트폰을 집어 들었다. "목소리를 방해할 거야."

"스마트폰이?"

"아니, 그냥 그렇게 보일 뿐이고, 실제로는 방해신호 발신기야. 이건 목소리를 차단하는 신호를 내보내. 내가 프로그램을 마치는 대로 그렇게 될 거야."

"그러면 방해신호 발신기가 작동하지 않는다던 네 이야기는 거짓말이었네."

"아냐. 사람들의 텔레파시를 영원히 차단할 수 있을 정도로 충분한 에너지를 발생시킬 방법은 진짜로 없었어."

"그럼 이제는 네가 그 방법을 찾아낸 거야?"

"아냐." C.B.가 "네가 찾아냈어."

"내가…?"

"응. EED의 의도하지 않은 결과 중 하나라고 할 수 있지. 다만, 이건 좋은 결과로 밝혀졌다는 게 다르지."

"난 이해가 안 돼. 어떻게…."

"네가 수술을 한 후에 나한테 신경 통로가 되먹임 순환처럼 작동할 거라면서 텔레파시로 하지 말고 말로 대화해야 한다고 했잖아."

"그리고 넌 그런 식으로 작동하는 게 아니라고 했지."

"지금도 그런 식으로 작동하지는 않아. 하지만 홍수 사태 직후에 네가 메이브에게 왜 성에 머물러야 하는지 설명할 때, 넌 다시 되먹임 순환을 언급했어. 그때 난 내가 문제를 완전히 잘못 생각하고 있었다는 사실을 깨달았어."

「네가 나한테 되먹임 순환에 관해 물었던 일과 조금 이따가 홍수 때문에 되먹임 순환이 일어났다는 네 설명이 그냥 우연히 일치한 건 아닐 거라고 나도 생각했어.」브리디가 생각했다.

"네 말이 맞아. 우연이 아니었지. 되먹임 순환은 단절을 완벽하게 설명해줬어. 단, 네가 지적했었듯이, 우리에게는 촉발시킬 억제자가 없다는 부분만 빼면 말이야. 아무튼, 목소리 차단에 관해 설명해줄게. 난 되먹임 순환을 만들어 낼 수 있다면 그렇게 많은 에너지가 없이도 목소리를 차단할 수 있다는 사실을 깨달았어. 내가 일단 움직이게만 하면, 그다음은 되먹임 순환에 따라 알아서 움직이는 거지."

「그래서 스마트폰 크기로도 그걸 할 수 있게 된 거구나.」브리디가 작업대 위의 스마트폰을 쳐다보며 생각했다. "그러면 이건 헤디 라마르의 주파수 도약을 이용해서 작동하는 거야?"

"부분적으로는 그래. 이건 또 메이브의 좀비 관문과 가시나무 숲과 해자, 그리고 '작은 도릿'과 '플로스 강의 물방앗간'을 읽을 때 형성되는 시냅스 패턴을 부분적으로 이용해. 그래서 그걸 방어벽을 구축하는 메커니즘과 결합시키면 내가 베릭 박사에게 텔레파시의 단절에 관해 설명했던 방식처럼 작동하게 되는 거야. 다만, 이건 실제로 작동한다는 게 다르지." C.B.가 방해신호 발신기를 치켜들었다.

방해신호의 효과는 목소리를 듣는 사람이 그 신호를 받아들일 때마다, 그리고 순환할 때마다 강해져서 결국 목소리를 완전히 차단하게 될 것이다. 그리고 그 효과는 홍수가 폭포를 만들었다던 C.B.의 이야기가 사실인 양 완전히 똑같이 작동할 것이다. 텔레파시는 영원히 사라지게 된다.

"네 말이 맞아. 그럴 거야." C.B.가 말했다. "하지만 베릭 박사와 트렌트, 그리고 텔레파시와 메이브를 이용하려고 찝쩍대는 잠재적인 착취자들을 모두 막아낼 수 있다면, 그럴 만한 가치가 있어."

"그래도…."

"그리고 네가 걱정하는 게 우리라면, 우리는 지금도 소통할 수 있어. 우리도 보통 사람들처럼 정교 닷컴에 가입해서 사진을 주고받으면 돼."

「하지만 난 여전히 C.B.에게서 재능을 빼앗아버린 사람이구나.」 브리디가 혼잣말을 했다.

"그렇지. 하지만 카니발 피자에 갈 수 있고, 공연을 보러 갈 수도 있어."

「하지만 도서관은 못 가.」

"뭐, 아마 카네기룸은 안 되겠지. 하지만 열람실에는 갈 수 있어. 서고에도 갈 수 있고." C.B.가 브리디를 보며 씩 웃었다. "그리고 홍수나 좀비는 더 이상 없을 거야."

「불도.」브리디가 C.B.의 손을 쳐다보며 생각했다.

"그래 불도 없어. 그러면 정말 멋질 거야. 그리고 아무튼, 텔레파시가 사라지면 오히려 좋을지도 몰라. 의도하지 않은 결과 중에 내가 너한테 말해주지 않은 게 조금 있거든. 날 믿어. 텔레파시가 사라지면 우린 훨씬 나아질 거야."

C.B.는 방해신호 발신기를 내려놓고 노트북으로 갔다. "하지만 그래서 난 저 방해신호 발신기를 작동시켜야 해. 그러니까 난 다시 일을 하는 게 낫겠어. 넌 가서 트렌트와 네가 EED를 했다는 소문을 퍼트려. 난 질 퀸시부터 시작해보라고 추천할게." C.B.가 타자를 치기 시작했다. "질한테 말해. '이건 비밀인데, 그래도 누군가에겐 말해줄 수밖에 없어.' 그리고 비밀을 지키겠다는 맹세를 하라고 해."

"하지만 네가 모든 사람이 알 수 있도록 하라고 했잖아…."

"그랬지. '다른 사람들에게 말하지 말라'고 하는 것보다 소문을 퍼트리는 확실한 방법은 없어. 특히 악의적인 사람들에게. 네가 위층으로 올라가는 걸 아무도 보지 못하게 해. 참, 나가는 길에 '위험: 방사능' 표지판을 엘리베이터 입구 앞에 붙여줄래? 그래야 내가 방해를 받지 않고 일할 수 있을 테니까." C.B.가 노트북으로 고개를 다시 돌렸다.

이건 나가라는 확실한 신호였다. 그리고 C.B.의 말이 맞다. C.B.가 빨리 방해신호 발신기를 완성할수록 모두가 더 안전해진다. 하지만 뭔가 더 있었다. C.B.는 브리디를 쫓아내려고 안달이 난 것처럼 보였다. 마치 그녀가 계속 있으면 어떤 비밀을 누설하게 될지도 몰라 걱정스럽다는 듯이.

브리디에게 그런 생각이 들자, C.B.가 지금은 목소리를 어떻게 차단하고 있는지를 설명하지 않았다는 사실이 떠올랐다. 또 대체 어떤 '의도하지 않은 결과' 때문에 텔레파시를 없애는 게 '오히려 좋게' 된다는 건지도 설명하지 않았고, 어떻게 방해신호 발신기를 만들면서 동시에 모든 사람을 차단할 수 있는 건지도 설명하지 않았다.

「C.B.는 아직도 나한테 뭔가를 감추고 있어. 그게 뭔지 알아내기 전까지는 여기서 한 발짝도 나가지 않을 거야.」

브리디는 C.B.가 노트북으로 작업을 하고 있는 곳으로 돌아갔다. "그건 어떻게 하고 있는 거야?" 브리디가 물었다.

C.B.가 모니터에서 고개를 들고 흘끗 쳐다보며 말했다. "하다니, 뭘?"

"차단 말이야. 네가 방해신호 발신기를 아직 완성하지 못했다면, 어떻게…?" 수키의 휴대폰이 울렸다.

"미안." C.B.가 전화를 받았다. "안녕하세요, 수키 씨. 네, 복사실에서 전화기를 찾았어요. 막 전화를 걸려던 참이었어요. 금방 가져다줄게요." C.B.가 전화를 끊었다. "확실히 휴대폰 없이는 5분도 견디기 힘든가 봐."

C.B.가 브리디에게 휴대폰을 내밀었다. "괜찮으면 이걸 수키

한테 가져다줄래? 어차피 위층으로 올라갈 거잖아. 가져다주면
서 EED에 대해서 수키에게 말해줘. 하지만 빨리 가져다줘야 할
거야. 당장 필요하다고 했거든."

"아냐, 그렇지 않아. 그건 네 SOS 앱이잖아. 예전에 나한테 어
떻게 작동되는지 보여줬었어, 기억하지? 그리고 피하고 싶은 대
화를 벗어날 때 그 앱이 얼마나 유용한지도 보여줬고. 바로 지금
처럼 말이야." 브리디가 매섭게 말했다. "게다가 아까 휴대폰 수
신 차단기도 켰잖아. 지금 여기는 휴대폰 수신이 안 돼."

브리디는 수키의 휴대폰을 둘 사이에 있는 작업대 위에 탕 내
려놨다. "너도 가끔은 잠을 자야 해. 그러면 그때는 우리를 어떻
게 차단할 건데? 넌 예전에 차단해야 할 사람이 한 명 늘어날 때마
다 기하급수적으로 힘들어진다고 했어. 그런데 어떻게 사람들을
차단하면서 동시에 방해신호 발신기 작업을 할 수 있어?"

「C.B.가 하는 게 아냐.」 브리디는 문득 확실하게 느껴졌다.
「다른 사람이 있어. C.B.가 나한테 이야기하길 꺼린 게 바로 그
거였어.」 "메이브지, 그렇지?" 브리디가 물었다. "믿기지가 않네,
메이브한테 이런 일을 시키다니!"

"난 안 시켰어. 농담하는 거지? 개는 이제 겨우 아홉 살이야!
난 절대로 메이브를 그런 위험에 빠뜨리지 않아. 게다가 그 난리
가 난 뒤에 실험실에서 그 애가 말하는 걸 들었잖아. 메이브에게
도와주게 놔뒀다간 성급하게 일을 처리해서 베릭 박사에게 아일
랜드계의 관련성을 흘릴 무슨 짓을 저질렀을 거라는 건 나도 알
아." C.B.가 고개를 절레절레 흔들었다. "게다가, 개는 학교도 가
야 해."

"그러면 나보고 너 혼자 이걸 다 하고 있다고 믿으라는 거야?"

C.B.는 대답하지 않았다. 그는 생각에 잠긴 얼굴로 브리디를 쳐다보며 한참 동안 거기에 그대로 서 있었다. 「C.B.는 나한테 하려는 거짓말을 내가 받아들일지 말지 고민하는 거야.」 브리디가 생각했다.

「싫어.」 브리디가 C.B.에게 말했다. 「난 안 받아들일 거야. 나한테 거짓말 원칙을 가르쳐줬었잖아, 기억하지?」 "너한테는 동료가 있어야 해." 브리디가 입으로 말했다. "그 사람이 메이브가 아니라면, 누구야?"

"너한테 말 못 해." C.B.가 말했다. 그러자 브리디는 C.B.가 말을 할 필요가 없다는 사실을 깨달으며 심장이 쿵하고 내려앉았다. 브리디는 이미 알고 있었다. C.B.가 그녀를 피하려 했던 것, 그리고 브리디에게 더 이상 불편함을 참으며 자신을 만날 필요가 없다고 했던 것도 무리가 아니었다. C.B.는 누군가 다른 사람과 연결되어 있다. 그의 비밀을 노출시킬 가능성이 거의 없었던 사람, 끊임없이 구해주고 가르치고 진정시키지 않아도 되는 사람, 그리고 C.B.처럼 자연스럽게 텔레파시 능력을 갖게 된 사람. 그리고 오직 한 사람만이 그런 조건을 만족할 수 있다.

「난 알아챘어야 해.」 브리디가 생각했다. 「그 여자가 컴스팬에서 진행되는 모든 일을 알 수 있었던 건 모든 사람의 생각을 읽을 수 있었기 때문이야.」 C.B.는 그녀의 휴대폰을 훔치지 않았다. 그녀가 C.B.에게 준 것이다. "그 동료가 수키 맞지?"

C.B.가 브리디를 믿기지 않는다는 투로 노려봤다. "수키? 소문 공장? 농담해?"

"그건 대답이 아니야." 브리디가 말했다.

"그렇지. 아니야. 수키가 아냐. 수키는 텔레파시 능력자가 아냐, 자연적으로든 아니든. 수키는 엄청나게 참견하기 좋아하는 사람일 뿐이야. 그리고 아냐, 수키는 애플의 스파이도 아니야. 넌 그게 누군지 짐작도 못 할 거야."

"누군데?"

"에덜 고드윈."

"에덜 고드윈? 트렌트의 비서 말이야?"

"바로 그 사람이야."

"하지만 트렌트는 에덜 고드윈이 아주 입이 무거운 사람이라고 했어. 그리고 완벽할 정도로 충성심이 높다고."

"그렇지. 애플에. 그리고 그녀는 이미 애플에 너희들의 EED 와 헤르메스 프로젝트, 그리고 트렌트가 해밀튼 씨에게 혁명적인 새 제품이 나올 거라고 말했다는 사실까지 모조리 보고했어. 그래서 직접 소통하는 휴대폰이 진짜라고 애플을 확신시키긴 쉬울 거야."

"하지만 어떻게…?" 브리디는 입을 열기 시작하다가, C.B.가 그녀에게 누구의 도움을 받고 있는지 말하지 않기 위해 또 다른 미끼를 만들어냈다는 사실을 깨달았다. "수키가 아니라면 누구야?" 브리디가 따졌다. "나한테 말해줄 수 없다고 하지 마. 네가 말하지 않으면 난 여기서 한 발짝도 안 나갈 거야."

"알았어." C.B.가 항복하듯 양손을 들었다. "하지만 여기선 안 돼."

"무슨 소리야, 여기서는 안 된다니? 여긴 문은 잠겼고, 휴대폰 수신도 안 돼. 아무도 우리를 들을 수 없….”

“그건 네 생각이고.” C.B.가 말했다. “안전실로 들어가. 우리가 거기에 들어가면 그녀가 못 들을 거야.”

“만일 이게 또 다른 미끼면….”

“아냐, 들어가.”

브리디는 안전실로 들어가서 문을 닫고 빗장을 걸었다. 그리고 그 자리에 서서 안마당을 응시했다. 안마당은 홍수가 있기 전의 상태로 기적적으로 회복되어 있었다. 물웅덩이와 검댕이 자국은 사라졌다. 파란 문은 새로운 페인트가 발라져 반짝거렸고, 꽃들도 다시 활짝 피었다.

브리디는 C.B.가 전에 올라갔던 어도비 담장으로 서둘러 갔다. 브리디는 담장 위를 바라보며 그가 기어 올라와 누가 그를 도와 목소리를 차단했는지 말해주길 불안한 심정으로 기다렸다. C.B.는 “그녀”라고 했다.

「수키구나.」 브리디가 생각했다. 아니면 C.B.가 브리디에게 말했다는 사실을 다른 여자친구가 알아채지 못하게 하려고….

“진짜야.” C.B.가 브리디의 등 뒤에서 말했다. “진짜로, 내가 너한테 말한 사실을 그녀가 알게 되면 날 죽일 거야.”

브리디가 고개를 돌렸다. C.B.는 벤치 옆에 서 있었다. “나한테 침묵을 맹세하라고 했어.” C.B.가 말했다. “성스러운 성 패트릭의 피와 아일랜드의 모든 성인을 걸고.”

“모든 뭐…?” 브리디가 벤치에 털썩 주저앉으며 말했다. “지금 네가 말하고 있는 게 우나 고모야?”

“응.” C.B.가 대답했다. 브리디는 고모가 텔레파시 능력자라는 소식을 듣고 충격을 받아야 마땅했다. 그리고 고모가 상상하기도 힘들 정도로 오랜 시간 동안 모든 걸 엿들었을 거라는 사실에 당황했어야 했다. 그리고 C.B.가 브리디에게 그 사실을 감추고, 더 나쁘게는, 그녀에게 텔레파시를 파괴하고 C.B.의 삶을 망가트렸다고 믿는 지옥에 빠트렸었다는 사실에 분노해야 했다. 하지만 브리디는 C.B.에게 여자친구가 없다는 생각으로 온통 안도감에 휩싸였다.

"당연히 난 여자친구가 없어. 어떻게 넌 그런 생각을 할 수가 있어?" C.B.가 눈살을 찌푸렸다. "메이브가 맞았을지도 몰라. 내가 진작…." C.B.가 말을 멈췄다.

"진작, 뭐?" 브리디가 물었다.

"아무것도 아냐. 그래, 우나 고모님이야. 고모님이 나한테 네게 말하지 말라는 다짐을 받으셨어. 그러니까 넌 이에 대해 한마디도 하면 안 돼. 아예 생각도 하지 마."

"하지만 난 이해가 안 돼. 어떻게…?"

"어떻게라니, 무슨 뜻이야? 텔레파시가 가족의 혈통을 따라 흐른다고 했잖아."

"하지만 그러면 메리 언니나 캐슬린은 왜 텔레파시 능력자가 아닌 건데?"

"메리 클레어는 텔레파시 능력자야. 메이브를 낳던 날부터. 고모님이 메이브를 보호하기 위해 메리 클레어의 텔레파시를 차단했어. 안 그랬으면 고모님의 말씀대로 '그 불쌍한 조그마한 어린아이는 요람에서 숨 막혀 죽어버렸을 거야.'"

"그러면 캐슬린은?"

"캐슬린도 너와 고모님처럼 뒤늦게 피는 유형인 것 같아. 고모님은 마흔 살까지 목소리를 듣지 못했고, 너희 어머니는…."

"우리 엄마도?"

"응. 너희 어머니도 서른 살까지는 텔레파시를 못 하셨대. 너희 선조들의 '영적 재능'은 항상 늦게 발휘됐지. 그래서 메이브의 텔레파시가 시작되었을 때 고모님이 그런 징후를 못 알아보셨던 거야. 그리고 알아채셨을 때는 이미 내가 개입한 상태였지."

"하지만…." 브리디는 여전히 이 모든 사실들을 이해하려 애쓰며 말했다. "왜 말을 안 했을…?"

"내가 말하지 않았던 것과 같은 이유야."

「화형대에 끌려갈 수도 있으니까.」 브리디가 생각했다.

"그렇지." C.B.가 말했다. "고모님이 마흔 살 때 텔레파시가 시작됐다고 했잖아. 이미 그때까지 고모님은 인간들의 행동을 오랫동안 관찰하신 상태셨기 때문에, 사람들의 인간성에 대해서는 나보다도 낮게 평가하셔." C.B.가 브리디를 바라보며 씩 웃었다. "고모님은 브리디 머피를 기억하실 정도로 연세가 많으시잖아. 그래서 본인이 텔레파시 능력자라는 사실을 사람들이 알게 되었을 때 무슨 일이 일어날지 정확히 알고 계셨어."

"그래서 고모가 너처럼 비밀로 지키셨던 거구나." 브리디가 말했다. 그때 이 이야기가 전부 사실은 아닐 거라는 생각이 들었다. "그러면 고모의 '예감'이 사실이라는 뜻이야?"

"아니. 천리안은 존재하지 않는다고 했잖아. 하지만 목소리를 듣는다고 하는 것보다는 천리안이라고 하는 게 훨씬 안전해. 특히 모든 사람이 살짝 머리가 이상하다고 생각하는, 고모님이 자칭하

시듯, '늙은 노처녀'일 때는 말이야. 그리고 사람들이 투시력과 예감을 믿는 것으로 유명한 아일랜드 혈통일 경우에."

"그렇다면 네 말은 그게 순전히 텔레파시를 가리려고 꾸민 일이었다는 말이야? 그 숄과 아일랜드식 돼지 족발과 그 이상한 아일랜드 억양도?"

"그렇소, 처자. 그게 모두 미끼 전술이었지요. 그리고 그게 정말 잘 먹혔어. 나까지 속아 넘어갔으니까. 고모님이 나한테 말씀해주지 않으면 고모님이 텔레파시 능력자라는 사실을 전혀 몰랐을 거야. 너한테는 그 사실을 말해줄 수 없었어, 왜냐하면…."

"고모가 너한테 비밀을 지키라고 다짐받았으니까."

"그래, 그리고 트렌트와 리잔드라가 네 생각을 들을 수도 있었기 때문이야. 그리고 우리는 그들을 백 퍼센트 차단할 수 있을지 확신이 없었어. 그래서 네가 그 폭포가 텔레파시를 파괴했다고 생각해야만 했던 거야."

브리디도 이해할 수 있었다. 그들이 다른 사람에 의해 차단되었다거나 텔레파시가 아직도 존재한다는 기미를 알아채면 전체 계획이 틀어질 것이다.

"고모님은 어쩔 수 없이 말해야 할 상황이 아니었다면 내게 자신이 텔레파시 능력자라는 사실을 말씀하지 않으셨을 거야. 고모님은 내가 메이브에게 말하는 걸 엿들어서, 내가 메이브에게 어떤 일이 일어날지 이해시키려 한다는 사실을 알고 있었지만, 내가 방어벽을 구축하는 방법을 알고 있을지에 대해선 확신을 못 하셨어."

「고모가 컴스팬에 왔던 날이구나.」브리디가 생각했다. 그때 우나 고모는 C.B.가 메이브의 숙제를 도와줘서 감사 인사를 해야 한다며 연구실로 내려갔었다.

"고모님은 목소리로부터 메이브를 지켜주겠다는 나를 믿을 수 있을지, 아니면 본인이 협력을 해야 할지 확인하셔야만 했어." C.B.가 말했다.

우나 고모가 돕게 되면 메이브는 고모가 텔레파시 능력자라는 사실을 알게 되겠지.

"그래. 고모님은 메이브가 그 사실을 어떻게 받아들일지 확신을 할 수 없었어. 메이브가 감시당하는 걸 어떻게 생각하는지는 너도 잘 알잖아. 고모님은 메이브가 도움을 거절해서 목소리에 압도당할까 봐 걱정하셨어. 그래서 우리는 내가 그 일을 맡고, 필요할 경우에 고모님에게 도움을 요청하기로 했어."

"그래서 고모가 하셨구나." 브리디가 말했다. "네가 고모에게 도움을 요청해서 리잔드라와 트렌트를 차단한 거야."

"틀렸어. 난 베릭 박사와 트렌트가 고모님에 대해 알게 하는 위험을 감수하고 싶지 않았어. 게다가 한 사람이 더 붙는다고 해서 목소리를 차단하는 데에 무슨 도움이 될까 싶었어. 끊임없이 많은 사람을 차단하는 데에 많은 에너지가 든다는 내 말은 거짓이 아니었어. 그리고 고모님은 이미 메리 클레어를 차단하느라 바빠서 날 도와줄 여유가 없으셨어."

"하지만 네가 고모한테 도움을 요청하지 않았다면 어떻게…?"

"고모가 자청해서 차단하기 시작하셨어. 나한테 말도 없었어."

"그래서 네가 그렇게 놀란 표정을 지었던 거구나." 브리디는 갑자기 이해가 됐다. "그래서 네가 당시에 어떻게 된 일인지 모르겠다는 얼굴을 하고 있었던 거야."

"맞았어." C.B.가 말했다. "나도 몰랐어. 나중에야 그렇게 하
는 게 이롭다는 걸 알게 됐지. 내 반응은 너만 확신시켰던 게 아
니라, 리잔드라와 베릭 박사도 확신시켰어."

"그래서 넌… 음? 우나 고모랑 교대로 하고 있는 거야?"

"아일랜드의 딸의 다른 회원들과 함께."

"아일랜드의 딸?"

C.B.가 고개를 끄덕였다. "고모님은 나한테도 아일랜드의 딸
에 대해 알려주지 않는 게 좋겠다고 판단하셨어. 그게 내가 텔레
파시를 단절시킨 게 홍수라고 생각했던 또 다른 이유였어. 나로
서는 그 외에 다른 이유를 생각해낼 수 없었거든. 그런데 알고 보
니 아일랜드의 딸이 고모님 같은 텔레파시 능력자들을 위한 지하
조직이면서 지원 모임이면서 봉사 단체였던 거야…."

"그러면 아일랜드 시 낭독과 전통춤과 결혼 중매는 그저 미끼
였던 거야?"

"어느 정도는 그래. 그리고 어느 정도는 단체의 신입회원 모집
방식이었어. 엄마가 내게 새 아버지의 성을 주지 않았다면, 오래
전에 단체에서 나를 발견하고 모임에 초대했을 게 틀림없어. 그
리고 가장 중요한 부분은 아일랜드식 열람실이 있다는 거야. 거
기에서 사람들이 '타라의 방에 울려 퍼지던 하프'와 '이니스프리
호수 섬'을 암송하고, 지금까지 쓰인 책 중에서 가장 차단 효과가
좋은 '피네간의 경야'를 읽어."

"그 사람들이 목소리를 차단하고 있었던 거야? 아일랜드의
딸?"

"그리고 그 사람들의 딸들과 아들들. 나의 가장 치열한 경쟁자인 션 오라일리도 포함해서. 션은 머리카락도 거의 남지 않았고 아직도 엄마하고 살지만, 여섯 명을 한꺼번에 차단할 수 있어."

"그 사람들이 전부 이 계획에 참여하고 있는 거야? 기꺼이 텔레파시 능력도 포기하고?"

C.B.가 고개를 끄덕였다. "그 사람들은 이게 유일한 해결책이라는 걸 알아. 모두 일주일 내내 24시간 차단하고 있어. 그리고 그 사람들 실력이 정말로 좋아. 하지만 예비 회원까지 다 불러들인 상태이긴 해도, 목소리를 영원히 막을 수 없다는 사실은 잘 알아. 그리고 그들이 하지 않으면 어떤 일이 벌어질지도 알아."

"그래서 지금은 그 사람들이 너 대신 교대 근무를 하고 있다는 거야?" 브리디가 이 모든 일이 어떻게 돌아가는지 이해하려 애쓰며 물었다.

"응. 그래도 그 사람들이 대부분의 차단을 맡아주기 때문에 나는 방해신호 발신기에 대한 작업을 할 수 있어. 그리고 고모님은 너와 메이브를 차단하고 있어. 고모님은 내가 너를 차단하는 일을 맡을 경우 갑자기 차단을 중지하고 너한테 모든 걸 털어놓지 않을까 염려된다고 하셨어. 특히 새벽 3시 교대 시간에." C.B.가 후회하는 듯 멀쑥한 미소를 지으며 그녀를 쳐다봤다. "고모님이 옳으셨던 것 같아."

그러면 C.B.는, 그에 대한 그녀의 속내를 듣고 있지 않았다는 뜻이다. 천만다행이다. 하지만, 오, 맙소사! 우나 고모가 듣고 있었다.

"그게 고모님이 내게 비밀을 지키라고 다짐했던 또 다른 이유야." C.B.가 말했다. "고모님은 네가 가족들이 끊임없이 끼어들며 네 사생활을 존중해주지 않는 것에 대해 어떻게 생각하는지 잘 아셔. 그래서 고모님이 네 생각을 읽을 수 있다는 사실을 네가 알지 못하길 바라셨어."

「고모는 오래전부터 내 생각을 읽으셨던 거야.」그래서 브리디가 트렌트와 사귀는 걸 고모가 그렇게 반대하셨던 것이다. 고모는 C.B.와 마찬가지로 트렌트의 생각을 듣고, 그가 뭘 하려는 건지 알고 계셨으니까. 고모는 그저 그녀를 보호하려던 것이었다.

"고모님은 나머지 가족도 자신의 텔레파시 능력에 대해 모르길 바라셨어. 자신이 간섭하고 있다고 가족들이 생각하길 원치 않으시거든."

"네 말은, 고모가 그러고 있다는 사실을 우리가 알지 못하길 바란다는 거겠지."

"맞아." C.B.가 말했다. "가족들에게 말하지 마. 특히 메이브에겐 절대로 말하지 마."

「나한테 뭘 말하지 말라고요?」메이브의 목소리가 끼어들었다. 「텔레파시가 사라졌다고 나한테 거짓말했던 거?」메이브가 화를 쏟아냈다. 브리디는 메이브가 눈에 칼을 꽂고 그들을 노려보면서 허리에 양손을 짚고 거기에 서 있는 모습이 보이는 듯했다. 「둘이서 내내 나를 차단하고 있었죠? 그럴 줄 알았어!」

"언제부터 우리를 엿듣고 있었던 거야?" C.B.가 따졌다.

「아, 그건 묻지 마.」브리디가 생각했다. 「그러면 메이브는 우리가 이야기를 나누던 내용을 알아내겠다고 마음먹을 거야.」"내가 알고 싶은 건," 브리디가 큰 소리로 말했다. "여기서 지금 뭘 하고 있냐는 거야, 메이브. 이건 내 안전실이야. 그리고 우린 사적인 대화를 나누고 있어."

「난 이게 사적인 대화인지 몰랐어요, 알겠죠? 문 앞에 표지판이라도 붙여놔야죠. 그리고 난 둘이 대화를 할 수 있는지조차 몰랐다고요. 나한테는 목소리가 떼거리로 쏟아져서 텔레파시를 파괴했다고 했잖아요. 하지만 안 그랬죠? 둘이서 진짜로 좋은 방어벽을 쌓아 올렸을 뿐이었던 거야.」

"그래." C.B.가 말했다. "넌 그걸 어떻게 통과했어?"

메이브가 그 질문을 무시했다. 「내가 알고 싶은 건 왜 나를 차단했느냐는 거예요.」

"C.B.가 베릭 박사와 트렌트에게 텔레파시가 완전히 차단되었다는 확신을 줘야 했으니까." 브리디가 말했다.

「하지만 그렇게 하고 싶었으면 왜 나한테는 묻지도 않았어요?」 메이브가 따져 물었다. 「브리디 이모가 막는 것보다 내가 훨씬 잘할 수 있어요. 내가 그쪽으로는 온갖 종류를 잘 알아요, 우리….」

"안 돼." C.B.가 말했다. "절대로 안 돼. 내가 말했잖니, 누가 됐든 너에 대해 알게 되는 위험을 감수할 수는 없다고. 넌 찍소리도 내지 말고 어떤 짓도 하면 안 돼. 이렇게 우리한테 말하는 것도 마찬가지야. 우리가 말하는 내용이 흘러나가기라도 하면…."

「안 나가요.」 메이브가 확신에 차서 말했다. 「우리는 브리디 이모의 안전실에 있잖아요. 그리고 전 도개교를 올리고 방어벽을 열다섯 개나 쌓았어요. 그리고 좀비도 한 떼거리 있어요. '좀비게 돈'에 나오는 것처럼요.」

"난 관심 없어." C.B.가 말했다. "넌 엿듣지도 말고, 말하지도

마. 내가 '내' 좀비 떼거리를 처리할 때까지 넌 목소리가 사라졌다는 듯이 행동해야 해."

「무슨 좀비 떼거리요?」 메이브가 물었다. 「아, 방해신호 발신기요? 저도 그거 다 알아요.」

"어떻게?" C. B. 와 브리디가 동시에 말했다.

「전 아저씨랑 이모의 생각을 읽을 수 있어요, 기억하죠?」

브리디가 생각했다. 「C. B. 의 머릿속에는 가장 먼저 '오, 맙소사, 메이브가 우나 고모님에 대해서 알아내겠네'가 떠오를 테지.」 "방해신호 발신기에 대해 네가 알고 있다니 기쁘네." 브리디는 메이브가 C. B. 의 생각을 듣지 못하게 하려고 말했다. "그러면 C. B. 가 너한테 그걸 설명해줄 필요는 없겠구나."

「네. 그렇죠. 대체 왜 모든 텔레파시를 차단하려는 거예요? 그러면 아무도 다른 사람하고 대화를 할 수 없게 되잖아요.」

"사람들이 텔레파시를 나쁘게 이용하는 걸 막기 위해서는 이 방법밖에 없어." C. B. 가 말했다.

「아뇨, 안 그래요.」

「이제 우리는 곤란한 상황에서 벗어나기 위해 '좀비와 건달들'이나 '미녀와 야수'에 나오는 누군가가 뭘 했는지 듣게 될 거야.」 브리디가 생각했다. "이건 나중에 이야기하자." 브리디가 말했다. "당장 나가."

「왜요?」 메이브가 의심스럽다는 듯 말했다. 「둘이서 더 비밀스러운 이야기를 하려고요?」

"그래." C. B. 가 말했다.

"어떤 거요?"

"너랑 상관없어." C. B. 가 말했다. "이건 나와 너희 브리디 이모 사이의 일이야."

「아, 뭔지 알겠다. 섹스 이야기구나.」

"아니, 아냐….." 브리디가 말했다.

「틀림없어요. 내가 섹스에 대해 모를 줄 알죠. 하지만 어젯밤에 대니커랑 '좀비 소녀들, 미쳐 날뛰다'를 봤어요.」

"너 외출금지 아냐?" 브리디가 말했다.

「맞아요. 이모한테 말해줬잖아요, 엄마가 내 노트북에 설치해놓은 차단 프로그램을 우회했다니까요. 그리고 대니커 엄마의 넷플릭스 계정을 이용했어요.」 그건 영화에 대해서는 설명이 되지만, 대니커를 자기 방으로 어떻게 몰래 끌어들였는지는 설명이 안 된다.

「대니커는 제 방에 없었어요.」 메이브가 말했다. 「우리는 페이스타임에 함께 있었어요. 섹스 이야기가 아니라면, 왜 제가 들으면 안 돼요?」

"내가 그렇게 말했으니까." C. B. 가 말했다.

「이건 그런 식으로는 작동하지 않아.」 브리디가 생각했다.

"알아." C. B. 가 브리디의 손을 잡으며 말했다. "하지만 이게 있어. 이리 와." 그가 속삭였다.

「속삭여봤자 텔레파시에는 아무 소용이 없어요.」 메이브가 말했다.

"그렇지." C. B. 가 말했다. 그리고 브리디를 쳐다보더니, 안마당을 가로질러서 낡은 나무 벽장 쪽으로 그녀를 밀었다. "그러니까 우리는 여기서 빠져나가야 해." C. B. 가 벽장문을 열더니 진흙

401

으로 만든 주전자들을 꺼내서 위에 있는 라디오 옆에 쌓았다. 그리고 선반을 쑥쑥 뽑아서 판석 위로 던졌다.

「뭐하는 거예요?」 메이브가 물었다.

C.B.는 대답하지 않았다. 그는 벽장 안으로 한 발짝 걸어 들어가더니 뒤로 손을 뻗어서 브리디의 손을 잡았다.

「이봐요!」 메이브가 말했다. 「어디 가는 거예요?」

"나니아." C.B.가 말했다. "고개 숙여." 그가 브리디에게 말하더니 벽장 속으로 당겼다.

36

"문에 누가 있어."
— 영화 '뛰지 말고, 걸어'

거기엔 나무로 만든 벽장의 뒤판이 있어야 했다. 그리고 그 뒤
엔 안마당의 어도비 담장이 있어야 했지만, 그렇지 않았다. 거기
엔 하얀 플라스틱 벽에 허리 높이의 제어판이 있었다. C.B.가 버
튼을 누르자 카메라 조리개가 펼쳐지듯 문이 열렸다.

"방폭문이야." C.B.가 뒤로 물러서서 브리디가 앞서갈 수 있
도록 해주었다. "미안, 내가 '스타워즈'를 즐겨보던 어린 시절의
잔재야." C.B.는 브리디의 뒤로 문을 통과했다. 그러자 문이 쉭
소리를 내며 닫혔다. 그러자 둘은 횃불이 비치는 석조 통로에 있
었는데 끝에 아치형 나무문이 있었다. "이건 내가 '노트르담의 꼽
추'를 읽던 시절."

"나한테 이게 가장 보안이 잘된 감옥이라고 했던 것 같은데."

둘이 통로를 걸어갈 때 브리디가 말했다.

"내 방어벽이야."

「도망쳐도 소용없어요.」 메이브가 말했다. 「내가 찾아낼 거야.」

"네 말이 맞아. 텔레파시는 정말 끔찍해." 브리디가 말했다.

C.B.가 씩 웃었다. 그리고 쇠로 만든 커다란 열쇠로 나무문을 열고, 서둘러서 브리디를 그 문으로 통과시킨 후 반대편에서 다시 잠갔다. 그리고 브리디를 타일 바닥이 있는 복도로 이끌었다. 복도엔 휠체어와 정맥주사 스탠드가 있었다. "여기는 병원이야?" 브리디가 물었다.

"응."

"하지만 넌 병원 싫어하잖아."

"여기에 오래 있지는 않을 거야." C.B.는 브리디를 재촉하며 복도를 따라가다가 그녀의 병실을 지났다.

「이봐요, 어딜 가는 거예요?」 메이브가 소리쳤다.

"데스밸리." C.B.가 말했다.

"어딜 가는 거야?" 브리디가 속삭였다.

"내 안전실로." C.B.는 브리디가 첫날 밤에 도망쳤던 계단통으로 내려가는 문을 밀어서 열었다.

"여기가 네 안전실이야?" 덜커덩거리며 계단을 내려가면서 브리디가 물었다.

"아니." C.B.가 말했다. 둘은 브리디가 앉아 있던 계단참을 가로지르고, 2층이라고 표시된 문까지 계단을 빠르게 내려갔다. 그 문을 열자 병원 복도가 아니라 다른 계단이 나왔다.

"목소리를 막으려고 이런 방어벽을 겹겹이 쌓은 거야?" 브리디가 C.B.를 따라 계단을 내려가면서 물었다.

"아니. 내가 가면서 생각해낸 거야. 그래서 이 중 일부는 예전에 시도해본 것도 있어. 그리고 많은 부분은," C.B.가 그들이 들어온 계단통을 가리키며 말했다. 이제는 그 계단통이 컴스팬에서 C.B.의 연구실로 내려가는 계단처럼 보였다. "주파수 도약을 위한 거야. 내가 어디에 있는지 목소리가 찾지 못하게 하려는 거야. 그날 우리가 델리 샌드위치 가게로 아침을 먹으러 가면 이 방법을 너한테 가르쳐주려고 했었어. 하지만 그때 트렌트가 불쑥 끼어들어 버렸지."

C.B.가 브리디를 재촉하며 마지막 계단을 빠르게 내려가서 지하실로 들어가는 문을 통과해 엘리베이터로 갔다. "지금은," C.B.가 엘리베이터 버튼을 누르며 말했다. "이걸 어떤 꼬맹이가 우리를 찾는 걸 막기 위해 사용 중이지." 그게 작동을 하긴 하는 모양이었다. 메이브의 「난 꼬맹이가 아냐!」라는 목소리에 분노의 감정이 들어있지 않았다.

엘리베이터에서 삥 소리가 났다. 둘은 열린 문을 통해, 도서관이 닫힌 후 둘이 몰래 돌아다니던 복도로 나갔다. 복도를 따라 반쯤 가자 C.B.가 말했다. "잠깐만." 그리고 직원 휴게실로 부리나케 들어갔다. 반쯤 먹은 생일 케이크와 모금함이 아직도 탁자 위에 있었다. C.B.는 서랍을 열더니 그 안을 마구 뒤졌다.

"뭘 찾는 거야?" 브리디가 속삭였다.

"이거." C.B.가 스카치 테이프와 손전등을 치켜들며 말했다. C.B.는 그것들을 주머니 안에 쑤셔 넣고, 조리대 위에 있던 종이

한 장을 움켜쥐더니 그 위에 매직으로 뭔가를 휘갈겼다. 그리고 모금함에 쇠로 만든 열쇠를 집어넣고, 카네기룸의 열쇠를 꺼내고 브리디의 손을 움켜잡더니, 전등을 끄고 어두운 복도를 따라 그녀를 데리고 계단으로 서둘러 갔다. 아마도 카네기룸으로 올라가는 계단일 것이다. 하지만 아니었다. 그 계단은 컴스팬의 주차장으로 이어졌다. 이러니 브리디가 C.B.의 생각을 읽지 못한 것도 무리가 아니었다. 이런 미로 같은 방어벽에서 길을 찾을 수 있는 사람은 아무도 없을 것이다.

"맞아. 뭐, 그 이유만은 아냐." C.B.는 줄지어 있는 자동차 사이로 그녀를 데리고 뛰면서 말했다. 문을 향해 뛰어가는 발자국 소리가 주차장 안에 울렸다.

"다른 이유는 뭐야?"

"우리가 도착하면 말해줄게."

"어디로 가는데?" C.B.가 문을 열고 나갈 때 브리디가 물었다. 그 안은 서고였다. 그리고 그런 미로를 뚫고 그들을 따라올 수 있는 사람은 아무도 없을 거라던 브리디의 생각은 확실히 틀렸다. 그들이 책들 사이로 반쯤 갔을 때 메이브가 소리쳤다. 「이거 봐요! 어디로 가고 있는 건지 말해줘요!」

"아바나." C.B.가 계단으로 가는 문을 열면서 말했다. 그는 브리디를 당겨서 밖으로 나오게 한 후 문을 닫았다.

둘은 극장 로비에 있었다.

「이건 불공평해!」C.B.가 브리디를 데리고 로비를 가로질러 달려갈 때 메이브가 울부짖었다. 그들이 앞으로 나아갈수록 브리디에게는 메이브의 목소리가 점점 희미해지는 것 같았다.

둘은 카페트가 깔린 계단을 달려 올라가 극장문으로 가서 밖으로 나갔다. 밖은 카네기룸으로 이어진 계단이었다. C.B.가 몸을 굽혀서 잠긴 문을 열었다.

「C.B.의 안전실은 카네기룸이었구나.」 브리디는 뭉클한 느낌이 들었다. 「이게 카네기룸이 맞긴 한 건가.」

맞았다. 둘이 좁은 계단을 달려 올라가서 참나무 문을 지나자, 벽난로와 책장와 탁자와 그 위에 있는 럭키참스가 브리디의 눈에….

「둘은 포기하는 게 좋을 거예요.」 메이브가 말했다. 「나한테서 도망칠 수 없을 걸요.」

"아, 제발!" C.B.는 브리디를 방안으로 밀어 넣고 색인카드 캐비닛 앞에 무릎을 꿇고 앉았다. "믿을 수가 없네. 지금껏 내 안전실을 찾아낸 사람은 한 명도 없었어. 심지어 너희 그 두려움을 모르는 고모님조차도. 그런데 '불쌍한 조그마한 어린아이'가, 기가 막혀서."

C.B.는 마룻바닥의 페르시아 양탄자를 밀었다. "으챠." C.B.는 반짝거리는 마룻바닥의 한 칸을 위로 당기더니 모습을 드러낸 어두운 구멍 속으로 내려갔다. 그리고 브리디에게 손을 내밀었다.

브리디가 그 구멍으로 내려갔다. C.B.는 마룻바닥을 당겨서 문을 닫았다. 그리고 둘은 그녀의 아파트 앞 도로 같은 길을 따라 달렸다. 하지만 너무 어두워서 확실히는 알 수 없었다. "어디로 가는 거야?" 브리디가 물었다.

"지성소." C.B.가 속삭였다. "아무리 메이브라도 우리를 찾아내지 못할 곳이야. 부디."

C.B.가 브리디를 재촉하며 모퉁이를 돌았다. 그러자 도서관 입구로 가는 어두운 거리가 나타났다. "서둘러야 해. 이거 받아." C.B.가 브리디에게 손전등을 내밀더니 직원 휴게실에서 가져온 종이를 테이프로 붙였다. 거기엔 이렇게 쓰여 있었다. "출입금지. 너 말이야, 메이브! 이건 진심이야!"

C.B.는 브리디에게서 손전등을 돌려받고 문을 열었다. 칠흑 같이 깜깜했다. "들어가, 서둘러." C.B.가 속삭였다. 그리고 그녀 뒤를 따라 들어오며 문을 당겨서 닫았다. "가자." 그는 더듬거리며 브리디의 손을 찾아서 움켜잡고 깜깜한 어둠 속으로 그녀를 이끌었다.

"여기가 어디야?" 브리디가 물었다. "캘커타의 블랙홀?"

"아냐." C.B.가 마침내 멈췄다.

"손전등은 어떻게 된 거야?"

"그건 여기에 있어. 손전등을 켜기 전에 너한테 할 말이 있어."

"넌 투시를 할 줄 아는구나." 브리디가 말했다.

"아냐, 진지한 이야기야, 브리디. 난 네 생각을 읽을 수 있는데 넌 내 생각을 못 읽었던 건 단지 내 안전실 때문만이 아니었어. 난 의도적으로 너를 막고 있었어, 왜냐하면…."

"넌 내가 트렌트에 대한 네 생각을 듣고 그가 얼마나 비열한 인간이 알아낼까 봐 걱정되어서 그랬겠지. 넌 나한테 상처를 주고 싶지 않았으니까. 나도 알아."

"그런 부분도 있긴 하지…."

"게다가 내가 목소리를 듣고 있었을 때는, 내가 준비된 수준 이상의 생각을 듣게 되면 내가 감당하지 못할 거라고 생각했겠지.

408

그리고 그때 트렌트가 나타나는 바람에 넌 그가 들을까 봐 어떤 생각도 보낼 수 없었어."

"맞아. 하지만 내가 널 차단한 건 그 이유 때문만이 아냐. 텔레파시가 사라지면 차라리 좋을 거라고 내가 말했던 거 기억나? 음, 난 진심이었어. 그게…." C.B.는 말을 멈추고 깊은숨을 들이쉬더니 다시 말을 시작했다. "내가 의도하지 않은 결과를 일으켰던 사건들에 대해 말했던 거 기억나? 뭐, 텔레파시도 예외는 아냐. 병원에서의 첫날 밤에 네가…."

「여기 있었구나.」 그들 곁의 어둠 속에서 메이브의 목소리가 들렸다. 「내가 찾아낼 거라고 했잖아요. 날 따돌리려고 시도하다니 믿을 수가 없어요.」

"시도한다는 게 중요한 거지." C.B.가 말했다. "여긴 어떻게 들어왔어?"

「농담하세요? 쉬워요.」

"그래, 뭐, 그러면 나가는 것도 쉽겠네." C.B.가 말했다. "너희 브리디 이모랑 둘이서만 이야기할 게 있다고 했잖아."

「그 말은, 아직도 둘이 섹스를 안 했다는 뜻이에요? 이모한테 키스는 했어요?」

"그건 너하곤 상관없는 일이야." 브리디가 말했다. "키스는 개인적인…."

「아뇨, 그렇지 않아요.」 메이브가 말했다. 「키스는 미성년자관람가예요. '춤추는 열두 공주'에서도 키스하고, '겨울왕국'에서도 하고, 또 '마법에 걸린…'."

"관심 없어!" C.B.가 소리쳤다. "꺼져!"

"내가 처리할게." 브리디가 끼어들었다. "꺼져." 그녀가 조용히 말했다. "안 그러면 너희 엄마한테 네가 '좀비 소녀들, 미쳐 날뛰다'를 봤다고 말해줄 거야."

「어떻게 그럴 수가 있어요!」

"그리고 '좀비 테러'랑 '월드워Z'도." 브리디는 무자비하게 계속 말했다. "그리고 '쏘우의 환생: 좀비 고문자의 복수'도 봤다고 할 거야."

「그건 안 봤어요!」 메이브가 분개했다.

"나도 알아." 브리디가 말했다. "그리고 너도 알지. 하지만 너의 엄마는 몰라. 그런데 너희 엄마가 누구의 말을 믿을 것 같아? 자, 이제 가는 거지?"

「네.」 메이브가 마지못해 말했다. 「난 어른들이 싫어!」 그리고 문이 쾅 닫히는 소리가 들렸다.

"메이브가 갔…?" 브리디가 말을 막 시작했을 때 문이 열리는 소리가 들렸다.

「관심도 없겠지만, 내가 아저씨의 그 멍청한 방해신호 발신기를 고쳤어요!」 메이브가 말했다. 그리고 다시 문이 쾅 닫혔다.

"고치다니, 무슨 뜻이야?" C.B.가 소리쳤다. "메이브, 이리 돌아와!"

「나더러 가라면서요. 마음을 하나로 정해요.」

"발신기를 고쳤다는 게 무슨 뜻이야?"

「말했잖아요, 내가 고쳤다고요. 우리가 계속 대화를 할 수 있도록 만들었어요.」

"뭘 어쨌다고?" C.B.의 말투는 마치 메이브의 목이라도 조를 것 같았다. "메이브, 내가 맹세하는데, 네가 위험하게 만들…."

「안 그랬어요. 되먹임 순환이 트렌트와 리잔드라와 다른 사람은 계속 차단할 거예요. 그래서 그 사람들은 텔레파시가 사라졌다고 생각할 거예요. 그리고 텔레파시를 나쁜 일에는 전혀 이용할 수 없을 거예요. 우리만 차단하지 않을 거예요.」

"우리라니?" C.B.가 말했다. "텔레파시 능력자 전체를 말하는 거야?" 브리디는 메이브가 우나 고모와 아일랜드의 딸에 대해 모른다는 사실이 떠올랐다. 하지만 메이브가 들을지도 몰라서 허둥지둥 그 생각을 억눌렀다.

하지만 메이브의 말을 들으니 그 생각을 못 들은 게 확실했다. "네. 아저씨랑 저랑 브리디 이모요. 걱정하지 마요. 나쁜 부분은 없애고 좋은 부분만 남겼어요."

"나쁜 부분이라니, 무슨 말이야?" C.B.가 따져 물었다.

「있잖아요, 무서운 목소리들. 난 그 목소리들을 차단하고 다시는 돌아오지 못하게 만들었어요. 하지만 다른 모든 건 놔뒀어요. 괜찮아요. 다른 사람들은 모를 거예요. 그 사람들은 텔레파시가 존재하는 줄도 모를 걸요.」

"그래서 네가 정확히 뭘 어떻게 한 거야?"

「아저씨가 한 걸 가져가서 방어벽 안에 둔 뒤에 무력하게 만들어서…. 아저씨한테 설명할 수 있을지 자신이 없어요. 좀 복잡하거든요. 하지만 걱정하지 마요. 정말로 잘 작동해요.」 메이브가 말했다. 그리고 사라졌다.

C.B.는 메이브를 다시 부르지 않았다. "아, 맙소사." C.B.가 말했다. "메이브가 프로그램에 장난을 쳐서 엉망으로 만들었으

면…, 가자!" C.B.가 브리디의 손을 잡더니 어둠을 뚫고 문으로 돌아가기 시작했다.

"그 미로를 다 거쳐서 돌아갈 필요는 없지?" 브리디가 C.B.를 따라잡으려 애쓰며 물었다.

"응. 당연히 그럴 필요 없어. 우리가 지금껏 내 연구실에 있었던 거 잘 알지?"

"응." 브리디가 답하긴 했지만, 엄밀히 말해서는 사실이 아니었다. 이 환영은 너무나도 완벽했다. 지금까지도 그랬다. 둘이 문에 도착했을 때 C.B.가 문을 열자 그의 연구실이었다. 브리디는 갑작스러운 불빛에 눈을 깜빡였다. 브리디는 C.B.의 지성소로부터 문을 열고 나온 게 아니라, 실제로는 작업대 옆에 서서 방해 전파 발신기를 내려다보고 있었다는 사실에 적응하는 데에 잠시 시간이 걸렸다.

브리디가 적응하는 사이 1분이 지나갔다. 그동안 C.B.는 지성소의 문을 닫았다. 그 문은 헤디 라마르의 포스터가 붙어 있는 벽으로 돌아왔다. 브리디는 C.B.의 지성소 안에 뭐가 있는지 볼 기회를 놓친 것이다.

C.B.는 벌써 노트북에 뛰어들어서 미친 듯이 자판을 치며 모니터에 집중하고 있었다. 프로그램 코드가 마구 지나갔다. C.B.는 미간을 찡그리고 프로그램을 손가락으로 짚으면서 점검했다. 그러더니 다시 자판을 치기 시작했다.

"메이브가 엉망으로 만들었어?" 브리디가 걱정되는 목소리로 물었다.

"모르겠어." C.B.가 일련의 번호들을 손가락으로 짚으며 말했다. "메이브가 무슨 짓을 했는지 알 수가 없네. 코드를 바꿨어…." 그리고 브리디 옆의 작업대 위에 있던 휴대폰이 울렸다. C.B.가 수키에게서 훔쳐온 스마트폰이었다. "저 전화 좀 받아줄래?" C.B.가 노트북 모니터에 눈을 고정시킨 채 그녀에게 부탁했다.

브리디는 고개를 끄덕이고 휴대폰을 집어 들며 생각했다. 「아까 C.B.가 휴대폰 수신 차단기를 켰던 것 같은데.」

"그랬죠." 휴대폰에서 메이브의 목소리가 들렸다. "그걸 우회하는 방법을 알아냈어요."

그리고 수키의 번호까지 알아낸 모양이었다. "메이브," 브리디가 경고하는 투로 말했다. "내가 말했잖니…."

"꺼지라고요? 휴대폰으로 전화하지 말라는 말은 안 했잖아요." 메이브가 짜증나는 논리를 들이밀며 말했다. "C.B. 아저씨한테 할 말이 있어요. 그리고 아저씨한테 그 멍청한 프로그램을 망치지 않았다고 말해주세요. 난 고쳤다고요. 아저씨의 방식으로 했으면 아마 평생 걸렸을 거예요. 게다가 우리는 더 이상 서로 말하지도 못하게 됐을 거라고요. 그래서 내가…."

C.B.가 브리디에게서 휴대폰을 받았다. "프로그램에 네가 무슨 짓을 했는지 정확히 말해." C.B.가 어깨에 휴대폰을 걸치고 다시 자판을 치기 시작했다. "음… 흐음… 음… 네가 어떻게…? 와우! 그런 생각은 전혀 못 했어. 어떻게…? 으흠… 좋았어." C.B.가 전화를 끊었다. 그리고 한참 동안 모니터를 뚫어져라 바라보더니 허리를 폈다.

"어떻게 됐어?" 브리디가 C.B.에게 물었다. "메이브가 프로그램을 고쳤어?"

"아니, 완전히 새로운 프로그램을 만들었어." C.B.가 어벙한 표정으로 말했다. "내가 이해하는 한에서는, 이건 내 프로그램을 엄청나게 개선한 거야. 그리고 내가 이해할 수 있는 수준에서는 메이브가 말한 그대로라는 거야. 이건 목소리들을 없앴지만, 텔레파시 능력자는 다른 능력자와 계속 이야기할 수 있도록 했고, 다른 모든 사람에 대해서는 신호를 완전히 차단했어." C.B.가 얼굴을 찡그렸다.

"하지만 그건 좋은 거잖아, 그렇지?" 브리디가 물었다. "그러면 넌 텔레파시를 포기하지 않아도 되잖아?" 「난 네 삶을 망가트리지 않은 게 되는 거고.」

"응. 좋지. 대단해." C.B.가 말했다. 하지만 그의 표정은 그렇지 않았다.

"뭐가 문제야?" 브리디가 물었다. "메이브가 바꿔놓은 것 때문에 발신기를 마무리하려면 이틀 이상 걸리게 된 거야?"

"아냐. 메이브가 벌써 발신기의 작동을 시작했어. 우리가 네 안전실로 들어간 뒤 5분 후부터 작동됐어."

"하지만 어떻게… 메이브는 여기에 오지도 않았잖아."

"메이브는 자기 노트북에서 프로그램을 만든 뒤에 내 노트북으로 전송했어. 적어도 그게 메이브의 설명이야…. 메이브가 진실을 말하고 있기를 바라자. 그게 아니라면 난 틀린 거고, 염력이 존재하는 거니까."

그건 정말 끔찍하게 무서운 생각이었다. 특히 메이브가 염력을 할 수 있다는 생각은 더 무서웠다. 하지만 그런 걱정은 할 필요가 없었다. 방해전파 발신기는 켜졌고 작동된다. 그래서 텔레파시는 공식적으로는 세계의 레이더에서 사라졌다. 브리디와 메이브와 컴스팬의 고객들은 이제 목소리들 때문에 위험한 상황에 처하지 않아도 된다. 텔레파시는 다시 이상한 인터넷 음모론과 SF영화의 영역으로 돌아갈 것이다. 그리고 텔레파시 능력자들은 목소리에서 벗어났다는 사실을 깨닫고, 사람들이 가득할 때도 극장이나 쇼핑몰, 깔끔한 델리 샌드위치 가게를 갈 수 있을 것이다. 그리고 우나 고모와 아일랜드 딸의 나머지 회원들은 텔레파시 차단하는 일을 그만두고, 중매나 조카딸에게 아일랜드 전통춤을 배우라고 강요하는 일로 돌아갈 수 있게 됐다.

「그리고 C.B.는 심문을 받거나, 검사를 당하거나, 다른 사람에게 정보를 제공하라고 강요받지 않아도 돼.」브리디가 즐겁게 생각했다.「화형을 당하지도 않을 거야. C.B.는 안전해. 그리고 우리 문제는 다 해결됐어.」

"나도 그랬으면 좋겠어." C.B.가 말했다. "아직 메이브가 문제야. 그리고⋯."

"조만간 네가 어떻게 차단을 했는지 메이브가 알아낼 테지. 일단 알아내면, 우나 고모가 텔레파시 능력자라는 걸 알아채는 것도 시간문제일 거야. 더 안 좋게는, 자기 엄마도 텔레파시 능력자라는 걸 알게⋯ 메이브는 완전히 미치고 환장할 거야."

"그래, 뭐, 미치고 환장하는 사람이 메이브만은 아닐 거야." C.B.가 중얼거렸다. 그가 심각한 얼굴로 브리디를 바라보며 말했다. "병원에서 네가 왜 우리가 얽히게 되었는지 알아내려 했던 때 기억나? 그때 넌 이 연결이 혼선 때문일 거라고 했잖아."

"네가 그건 아니라고 했지."

"아니지." C.B.가 말했다. "하지만…."

수키의 휴대폰이 울렸다. 브리디가 휴대폰을 낚아챘다. "메이브, 다시는 전화하지 말라고 했잖아."

"알아요. 하지만 이모한테 할 말이 있어요."

"뭐?" 브리디가 딱딱거리는 투로 말했다. "짧게 말해."

"알았어요. 화내지 마요. 난 지금쯤이면 둘이 키스를 했을 거라고 생각했어요."

「우린 시작도 못 했어.」 브리디가 생각했다. 「네 덕분이야.」

"나한테 할 말이라는 게 뭐야?"

"할머니 이야기예요."

「아, 안 돼. 설마 메이브가 고모에 대해 알아냈다는 이야기는 아니겠지.」

"할머니가 내일 저녁식사에 이모가 올 수 있는지 알고 싶대요. 캐슬린 이모의 약혼을 기념하는 만찬이에요."

"약혼?" 브리디가 어리둥절한 목소리로 말했다. "캐슬린이 '라테와 사랑'에서 만난 남자랑 약혼했단 말이야? 난 그 남자가 약혼남인 줄 알았는데."

"그 사람 아니에요." 메이브가 말했다. "션 오라일리와 약혼했대요."

"션 오라일리?" 브리디가 깜짝 놀란 얼굴로 C.B.를 쳐다보며 되물었다. "우나 고모가 나한테 얽혀주려던 그 참한 아일랜드 총각?"

"네. 하지만 젊은 총각이라고 보긴 힘들죠. 조금 늙었어요. 게

다가 대머리예요. 할머니와 캐슬린 이모가 아일랜드의 전통 어쩌고 하는 행사에 갔는데, 거기에 그 사람도 있었대요. 그리고는 어떻게 됐는지 모르겠어요….」

「난 알 수 있을 것 같아.」 C. B.가 말했다. 「플래니건 가문에서 텔레파시 능력이 최근 발휘된 사람이 너와 메이브만은 아니었던 거야.」

캐슬린도 텔레파시가 촉발됐다면, 션 오라일리가 캐슬린을 구해주고, 방어벽을 어떻게 쌓는지도 가르쳐주고….

"아무튼 둘이 약혼했대요." 메이브가 말했다. "엄마는 거의 까무러치기 직전이에요. 엄마는 그렇게 빨리 사랑에 빠질 수 있는 사람은 없다지만, 제 생각엔 가능했을 거 같아요."

「나도 그래.」 브리디가 C. B.에게 미소를 지으며 생각했다.

"제 말은, 라푼젤과 플린 라이더도 이틀 만에 사랑에 빠지고요. '좀비 왕자 일기'에서 잰더는 앨리슨하고 5분 만에 사랑에 빠져요. 하지만 그건 좀비가 쫓아올 때는 시간이 별로 없기 때문이에요."

「그렇지. 시간이 없지.」

"그래서 아무튼, 할머니가 모든 사람을 초대했어요." 메이브가 말했다. "할머니는 소금에 절인 쇠고기와 양배추 볶음을 만든대요. 그리고 이모한테 물어보랬어요. 혹시 이모가 오기 싫으면 안 와도 된대요."

"물론 나도 가고 싶어." 브리디가 말했다. "할머니한테 내가 아일랜드 소다빵을 가져갈 거라고 해줘. 아일랜드식 돼지 족발도."

"C. B. 아저씨를 데려와도 돼요. 이모가 원한다면." 메이브가 말했다. "제가 벌써 할머니한테 물어봤어요."

"글쎄, 모르겠네." 브리디가 애매한 표정을 지으며 C.B.를 쳐다봤다.

"나도 가고 싶어." C.B.가 말했다.

「정말? 하긴 넌 이미 한 번 조사를 통과했으니까…」

"아뇨. 내가 이미 이야길 해놔서 그럴 일은 없어요." 메이브가 말했다. "할머니가 이모한테 물어보라고 할 때 제가 이렇게 말했어요. 'C.B. 아저씨를 초대해도 되나요? 제 과학 숙제를 도와줬잖아요.' 그랬더니 할머니가 그러랬어요. 그러니까 할머니는 아저씨가 오는 이유가 그거라고 생각할 거예요. 그래서 언제 사귀었느냐, 트렌트에겐 무슨 일이 있었냐, 둘이 결혼할 거냐 같은 질문은 아무도 안 할 거예요."

"그래서 그 대신 나한테 원하는 건 뭐야?"

"외출금지에서 풀리는 거요."

"좋았어." 브리디가 말했다. "너희 엄마한테 오늘 밤에 내가 말할게. 안녕. 그리고 더 이상 전화하지 마." 브리디가 전화를 끊었다. "정말로 우리 가족이랑 만찬에 가고 싶어?" 그녀가 C.B.에게 물었다.

"그럼. 단, 내가 말하는 이야기를 듣고도 네가 나를 데려가고 싶으면." C.B.가 깊게 숨을 들이쉬었다. "메이브가 나쁜 부분들을 없애고 좋은 부분만 남겨놨다고 했잖아. 하지만 그게 전부 다 맞는 말은 아냐. 텔레파시에 본질적으로 내재되어 있어서, 텔레파시 그 자체를 없애지 않고는 없앨 수 없는 부분이 있어."

"그러면 결국 우리는 서로 대화를 할 수 없게 되는 거야?"

"아냐, 대화는 할 수 있어. 하지만 텔레파시 신호가 너무 가깝게 정렬하면 간섭이 발생하는데, 그게 혼선을 일으켜."

"이해가 안 돼." 브리디가 공포로 오싹해지는 느낌을 받으며 물었다. "목소리들이 차단되지 않는다는 말이야? 목소리들이 다시 돌아올 거란 거야? 만약 우리가…."

"아냐." C.B.가 재빨리 그녀를 안심시켰다. "아냐, 방해신호 발신기가 목소리들을 영원히 차단했어. 그런데… 내가 너를 막았던 이유 중의 하나가, 나는 네가 준비된 수준 이상의 생각들을 다룰 수 없을 거라 여겼기 때문이었을 거라고, 네가 말했잖아. 네 말이 맞아. 난 네가 그럴 수 있을 거라고 생각하지 않았어. 하지만 내가 걱정하던 건 매일 하는 그런 일상적인 생각이 아니었어. 그건…."

"뭔데?" 브리디가 재촉했다.

"혼선이야. 그리고 문제는 그게 전자 제품의 혼선과 다르다는 사실이야. 전자 제품의 회로는 수정하거나 걸러낼 수 있어. 하지만 이건 텔레파시의 핵심적인 부분이야. 그리고 두 연인이 서로에게 아무리 미쳐있다고 하더라도, 인간이 다룰 수 있는 솔직함과 개방성에는 한계가 있어. 그래서 억제 유전자가 발전했을 거야. 사람들은 그런 걸 다룰 수 없었으니까. 그리고 살아남기 위해서는 텔레파시를 없애는 방법밖에 없다고 깨달았을 거야. 텔레파시가 생존에 유리한 특성이 아니라던 내 말은 농담이 아니었어."

"C.B." 브리디가 말을 잘랐다. "나는 네가 무슨 말을 하는 건지 모르겠어. 이게 혼선이랑 무슨 관계가 있는지도 모르겠고."

"알아. 미안해. 내가 너한테 말하려는 건… 있잖아, 내가 섹스를 '얽힌다'라고 하는 거 알아? 뭐…."

휴대폰이 울렸다.

브리디가 받았다. "메이브, 내가 말했잖니…."

"알아요. C.B. 아저씨한테 할 말이 있었는데 깜빡했어요."

"뭔데?"

"아저씨한테 직접 말해야 돼요."

브리디가 휴대폰을 C.B.에게 건넸다. "네 전화야."

C.B.가 한참 듣고 있더니 말했다. "내가 정말 그래야 한다고 생각해? 하지만 만일…?" 그가 잠깐 말을 멈추더니 다시 말했다. "알았어. 네 말이 맞는 거 같아."

C.B.가 브리디에게 휴대폰을 돌려줬다. 메이브가 말했다. "이모가 나한테 머릿속으로 말할 수 있게 해줬으면 전화를 사용하는 것보다 훨씬 쉬웠을 거예요."

"안 돼." 브리디가 단호하게 말했다. "이제 가봐. 그리고 더 이상 전화하지 마. 엿듣지도 말고. 진심이야." 브리디가 전화를 끊었다.

C.B.가 브리디를 곁눈질로 슬쩍 쳐다봤다. 뭔가 마음을 정하지 못하고 있는 것 같았다. "조금 전에 메이브가 너한테 한 이야기가 정확히 뭐야?" 브리디가 물었다.

"이거야." C.B.가 말하더니 그녀에게 키스했다.

세상이 부서져 내렸다. 그리고 그건 그냥 키스가 아니었다. 브리디는 병원에서 그녀를 집에 데려가려고 서 있는 C.B.를 봤을 때부터 쭉 원했던 일이라는 사실을 이제야 깨달았다. 그게 그녀의 머릿속에서 일어나고 있었다. 브리디는 C.B.의 감정을 느끼고 그의 생각을 들었다. 브리디는 그녀가 절대로 하지 못할 거라고 생각했던 일을 하고 있었다. 그녀는 C.B.의 생각을 읽고 있었던 것이다. 그리고 C.B.도 그녀의 생각을 읽고 있었다.

「내내 이걸 원했어…」C.B.가 말했다. 「…그럴 용기가… 네가 싫어할까 봐 걱정되어서… 그러니까, 네가 어떻게? … 너무도 아름답고 영리해서 나 같은 사람은 만나지 않을… 그러기는커녕…」

그리고 그녀가 말했다. 「…널 잃어버린 줄 알았어… 우리가 다시는 서로에게 말하지 못할 줄 알았어….」

그리고 둘은 동시에 말하고 그들의 생각과 감정이 뒤섞여서 어느 게 누구의 생각이고 감정인지 구분할 수 없게 되었다. 「…내가 모든 걸 망쳐서 네가 날 더 이상 사랑하지 않는 줄 알았어… 어떻게 그런 생각을 할 수 있어? … 그래서 네가 나를 차단한 줄 알았어. 네가 나를 용서할 수 없어서… 내가 어떻게 느낄지 네가 알게 되는 게 두려워서 너를 막았어… 서고에서… 너무 가까워서… 너무 아름다워… 너도 그래… 알아, 알아, 네가 내 헝클어진 머리를 어떻게 생각하는지 나도 알아… 난 네 머리를 사랑해!」

그들의 생각이 안도감과 기쁨과 즐거움이 뒤엉킨 물살과 함께 흘러가며, 갈망과 화해와 욕망의 폭포 속에서 부딪히고 충돌하고 휘감아 돌았으며, 목소리의 홍수가 그랬듯이 압도당하고 흠뻑 젖었다. 하지만 놀랍고도, 놀랍고도, 놀라웠다. 그리고 브리디는 점점 아래로 가라앉았다, 점점 아래로 가라앉았다….

브리디는 수영하던 사람이 물 밖으로 고개를 내밀 듯 키스에서 벗어났다. 그리고 비틀대며 작업대에 등을 기대고 손으로 움켜잡으며 중심을 잡았다. "이게 뭐였어?" 브리디가 떨리는 목소리로 말했다.

"신호가 너무 가깝게 정렬되면 혼선이 일어난다고 했잖아…."

"혼선?" 브리디가 가쁜 숨을 몰아쉬며 말했다. "난 네가 단어 몇 개나 문장이 뒤섞이는 거라고 하는 줄 알았어. 그런데 이건…."

"홍수지. 알아. 정말 미안해. 난 그러지 말았어야…."

"항상 이런 일이 일어나는 거야?" 아직도 숨을 고르지 못한 브리디가 물었다. 혹시 그렇다면….

"아냐, 성적인 접촉을 할 때만 그래. 있잖아, 키스나 애무나…."

"하지만 도서관에서 네가 섹스는 목소리들을 차단한다고 했잖아."

"다른 목소리를 차단한다는 거였지." C.B.가 말했다. "그 상황에 얽힌 사람의 목소리를 차단하는 건 아냐. 일종의 정반대 효과를 일으키는 거지."

「엄청나게 절제된 표현이네.」 브리디가 생각했다.

C.B.가 그녀를 걱정스럽게 바라봤다. "괜찮아?"

"모르겠어." 브리디가 솔직히 말했다. "난 한 번도…." 브리디가 떨리는 손으로 가슴을 짚으며 말했다. "그게 너무…."

"그래, 알아. 너무… 압도적이지. 내 생각보다도 더 심했어. 그래서 네가 다시는 이런 일에, 혹은 나와 엮이고 싶지 않다고 해도 난 완벽하게 이해할 수 있어. 어쨌든, 네가 겪었던 일이 있으니, 더 많은 생각과 감정에 휩쓸리는 건 아마도 네가 가장 원하지 않는 일일 테니까. 그래서 네가 이 상황을 전부 머릿속에서 지워버리고 싶다고 해도 난 이해할 거야."

"이 상황을 전부 머릿속에서 지우다니…? C.B. …."

"아냐, 정말 괜찮아. 널 비난할 생각은 없어. 내가 네 입장이라도 똑같이 느꼈을 거야. 이봐, 아바나는 잊어버려도 돼. 나는 스카이가 사라 수녀에게 했듯이, 너를 뉴욕으로 데려다줄 수 있어. 그리고… 우리는 완전히 플라토닉한 관계를 유지하면 돼."

"플라토닉?"

"아니면, 네가 원한다면 너를 완전히 차단할 수 있는 방해신호 발신기를 만들 수 있어. 그러면 네가 EED를 하기 전의 상태로 되돌아갈 거야."

"뭐?" 브리디가 말했다. "믿을 수가 없네. 지금껏 넌 나한테 거짓말을 했던 거야?"

"거짓말이라니?" C.B.가 깜짝 놀라서 말했다. "아냐, 안 그랬어. 난 전부 다 말해주지 않은 것뿐…."

"난 혼선 이야길 하는 게 아냐. 네가 내 생각을 읽을 수 있다고 끊임없이 했던 말에 대해 이야기하는 거야."

"그가 무슨 말이야?" C.B.가 당황해서 말했다. "난…."

"네가 그럴 수 있었다면, 조금 전처럼 그렇게 웃기는 소리는 하지 않았을 거야."

"웃긴다고? 그럼 넌 아직도…?" C.B.가 말했다. 브리디는 C.B.가 어떻게 느끼는지 알기 위해서 그의 생각을 읽을 필요도 없었다. 그의 얼굴에 다 나타나 있었다.

"그래." 브리디가 말했다. "그렇다고."

C.B.가 그녀에게 다시 손을 뻗었다.

"그렇게 빨리는 말고." 브리디가 C.B.를 떼어내려고 손을 들며 말했다. "몇 가지 기본 원칙을 정해야겠어."

"어떤 거?"

"다시는 차단하지 않는다 같은 거. 네가 내 생각을 읽으려면 나도 네 생각을 읽어야겠어. 그래야 나한테도 이겨볼 기회가 돌아올 테니까."

"좋았어. 하지만 너한테 경고하는데, 거긴 시궁창이야. 예를 들자면 조금 전처럼 말이야. 내가 생각하는 거라곤⋯."

"알아." 브리디가 중얼거렸다. "나도 그래."

C.B.가 그녀에게 다시 손을 내밀었다. "두 번째," 브리디는 C.B.가 다가오지 못하도록 단호하게 막으며 말했다. "그 보조 방어벽을 어떻게 쌓는지 나한테 가르쳐주겠다고 약속해."

"나를 막으려고?"

"그럴 수도 있고. 가끔은. 네 말대로 너무 심하게 연결되는 문제가 있을 수도 있으니까. 하지만 대개는 메이브를 막기 위해 그게 필요할 거야. 그래야 조금이나마 사생활이 가능하질 테니까."

"그게 가능할지는 잘 모르겠어. 메이브는 지금껏 세웠던 방화벽와 방어벽을 모조리 뚫을 수 있는 것 같거든. 게다가 걔는 암호 분야에도 전문가야. 그리고 이제 아홉 살밖에 안 됐잖아. 열세 살이 되면 어떤 게 가능해질지 어떻게 알겠어?"

"프랑스를 구하겠지." 브리디가 말했다.

"네 말이 맞아. 메이브는 정말 대단한 아이야. 그 애는 지구를 파괴하지 않고도, 모든 사람이 텔레파시를, 나쁜 부분은 말고 좋은 부분만, 경험하게 할 방법을 찾아낼 수 있을지도 몰라. 하지만 그때까지⋯." C.B.가 고개를 절레절레 흔들었다.

"걱정하지 마." 브리디가 말했다. "다른 종류의 보조 방어벽이 있어."

"어떤 거?"

"이를테면," 브리디는 메이브가 들을 수 있게 하려고 목소리를 살짝 키웠다. 그럴 필요가 없을 것 같기는 했지만 말이다. "걔네 엄마한테 메이브가 텔레파시를 한다고 말해주겠다고 겁을 줄 수 있어. 그리고 우리가 사생활이 필요하다고 말했는데도 메이브가 우리를 가만히 두지 않으면, 메리 언니한테 메이브가 좀비 영화만 몰래 본 게 아니라, '신데렐라'와 '라푼젤'도 봤다고 말해줄 거야. 그리고 메이브는 다른 무엇보다 라푼젤 머리장식을 갖고 싶어 한다고 말해줘야지." 그러자 짜증이 섞인 「잘났어!」 소리와 함께 마지막으로 문이 쾅 닫히는 소리가 들렸다.

"봤지?" 브리디가 말했다. "문제는 해결됐어."

"잘했어." C.B.가 말했다. 그리고 그녀에게 손을 뻗었다.

브리디가 C.B.를 밀어냈다. "아직 다 안 끝났어. 텔레파시에 대해 네가 말하지 않은 사실이 아직 많이 남은 것 같아. 네가 지금껏 말하지 않았던 다른 일들은 뭐야?"

"전혀 없어." C.B.가 방긋 웃으며 말했다. "이제 내 생각은 활짝 열렸어."

"내가 장담하는데, 넌 아마 투시도 할 수 있을 거야."

"아냐. 하지만 메이브에게 그 애의 비뚤어진 작은 마음을 거기에 관심을 기울여보라고 부탁하면 틀림없이 앱으로 만들어 낼 거야."

"그건 생각도 하지 마." 브리디가 말했다. "그리고…." 브리디가 양손으로 C.B.의 체크무늬 셔츠의 옷깃을 움켜잡고 소파로 끌어당겨서 앉혔다. "넌 그런 게 필요 없을 거야."

"잠깐만." C.B.가 붙잡은 손을 풀며 말했다. "여기선 안 돼. 이리 와." 그가 말했다. 그리고 둘은 다시 브리디의 안마당으로 들어갔다.

"우리가 연구실에 있으면 왜 안 되는데?" 브리디가 물었다. "혹시 메이브가 방해할까 봐 걱정된다면, 메이브는 방해하지 않을 거야. '라푼젤'은 그 애가 세상에서 가장 좋은 영화거든."

"맞아." C.B.가 말했다. "메이브는 잠깐이긴 하지만 겁을 먹었고, 우나 고모님은 방해신호 발신기가 작동되고 있다는 사실을 아직 모르시니 아직도 열심히 목소리들을 차단하고 계실 거야. 그리고 너희 동생 캐슬린은 데이트 사이트들을 탈퇴하느라 바쁘고, 수키는 휴대폰을 찾느라 너무 바빠서 소문을 퍼트리지 못하고 있어. 아마도 지금이 완벽하게 우리끼리 있을 수 있는 마지막 기회일지도 몰라. 난 이 기회를 최대한 이용하고 싶어."

C.B.가 그녀의 손을 잡고 파란 문으로 향했다. 문에는 걸쇠도 없고 빗장도 없었다. 그런 게 있을 필요가 없었다. 바깥에는 으르렁대는 목소리들이 더 이상 존재하지 않는다. 중얼거리는 소리조차 들리지 않았다. "그래서 어디로 가는 거야?" 브리디가 물었다. "나이아가라 폭포?"

"그럴 시간이 없어." C.B.가 말했다. 그리고 문을 열자 깜깜한 그의 지성소가 나왔다. "우리 신혼여행으로 거길 데리고 갈게."

C.B.가 그녀를 문 안으로 끌어당긴 뒤 문을 닫더니 손을 놓아 줬다. 그리고 이 방의 불빛이 문 아래로 새어나가지 않게 하려고, C.B.가 체크무늬 셔츠를 벗어서 문틈을 막는 소리가 들렸다. 그녀의 심장이 묘하게 뛰기 시작했다. 「난 여기가 어딘지 알아.」 브

리디가 생각했다.

"그렇지." C.B.가 말했다. 그리고 전등을 켰다. 둘은 도서관의 창고에 있었다. C.B.는 '닥터 후' 티셔츠와 청바지를 입고 브리디 앞에 서 있었다. 그리고 그녀의 뒤로는 나무로 만든 색인카드 캐비닛과 브리태니커 백과사전에 높게 쌓인 참나무 탁자가 있었다. 그리고 C.B.의 뒤로는 의자들이 쌓여있고, 조지 워싱턴이 여전히 못마땅한 눈으로 그들을 노려보고 있었다.

"꺼져." C.B.가 조지 워싱턴에게 진심으로 말하고는 쌓여있는 의자를 기어 올라갔다. C.B.는 그 그림을 뒤집고 뛰어 내려서 브리디의 앞에 섰다.

"난 네 지성소가 서고일 거라고 예상했어." 브리디는 쿵쾅대는 심장 소리와 빨갛게 상기된 얼굴, 하늘로 치솟아 오르는 이 느낌을 C.B.가 못 느끼게 하려고 살짝 뒤로 물러섰다. "거기가 모두 얽히는 곳이니까."

"전혀 그렇지 않아." C.B.가 말했다. "서고에서는 네가 팔을 내 목에 두르지 않았잖아." 그리고 양손으로 브리디의 한 손을 붙잡고 자신의 가슴에 가져다 댔다.

"아." 브리디가 나직이 속삭였다. 그리고 자유로운 손을 C.B.의 목에 두르고 그의 얼굴을 자신의 얼굴로 끌어내렸다. 「우리가 처음에 여기 왔을 때 내가 이렇게 해야 했어.」 브리디가 생각했다.

「네 말이 맞아.」 C.B.가 말했다. 「넌 그랬어야 해.」 그리고 그녀에게 키스했다.

처음보다 더 어지럽고 더 억수처럼 쏟아졌다. 하지만 이번엔 행복의 깊은 물결이 즐거움의 물보라를 일으키며 흘러갔다. 「…네가 연결은 정서적 유대감과 아무런 관계가 없다고 했었잖아… 그렇게 말하지는 않았어. 그게 없어도 된다고 했지… 우리 사이에는 그런 게 없다고 계속 말했던 사람은 너야… 알아… 이런 바보….」

「난 네가 나한테 팔을 두를 때 알았어야 했어.」 브리디가 말했다. 「너무 안전하게 느껴졌거든.」

「그때 네가 내 생각을 들었더라면 그렇게 느껴지지 않았을 거야.」 C.B.가 말했다. 그리고 둘은 난데없이 물이 아니라 금빛 불꽃에 휩싸였다. 그리고 갑자기 불이 되었다. 불꽃이 번쩍이고 주변에서 타오르며 그들을 뚫고 지나갔다. 너무 뜨거워서 둘은 그들의 생각을 논리적인 문장으로 만들어내지도 못했다. 「…모르겠어, 얼마나 많이… 나도… 원했… 사랑해… 오, 나도, 나도….」

이번에 키스를 끊은 건 C.B.였다. C.B.는 브리디에게서 물러나다가 쌓여있던 의자에 부딪혔다. "무슨 일이야?" 브리디가 물었다.

"무슨 일이냐고?" C.B.가 말했다. "우린 말 그대로 자연 발화한 거야. 키스가 이 정도라면, 섹스는 틀림없이…."

"우릴 죽일까?" 브리디가 말했다. 그리고 고개를 저었다. "이건 그런 식으로 작동되지 않아."

"하지만 만일…?"

"다리가 있으면 넘어가면 돼. 미리부터 걱정하지 마." 브리디가 말했다. 그리고 C.B.의 목을 끌어안았다.

누군가 문을 쾅쾅 두드렸다.

「브리디 이모!」 메이브가 말했다. 「C.B. 아저씨! 들여보내 줘! 거기에 있는 거 다 알아. 정말 말도 안 돼. 왜 할머니에 대해 말 해주지 않은 거야!」

역자 후기

영미권에서 오랜 기간 많은 사랑받아온 미국 작가 코니 윌리스는, 한국에도 이미 수많은 고정 팬을 확보하고 있고, SF 팬들 사이에서도 너무 유명해서 따로 다시 소개한다는 게 어색하게 느껴지는 작가다.

코니 윌리스에 대한 평단의 인정과 팬들의 애정은 그의 수상 경력에서도 드러난다. 그는 지금까지 각종 문학상을 55번 수상했는데, 그중에는 SF계의 아카데미상이라고 할 수 있는 휴고상을 11번, 네뷸러상 7번을 받은 것도 포함되어 있다. 그리고 2011년에는 SF계의 달인에게 선사하는 '그랜드 마스터 상'을 받았다.

코니 윌리스는 영화, 소설, 뮤지컬, 음악 등 대중문화에 대한 폭넓은 상식과 과학적 지식을 바탕에 깔고, 등장인물들이 사방에서 바쁘게 쏟아놓는 대사들 사이로 사건들이 얽히고설키는 스크루볼 코미디 형식의 소설을 즐겨 쓰는 편이다. 하지만 코니 윌리스의 수상작들을 모아놓은 중단편집 《여왕마저도》와 《화재감시원》을 보면, 그의 작품 세계가 얼마나 넓고 깊은지 직접 경험해볼 수 있다. 양자역학이나(〈리알토에서〉), 생리(〈여왕마저도〉), 심령술(〈내부 소행〉), 카오스와 네트워크 이론(《양목에 방울달기》)을 주제로 이렇게 재미있는 농담을 할 수 있는 작가는 다시 만나기 힘들 것이다.

이번에 미국과 동시에 발간되는 《크로스토크》는 코니 윌리스의 개성이 잘 드러나는 'SF 로맨틱 스크루볼 코미디'이다.

애플의 새 아이폰 출시를 앞두고, 휴대폰 회사 '컴스팬'의 직원들은 애플의 신제품을 납작하게 누를 스마트폰을 만들어내기 위해 전전긍긍하고 있다. 컴스팬에서 일하는 주인공 브리디는 모든 걸 다 갖춘 젊은 중역 트렌트와 열애 중인데, 지난밤 트렌트는 그녀에게 연인 간의 정서적 소통을 강화해주는 EED 수술을 제안했다. 이제 브리디 앞에는 달콤한 사랑의 서약과 행복한 결혼만 남아 있는 듯했지만, 우선 그녀는 스마트폰과 트위터와 페이스북과 회사의 소문 공장과 과잉보호하는 가족들 틈에서 살아남아야 한다. 게다가 EED 수술 후 겪게 된 텔레파시의 세계는 브리디를 '목소리들의 홍수' 속으로 집어 던진다.

《크로스토크》는 코니 윌리스의 작품 중 한국에서는 처음으로 미국과 동시에 발간되는 책이다. 하지만 이런 경우 흔히 짐작하듯 허겁지겁 원고를 받아 날림으로 옮겨야 하는 작업은 다행히 아니었다. 이 책을 출간하기 1년 전 2015년 가을에 'final draft' 파일로 원고를 받아 검토한 뒤 논의를 거쳐 출간을 결정하고, 2016년의 뜨거운 폭염과 열대야를 이 소설과 씨름하며 보냈다. 원고를 절반쯤 옮겼을 때 'final' 원고가 도착했는데, 앞서 받은 파일과 소소한 부분들에서 차이가 있어서 이미 옮긴 부분을 한 줄 한 줄 대조하며 다시 수정하느라 시간과 노력을 곱으로 욱여넣어야 했지만, 역자로서는 흔치 않은 재미있는 경험이었다. 책을 번역하는 일은 대개 더 이상 움직임이 없는 굳어진 책을 가지고 하게 되는데, 아직 발간되지 않은 소설을 옮기며 작가의 마지막 퇴고를 지켜보는 건 나름 즐거웠다.

폭염 경보와 주의보를 들으며 번역을 시작해서, 번역을 마칠 무렵 하룻밤 사이에 가을이 찾아오더니, 후반 교정 작업을 하는 동안 삼성과 애플의 새 휴대폰이 출시되어 휴대폰 폭발과 리콜 사태가 실시간으로 벌어지며 온갖 소문이 돌고, 《크로스토크》의 출간을 알리는 소식이 트위터에 올라가기 시작했다. 소설과 현실의 경계가 그렇게 사라지고 있었다. 소통 과잉의 시대를 사는 우리에겐 '방어벽'과 '안전실'과 '지성소', 그리고 '안식처' 휴대폰이 절실하다.

최세진

코니 윌리스 작품 연보

중단편

중단편집
COLLECTIONS, OMNIBUS, CHAPBOOKS

장편소설
NOVELS

1994	Remake
1996	Bellwether
1997	Promised Land
1998	To Say Nothing of the Dog
2001	Passage
2010	Blackout
2010	All Clear
2016	Crosstalk

주제별 중단편집(편집자)
ANTHOLOGIES

1994	The New Hugo Winners, Volume III
1999	Nebula Awards 33
2001	A Woman's Liberation: A Choice of Futures by and About Women

논픽션
NONFICTION

| 2002 | Roswell, Vegas, and Area 51: Travels with Courtney |

*미국 발행 기준, 일부 작품 공저자 생략

옮긴이 **최세진**

SF 전문 번역자. 옮긴 책으로 《우주복 있음, 출장 가능》, 《리틀 브라더》, 《화재감시원》(공역), 《여왕마저
도》(공역), 《계단의 집》, 《마일즈 보르코시건: 바라야 내전》, 《마일즈 보르코시건: 남자의 나라 아토스》,
《SF 명예의 전당 2: 화성의 오디세이》(공역), 《SF 명예의 전당 3: 유니버스》(공역), 《제대로 된 시체답게
행동해!》(공역) 등이 있고, 지은 책으로 《내가 춤출 수 없다면 혁명이 아니다》가 있다.

크로스토크 2

초판 1쇄 인쇄 2016년 10월 5일
초판 1쇄 발행 2016년 10월 10일

지은이   코니 윌리스
옮긴이   최세진
펴낸이   박은주
기획   김창규, 최세진
디자인   김선예, 장혜지
마케팅   박동준, 정준호

발행처   아작
등록   2015년 9월 9일(제300-2015-140호)
주소   03174 서울시 종로구 사직로 8길 24 1618호
          (내수동, 경희궁의 아침 2단지 오피스텔)
대표전화 02.324.3945   **팩스** 02.324.3947
이메일   decomma@gmail.com
홈페이지 www.arzak.co.kr

ISBN   979-11-87206-31-6 04840
          979-11-87206-28-6 04840 (세트)

책 값은 표지 뒤쪽에 있습니다.

아작은 디자인콤마의 문학 브랜드입니다.

이 도서의 국립중앙도서관 출판예정도서목록(CIP)은 서지정보유통지원시스템 홈페이지
(http://seoji.nl.go.kr)와 국가자료공동목록시스템(http://www.nl.go.kr/kolisnet)에서
이용하실 수 있습니다. (CIP제어번호: CIP2016022806)